Arnaud Tortel

Les Amoureux du pôle

Préface de Jean-Louis Étienne

Albin Michel

Collection Essais/Clés
dirigée par Patrice Van Eersel

22, rue Huyghens, 75014 Paris

www.albin-michel.fr

ISBN 2-226-13475-1
ISSN 1275-4714

Notre peur la plus profonde
N'est pas que nous ne soyons pas à la hauteur.
Notre peur la plus profonde
est que nous sommes puissants au-delà de toute limite.
C'est notre propre lumière et non pas notre obscurité qui nous effraie le plus.
Nous nous posons la question :
Qui suis-je, moi, pour être brillant, radieux, talentueux, et merveilleux ?
En fait, qui êtes-vous pour ne pas l'être ?
Vous êtes un enfant de Dieu.
Vous restreindre, vivre petit ne rend pas service au monde.
L'illumination n'est pas de vous rétrécir pour éviter d'insécuriser les autres.
Nous sommes nés pour rendre manifeste la gloire de Dieu qui est en nous.
Elle ne se trouve pas seulement chez quelques élus :
Elle est en chacun de nous
Et au fur et à mesure que nous laissons briller notre propre lumière,
Nous donnons inconsciemment aux autres la permission de faire de même.
En nous libérant de notre propre peur,
Notre présence libère automatiquement les autres.

NELSON MANDELA

Ce livre raconte l'histoire d'une quête intérieure,
à la découverte de l'Homme qui
sommeille en chacun de nous.

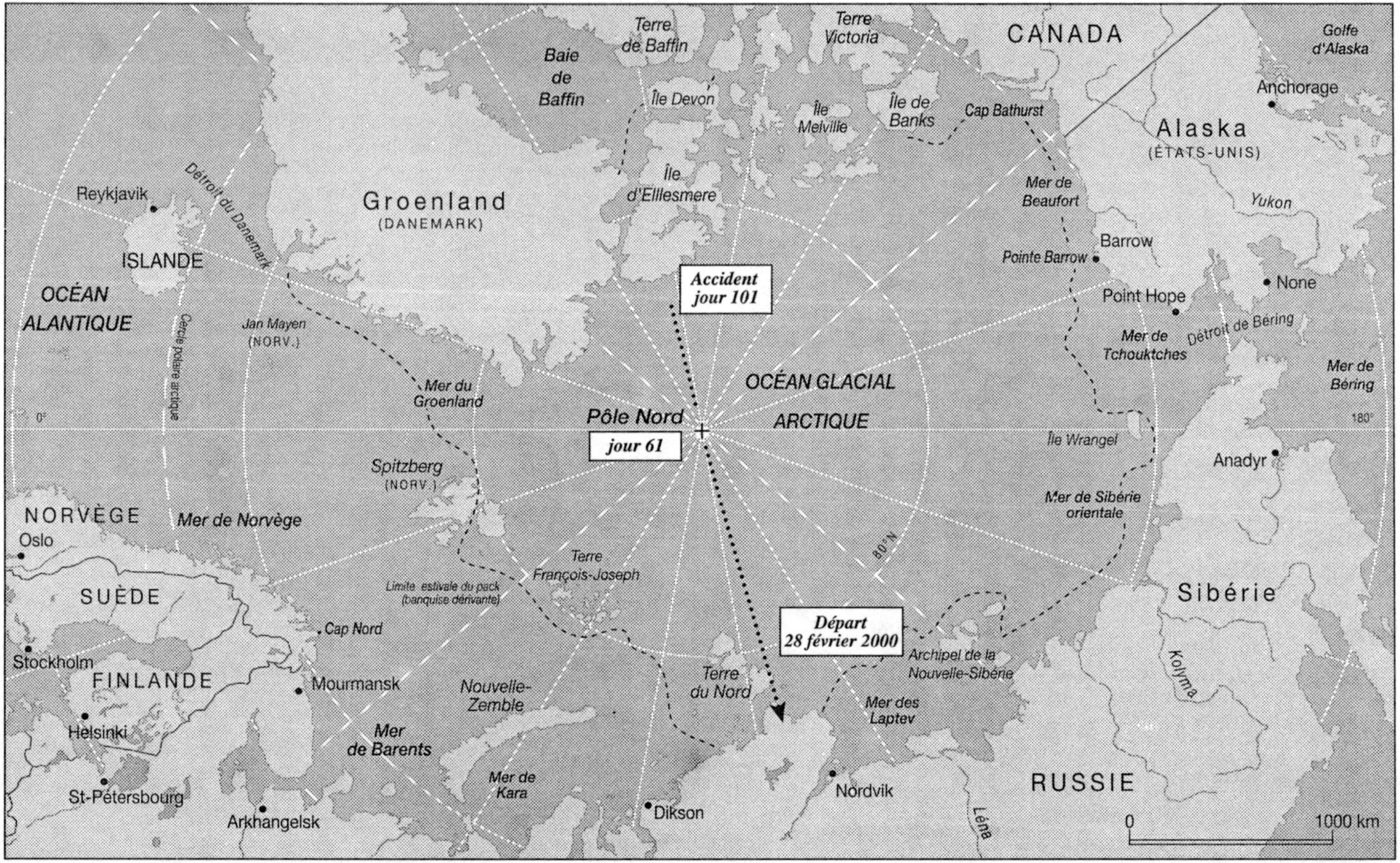

Carte de l'expédition

Préface

Arnaud Tortel s'est engagé dans les régions polaires avec la foi. Ce n'est pas un gaspilleur d'énergie, un risque-tout, c'est un homme en construction.

Sur le terrain polaire, aux rigueurs extrêmes, on ne peut pas tricher, ni demander de répit. Dans ces conditions, l'engagement prend sa plus grande dimension et conduit immanquablement à se confronter avec ses mobiles profonds.

De quelle nature est cette ambition ?

Pourquoi imposer tant de souffrance, à soi et à ses proches ?

Pour qui cherche-t-on à exister ?

La route vers le bonheur et l'apaisement passe-t-elle par cet enfer blanc ?

Comment tenir ?

Pourquoi ?

À quel prix ?

À travers les exigences d'une expédition polaire hors du commun, Arnaud Tortel nous livre ses réflexions, son expérience face aux difficultés et les satisfactions que cette épreuve lui a apportées. Ce livre est un chemin de vie, celui que nous suivons dans notre accomplissement quotidien.

JEAN-LOUIS ÉTIENNE

Prologue

Jour 9

Nous revoilà en enfer : la progression a repris, mais à l'échelle centimétrique ! À perte de vue, le chaos, terrain de labour des dieux, au travers duquel deux misérables insectes essaient d'avancer. Les blocs de glace sont de plus en plus gros, nous obligeant à faire passer les traîneaux un à un, d'un charria à l'autre. Nous sommes trempés de sueur, la barbe couverte de givre, par la transpiration s'échappant du col de la parka. Pourtant le cisaillement des cordes est tel que le sang parvient difficilement jusqu'aux extrémités. L'onglée ne nous lâche plus les mains, tandis que les pieds sont depuis le départ insensibles. Ils se réchauffent tout doucement au cours de la marche, mettant environ quatre heures à redonner vie aux orteils, sous forme de picotements fort désagréables. Dire que c'est comme ça tous les jours depuis une semaine et qu'il nous reste encore trois longs mois !

À la pause, les bruits crissant des pulkas*[1] sur les arêtes de glace et de nos pas sur la neige gelée s'éteignent, nous laissant manger dans un calme irréel. L'atmosphère crépusculaire du soleil rasant l'horizon ajoute du feutré à l'ambiance. Pourtant je sais, par expérience, qu'en quelques heures la tempête peut

1. Les mots accompagnés d'un astérisque sont définis dans le lexique p. 321.

s'installer et l'océan s'ouvrir en un vacarme assourdissant. Derrière ce calme apparent, les craquements du pack* nous rappellent les puissances en sommeil. J'aime cet univers aux aspects si tranchés. Autour de nous, l'apocalypse s'est figée comme après une terrible bataille livrée entre dieux et géants. Des menhirs dressés, des dolmens brisés, des temples éventrés, une lutte sans merci, laissant derrière elle des ruines incommensurables. L'ambiance m'émerveille. J'ai l'impression de me trouver au milieu de monstres bienheureux, capables en un gloussement de nous réduire à néant. Ce sont eux qui décident, pas nous. Nous cheminons dans cette destruction en rêvant chaque soir de retrouver pour la nuit un endroit plat de quelques mètres carrés afin d'y planter la tente. Devant un tel spectacle, comme les mois précédents me semblent loin ! J'en parle parfois à Rodolphe qui me questionne :

« En fait, tu ne m'as jamais expliqué d'où t'est venue l'idée folle de traverser cet océan gelé ? Ni pourquoi, au fond, tu m'as choisi comme partenaire !

— Je te raconterai tout ça ce soir, mais là, je commence à geler sur place ! Allez ! »

Nous repartons, bras ballants, pliés en deux par le froid, les mains pétrifiées. En les gardant pendantes près du corps, le sang se fraie plus facilement un chemin jusqu'aux extrémités des doigts. Aussi attendons-nous patiemment l'onglée, avant de nous servir à nouveau correctement de nos bâtons. Engoncé dans ma parka, le visage recouvert de givre, je pense à ces journées déjà disparues, où se sont jouées la mise en place et la création de l'expédition. L'idée a germé il y a bientôt un an, un 1er juin, si ma mémoire est bonne...

1

Une femme, un homme, un pôle

> Rêver un impossible rêve, porter le chagrin des départs,
> Brûler d'une impossible fièvre, partir ou personne ne part,
> Telle est ma quête,
> Suivre l'étoile, peu m'importent les chances,
> Peu m'importent le temps et ma désespérance...
>
> JACQUES BREL, « L'inaccessible étoile »

Juin 1999

La route nationale vibre au rythme frénétique des touristes, impatients de se dorer à ce soleil attendu depuis un an. Les cigales chantent inlassablement la Provence et Lycia, ma future femme, fredonne en pensant aux préparatifs de notre mariage, dans un mois. Malgré cette chaleureuse ambiance et ce bonheur complice, une préoccupation égoïste m'obsède : traverser l'océan Arctique de part en part et en *autonomie*, ce que nul homme, à ce jour, n'a encore réussi à faire. Lycia comprend mon souhait. Il faut dire que l'Arctique est notre terre de prédilection. Nous sommes déjà partis ensemble, en 1998, au pôle Nord magnétique. Soixante jours d'autonomie, seuls avec Bruno, un chien malamute âgé de six ans. De cette formidable épreuve, nous sommes revenus soudés. Un test de vie unique pour couple débutant ! J'y suis retourné, en avril-mai de cette année, pour préparer la folle expédition que je prémédite. Je comptais à nouveau entraîner Lycia avec moi, mais le souvenir des trente jours passés à tirer péniblement nos traîneaux entre Grise-Fjord et Resolute (les deux villages les plus au nord du Canada) ont eu raison de son désir de remettre ça avec moi. Elle ne sera pas du grand voyage. En revanche, c'est elle qui aura la lourde tâche d'assurer la logistique depuis la France, comme en 1997, lors de ma première expédition au pôle Nord magnétique. Et puis, j'ai absolument besoin de son accord officiel avant de m'engager dans la recherche des financements, du matériel, de la logistique aérienne, des maisons de production, des agences de presse et de mille autres contacts et rendez-vous indispensables à ce genre d'expédition. Nous savons très bien que l'entreprise va nous mobiliser pendant au moins six mois, jour et nuit, et qu'ensuite nous serons séparés pendant les quatre mois que durera l'aventure.

Nous savons exactement où nous mettons les pieds, mais Lycia est-elle prête ? Certains jours, j'en doute, quand, pour la énième fois, elle me balance son argumentaire :

« Écoute, Arnaud, je sais très bien que jamais je ne pourrai t'empêcher de voyager. Je t'ai connu, tu partais déjà. Je te demande seulement trois choses. La première : que tu ne commences les démarches qu'après notre mariage – vu l'ampleur des préparatifs, se marier me semble une expédition à part entière, or j'aimerais que tu sois présent ! La seconde : que tu aies réuni l'argent nécessaire *avant* de partir, pour ne pas avoir de dettes *après* – les précédentes expéditions nous ont coûté les yeux de la tête et nous finissons à peine de rembourser le crédit de 1998. Troisièmement : que tu ne partes pas seul – trouve quelqu'un qui soit capable de t'accompagner. Pour le reste, je suis à cent pour cent derrière toi, mon amour. Vis tes rêves, en faisant bien attention de ne pas te faire dévorer par tes cauchemars. »

Août 1999

Le hasard s'en mêle et semble vouloir souffler dans mon sens. En pleine préparation (mentale sinon déjà matérielle) de l'expédition, des amis communs conseillent à Christiane Gugger, qui souffre de maux violents aux cervicales, de venir me voir à mon cabinet de kinésithérapie. Pendant que je la soigne, nous faisons connaissance. Pianiste de profession, elle a créé une association dont le but est de réunir de grands artistes et des leaders spirituels qui acceptent de mettre leur talent et leur idéal au service d'œuvres de paix. Elle a ainsi réussi à regrouper des chefs religieux de divers horizons désireux de partager leurs musiques sacrées respectives. À chaque création des uns, l'argent récolté est versé aux mouvements des autres. Par exemple, en ce moment, elle prépare une création de musique tibétaine et occidentale composée par Rainer Boesch, dont les bénéfices iront à la fondation de l'abbé Pierre. Elle est tout de suite séduite par mon propre projet d'expédition ; et moi, je suis emballé par son association et par l'idée de réunir toutes les religions du monde sur une seule et même bannière que j'irais planter au « sommet du monde » pour affirmer notre désir commun de paix universelle ! Les guerres ne sont-elles pas toutes sous-tendues, aujourd'hui comme depuis des millénaires, par des conflits interreligieux ? Après une discussion enflammée, je décide de mettre mon expédition au service de cette noble cause : la paix.

Né dans une famille de libres-penseurs, je n'ai personnellement jamais adhéré à un quelconque mouvement religieux. Je ne crois pas en Dieu, du moins pas en celui que les religions nous présentent ; et jamais, franchement jamais, je ne me serais cru capable de m'embarquer avec les blasons de toutes les religions du monde sur mon étendard. Cependant, des milliards d'hommes sur terre suivent ces religions, se battent pour défendre l'une ou l'autre : les regrouper sous une même bannière me semble constituer un vrai geste de paix ; vivre dans la différence et le respect de cette différence le fondement de l'homme de demain. J'approuve en ce sens ce que fait Christiane Gugger, en cherchant, à son niveau, à unir des personnes d'horizons divers, en un même travail, en une même œuvre. Planter un drapeau unifiant ces religions à l'endroit le plus froid et le plus éloigné de la vie des hommes, les réunir dans la chaleur du « divin » que chaque personne porte en elle du seul fait qu'elle est vivante, voilà une manière pas plus bête qu'une autre d'aller dans le sens de la fraternité entre les peuples.

Nous nous revoyons fréquemment les mois suivants et, fin décembre, nous nous réunissons à Genève, en présence de plusieurs chefs religieux, membres d'honneur de l'association : l'abbé Pierre ; le docteur Dalil Boubakeur, recteur de la Grande Mosquée de Paris ; le rabbin François Garaï ; le pasteur McComish, doyen de la cathédrale de Genève ; le pasteur Shafique Keeshavjee ; l'hindouiste Svami Amarananda ; le bouddhiste tibétain Trijang Chogtrul Rinpoche ; et bien sûr Christiane Gugger elle-même. Je leur présente mon expédition et tous acceptent de la parrainer. L'idée maîtresse de regrouper sur un même étendard les symboles religieux des différentes traditions leur va bien. Le drapeau devra être conçu fin janvier, afin que toutes ces éminences puissent le bénir ensemble avant notre départ, prévu pour le 20 février 2000.

Septembre 1999

J'ai longtemps imaginé cette expédition en solitaire. Mais Lycia ne veut rien entendre et je sens qu'elle a raison. Cent jours, c'est long, et un coéquipier ne sera pas de trop. Mais qui prendre ? Ils ne courent pas les rues, les hommes d'expérience ayant déjà posé les pieds sur la banquise*, un traîneau aux fesses ! Bien qu'aucun ne connaisse l'hiver polaire, l'océan gelé, la dérive, les ours, j'ai vite pensé à trois de mes amis, susceptibles de s'engager totalement dans une pareille aventure : Rodolphe, Lola ou Michel... Je n'ai encore rien demandé à personne... Et en même temps, intuitivement, je me doute bien que c'est Rodolphe André qui sera l'homme de la situation.

Compagnon de ma toute première expédition en terre de Baffin, en 1995, Rodolphe est bien plus qu'un ami. Nous avons déjà tout partagé : la faim, la peur, la survie, le dépassement et d'énormes rigolades. Après notre épopée, j'étais naturellement revenu vers lui pour partir vers le pôle Nord magnétique, en 1997. Mais sa vie l'avait entraîné ailleurs, il avait refusé. J'y suis donc allé seul. Depuis ce jour, nous nous sommes rarement côtoyés. Il a traversé le Canada à vélo, je suis retourné au pôle avec ma femme, chacun est parti dans ses propres aventures. Pourtant, il est le seul que j'imagine susceptible à présent de s'embarquer dans une épopée aussi longue et aussi périlleuse que la traversée de l'océan Arctique de part en part et en autonomie.

Je me décide donc à l'appeler et nous convenons d'un rendez-vous. C'est nous, Lycia et moi, qui descendons chez eux. Rodolphe vit depuis deux ans avec Sandrine, rencontrée à La Plagne au cours d'une saison d'hiver. Il travaille là-bas comme skiman, et l'été aide son père sur les marchés, à Montpellier. Nous leur expliquons l'expédition, les enjeux, les risques, l'aventure.

Manquant pour l'instant d'argent – mon cabinet de kinésithérapie et le cours de gymnastique de Lycia viennent à peine de démarrer –, je ne peux lui promettre de salaire, mais je lui garantis qu'il n'aura aucune dette : je prends tout en charge, m'occupe des sponsors, des vêtements, des traîneaux, des skis, de tout. Bref, je lui offre une traversée de l'océan Arctique clefs en main, pour un investissement nul. Ma seule demande à son égard : qu'il s'entraîne physiquement afin d'être prêt pour le départ, le 20 février. Pour un sportif aventurier, cette proposition est une chance unique. Rodolphe accepte sans hésiter. Un poids énorme quitte aussitôt mes épaules : mon pote sera là, l'expédition peut vraiment commencer.

Octobre 1999

Comparée à celles que j'ai déjà menées, cette nouvelle expédition est d'envergure. Traverser l'océan Arctique demande des moyens techniques et financiers importants. Partir « en autonomie » signifie sans assistance ni ravitaillement, et ce, durant cent jours. Nous devons donc prévoir trois mois et demi de nourriture, les vêtements et tout le matériel nécessaires au bon déroulement de l'aventure.

Imaginer, envisager et concevoir sont les trois phases nécessaires à la mise en place du matériel. On répertorie une liste complète, qu'il va ensuite falloir passer au crible du critère absolu : le poids. Celui-ci influence tous nos choix. Le moindre objet que nous allons emporter doit, en plus de sa qualité spécifique de résistance aux chocs ou au froid, peser le moins possible. Même chose pour la nourriture : les repas doivent être les plus riches et les plus légers qui soient.

D'un point de vue technique et nutritionnel, les expéditions antérieures m'ont apporté l'expérience nécessaire à la confection de la panoplie complète et indispensable pour la traversée envisagée. Grâce aux explorateurs polaires Alain Hubert et Christian de Marliave (dit Cricket), spécialistes des mers gelées, j'ai pu entrer en contact avec différentes sociétés à la pointe de la recherche dans leur domaine spécifique. Depuis quatre ans, j'ai ainsi testé plusieurs types de traîneaux, de sacs de couchage (nous en avons même conçu un biplace, en 1998, lors de notre expédition au pôle Nord magnétique avec Lycia), de chaussures, de skis, de vêtements, de radios, de téléphones, de caméras, pour arriver aujourd'hui à être fin prêt. En collaboration avec les uns et les autres, nous avons mis au point le matériel indispensable à une si longue traversée sans ravitaillement : mille huit cents kilomètres à vol d'oiseau, sans jamais voir personne et sans le moindre appel à une aide extérieure – enfin, si tout va bien !

Techniquement, nous sommes opérationnels et possédons, à n'en pas douter, les meilleures innovations techniques du moment [1].

Non, je ne suis pas inquiet, même si l'imprévisible fait partie du jeu. Ce qui me préoccupe beaucoup plus, c'est le manque d'argent. À un mois du départ, un tiers du budget me fait encore défaut, soit trois cent mille francs. Je n'ai, en fait, pas trouvé le gros partenaire dont je rêvais et qui aurait pris toute l'expédition

1. Cf. annexe, p. 323.

en charge. En revanche, plusieurs petits sponsors, mais hélas pas assez. Cette expédition me trotte dans le crâne depuis un an, mais je ne me suis réellement mis en marche que début septembre, juste après mon mariage. Et six mois, c'est très court pour faire bouger les grands groupes !

Désormais, je me sens trop engagé pour dire stop et reculer. D'autant plus que deux Norvégiens, Torry et Rune, ont annoncé qu'ils partaient pour la même expédition cette année : s'ils réussissent leur coup, je risque de ne plus trouver personne l'an prochain, l'exploit ayant déjà été accompli. Par contre, je ne ressens absolument aucun esprit de compétition vis-à-vis des deux Nordiques. Je leur souhaite même sincèrement de réussir.

Et puis, je me suis engagé vis-à-vis de l'association Christiane Gugger et me dois de planter ce drapeau de la paix au pôle Nord. C'est important. Certainement, une minuscule goutte d'eau de paix, mais c'est goutte à goutte que les rivières se font.

Aussi, je continue à chercher et me contente de ce que j'ai. Si au dernier moment il me manque toujours une part du budget, j'emprunterai... J'espère que Lycia sera d'accord !

Début janvier 2000

La tension monte de jour en jour. Le départ approche et les discussions deviennent plus difficiles avec mes proches. Les petites phrases assassines fusent de toutes parts, témoignant du malaise de chacun. Une question permanente, énorme et plate, trône au centre des débats : au fait, pourquoi partir ? Ou plutôt pourquoi *repartir* ? N'y suis-je pas déjà allé, au pôle, seul, puis avec Lycia ? Alors pourquoi diable continuer ? N'ai-je donc pas eu ma dose ? N'ai-je pas déjà tout appris du milieu polaire ? N'est-il pas grand temps de devenir un adulte raisonnable ?

Toutes ces questions reviennent sans relâche, vagues déferlant sur le rivage de ma conscience et, je dois bien me l'avouer, pas une once de réponse rationnelle ne me vient. En me posant deux minutes, l'éclaircissement viendrait peut-être, mais je ne prends pas le temps de penser, je dois agir, agir, agir. Il y a tellement de détails à régler.

Un matin, prêt pour l'entraînement, je croise le regard de Lycia allongée sur le canapé, un bouquin entre les mains. Par hasard, comme on dit, je lui emprunte son livre et ouvre sur une page en lui annonçant : « Attention, voici la pensée du jour ! » Et je lis :

Tes lunes sont sombres
La lune n'est claire
Que si le soleil l'éclaire.
Tu n'es pas lune...
Tes lunes sont sombres.

Dialogues avec l'Ange[1]

Je reste sans voix. Lycia me regarde, les yeux narquois, avec un je-ne-sais-quoi de : « Tu voulais une leçon concrète ? » Je pars déboussolé et laisse ma course guider mes pas. Une heure enivrante, cadencée par le bruit de mes foulées sur le sol. J'arrive au sommet de la montagne de Saint-Maurice, juste au-dessus de la chapelle où nous nous sommes mariés (Lycia est catholique), il y a quelques semaines à peine, concrétisant notre serment, exprimé deux ans plus tôt, dans le huis clos le plus intime qui se puisse imaginer : le pôle Nord magnétique. Je m'assieds sur la table de pierre qui nous avait servi d'autel en plein air, juste à côté du minuscule édifice religieux. Tout est calme. Dans la clarté limpide de cette matinée d'hiver, la vallée resplendit sous mes yeux. Et les vagues de questions vont et viennent inlassablement : Pourquoi re-partir ? Comment briller et rayonner... moi, le soleil noir ?

Spontanément, deux nécessités intérieures m'apparaissent : grandir, apprendre qui je suis, me découvrir... mais aussi accomplir un exploit, pousser plus loin mes limites, tâter l'étoffe des extrêmes. En fait, je me dis que je cherche à sortir de l'enfance et à me révéler homme, à allumer mon soleil intérieur. Mais la question revient à la charge : à trente ans, avec le chemin que j'ai déjà accompli, est-ce que je ne me sens pas déjà un homme ? Qu'ai-je donc encore à prouver ? À qui ? À moi ou aux autres ?

---

1. Éd. intégrale, Gitta Mallasz, traduit du hongrois, Aubier, 1990.

Les yeux perdus sur l'horizon, je m'interroge comme jamais. Chercherais-je uniquement ma petite gloire ? Je ne pense pas, la notoriété ne m'a jamais vraiment attiré. Non, je recherche plutôt à savoir vraiment qui je suis, à me libérer de mon inconscient, en d'autres termes : à m'éveiller.

J'aurais pu essayer la méditation transcendantale, le zen ou encore l'enfermement monacal, plus usités, mais j'ai choisi le pôle, l'axe de la planète, le lieu où se rejoignent toutes les longitudes. Ce point considéré comme le bout du monde en est en fait le centre, c'est vers lui que je vais et c'est en lui que je découvrirai certainement le mien.

Je pense à Rudolf Steiner qui a expliqué, au début du XXe siècle, les trois phases naturelles et inévitables de l'apprentissage de l'humain : *marcher, parler, penser*. Le jeune enfant apprend d'abord à marcher au travers d'une multitude d'étapes enchaînées les unes aux autres. S'il en manque une, il y a de fortes chances pour que cette absence se répercute analogiquement dans la phase du *parler*, puis dans celle du *penser*.

Par le *marcher*, on entend le développement complet du système postural, respiratoire, locomoteur et des cinq sens. Ainsi, empêcher un jeune enfant de se mettre à quatre pattes, en le redressant trop tôt, dans un youpala par exemple, peut bloquer son développement verbal et intellectuel ultérieur. Le tout jeune enfant apprend sous la gouverne d'une envie instinctive. Il a envie d'attraper la poignée de porte. Mais à quatre pattes c'est impossible. Il va donc devoir se lever, se mettre debout avec ses propres forces de volonté. Au contraire, en voulant l'aider à se mouvoir plus vite, nous le privons de son expérience intrinsèque de conquête de la verticalité.

S'il n'a pas pu se redresser seul, dans cette phase cruciale du *marcher*, comment va-t-il pouvoir le faire dans le *parler* et plus encore dans le *penser* ? En voulant l'aider, nous lui nuisons, l'empêchant de faire son expérience avec les moyens qui lui sont propres. Inconsciemment, nous cherchons à le maintenir dans le stade infantile, car le voir se redresser, c'est retrouver, par effet de miroir, la difficulté que nous avons connue à nous redresser nous-mêmes, sous le regard intervenant de nos propres parents. En effet, chez l'homme pensant, l'éducation remplace l'instinct.

À bien d'autres niveaux, l'enfant, véritable éponge affective, est ainsi le réceptacle émotionnel de ses parents. Si ceux-ci induisent, au travers de leurs gestes et de leurs dires, des peurs à chaque pas de l'enfant – « Attention, ne tombe pas ! » –, ce dernier va les inclure à son développement et en faire des handicaps.

Naturellement, le bébé n'a que peu de peurs : celle de tomber de haut, celle des bruits violents, celle de ne pas être nourri régulièrement par sa mère... En aucun cas il n'est angoissé par l'idée du noir, par exemple. Mais les peurs et l'excès de stress des adultes ont tôt fait de s'amalgamer au moindre de ses gestes, et par extension à tout le développement du petit homme. La phase du *marcher* est alors pervertie, envahie d'effrois. L'enfant intégrant mal cette étape se retrouvera avec des manques, des trous, dans son développement du *parler* et *a fortiori* du *penser*. Ainsi, les étapes primordiales de l'apprentissage à la marche sont, elles, fondamentales.

Chez moi comme chez tous mes contemporains (sauf rares exceptions), l'apprentissage du *marcher* a été constellé de lacunes, d'erreurs, de manques, visibles directement aujourd'hui dans ma faculté parfois perturbée de penser, de communiquer, bref, de vivre.

Mais, comment changer notre manière inconsciente de voir la vie ? En la rendant consciente, me dira-t-on. Peut-être, mais concrètement ? La première idée qui vient à l'esprit est d'utiliser des techniques psychologiques, voire psychanalytiques. On sait le nombre florissant de thérapies basées sur ces méthodes. Elles ont leurs effets, mais aussi leurs limites, laissant des pans entiers de mal-être qui ne peuvent se régler par la seule « prise de conscience ». Celle-ci n'est que le premier maillon, l'étincelle capable d'enclencher la véritable thérapie qui, comme nous le disent de nombreuses écoles de sagesse (et pas uniquement asiatiques), ne peut passer que par le corps.

Sans aucun doute, même si je ne suis pas qu'un corps. Mais mon corps est le messager le plus visible de mon esprit. Il constitue la seule partie solide de l'ensemble. Si nous voulons guérir de nos pensées tordues, il faut réapprendre à *marcher* ! Retourner à la terre, au lieu de nous masturber l'esprit ! La vie se commence et se recommence sans cesse par la base : le *marcher*.

Et voilà pourquoi je pars, concrètement, marcher seul dans un univers de glace vide, où l'esprit ne peut s'accrocher à rien et où la conscience est bien obligée de s'ouvrir à autre chose qu'à qu'elle-même. *Marcher* juste, pour pouvoir un jour *parler* juste et pourquoi pas *penser* juste !

Seulement voilà, comment faire comprendre tout cela aux autres, quand j'ai moi-même tant de mal à intégrer ces notions ? Heureusement, depuis un an, une force incroyable me pousse aux fesses, une énergie qui pulvérise mon côté raisonnable, une soif de vivre née d'un paradoxe étrange : si je reste, je meurs ; si je pars, je vis – même si je dois pour cela réellement perdre la vie. Entre la quantité et la qualité, le choix est fait, même s'il ne plaît pas forcément à tous : je pars !

Tout d'un coup, je me sens léger, euphorique, libéré de mes chaînes, avec juste une petite pincée au cœur pour mes proches, si loin de cette manière de voir la vie. Comment les aider, sinon en partant, en leur montrant, comme je la conçois, la voie qui mène à soi. Inutile de rentrer dans un discours stérile, bloqué à l'étage du *penser*. La voie, pour moi, consiste à retourner *marcher*, à m'exprimer par les actes.

Je me lève et retourne vers la petite chapelle de Saint-Maurice, vingt mètres plus bas. Je la contourne et viens, comme à mon habitude, m'asseoir au bord de la falaise. Il y a là deux places côte à côte, dessinées dans la roche. Une vague de souvenirs m'assaille ; c'est là que j'ai rencontré ma femme, Lycia, il y a trois ans. À l'époque, je m'apprêtais à partir en solitaire pour le pôle Nord magnétique, engagé dans cette expédition avec la ferme intention de rester seul.

Mais Lycia est passée par là et a tout balayé.

Dès la seconde où je l'ai vue, j'en suis tombé follement amoureux. À partir de cet instant, elle est venue hanter chacun de mes jours, chacune de mes nuits, chacune de mes pensées.

Elle vivait à Paris, moi à Dieulefit, dans les collines de la Drôme. Difficile, pour bien faire connaissance. Loin de baisser les bras, j'ai mis mon cousin Florent dans la confidence et nous avons, ensemble, échafaudé un plan d'action. De faux hasards en coïncidences, jusqu'à ma conférence de départ à Dieulefit, une semaine avant l'envol. Là, je me devais d'agir et lui glissai le soir même une lettre cachée dans une carte de l'Islande.

Le lendemain, en compagnie de ma sœur, je passai chercher Lycia et Philippe (son oncle), afin que ce dernier me filme en train de marcher tractant les deux filles dans la « pat-mobile » (carriole construite par mon ami Patrick Savoie). Tandis que nous nous préparions, j'observais la belle du coin de l'œil afin de discerner dans son attitude une possible réaction à mon courrier. Mais rien. Pas le moindre signe, ni la plus petite allusion, aucun commentaire, ni explicite ni implicite. À coup sûr, elle n'avait pas découvert ma lettre. J'étais abattu mais, sous l'œil professionnel du cameraman, je jouai le jeu, marchant vers le sommet de la montagne de Rachas à grandes enjambées. Lors d'une pause, je me retournai enfin vers Lycia :

« Tu redescends sur Dieulefit pour mon départ, en fin de semaine, ou nous nous voyons juste à Paris avant que j'embarque ?

— Ni l'un ni l'autre, je reste ici toute la semaine. »

Mon cœur faillit sortir de ma poitrine. Rouge pivoine, je me détournai, reprenant la traction. Ma parole, c'était gagné ! ? Elle avait lu la lettre, j'en étais soudain sûr. J'étais le plus heureux du monde.

Il ne restait plus qu'une semaine pour conclure et sceller notre amour au milieu de la galère des préparatifs. Dès le lundi soir, je l'invitai au restaurant. Moi, je voulais l'épouser tout de suite ou au moins me fiancer à elle ! Après des heures de palabres, elle réussit pourtant à me convaincre qu'il était plus sage de tout différer jusqu'à mon retour. J'obtempérai, la gorge serrée. Elle avait raison. Pourtant, à la première occasion, nos bouches se trouvèrent, écartant nos trop prudentes décisions. La « raison » supposée fut balayée comme un rien. En quelques heures l'évidence s'imposa : nous étions faits l'un pour l'autre.

Et le lendemain, nous sommes donc montés jusqu'à cette fameuse petite chapelle. Un vent glacial soufflait sur la montagne. Je suis allé m'asseoir à cette place précise, les pieds dans le vide, face aux bourrasques, laissant libre le siège naturel à côté de moi. Combien de fois m'étais-je déjà assis là ? Par tous les temps ! Mais toujours seul. Aucune de mes anciennes copines ne s'était assise à mes côtés. Si bien qu'avec le temps je m'étais dit que cette place était réservée à ma future femme. Celle qui s'y installerait pourrait me passer la bague au doigt. J'avais tremblé parfois en voyant certaines s'approcher. Aucune ne l'avait fait. Il faut dire que le vide est impressionnant. Ce jour-là, avec Lycia, j'aurais tout donné pour qu'elle s'assoie, mais le vent violent m'enlevait tout espoir. C'était impossible.

Jusqu'au moment où sa main a glissé dans la mienne et sa tête sur mon épaule... Malgré les intempéries, elle s'était assise à côté de moi, un grand sourire illuminant son visage ! Voilà pourquoi, quelques mois plus tard, nous nous sommes mariés au sommet de la montagne de Saint-Maurice, tout près de ce lieu symbolique au bord du vide.

Aujourd'hui, je suis seul dans la montagne, et pourtant Lycia rayonne dans le silence. Une partie d'elle, une partie de nous deux vit ici à jamais.

Lundi 14 février 2000

Six jours seulement avant notre envol vers la Russie, nous sommes reçus par l'association « Christiane Gugger Création d'œuvres pour la paix » dans les locaux des Nations unies, à Genève, où les chefs spirituels présents nous remettent le fameux drapeau. Une cérémonie intense. Chacun vient nous encourager avec ses mots, sa langue et sa croyance. Je suis touché par toutes ces manifestations de sympathie. L'expédition prend réellement son sens. J'espère revenir victorieux de notre traversée et réunir à nouveau ces hommes et ces femmes, lors d'une conférence que nous envisageons à notre retour... Si tout se passe bien. *Inch Allah !*

Samedi 19 février 2000

Les dernières semaines ont été terribles. La course au fric, au matériel, sans compter un méchant quiproquo de dernière minute. Le soir même de notre retour de Genève, je passe avec Lycia sur TF1, dans une émission enregistrée trois semaines plus tôt, pour parler de notre aventure polaire de 1998. Au cours de l'interview un des animateurs m'avait demandé où nous en étions. J'avais aussitôt parlé pêle-mêle de la traversée de l'océan, de l'autonomie, de la banquise et... du drapeau. Me mélangeant les pinceaux, j'avais annoncé qu'il nous serait remis « sous l'égide des Nations unies » et non « aux Nations unies, sous le patronage de l'association Christiane Gugger ». Impressionné par les caméras, j'avais dit cela sans même m'en rendre compte. Une boulette passée inaperçue sur le coup. Mais dès le lendemain du passage de l'émission, Christiane m'appelle et me demande des explications. Je les lui donne, apparemment sans la convaincre. Elle est désormais certaine que j'utilise son association pour ma gouverne, ma gloriole personnelle. À mille lieues de cela, je lui propose même de laisser tomber toute cette histoire de drapeau. J'appelle certains chefs spirituels, afin de m'excuser de mon erreur. Ils disent ne pas m'en tenir rigueur. J'ai frisé cependant l'incident diplomatique. À moins d'une semaine du départ, je ne m'imaginais pas devoir régler ce genre de question. Il va falloir se tenir à carreau... la moindre faute d'inattention peut être lourde de conséquence !

Nous partons demain.

Lycia est en colère, je dois passer à peine trois minutes par jour réellement avec elle. Hier soir, elle m'a imposé un dîner en amoureux au restaurant. C'était une bonne idée, j'ai effectivement décompressé. Cela m'a fait un bien fou de me retrouver seul en sa compagnie.

Dans deux heures, Rodolphe arrive pour faire les sacs. J'ai investi la chambre d'amis de Mamette, la grand-mère de Lycia, qui nous a prêté sa maison comme lieu de préparation. Il y règne un bordel innommable. Je trie, classe, range, m'assurant qu'il ne manque rien. Des amis passent nous donner un coup de main, et les diriger tout en me concentrant sur chaque objet relève du défi. Je suis survolté, mais je canalise mon esprit sur l'expédition et seulement sur elle. Efficacité avant tout.

Même jour, 23 heures

On est à la bourre, je ferme juste le dernier sac. Encore le traîneau à emballer, douche et départ en camionnette pour Paris. Sept heures de route. Ma mère, une amie, Marie Aubert, Pascal Fayolle, le photographe de l'expédition, Sandrine Brun, la copine de Rodolphe, et Lycia sont du voyage. On laisse mon père sous la pluie, à 3 heures du matin. Bisous superficiels, une boule dans la gorge, j'enclenche la première.

Je conduis les premières heures, impossible de dormir. J'ai les nerfs à vif. Je somnole les heures suivantes, hypnotisé par le défilé des bandes blanches de l'autoroute.

Dimanche 20 février 2000

À Roissy, Bertrand Jenny, producteur du film que nous projetons de tourner sur l'expédition, est là, un contrat à la main. Il a fallu batailler un peu, mais aujourd'hui il s'engage. Ouf ! Une épine en moins dans le pied. Les images que nous allons tourner sont désormais prises en charge, elles pourront servir aux médias ou à un documentaire. Arrive ensuite Gwendoline, bras droit de notre attachée de presse, qui vient, elle aussi, nous faire signer un contrat. J'ai décidé de prendre une attachée de presse il y a seulement une semaine, sur l'insistance de nombreux amis. Jusqu'à présent, c'est ma mère et Lycia qui assuraient les relations avec la presse. Je conçois que ça n'est pas leur job. Si nous voulons que cette expédition existe aux yeux du grand public, c'est une mission importante. D'autant plus que, désormais endetté de trois cent mille francs, je compte sur la vente de photos et d'images pour me renflouer un peu.

Ces dettes ne sont pas une entrave pour moi, plutôt une obligation de résultat. Ayant tout misé, même ce que je ne possédais pas, nous nous devons de réussir ! Lycia le comprend, mais elle me reproche tout de même de ne pas avoir tenu ma promesse de ne pas m'endetter.

Cricket, Nicolas Mingasson (Nico) et Bernard Buigues sont également là. Heureusement ! Ce sont eux qui, via leur entreprise, Cerpolex, vont nous acheminer jusqu'au cap Arktichevsky, à l'extrême nord de la Russie. Désormais, ils prennent les choses en main. Je leur passe le flambeau. Ouf !

Le moment des au revoir est arrivé. Tout le monde essaie d'oublier que c'est peut-être celui des adieux. On enregistre les bagages. Une petite interview. Allez, c'est l'heure. On approche des escalators. Mes pieds pèsent des tonnes, et mes jambes sont molles. Une boule me serre le ventre. C'est ici que je quitte Lycia. Pour la première fois, nous nous séparons. Jusqu'à présent, elle a fait corps avec l'expédition.

Nous laissons nos femmes pour peut-être ne jamais revenir. Cette sensation bizarre prend de plus en plus de consistance : et si c'était la dernière fois que je la serrais dans mes bras ? La mort rôde. J'y pense depuis la toute première expédition. À chaque fois, je remise tout et je joue banco, plein feu sur le rouge, sur la vie.

Quoi que nous fassions, la mort est là, incontournable. Que nous bougions ou non, elle nous cueillera un jour. Alors, pourquoi ne pas choisir de vivre pleinement plutôt que de commencer à mourir en se calfeutrant, en se protégeant, en s'interdisant de jouir de chaque seconde ? Je suis confiant et regarde ma vie et ma mort d'un même œil.

Ma mère est en larmes. Lycia pleure doucement. Un ultime baiser et déjà les escaliers roulants nous entraînent. J'ai l'impression bizarre de partir pour la Lune et que je ne les reverrai pas avant longtemps. Très longtemps...

Rapidement, nous grimpons dans l'avion. Je m'affale sur mon siège et m'endors aussitôt.

Arrivé à Moscou, j'ouvre de grands yeux ; je ne suis jamais venu en Russie. L'aéroport me semble immense et terne. Les gens sont gris. L'ambiance me fait tout de suite penser aux films retraçant l'après-guerre en France. On sent d'emblée que le système D est roi.

Cricket et Steph' qui nous accompagnent, habitués à faire plusieurs fois par an la navette Paris-Kathanga – attention : il ne s'agit pas d'une région zaïroise, mais d'une base militaire russe –, se comportent comme des poissons dans l'eau. Bref, ces deux hommes irremplaçables nous chaperonnent et nous nous laissons sagement guider, profitant de cette disponibilité pour aiguiser nos sens. Drôle de pays. Nous traversons Moscou et rejoignons l'aéroport des lignes intérieures, plus cocasse que l'international.

Lundi 21 février 2000

Premier arrêt à Norilsk, où nous arrivons à 9 heures du matin. Un tout petit aéroport, dédié à la gloire stalinienne, avec des fresques titanesques au mur. J'ai de plus en plus l'impression d'être projeté cinquante ans en arrière. Norilsk est un gigantesque complexe industriel, dont les usines vomissent leurs fumées pestilentielles jusqu'au cœur d'une ville aux plans calqués sur ceux de Saint-Pétersbourg. Saisissant contraste d'harmonie et de laideur. Alentour, la forêt est morte sur des dizaines de kilomètres et les rivières empoisonnées. Mais au-delà, la taïga et la toundra s'étendent, immenses et préservées... pour encore longtemps ?

Avec nous, cheminent deux autres expéditions. Deux Suédois, Ola et Göran, accompagnés de leur staff technique, qui partent pour le pôle – en autonomie comme nous, mais sur une distance deux fois plus courte. Et une jolie Danoise solitaire, prise en charge par Borge Ousland, expéditeur polaire norvégien émérite, qui l'aide dans la préparation de son expédition. Elle compte, elle aussi, atteindre le pôle en autonomie, et seule ! Nous admirons son courage et sa pugnacité. Je suis heureux que des femmes comme elle ou comme Chantal Mauduit s'engagent sur les sentiers de telles aventures, exclusivement masculines jusqu'ici. Elles ont une autre vision des choses, plus profonde, moins basée sur l'exploit pur et sur la compétition. Elles incarnent à mes yeux la quête, au sens noble du terme, c'est-à-dire la recherche intérieure et le plaisir du jeu, à l'inverse de la conquête, plutôt masculine, poussée par le désir de posséder et le plaisir du « je ».

Mercredi 23 février 2000

Nous arrivons à Kathanga, dans le haut Taymir, et entamons illico les préparatifs de mise en route de l'expédition. Nous n'avons pas emporté d'arme, comptant en acheter une sur place. Mais, dans la multitude de fusils que nous proposent les Russes, aucun ne fait l'affaire. La tension monte. Nous partons demain pour Sredny. Sans fusil, nous courrons un vrai danger, à cause des ours. Dans le village circulent une quantité d'histoires de rencontres entre hommes et plantigrades, et toutes ne sont pas bonnes à entendre.

À quelques heures du départ, un ami de Cricket arrive, une carabine dans les mains, des balles plein les poches. Elle nous séduit tout de suite car elle peut tirer différents calibres, du plomb à oiseaux aux balles à ailettes, véritables petites bombes. Les petits plombs, surtout, nous intéressent. Si nous tirons sur l'animal, ils lui feront mal, sans le blesser. Nous ne comptons absolument pas tuer d'ours, mais il faudra bien se défendre en cas d'attaque. Affaire conclue.

Sredny : dernier bastion humain, vendredi 25 février

Situé sur le 80e parallèle, cette base rassemble une trentaine de militaires, stationnés là pour la protection des côtes sibériennes. N'oublions pas qu'à vol d'oiseau l'Amérique ne se trouve qu'à deux mille kilomètres, de l'autre côté du pôle. C'est proche. Pour preuve, nous y allons à pied !

Le spectacle à Sredny est saisissant. La moitié des baraquements sont hors service, les hommes s'entassant dans le reste. Parmi eux, quelques militaires de carrière, mais surtout, et c'est ce qui nous étonne le plus, des appelés. Des jeunes de vingt ans envoyés là pour faire leur service militaire, sans qu'on leur ait bien sûr demandé leur avis. Nous sommes logés dans la salle de sport, la table de ping-pong servant de buffet. Nous déballons dans un coin tout notre matériel et commençons à ranger les traîneaux avec méthode. Les autres expéditions, suédoise et danoise, nous entourent, scrutant notre matériel et discutant entre eux de la valeur des objets embarqués. Nous sommes tous à la recherche de l'innovation la plus intéressante, du duvet le plus léger et le plus chaud, des vêtements les plus solides et qui respirent le mieux, des meilleurs coupe-vent et autres gadgets « polaires ».

Dès le lendemain, nous partons d'un coup d'hélicoptère éprouver le matériel, prendre des photos et filmer autour de Sredny. Le froid est d'une violence cinglante, mais, dès les premiers pas, les sensations me reviennent : je me sens chez moi. Comme un chien fou, j'ai envie de courir partout. La rigueur de l'entraînement et le peu de temps laissé par les pilotes m'obligent à me concentrer sur nos objectifs. Nous testons les traîneaux, leur maniement, réglons la distance des cordes de traction, etc. Rodolphe ne semble pas trop perturbé. Il est encore un peu paumé, mais visiblement heureux d'être là. Deux jours encore et nous serons fins prêts. Nous revenons le soir aux baraquements, émoustillés par ce premier contact avec l'univers polaire. J'ai hâte d'y être !

À peine sommes-nous rentrés que le chef des pilotes nous convoque tous. La situation météorologique n'est pas bonne et les Russes ne veulent pas se retrouver bloqués ici pour la semaine. Comme les dernières images satellites laissent, malgré tout, une ouverture, ils ont décidé de nous déposer dès demain matin.

C'est la douche froide. Nous comptions nous préparer pendant deux ou trois jours encore, et voilà qu'il ne nous reste pas plus de douze heures. L'effervescence s'empare de nous. Les deux autres expéditions, qui comptaient partir plus tôt, sont tout à fait prêtes et se couchent tranquilles vers 22 heures, alors que nous, en vrais *frenchies*, toujours à l'arrachée, nous trions, rangeons, plaçons notre matériel dans les pulkas jusqu'à 2 heures du matin, pour nous écrouler enfin, épuisés, au milieu des ronflements de nos camarades de chambrée.

Dimanche 27 février 2000

Après un somme qui tient plus de la sieste, nous voilà à nouveau affairés à passer les derniers coups de téléphone afin de rassurer famille et amis en laissant croire que tout va bien, que nous sommes bien reposés.

Quels menteurs ! Voilà quinze jours que je dors quatre heures par nuit. Je suis blanc, livide, totalement perdu dans la gestion de l'expédition, à mille lieues de la banquise. Rodolphe, quant à lui, est encore mentalement à Montpellier dans les bras de sa douce. Toute notre attention est tournée vers l'arrière, vers ceux avec qui nous avons rêvé notre aventure jusqu'ici. Elle nous semble encore si loin et, pourtant, dans moins d'une heure...

Le dernier briefing météo tombe. Le temps se maintient, on part ! Les traîneaux, vidés pour le transport, quittent la base suivis d'une dizaine de caisses où tout notre matériel a été soigneusement rangé, afin que nous puissions remplir les pulkas le plus vite possible, une fois parvenus au cap Arktichevsky. Les trois expéditions embarquent dans la grosse abeille russe. Nous, Bettina et Borge, et le groupe des Suédois. Les autres s'arrêtent au pôle, alors que, pour nous, le « sommet du monde » ne constituera que le milieu du chemin. N'ont-ils pas raison ? Quelle folie m'a poussé à vouloir traverser l'océan gelé de part en part ? Ils tirent cent vingt kilos chacun, et nous cent soixante-cinq ! Y arriverons-nous ? Toutes ces questions se bousculent et, alliées à la fatigue, finissent de m'achever complètement. Quand l'hélico décolle, je suis sur les rotules. Coincé entre le réservoir de fuel, mon traîneau et Rodolphe, je sombre dans le sommeil, bercé par le bruit assourdissant des rotors. Il fait encore chaud, autant en profiter.

Une tape sur la tête me réveille, nous survolons la banquise.

Déjà deux heures de vol ! L'océan se déroule sous nos pieds, en un immense tapis blanc fracturé çà et là d'épaisses bandes noires : des voies d'eau ! L'hélico descend à quelques mètres et vole au ras de la glace. Nous sommes sur la banquise côtière, à la frontière entre le pack (la banquise ferme, un à deux mètres d'épaisseur) et la terre.

Cette bande frontalière se compose de grosses plaques éparses, détachées de la banquise de haute mer et soudées entre elles par l'eau de mer regelée cet hiver (dix à trente centimètres d'épaisseur seulement). L'énorme manteau de glace du pôle, soumis à l'action des courants marins et de la marée, vient se frotter contre les terres, disloquant aux endroits les plus faibles la « jeune banquise ». Apparaissent alors des chenaux d'eau libre entre les plaques plus ou moins blanches de l'océan. En effet, plus la glace est vieille, plus elle est épaisse et moins sa couleur est vive. Par contre, la jeune glace, formée au cours de l'hiver, est d'un blanc étincelant.

Les regardant du ciel, nous reconnaissons parfaitement les différentes structures de la banquise, mais ce qui nous choque le plus, ce sont les grandes taches noires. Dans ce monde immaculé, la couleur de l'eau tranche sans équivoque, d'un noir de jais. Rodolphe me regarde, impressionné ; il n'a jamais mis le pied sur la banquise et l'univers qu'il découvre le refroidit ! J'essaie d'être rassurant, mais mon sourire finit en grimace. Moi non plus, je n'en mène pas large.

L'hélico, après s'être enfoncé d'une vingtaine de kilomètres sur la banquise fait maintenant demi-tour et revient vers la côte, point de départ des expéditions. À partir du kilomètre 16, nous ne trouvons plus que de la jeune glace d'environ dix centimètres d'épaisseur, qui sert de tampon entre l'ensemble de la banquise et la terre. Même au cœur de l'hiver, par – 40 °C comme aujourd'hui, les courants marins et les vents éloignent ou rapprochent le pack des terres, ouvrant des brèches d'eau qui peuvent atteindre facilement une dizaine de kilomètres de large. Nous atteignons le cap et Cricket jubile, car, aujourd'hui, la banquise touche carrément les plages russes :

« C'est la première fois en dix ans que je survole une banquise aussi fermée, s'écrie-t-il enthousiaste, il ne faut pas hésiter ! Cependant, il va vous falloir mettre un sérieux coup de reins au démarrage, car vous devez impérativement atteindre les abords du pack dès ce soir. Il ne faut en aucun cas que vous restiez sur cette fine glace pendant la nuit. À tout moment, le vent peut repousser la banquise loin des côtes. Se retrouver sur la bande côtière dans ce cas, c'est la baignade assurée. Cette glace est beaucoup trop instable. »

Nous voilà bien ! Dès le premier jour il va falloir mettre les bouchées doubles sur une glace d'à peine dix centimètres d'épaisseur. La fatigue des dernières semaines se fait sentir et pour la première fois la peur me serre le ventre. Dans quelle folie me suis-je embarqué ? Dès les premiers pas, la mort est au rendez-vous. En expédition polaire, chacun sait l'enjeu de l'aventure – c'est pourquoi nous nous préparons le mieux possible, tant physiquement que psychologiquement à affronter la sauvagerie du monde. Cependant, quand vous êtes là, à l'instant du vrai départ, une petite voix se fait entendre : « Es-tu bien prêt ? » Sous-entendu : « Sinon, la sentence sera sans appel ! » Et ma réponse, aujourd'hui, est loin de sonner clair et net.

2

Pas à pas

Pas à pas : C'est reconnaître qu'il faut du temps au temps. Sauter un pas c'est nier cette réalité, c'est prétendre dépasser Dieu. C'est oublier que deux cellules se sont rencontrées, et multiplier (pas à pas) pour arriver aux milliards qui nous composent. Paradoxe que de se croire si grand en oubliant que seul le petit peut grandir.

Grandeur à celui qui sait que les gouttes forment les torrents, car celui-là peut créer des océans.

CHRISTIAN LAIR

28 février 2000 : Jour 1

L'hélicoptère se pose à trois kilomètres de l'océan et l'effervescence s'empare de tous. Une fois dehors, le froid cinglant, la nudité du paysage et le soleil rouge qui se couche sur l'horizon me rappellent la chance que j'ai d'être ici ; c'est magique. Nous déchargeons les caisses en une chaîne humaine déposant trois tas distincts, un par expédition. Le nôtre est énorme. Les automatismes polaires reviennent aussitôt et je range les traîneaux avec méthode, répartissant les poids et plaçant en évidence le matériel usuel. Rodolphe n'en perd pas une miette. Il ne connaît quasiment rien de cet univers glacial, mais essaie de mettre en pratique le peu qu'il sait. Il a bonne mine et je sens sa confiance en moi totale. Nous formons une fine équipe !

Nous sommes en plein rangement, et déjà Bettina s'en va. Embrassades, accolades, elle part arc-boutée tractant ses cent vingt kilos répartis en deux pulkas. Sa stratégie est qu'après vingt jours de marche, le poids en nourriture diminuant, elle pourra abandonner un traîneau et s'alléger d'autant. Idée intéressante, si ce n'est qu'il lui faudra jeter à l'océan le superflu, ce qui, symboliquement, nous déplaît. Nous avons opté pour la technique du « je garde tout ce que j'emmène ». À nous de calculer, de minimiser, y compris les emballages de notre nourriture. Nous ramènerons même nos poubelles au Canada ! Notre parti pris écolo est catégorique.

Dix minutes plus tard, c'est au tour des Suédois, Ola et Göran, de prendre les traces de la Danoise. Un bref salut de la main ponctue leur départ. Tous les regards de l'équipe russe sont maintenant focalisés sur nous. Calmement, nous finissons le remplissage des traîneaux. Le soleil qui a fait un bref saut au-dessus de l'horizon redescend, il nous reste seulement quatre heures de luminosité. Je me demande si, face à la nuit qui arrive, nous ne ferions pas mieux de dormir sur la plage et de prendre le large demain. Mais Cricket nous pousse, la banquise est bonne, c'est une aubaine, il faut partir :

« Si vous loupez le coche, dit-il, vous allez peut-être attendre trois jours avant de retrouver de bonnes conditions de glace de départ. Par contre, il vous faut absolument traverser la fine glace d'une seule traite. Haut les cœurs, les gars ! »

Conscient du danger, j'avance :

« Et si, avant d'atteindre un bout de vieille glace, nous nous retrouvons face à un chenal ? Avec la nuit, jamais nous ne pourrons revenir sur nos pas ! »

Il hausse les épaules :

« C'est un risque à courir. »

Rodolphe tranche, sans trop se rendre compte de la situation :

« Allez, on y est, on y va ! »

Quelques photos, les cameramen filment les embrassades. Une vague d'émotion me submerge au moment de serrer contre moi Cricket et Nico... pour la dernière fois, peut-être ! Le premier coup de reins me semble pourtant facile. J'ouvre la marche sous les encouragements des militaires russes. Rodolphe suit, la barbe blanche de givre, un sourire figé sur ses lèvres. Le moment tellement attendu est enfin arrivé. Nous partons. Déjà cent mètres. L'hélico s'envole dans un nuage de neige, puis pique sur nous pour un dernier plan caméra. Vus de là-haut, nous devons être minuscules. Euphorique, j'extrapole la scène à la télévision. Comme je suis heureux de m'imaginer dans le petit écran, au cœur de l'action. Aujourd'hui, les héros, c'est nous !

Le temps de cette pensée, et l'insecte métallique frôle déjà l'horizon. Nous n'entendons plus son vrombissement. Une première heure silencieuse passe, chacun seul en lui-même, la peur jouant au yo-yo. La sensation que nous sommes devenus des vers de glace ne tarde pas à m'étreindre. En six mois, nous avons soulevé des montagnes, vécu à deux cents kilomètres-heure pour devenir, aujourd'hui, des rampants, d'une lenteur inexprimable. Quel paradoxe ! Je vide mon esprit et essaie de me concentrer sur la marche.

En atteignant enfin la plage, nous nous arrêtons pour boire et manger. Pas de sable fin, mais cent mètres de glace tourmentée déposée sur le rivage par les lentes pulsions de la banquise contre la terre. Dans ce petit chaos, nous prenons vite conscience du poids extrême de nos pulkas. À la moindre bosse de cinquante centimètres, il faut s'y mettre à deux. Nous luttons une demi-heure dans ce champ de mines naturel et atteignons d'un coup la fameuse *fine glace*, zone frontière sans cesse en mouvement entre le pack et la côte. Premier pas, premier test, je frappe la surface de la glace à grands coups de bâton. Rien ne bouge. Je marche dessus, saute, c'est assez épais. Encore deux heures avant la nuit. Nous préparons les lampes frontales, ultime conseil de Cricket, au cas où il nous faudrait avancer dans le noir. « C'est parti ! » hurle joyeusement Rodolphe effectuant ses premiers pas sur l'océan gelé.

La jeune glace est parfaitement lisse, il n'y a pas de neige dessus, et nos efforts de traction sont moindres. Nous marchons à pas redoublés : nous jouons peut-être toute l'expédition, et plus encore nos vies, sur cette première étape. Beaucoup d'explorateurs partis les années précédentes se sont fait déposer derrière cette zone charnière, à une vingtaine de kilomètres au large, directement sur le pack, afin d'assurer un départ plus rapide à leur expédition. C'est un choix. Nous, notre pari, est d'aller d'une terre à une autre et il est symboliquement impératif de partir des côtes pour de bon. Question d'éthique. Et puis, ce passage, cette glace fine sur laquelle nous avançons à présent n'est rien d'autre que la porte de l'océan. Si nous voulons marcher sur son dos, nous devons accepter cette première initiation, riche en émotions et en trouilles de toutes sortes. Enfin, à quoi rimerait de réclamer ce filet de sécurité ? L'aventure se joue sans détour, toujours sur le fil, à la limite du possible !

Deux kilomètres. Nous nous sommes arrêtés pour boire un verre d'eau chaude sortie du Thermos, quand brusquement un bruit nous paralyse. Un crissement aigu retentit sous nos pieds. À quelques mètres devant nous, une longue faille s'ouvre en serpentant. Nous reculons d'instinct, persuadés que la banquise s'entrouvre. Erreur : sous la pression, deux plaques de glace se chevauchent et celle d'en face passe sous la nôtre. Sans attendre, nous enjambons ce trait de fracture mouvant et repartons.

Le crépuscule prend forme, pas de vieille glace en vue, seulement d'incessants crissements. Tous les cinquante mètres, nous passons des amoncellements de glace, petites crêtes de compression* en formation (c'est le nom que l'on donne au bourrelet que forment deux plaques de banquise quand elles se rentrent dedans – les plus grosses peuvent faire plus de dix mètres de haut !). Ça bouge de partout, un véritable tremblement de mer.

La nuit nous cueille au beau milieu de ces petits séismes. Nous continuons à la lampe frontale jusqu'à ce qu'un « Merde, de l'eau ! » s'échappe d'entre mes dents. Dans la lumière blafarde des lampes, un serpent noir se dessine devant nos skis.

« On continue ? » demande Rodolphe.

C'est trop dangereux, nous ne voyons plus du tout où nous mettons les pieds et je me vois mal prendre un bain de nuit par ce froid. Je réponds : « Non. On retourne juste vingt mètres en arrière, là où la glace semblait stable. On installe la tente, on sort le minimum pour un bivouac et on attend l'aube. »

Nous dressons un camp de fortune au milieu de craquements sinistres. Des aurores boréales dansent au-dessus de nos têtes, nimbant l'espace d'évanescents nuages verts, fluorescents. Un feu d'artifice explose sans bruit dans le ciel de l'Arctique, comme pour fêter notre arrivée. Rodolphe m'attend déjà dans la tente, je ferme le sas d'entrée et explique la tête encore dehors, contemplant les étoiles sans éclats des cieux froids : « Pour cette première nuit, nous avons toute la palette de l'Arctique : le froid (– 45 °C), les grincements de l'océan, les aurores, la trouille, la beauté, le calme, la mort, l'éternité... » Et me tournant vers lui, saisi par le froid, je conclus : « Mais qu'est-ce qu'on fout là, mon vieux ? »

Nous sortons la nourriture des sacs et installons les duvets dans lesquels nous allons dormir entièrement habillés au cas où il nous faudrait fuir. Le froid se durcit et, degré après degré, passe sous la barrière toujours impressionnante des – 50 °C. J'ai longtemps pensé qu'au-delà d'une certaine limite, par exemple – 35 °C, la température pouvait descendre sans nous atteindre, nous rendant plus ou moins insensibles à ses variations. Il n'en est rien. Chaque degré compte. Il y a autant de différence entre 0 et – 5 °C, qu'entre – 45 et – 50 °C. Les paliers semblent même vraiment distincts, alors qu'autour de 0 nous n'opérons que peu de différenciation. Jean-Louis Étienne a très bien exprimé cette sensation douloureuse de la descente millimétrique du thermomètre en comparant les degrés avec des kilos. Entre cinq et dix kilos dans mon sac à dos, je sens une différence, mais cela reste supportable, alors qu'à partir de quarante-cinq kilos, chaque kilo supplémentaire pèse une tonne ! Pour le froid, c'est pareil. De 0 à – 20 °C, c'est confortable, de – 20 à – 35 °C, c'est acceptable, de – 35 à – 40 °C, c'est supportable, au-dessous nous entrons en résistance perpétuelle, car il devient impossible de rester assis sans bouger. Même avec de bons vêtements, le froid vous oppresse et s'introduit partout. Rester statique, c'est grelotter continuellement. Il faut bouger un peu, mais sans cesse. – 50 °C dehors, pour un premier soir, c'est énorme, car sous la tente nous frisons les – 45 °C ! Les parois ne nous permettent pas d'emmagasiner la chaleur. La tente nous protège seulement du vent. Bonne entrée en matière !

La préoccupation du moment nous distrait et repousse un peu l'angoisse de l'inconnu, dévoilée dans chaque geste. Mais celle-ci, patiente, s'infiltre de partout et, dès que nous nous retrouvons inactifs, un véritable étau nous enserre. En moi, deux personnages s'affrontent : un peureux qui ne cesse de voir le mauvais côté de notre situation, un heureux qui vit chaque instant avec délice.

Je ne pourrais pas vraiment dire ce qui m'attire dans ces contrées désolées, mais j'aime cet océan, j'aime ces terres glacées, j'aime le froid. Même si j'en souffre comme tout le monde, si je hurle moi aussi de douleur face à la brûlure de l'onglée, cela ne m'empêche pas d'aimer cette ambiance au-delà de tout.

Nous n'avons pas une grande faim et les barres gelées n'ouvrent pas forcément l'appétit. Impossible, ce soir, de boire une soupe ou de manger chaud, vu qu'il n'y a pas de neige sur cette fine glace de mer. Nous rationnons les Thermos d'eau chaude, en espérant atteindre demain de la vieille glace et faire fondre de la neige. Le goût fort de l'huile d'olive et de la viande séchée de la ration du soir me renvoie à mille souvenirs avec Lycia au cours des expéditions précédentes. Finalement, je mange quand même de bon cœur en pensant à elle. À cette heure-ci, elle doit se faire bronzer sur les plages de La Réunion, où elle est partie décompresser une semaine avant le départ de l'expédition, initialement prévue pour dans trois jours. Elle doit être affolée de nous savoir déjà partis. Demain, j'essaierai de la joindre. Ce soir, la tension est beaucoup trop forte pour risquer un coup de fil. Si je lui explique où nous en sommes, elle va se faire un souci monstre ; c'est inutile. Moins elle en sait, mieux c'est. Par contre, nous devrions appeler Cricket revenu sur Kathanga, il sera certainement de bon conseil, face à notre bivouac de fortune. J'en parle à Rodolphe en train d'essayer d'avaler à grand-peine sa ration. Chaque bouchée semble pour lui un supplice :

« Jamais je ne vais arriver à manger cela ! C'est trop gras... »

Je me marre :

« Les premiers jours on trouve ça écœurant, mais dans une semaine tu ne pourras plus t'en passer ! Alors on fait quoi ? On appelle Cricket ?

— À quoi ça sert ? Si on passe à l'eau, ils mettront deux jours à nous rejoindre et je crains que ça ne serve à rien...

— Je ne parlais pas de l'appeler pour un rapatriement éventuel, mais pour qu'il nous donne un conseil, qu'il nous gonfle le moral. Il connaît parfaitement ce genre de glace et saura nous aider. »

Finalement, nous optons pour le coup de fil. À l'autre bout, une voix joviale :

« Alors vous êtes où ? La traversée a été facile ? Les Suédois n'ont pas eu de problème, mais Bettina a mis un pied à l'eau. Ils ont planté leurs tentes bord à bord. Et vous ?

— Nous sommes encore sur la fine glace. Nous n'avons pas pu atteindre les abords du pack. Autant te dire que c'est le merdier. Nous n'avons pas de neige et, surtout, ça pète de partout autour de la tente. On voulait te demander si tu avais déjà connu cette situation ?

— Hein ? ! Y a pas pire ! Personnellement, je n'ai jamais planté ma tente sur une glace aussi fine. En plus, vous êtes au bord des terres, il n'y a pas d'endroits plus mouvants, les mecs. Heureusement, au vu de vos coordonnées de position, vous êtes protégés des vents de haute mer par la pointe du cap et j'espère que l'océan ne va pas trop remuer cette nuit. Vous ne pouvez vraiment pas avancer à la frontale ?

— Impossible, Cricket, nous sommes tombés face à un chenal d'eau libre et on ne distingue pas assez les abords de part et d'autre de la veine d'eau. Il nous faut attendre ! »

D'une voix cette fois très inquiète, notre guide clôt la communication :

« Faites vraiment gaffe et appelez-moi dès que vous êtes sortis de ce traquenard. L'hélico reste en alerte. Dégagez aux aurores. Bonne chance, les gars ! »

Je raccroche, effaré de sentir Cricket aussi angoissé, lui qui habituellement garde son flegme en toute occasion. Rodolphe, blême, ne peut quand même pas s'empêcher de déconner :

« Idéal, ce vieux pote, pour nous remonter le moral ! »

Bizarrement, pourtant, je ne suis pas inquiet, j'ai confiance en la banquise. Cette situation m'apparaît comme un test. Il nous faut lâcher prise, laisser faire le hasard, la grande loterie du cosmos, prendre notre place dans ce nouvel univers, au milieu des forces en présence. Elles nous dépassent de très loin et c'est en minuscule qu'il faut nous y insérer. Les contes et récits d'autrefois prennent une autre dimension. On nous parle d'une mer « vivante », d'une nature qui « sait », d'animaux qui surgissent à bon escient pour faire « progresser » les hommes. Être assis sur cette mer à peine regelée me donne envie de croire à la « conscience » de l'océan, à l'absence de hasard, à la beauté de la vie. Je me lève, prends un couteau dans la trousse et invite Rodolphe à sortir avec moi. Il ne comprend pas, mais suit. Le froid nous saisit, lourd, épouvantablement glacial, et nous nous recroquevillons sous nos capuches. Je me campe devant cette majesté glacée. À Resolute, un Inuit* m'a un jour expliqué qu'à chaque fois qu'il partait en mer il donnait d'abord de son sang à la banquise. Satisfaite et rassasiée de son geste, celle-ci ne chercherait pas à lui prendre la vie plus tard. Au-delà de toute superstition puérile, j'ai trouvé l'acte juste. Donner son sang, donner une partie de soi, c'est réellement vouer un amour profond à ce pays. La peur ne guidait pas son geste, mais plutôt la volonté de faire partie intégrante de l'univers. Depuis, je l'ai toujours fait, dans chaque partie nouvelle du monde où j'ai mis les pieds. J'explique tout cela à mon compagnon et conclus :

« Ce soir encore, sous cette merveilleuse aurore boréale, je vais donner de mon sang. Libre à toi de le faire aussi. N'agis pas par superstition, avec la peur au ventre. Fais-le avec foi. »

Je sors le couteau, quitte mon gant et entaille la pulpe de mon petit doigt gauche. Le plus rapidement possible afin que ni le doigt ni le sang ne gèle. Je le presse et jette quelques gouttes rougeâtres colorant le blanc immaculé. Une partie de moi est morte ici ; une autre renaît. Au même moment un fort craquement résonne derrière nous. Rien ne bouge, la banquise nous fait-elle signe de son accord ? Rodolphe s'empare du couteau et entame le rituel à son tour. Il s'exprime à haute et intelligible voix :

« Je te donne mon sang. Permets-nous de marcher sur ton dos. Guide nos pas jusqu'à Ellesmere. »

Jour 2

Je me réveille en sursaut, engoncé dans mon sac. Il fait jour. Je me contorsionne pour voir ma montre : merde, 10 heures ! Nous avons trop bien dormi, assommés par la fatigue accumulée les derniers jours. Nous plions le camp à toute vitesse, après avoir bu un peu d'eau tiède et croqué dans nos barres glacées qui continuent de retourner le foie de Rodolphe. Autour de la tente, c'est le capharnaüm. Les plaques sont sens dessus dessous. Les traces rectilignes laissées par nos traîneaux se chevauchent et se croisent, témoignant de l'incessant chahut. À une centaine de mètres derrière nous, une large bande sombre s'élargit, il nous faut dégager vite fait ! Durant trois heures, nous naviguons vers le nord sans marquer le moindre arrêt, les sens aux aguets, jusqu'à toucher les abords des premières plaques de vieille glace.

Notre premier réflexe est de goûter la neige. Hors de question d'en prendre directement dans la bouche par ce froid. Je verse de l'eau du Thermos dans un gobelet et fait fondre les cristaux dedans. L'eau est glacée, mais non salée : nous sommes sur la bonne voie ! Nous profitons de la pause pour croquer nos rations de course. Cette fois, Rodolphe ne mange pas, il est blanc comme un linge. Je propose de marcher jusqu'à la nuit ; on n'a pas le choix. Il acquiesce derrière sa barbe blanche et reprend sa place dans mes traces. Les plaques épaisses sont de plus en plus fréquentes, mais nous continuons d'avancer sur les chenaux de fine glace, beaucoup plus lisse et moins enneigée, même si le risque qu'elle cède sous nos poids reste entier. Au loin, sur le pack, qui nous apparaît de plus en plus nettement, le terrain est terriblement déchiré, et dans des proportions nettement plus importantes que ce que je m'étais imaginé. Des blocs épais d'un mètre et grands comme des terrains de tennis se chevauchent ou s'élèvent çà et là vers le ciel, figés. On sent bien que le mouvement n'est pas arrêté mais seulement stoppé pour un temps. Éphémères arrêts sur image. C'est très impressionnant.

Six heures de marche au compteur, la nuit tombe. Nous plantons la tente. Rodolphe est gelé. Je déballe le matériel seul, pendant qu'il fait les cent pas, moulinant des deux bras pour se réchauffer.

Je retrouve les gestes quotidiens appris les années précédentes. Je m'applique à tendre chaque arceau de la tente, à recouvrir la bavette extérieure sous une bonne couche de neige et à ranger les sacs avec méthode. Je me rappelle l'expédition bénite où Lycia était avec moi et m'aidait. Elle avait sa place dans chaque manipulation. Le faire seul est étrange. Elle me manque. Pourtant, je suis heureux, ce soir. Nous sommes sur de la banquise ferme et je retrouve mes marques, le confort de la tente et de ses petits plaisirs. Rodolphe par contre, prostré, gelé, les mains entre les jambes, ne l'entend pas de cette oreille. Je ne m'attarde pas à ranger le matos et installe de suite le réchaud à l'intérieur, afin d'obtenir un peu de chaleur. Il a mal aux mains. Nous installons en guirlande de Noël nos chaussettes, gants et bonnets au-dessus de la source de chaleur, afin d'évacuer au maximum l'humidité produite par notre transpiration. Rodolphe rompt le silence :

« J'ai vraiment la sensation d'être entré dans un domaine où je n'ai pas ma place, tant il faut être concentré et présent. La faute est si vite impardonnable. Excuse-moi, mais je ne me sens pas du tout à la hauteur. »

Je tente de le réconforter :

« En entrant sur la banquise, j'ai toujours eu l'impression de me trouver dans un temple où chaque mot est pesé avec soin, chaque acte jugé en connaissance de cause. Et chaque année, c'est encore plus fort. Alors, je te l'affirme : Tu es à ta place, mais tu ne le sais pas encore. »

Je verse le liquide bouillant dans les bols et un nuage de vapeur envahit la tente. On ne voit plus rien, sinon les halos fantomatiques de nos lampes frontales balayant l'espace. Il fait – 41 °C, le choc thermique est des plus violents. Ce brouillard ajoute à l'ambiance écrasante du confinement de la tente. Rodolphe s'empare de sa tasse, et se « blottit » autour. Je le questionne :

« Pour le reste, comment te sens-tu ? Le poids du traîneau, le décor, le froid ? Pas trop dur ? »

Entre deux grands *slurp*, il me répond :

« Je suis vraiment heureux d'être là, mais je ne sais pas ce qu'il y a, je suis glacé et surtout vraiment fatigué. »

Je propose que nous dormions dix ou douze heures d'affilée. J'ai un trop grand besoin de récupération moi-même. Pour le rassurer davantage encore, je lui dis :

« Tu as raison, les derniers jours ont été épuisants et la nuit d'hier n'a rien arrangé. En plus, pour toi, tout est nouveau et ton organisme est mis à rude épreuve. OK, grasse matinée demain. On a cent jours devant nous, autant démarrer dans de bonnes conditions. Non ? »

Il sourit et commence à s'emmitoufler dans son duvet...

Certes, la fatigue est présente. Mais il y a autre chose. Je le sens faible. Il dort déjà. Je range réchaud et gamelle et m'empare du téléphone satellite gardé à même mon corps depuis l'arrêt, afin qu'il puisse se réchauffer et fonctionner. J'essaie de joindre Lycia sur son portable. Avec un peu de chance, je lui parle dès ce soir. « Bonjour, vous êtes bien sur le portable de... » La poisse, son portable est éteint ! Je laisse un petit message, l'invitant à un rendez-vous téléphonique demain soir, voire après-demain. Dans la foulée, je laisse aussi le premier message de l'expédition sur la boîte vocale de Jean-Louis Veyrier. Cet ami a mis à notre disposition un serveur vocal sur lequel nous laissons chaque soir un message afin d'avertir tous les protagonistes de l'expédition ainsi que nos familles des péripéties journalières. Philippe Estienne, notre webmaster, reprend l'information sur notre site Web. Chacun est ainsi informé en temps réel. En retour, Philippe nous laisse des notes vocales sur notre messagerie.

Jour 3

Réveil englacé. La vapeur d'eau rejetée par ma respiration toute la nuit s'est gelée sur les pourtours du duvet et les cristaux de neige ainsi formés me tombent sur le visage et dans le cou. Le moindre mouvement est un supplice. J'essaie de sortir du sac sans trop me saupoudrer. Peine perdue, je suis tout blanc.

Le thermomètre intérieur indique – 40 °C. Les parois en tissu sont étincelantes, on se croirait dans une cathédrale de glace. Chaque fois que l'on frotte les murs, il neige sous la tente. Rodolphe choisit de rester bien sagement dans son duvet, me laissant seul épousseter les parois. Une demi-heure de ménage plus tard, j'ai recueilli au moins trois pelles de cristaux. Mon acolyte se lève enfin : « Demain c'est à ton tour de nettoyer ! » Il acquiesce, un sourire aux lèvres. Le réchaud démarre sans aucun problème malgré le froid. Le repas chaud du matin nous comble. Quel délice ! Rodolphe commence à y prendre goût. Nous plions le camp tandis qu'un soleil rouge monte sur l'horizon. La banquise autour de nous n'a visiblement pas bougé. Nous sommes bien désormais sur la partie solide du pack. L'aventure a vraiment commencé.

Les glaces sont de plus en plus enchevêtrées et il devient difficile de se frayer un passage. Chaque fois que nous le pouvons, nous essayons de naviguer sur la jeune glace beaucoup plus dangereuse et glissante, mais plus facile pour les traîneaux. À chaque pas, nous devons arracher notre charge, et là deux techniques s'affrontent. Rodolphe essaie de faire glisser son traîneau entre les aspérités afin de ne pas dépenser trop d'énergie. Je préfère la méthode musclée, qui consiste à tirer le plus vite possible, profitant de l'élan pour faire voler ma charge au-dessus des monticules. Ma technique semble plus efficace : Rod est toujours à la traîne. Comme hier, je l'attends et gèle sur place. Je me pose de plus en plus de questions quant à ses capacités. Il arrive à mon niveau, cassé en deux, blanc comme un linge. Il crache et une tache sanguinolente vient colorer la banquise.

« Mais tu saignes ! Bordel, qu'est-ce que tu as ?

— J'en sais rien. Je suis trempé, j'ai des frissons, ma vue se trouble. J'ai dû attraper une saloperie avant de partir.

— Merde ! Nous voilà bien ! »

Mon pote est tout simplement malade. Sans attendre, je cherche un endroit propice où passer la nuit. Nous avons marché seulement deux heures...

Comme hier, je plante la tente tout seul, tandis qu'il mouline et saute sur place. Nous commençons à nous changer et j'installe de suite le réchaud, besoin de chaleur oblige. Je lui tends le thermomètre buccal, le verdict tombe : 39,2 °C. Il continue de cracher du sang à chaque raclement de gorge, frissonne et se plaint de courbatures dans le cou. Le diagnostic est simple : Rodolphe a chopé la grippe, celle sans doute dont plusieurs militaires russes étaient atteints à Sredny. J'appelle Cricket pour en savoir plus. Il confirme mon intuition : Nico est lui aussi couché avec 40 °C de fièvre, à Kathanga. Il ne manquait plus que ça ! Heureusement, l'endroit que nous avons choisi pour dormir est stable, il n'y a pas de tempête en vue et jusqu'à présent nous n'avons aperçu aucune trace d'ours. Mais bon, tout cela peut tellement vite tourner au cauchemar... Au lieu de me lamenter, je m'occupe de la soupe, seule boisson que mon pauvre ami se sent l'envie d'avaler et lui prescris un cocktail de médicaments à base de plantes. Il se couche en maugréant :

« Décidément, nous n'avons pas de chance !

— Laisse la chance tranquille. La maladie est en train de nous dire quelque chose, à nous de trouver quoi ! Rappelle-toi que maladie, peut aussi s'écrire : mal-a-dit. C'est clair, non ? »

Quelle vision de la maladie avons-nous généralement en tête, sinon celle d'un combat ? Les bactéries, les virus, les cancers nous « attaquent » et la seule parade que nous avons est de nous « battre » avec les « armes » construites à grands renforts d'industries. Et s'il en allait autrement ? Et si l'homme choisissait, pour une large part, ce qui lui arrive ? Sommes-nous à ce point faibles, petits, minables qu'il nous faille sans cesse nous protéger de ce que la nature crée ? Pourquoi toujours fonder nos visions et comportements sur le sacro-saint combat entre le bien et le mal ?

À ce moment, au chevet de mon compagnon malade en pleine banquise, le travail du docteur Hamer résonne en moi. Cancérologue de génie, il s'est intéressé aux tumeurs d'un point de vue différent des autres. Pour lui, et aujourd'hui pour un grand nombre de ses confrères, le cancer, et par extension toute maladie, est la meilleure solution du cerveau biologique inconscient, le choix ultime de l'individu face à une situation de crise imprévue et non comprise, appelée *conflit biologique*. Soumis aux stress ambiants, chacun répond suivant sa propre logique. Prenons l'exemple d'un loup dévorant un lapin. Avalant de travers, l'animal se coince une patte de lapin à la sortie de l'estomac. Il ne peut plus ni manger ni boire. La seule solution est de digérer cette entrave. Le problème est qu'à la vitesse normale de sécrétion des sucs gastriques il va lui falloir plusieurs semaines, et d'ici là, il sera mort. La solution arrive, parfaite, logique : construire un super-estomac. Le cerveau biologique déclenche alors un processus de cancérisation des tissus stomacaux, afin de faire disparaître la patte bloquée. En moins de dix jours, le loup s'en sort, éreinté, épuisé mais vivant. Le cerveau n'a plus qu'à donner l'ordre inverse : détruire l'excroissance et cicatriser. Chez nous, le processus est identique, à part que l'homme se bloque des pattes de lapin virtuelles, imaginaires et symboliques. Nous avons créé des sociétés, des religions, des machines, des instances, totalement inconnues de notre cerveau biologique primitif. Aussi, face à une perte d'emploi, un accident de voiture ou encore un crack boursier, jugés intolérables par notre conscience, nous allons réagir par des stress inconscients et archaïques. La teneur du conflit est « digérée » par voie associative, c'est-à-dire par jeu de résonance instinctive mettant en relation sensations, sentiments, idées n'ayant aucun lien logique entre eux. Ainsi, initialement engendré par notre biologie, chaque « stress » (appelons ainsi schématiquement tous les chocs et traumas que nous encaissons dans notre existence) va être traité par notre cerveau qui, au fil des résonances et des associations, incarnera le problème dans la matière même de nos chairs. À chaque problème grave incompris correspond une manière de réagir, une maladie potentielle. Le côté visionnaire d'un Hamer est d'avoir su décoder en partie le « langage des maladies » (ses successeurs feront le reste), en mettant en évidence, dans cette perspective, le lien entre le conflit intérieur et l'expression pathologique. Nous pourrions résumer les lois physiologiques énoncées par le docteur Hamer de la façon suivante : en conséquence d'un conflit psychique, l'individu chez qui le stress dépasse ce qu'il peut consciemment gérer opère un court-circuit (enregistrable au scanner) dans une aire cérébrale donnée... celle-là même qui correspond à la partie corporelle « malade ». Le conflit intérieur a donc un triple niveau d'impact : le psychisme, le cerveau, l'organe. Voilà pourquoi à présent, bloqué sous cette tente par – 40 °C, je me pose la question : qu'avons-nous à apprendre de la grippe de Rodolphe qui nous cloue sur place ? Pourquoi l'inconscient de mon compagnon a-t-il décidé qu'elle était la « meilleure solution » biologique à nos problèmes du moment ?

20 heures, enfin : j'ai rendez-vous avec Lycia. Je numérote. Tonalité, respiration en suspens : Messagerie ? Occupé ? Sonneries ? Rien du tout, elle décroche avant même le moindre bip. Par-delà l'équateur, la voix de ma femme grésille dans le combiné : miracle de la technologie. Les questions fusent de part et d'autre. Elle me raconte l'île de la Réunion, je lui parle de notre chevauchée sur la fine glace, sans trop de détails, je la sens bien assez angoissée comme ça. La grippe de Rodolphe l'inquiète évidemment beaucoup : « Ne prenez pas de risques, restez au camp demain. – Tu as raison, nous n'allons pas bouger. Mieux vaut se reposer, Rod marche carrément à côté de ses pompes. Tu sais, cette grippe n'est vraiment pas le fait du hasard. – Vous êtes partis tellement fatigués ! Aujourd'hui, vous en payez les pots cassés. »

Jour 4

La faim me tenaille, mais sortir du duvet est un calvaire. Toujours cette poudre de neige qui tombe de partout à la fois. Peut-être est-ce le fait de savoir que nous restons au camp... j'ai une flemme terrible. Mince, voilà que des frissons me courent sur le corps, à moi aussi, et un mal de tête se prépare. Rodolphe dort, je nettoie calmement les parois cristallines, allume le réchaud et prépare le thé. Mille questions fusent. Je laisse passer tout ce brouhaha en me concentrant sur les blocs de glace aperçus depuis la porte entrouverte. Le soleil très pâle est caché par une brume légère en rase banquise. L'univers est fantomatique, calme, pas une once de vent, pas un craquement. Je me laisse envahir par cette immobilité où les quelques rayons dorés semblent murmurer l'arrivée prochaine du printemps, après la longue nuit polaire. L'astre solaire apparaît déjà huit heures par jour au ras de l'horizon, montant inexorablement de jour en jour dans le ciel arctique. Encore un mois et il ne nous quittera plus, même à minuit. Tout à ma contemplation, je crache machinalement par l'entrée. Une tache rouge touche le sol. Et voilà ! Vive la grippe russe !

Rodolphe émerge, hagard, de son duvet, je prends ma température : c'est au tour de mon corps de dire *stop !* J'ai 39 °C et il fait – 39 °C, étrange coïncidence des chiffres. Je cherche à tout positiver : quitte à rester au camp, autant que cela serve. Deux malades valent mieux qu'un. Nous devons nous reposer et comprendre la raison de cette grippe.

Nous restons prostrés sous notre abri, jetant un coup d'œil dehors, de temps en temps, entre une bouchée aux amandes, un carré de chocolat ou un thé. On dort, on mange, on rêve, on délire. Je survole quelques forêts vallonnées, des sommets enneigés, pour finalement atterrir sur Saint-Maurice, la montagne dieulefitoise qui a vu grandir l'enfant que je suis. Je retrouve les douces odeurs de thym, les buissons couverts de mûres et les chemins à peine tracés, empruntés par les sangliers, où nous courions avec Francis, mon ami. Assis sur les crêtes des plaines de Poët-Laval, observant les chamois caracoler sur les parois rocheuses, nos dialogues sur la vie et sa beauté me reviennent clairement en mémoire. Je l'écoute, au travers de nos vingt ans, me parler des oiseaux, de la terre et de notre vie d'homme qui commence. Les études sont terminées et nos rêves ce jour-là nous transportent par-delà les mers, vers les pays du Nord où nous aimerions tant devenir trappeurs. Perchés loin des tumultes de la ville, de la réussite et des crédits, nos ambitions se résument à découvrir les endroits sauvages de la planète, à nous confronter aux âmes primitives enfouies au cœur de nous-mêmes.

Je revis ces moments avec une profonde intensité, me rendant compte qu'alors ma vie a basculé. Francis, par sa présence, m'a toujours fait apprécier les saveurs de l'existence et le goût des choses vraies. À cette époque, plus on me parlait boulot, plus je répondais : évasion, en total désaccord avec la vie menée jusqu'ici. J'ai toujours été l'enfant sage, qui écoute et essaie de faire plaisir. La peur de déplaire a été durant des années mon leitmotiv. Dans un tel univers, comment assouvir son instinct d'autonomie et de grands espaces ? Eh bien, simplement en remerciant la vie de vous avoir mis sur le chemin d'un ami comme Francis. Je l'entends encore me répéter : « Si tu peux 10, essaie d'atteindre 11, si tu peux 100, vise 110. Ne te contente pas de peu. Sois grand ! » Lui, il appliquait chaque jour cette devise tout simplement pour respirer normalement. Il était atteint depuis sa naissance par la mucoviscidose (cette maladie génétique terrible, qui touche le système digestif et les poumons), et pour lui les valeurs de la vie avaient pris une tout autre dimension. Enfant, alors que l'on interdisait à l'époque le sport pour ces petits malades, son père lui avait ouvert les portes du rugby, du tennis, de la natation et du footing, où il excellait. Personne n'aurait pu penser, à le voir se donner ainsi, qu'il était malade. Au lieu de s'apitoyer, de maudire tous les saints et d'en vouloir à la terre entière, ses parents et ses frères s'étaient adaptés. Comme toute maladie, celle-là avait un sens biologique profond, mariant d'évidents problèmes génétiques et généalogiques. Mais ne sachant pas décoder l'inexplicable, les siens et lui s'étaient ligués pour vivre le mieux possible. Profiter de chaque journée, de chaque heure, face à une espérance de vie si brève (début 1980, c'était quelques années), tel était le leitmotiv de cette famille. Chaque fois que je débarquais chez eux, j'y trouvais un havre de paix, de joie, d'affection. Face à cette catastrophe, ils avaient réagi en humains responsables, préférant la force de l'amour à celle des lamentations.

C'est dans ce terreau fertile que mon ami a grandi, et c'est sous son impulsion tacite que j'ai pris un jour mon destin à bras-le-corps et décidé de réaliser mes rêves. La destination fut choisie avec Rodolphe, rencontré à La Plagne, au hasard des hors-pistes. Quatre mois après notre première rencontre, nos espoirs nous avaient portés à Pangnirtung (village inuit) en terre de Baffin, à l'extrême nord du Canada. C'est là que nous avions rencontré l'Arctique dans toutes ses splendeurs et difficultés. Arrivés à la mi-septembre, pour traverser la région d'Auyuittuq, trois surprises de taille nous attendaient. Au village, ils ne vendaient pas d'armes contre les ours blancs (nombreux en cette saison d'automne) ; ils n'organisaient aucun secours en cas de détresse ; enfin, ils ne nous fourniraient aucune radio. C'est donc seuls et livrés à nous-mêmes que Rodolphe et moi avions pénétré au sein des montagnes et des glaciers millénaires, vestiges de la dernière grande glaciation.

Quarante jours occupés à survivre. Nous portions tout dans nos sacs à dos et les repas étaient bien maigres : à peine deux mille calories par jour pour soixante kilos chacun sur le dos par – 20 °C ! Nous avons connu la faim et flirté avec la mort, en chutant dans les moraines instables ou les crevasses des glaciers. Nous sommes revenus du bout du monde et de nous-mêmes éblouis par la rencontre avec la Vie. Celle qui vous broie les tripes dans les moments les plus durs et qui vous enivre, tant sa beauté est pure.

Rentrés en France, le train-train nous a vite paru très fade et la déprime s'est abattue. Mais comme toujours dans ces moments-là, Francis m'a soutenu et encouragé à repartir, à m'envoler toujours plus haut. Il rêvait, au travers de mes aventures, de l'existence qu'il aurait tant voulu vivre lui-même et partager. Son état physique, respiratoire surtout, se dégradait un peu plus chaque année. Pourtant, la flamme brillait en lui et, tant qu'il lui était encore possible de marcher, nous nous devions de tenter l'impossible pour l'emmener là-haut, dans les terres vierges du haut Arctique. Littéralement poussés par son désir de vivre le plus intensément l'instant présent, remettant les angoisses existentielles à plus tard, nous nous décidâmes un beau jour. Destination : Resolute, le plus haut village arctique canadien sur l'île de Cornwallis, au nord de l'île de Baffin. C'était l'été 1996. J'avais naturellement proposé à Rodolphe de réembarquer dans l'aventure et Francis avait enrôlé son grand frère, *notre* grand frère, Laurent, également touché par la mucoviscidose...

À Resolute, le chien Bruno se joignit à nous, pour nous protéger des ours polaires. Fin prêt, le « Club des Cinq » pouvait partir pour un mois d'autonomie sous le soleil permanent, à la rencontre de la vie, des autres et de soi. Chacun reçut un message à sa mesure. Francis rentra très fatigué du périple, mais riche d'une nouvelle vision du monde. Je le revois me dire :

« C'était dur, j'ai peiné, mais pour rien au monde je n'aurais donné ma place : je suis heureux. » Pendant les mois qui suivirent, Laurent, lui, revécut chaque camp, chaque marche, chaque passage « héroïque » ; il en parlait avec éloquence en s'accompagnant d'une série de diapositives. Rodolphe, la bouille fendue d'un sourire, faisait éternellement le pitre. Quant à moi, j'étais définitivement obnubilé par le monde polaire et son ambiance. Je me mis aussitôt à échafauder le projet d'une expédition hivernale vers le pôle Nord magnétique, si possible avec Rodolphe.

De retour à Dieulefit, ma vie s'organisa donc autour des préparatifs de cette prochaine expédition. En décembre, Rodolphe m'annonça qu'il ne pourrait venir avec moi. J'en discutai avec Francis, qui luttait de plus en plus pour respirer. Je me sentais capable de tenter l'expédition seul, mais mes peurs, mêlées aux angoisses des autres, me torturaient. « Écoute ton cœur ! » me conseilla Francis.

Fin janvier, la décision était prise. Cœur solitaire depuis l'aventure des quatre mousquetaires chez les Inuits, je ne voulais m'attacher à strictement personne. Mais le destin en décida autrement. Montant sur Paris quasiment toutes les semaines pour préparer mon aventure, mon cousin Florent et Laurent (le « Lolo » de Resolute) m'aidèrent, après moult rebondissements, à approcher Lycia qui faisait ses études dans la capitale. J'ai déjà raconté la suite.

Tel un alizé fort et puissant, l'amour de la femme de ma vie allait me soutenir tout au long de ma quête vers le pôle. Trente jours de solitude, où j'allais me sentir comme jamais en communion avec les éléments, avec la nature, avec la Terre-Mère, mais aussi avec mes proches, mes amis, et cela grâce à Lycia. Et à Francis...

Francis est décédé le 8 avril 1997 à l'hôpital de Saint-Genis-Laval (Lyon Sud). Pour moi, cela ne fait pas de doute : cet homme, dans le sens « être humain » du terme, a tenu bon pendant des années parce qu'il sentait qu'il avait encore quelque chose à faire parmi nous ; il n'est parti qu'une fois sa tâche terrestre achevée.

À mon arrivée au pôle Nord magnétique, début mai 1997, Lycia vint me chercher en avion. Nos retrouvailles furent indicibles ! À peine de nouveau ensemble, nous décidâmes de revenir l'année d'après, et cette fois à deux. Ce que nous fîmes. Soixante-deux jours inoubliables[1]. Dans la foulée, euphorique, je proposai à ma femme d'enchaîner, toujours en tandem, pour mettre le cap sur le « vrai » pôle, le pôle Nord géographique. Trop éprouvée par le premier voyage, Lycia déclina mon offre et accepta l'idée qu'à nouveau je parte seul...

C'est alors que me vint l'idée de traverser l'Arctique de part en part : tant qu'à marcher jusqu'à l'axe du monde, au centre du plus étrange des océans, pourquoi ne pas continuer jusqu'à l'autre rive ?

Cette fois, Rodolphe n'a pas dit non. Quatre ans après notre fabuleux voyage en terre de Baffin, nous revoilà ensemble. La vie prend parfois de ces détours !

À présent, je regarde mon copain dormir. Je suis heureux qu'il soit là. Entre nous, l'entente est parfaite, solide, dense. C'est tout ce qui compte dans ce désert blanc. Une image fugitive de Francis me traverse l'esprit. Mon autre pote est avec nous, il nous suit depuis l'invisible. Tout va bien.

Jour 5

La fièvre est tombée, nous décollons enfin. Je me demande si nous avons réellement compris le sens de cette « mal-a-dit », pressés que nous sommes d'en découdre avec l'océan de glace. Je démonte le camp en pensant aux nomades que nous sommes devenus. Me revoilà face à l'inconnu. Comme elle est loin, la chaleur de l'appartement que l'on quitte pour la journée, bien certain de la retrouver le soir. C'est en marchant pendant des milliers de kilomètres que l'on comprend le mieux ce besoin profond que nous avons tous de nous enraciner dans la terre, de bâtir notre maison, havre de paix et protection ultime. Mais, il ne faut pas que les racines nous fassent oublier la condition première de la lucidité : rester conscient que l'on peut tout

---

1. Durant cette seconde expédition au pôle Nord magnétique, Lycia et moi avons tenu un journal de bord que nous comptons publier prochainement.

perdre à tout instant. Donc, ne pas s'attacher. Être toujours prêt à TOUT abandonner, si la vie nous le demande. On se raccroche à tellement de choses qui nous paraissent « essentielles » alors que, vu depuis la marche du nomade, elles s'avèrent futiles : un pavillon à crédit, un job bien rémunéré, une bonne assurance-vie... du confort, encore du confort, toujours du confort. Quelle illusion ! Un jour ou l'autre, tout s'envole. La mort vient et personne n'emporte quoi que ce soit. Combien de vies perdues à s'accrocher à ses biens ? Quand je pense que cela aurait pu m'arriver, j'en ai l'œsophage colmaté.

Le vent me gifle le visage et me ramène les pieds sur la glace. Nous plions bagage. Au fur et à mesure que notre cocon protecteur se replie dans le traîneau, monte en moi l'exaltation du nouveau et de la précarité. De nouvelles forces coulent dans mon corps. L'aventure est devant, elle remplit l'espace et le temps, et je n'ai qu'une hâte : avancer !

Je m'élance dans les creux et les bosses de la banquise, et une joie espiègle m'envahit et me réchauffe. Le traîneau pèse alors moins lourd, la joie décidément l'emporte. J'ai envie de crier mon bonheur à cette mer cristallisée. Que la vie est belle ! Ce refrain court dans ma tête inlassablement et me berce dans l'effort. Rodolphe suit quelques mètres derrière moi, cette fois, chaud devant, c'est parti ; tout droit vers le pôle !

Les crevasses font suite aux cassures et il nous faut tous les vingt mètres nous entraider pour acheminer les traîneaux d'un bord à l'autre des crêtes de compression. À la sortie d'un enchevêtrement de blocs, ma pulka se retourne pour la énième fois révélant entre les patins une déchirure longitudinale d'une trentaine de centimètres terminée par un trou gros comme le poing. Le choc est violent et, pendant quelques secondes, je regarde cette ouverture sans y croire. C'est impossible ! Pourtant les faits sont là : le Kevlar est déchiré, les arêtes de glace tranchantes ont eu raison de l'indestructible matériau. Rodolphe, atterré, ne bouge pas. Je me sens sur le fil du rasoir, avec d'un côté le désespoir, la rage, la colère et la haine, et de l'autre l'acceptation, la responsabilité et finalement la joie. Je souris : comme il serait normal de se plaindre ! D'abord un départ précipité, ensuite la maladie, aujourd'hui un trou dans le traîneau... Nous sommes maudits ! C'est la faute du constructeur ! Il a mal travaillé son Kevlar ! Pourtant, tout ce qui arrive, c'est à nous de l'assumer. Nous n'avions qu'à être prêts plus tôt, moins fatigués le jour J et le matériel, ça se teste ! Il est si facile de rejeter nos fautes sur les autres. Concrètement, on s'arrête ? Bien obligé.

La mort dans l'âme, nous sommes obligés de vider un bidon de fuel (gaspillage et pollution), de le découper, et de raccommoder du mieux que nous pouvons la brèche avec cette feuille de plastique. Demain, nous repartirons avec cet équipement de fortune, en espérant qu'il tienne le coup.

À nouveau prostrés sous la tente par – 35 °C, nous mangeons notre pâtée du soir, préparée dans une seule gamelle. Chacun son tour, nous piochons dans le tas, cuillère après cuillère, jusqu'à ce qu'il n'y ait plus que de vagues traces de nourriture sur le fond. Alors, Rodolphe s'empare du plat (la prochaine fois, ce sera moi) et racle les dernières molécules avec minutie – ça fait une vaisselle impeccable. Manière de faire atypique. Normalement, dans une expédition, chacun a sa ration, sa gamelle et mange ce qui lui plaît. Chacun chez soi, pas de conflit en perspective du genre : « Voleur, tu as pris une petite cuillère de trop ! » C'est justement pour cela que nous avons choisi cette méthode : pour tester le taux d'énervement de chacun, voir si finalement nous arrivons à nous supporter. En plus, c'est bien plus convivial !

Bref, Rodolphe lèche la gamelle et moi je prépare le téléphone. Il va falloir prévenir la base arrière de notre mésaventure. Avec un traîneau percé, même si notre réparation de fortune tient, un danger supplémentaire se greffe : l'eau. Nos pulkas sont construites de façon à pouvoir, le cas échéant, flotter – et même nous servir de radeau, si un bras d'eau trop important nous bloquait la route. Il nous faut, désormais, oublier cette éventualité.

À l'autre bout, Cricket décroche. Je lui explique la situation. Il parle tout de suite de ravitaillement. Je m'y oppose. Je ne veux pas compromettre notre autonomie, au moins jusqu'au pôle. Question d'éthique. Il comprend. Nous pesons le pour et le contre. Et finalement, nous tombons d'accord : une fois au 90e, c'est-à-dire pile au pôle, nous trouvant proches de la « base dérivante » russe de Barneo, nous pourrons nous faire dépanner par Cricket (en poste sur ce lieu) – d'un coup d'hélico, il nous apportera un traîneau neuf. C'est indispensable : après le pôle, les températures plus clémentes du mois de mai vont libérer les glaces du pack, qui se disloqueront sous l'effet du réchauffement. Sans un traîneau amphibie, nous serions voués à ne pas avancer, tellement il y aura alors de zones d'eau. De plus, si par mégarde ma pulka tombe à l'eau, elle coulera à pic, m'entraînant derrière elle, et l'idée ne me plaît pas du tout.

La « base dérivante » des Russes est reconstruite chaque printemps, depuis les années 1930. Il fut un temps où ils en bâtissaient plusieurs, un peu partout sur le pack. La dernière d'entre elles, nommée Barneo, sert de point de départ aux nombreuses missions scientifiques russes et internationales, durant le court printemps polaire. Posée à même le pack, elle est assez solide et stable pour supporter une piste d'atterrissage capable d'accueillir des avions gros porteurs ! Autrefois construits en dur, les baraquements ne sont aujourd'hui que des tentes, installées pour plusieurs semaines et chauffées par convecteurs à essence. Depuis l'effondrement du bloc soviétique, rentabilité oblige, les bases ont été ouvertes aux étrangers. Profitant de l'opportunité, Bernard, Cricket et leurs collaborateurs utilisent donc Barneo comme point de départ pour leurs excursions au pôle. Eh oui, les anciennes logistiques militaires servent aujourd'hui à des voyages purement touristiques – où, moyennant finance, n'importe quel quidam peut venir skier sur les cinquante derniers kilomètres menant au 90e parallèle nord ! Mais trêve de moquerie : grâce à cette nouveauté, nous sommes assurés que notre ami sera là, fin avril, avec un traîneau flambant neuf.

Du moins est-ce la solution la plus raisonnable. Nous avons cependant du mal à nous y faire. Abandonner notre fameuse « autonomie » ? Nous en discutons fort tard dans la nuit avec Rodolphe, sous la tente. À la fin, nous renversons la vapeur : rien à faire, nous ne voulons pas d'aide extérieure. Si, une fois arrivés au pôle, nous ne pouvons pas franchir la seconde étape de notre expédition, en direction des côtes canadiennes, eh bien, tant pis, nous nous arrêterons là et recommencerons l'an prochain, voilà tout !

Nouvelle nuit, nouveau rêve, demain est un autre jour !

Jour 6

Première véritable journée de marche. Nous avons échangé nos bolides. Rodolphe a hérité du traîneau éclopé. Il tracte en moyenne une dizaine de kilos de moins que moi : en répartissant mieux les charges, mon traîneau explosera moins vite. Je fais la trace en essayant d'éviter les saillies trop pointues dans ce dédale de glace bleutée aux blocs brisés, encastrés les uns dans les autres. Nous nous faufilons entre de véritables murs aux parois lisses débouchant dans un fatras inimaginable. Sans cesse, il nous faut hisser les charges une à une par-dessus les murs et redescendre en essayant de ne pas nous rompre le cou sur des billes glissantes d'un mètre de diamètre. Dix fois, vingt fois, cent fois, nous grimpons, tirons, poussons, debout ou à quatre pattes. Chaque centimètre est un défi payé en véritables douches de sueur. Cette transpiration abondante vient ensuite geler entre les couches de vêtements. Si bien que ce soir, en enlevant nos parkas, nous nous découvrons recouverts d'une pellicule d'un centimètre de glace. C'est qu'il fait trop froid pour que la transpiration réchauffe l'ensemble de nos couches de vêtements (nous marchons pourtant le plus dévêtus possible). Aussi, la première des manipulations avant d'allumer le réchaud est un sérieux brossage, pour éliminer toute cette eau éjectée par notre corps. Si nous commettions l'erreur de nous réchauffer d'abord, cette glace de sueur redeviendrait liquide et nous tremperait jusqu'aux os. Mon ventre crie famine, mon collègue a les doigts gelés, nous ne sentons plus nos pieds. Mais nous devons d'abord frotter, frotter, frotter.

Rodolphe me frictionne le dos en fredonnant sa chanson favorite : « J'ai l'onglée aux pieds, j'ai l'onglée aux mains, j'ai mal à toutes mes extrémités, merci petit Jésus ! »

Après le corps, les chaussures, puis les jambes à frictionner, avant, ô bonheur, d'entrer dans la tente – minuscule dôme d'un mètre de hauteur – et d'enfiler les vêtements secs du soir. Je respire enfin, la corvée est finie. Je m'étale de tout mon long sur le tapis de sol. Le meilleur moment de la journée ! J'allume le réchaud et nous le plaçons entre nous, profitant de sa chaleur radiante pour sécher au-dessus chaussettes, gants et bonnets. Au début, la hausse de température est un délice, les épaules tombent, les traits se détendent et une vague bienveillante de chaleur se répand dans les membres. Ensuite, les obligations reprennent le dessus, nous séchons tout ce que nous pouvons. Enfin, l'air chaud se concentrant dans la partie haute de la tente nous brûle le visage et la faim nous rappelle à l'ordre. Alors, le réchaud retrouve sa place dans l'abside, une casserole de neige fondant dessus, et le froid reprend ses droits. La vapeur d'eau sortant de nos bouches redevient visible, nimbant l'espace d'un brouillard flou.

Le froid s'infiltre sous nos doudounes et des tremblements se font sentir, aussi décidons-nous dès le repas terminé de plonger dans nos sacs de couchage. Le pipi du soir s'impose. Heureusement, nous ne sortons pas, utilisant pour uriner une bouteille que nous vidons ensuite dans un angle de l'abside, à même la neige. Engoncés sous nos couches de vêtements, le plus dur est d'arriver à bien viser. Opération réussie, nous nous engouffrons dans nos duvets douillets. Hormis la sensation de chaleur, nous nous retrouvons pour la première et unique fois de la journée en position allongée. Quel plaisir ! Notre discussion horizontale nous rappelle nos derniers jours en France, Moscou, Kathanga, Sredny et le départ. C'est si loin et pourtant il s'est juste déroulé une grosse semaine. Si les jours qui arrivent sont aussi riches en émotions que ceux passés, ça promet !

Jour 7

Six heures de marche ce soir, pour à peine dix kilomètres, sur un terrain encore plus défoncé que les jours précédents. C'est harassant, mais pas une bévue n'est venue contrecarrer notre avancée et le moral remonte.

Une fois le camp installé, nous n'avons pas traîné pour allumer le réchaud et goûter enfin au bien-être tant attendu, qui prend ici le nom de chaleur ! Cependant, j'ai oublié le pot-urinoir dans le traîneau et me voilà quitte à aller pisser dehors. Ressortir ne m'enchante guère ! La nuit s'installe, un petit vent cherche à arracher les quelques calories emmagasinées sous ma doudoune. Je rentre la tête et, bien caché entre mes moufles, je sors le minimum requis. Soulagé et enchanté par le spectacle époustouflant de la banquise sens dessus dessous, je m'empare du fameux pot et inspecte au passage le traîneau abîmé. Je teste les pièces de maintien et, satisfait, jette un œil sous l'autre pulka, par simple acquit de conscience. Horreur ! Je frise la syncope à la vue de deux belles balafres parallèles entre les patins. Cette fois la colère l'emporte. Je jure, tout en balançant des coups de pied dans la caisse : il va encore falloir réparer ! D'un seul coup, la déprime s'abat sur moi. Nous sommes très mal barrés ! Rodolphe, à travers la toile, comprend le sens de mes vociférations. Résigné, il se tait. D'abord la grippe, pour lui puis pour moi. Ensuite les traîneaux. Merde, pourquoi ? ! La question nous laisse KO. Sans compter que, très concrètement, c'est fichu pour la traversée en « autonomie » ! Même le pôle s'éloigne terriblement. Il nous faut désormais un ravitaillement, et au plus vite. C'en est fini des deux héros réussissant une première mondiale. D'accord, nous ne sommes pas partis pour la gloire. Cela dit, depuis la rencontre des autres expéditions, à Kathanga, une sorte de compétition s'est tacitement mise en place quand même. Rien ne peut empêcher ça. Et notre ego, que nous le voulions ou non, s'est spontanément glissé dans le vieux moule de la rivalité, du désir d'héroïsme et de triomphe. Être les meilleurs... Voilà la réponse du « cosmos » : vous faites fausse route, les gars !

Assis sous la tente avec Rodolphe, nous voilà repartis dans un long conciliabule. Nous ne sommes réellement pas partis pour la célébrité, mais seulement pour apprendre à *marcher, parler et penser* de façon juste, comme le préconisait Rudolf Steiner. Eh bien, nous sommes exaucés. La porte de la « gloire héroïque » et du petit « je » se ferme, laissant apparaître la voie plus ardue du « soi ». « Demande et tu recevras », suggèrent les grandes traditions. Mais demander quoi ? Avons-nous pris conscience de notre vraie quête ? Désormais, il nous faut *être* et abandonner le *paraître*. La difficulté commence. Car rien n'est simple.

Ainsi, à supposer que nous parvenions tout de même au pôle, une question stratégique se pose : continuerons-nous ensuite jusqu'à l'île de Ward-hunt, première côte canadienne ? L'envie est certes toujours là. Et puis, beaucoup plus pragmatiquement, cela nous aiderait à décrocher de l'argent par la suite : j'ai de jolies dettes sur le dos, que je dois rembourser, et pour cela je ne vois que le film et les photos. Autrement dit, quelle que soit notre philosophie, il va peut-être falloir jouer les « héros du Nord » quand même. Aujourd'hui, nous savons en tout cas que nous jouerons sans nous prendre au jeu du *je*.

20 heures. Ce soir, je ne manquerais pour rien au monde le coup de fil à Lycia. Elle vient de rentrer en France et doit l'attendre avec impatience, elle aussi. Contact. Ça passe. Je lui explique aussitôt notre journée, le traîneau, notre moral à zéro. Je m'imagine connaître le pire. Mais non, le pire, c'est ma femme qui me l'annonce : Iridium, la société qui commercialise notre téléphone portable, dépose son bilan. Ils parlent d'une coupure mondiale de leur réseau pour le 18 mars. Dans dix jours ! Or, nous n'avons pas d'autre moyen de communication, sinon la balise Argos, qui transmet uniquement nos positions. Nous sommes vernis ! Que va-t-il encore nous tomber dessus demain ?

« J'ai pu joindre les responsables, explique Lycia, nous sommes plusieurs expéditions dans le même cas. Je dois envoyer dès demain une lettre au tribunal de New York pour les informer de votre existence et de vos besoins.

— Merci mon amour, merci pour ton aide précieuse. Fais pour le mieux, c'est tellement magique d'être perdu au milieu de nulle part et de pouvoir te parler. »

Nous nous couchons, atterrés, en notant comme chaque soir de 1 à 5 l'état de notre moral. J'affiche 2, Rodolphe 0. J'ai toujours été très optimiste, à moins qu'il ne soit plus rigoureux que moi ?

Pendant ce temps, du côté de Lycia...

Quelques jours après leur départ de Paris, je me suis, à mon tour, envolée, mais aux antipodes, vers l'île de la Réunion. J'avais un tel besoin de me retrouver seule, loin de mon quotidien, dont Arnaud a disparu. Là, les pieds dans l'eau, assise sur le sable fin et chaud, je ressens moins son absence. Je jouis au maximum des beautés de l'île. Ici, rien n'est pareil, ni le relief, ni les couleurs, ni les odeurs, ni les rythmes. Je savoure l'ambiance tropicale, tandis que lui lutte sous le froid arctique. Je regarde les vagues aller et venir. Eux marchent dessus ! Mais qu'a-t-il à se prouver, pour partir au-devant de telles souffrances ? Quelle est la faille qui, en lui, demande tant d'énergie et de force pour être comblée ? J'espère qu'il trouvera la réponse.

Pour l'instant, Dieulefit est loin, les problèmes aussi, et dès le premier jour, mon ami d'enfance Frédéric Faux, qui vit sur l'île, m'a prise en main. Le lendemain : canyoning, avec des rappels de plus de cinquante mètres à l'intérieur même des chutes d'eau. Le troisième jour, parapente et ULM. Le quatrième jour, piton des Neiges. Le cinquième, tour de l'île. Le sixième, fête et confettis. Le septième, coup de téléphone : « Nous avons la grippe. » Vive les télécommunications intercontinentales ! Je ne m'attendais pas à voir surgir les problèmes aussi vite. Depuis, les traîneaux sont partis en déconfiture et l'angoisse me gagne chaque jour un peu plus, même si tous mes amis, présents ici, font tout pour continuer à me rendre le séjour agréable et attrayant. Cependant, je ne peux m'empêcher de les imaginer, tous les deux perdus sur leur banquise. Je sens bien qu'ils ont besoin de moi et c'est de France que je les aiderai le mieux. Aussi, je décide de rentrer au plus tôt. Les vols en seconde classe sont pleins. Heureusement, je tombe sur un agent compréhensif qui, entendant mon explication d'épouse d'explorateur du pôle en proie à une banquise désastreuse, m'autorise à voyager en première classe. Moi qui ne demandais qu'un strapontin, me voilà assise en princesse, champagne et amuse-gueule à volonté. J'adore ces moments critiques, où, transcendé par l'événement, on force le destin. Il y a toujours un petit miracle à la clef. À peine arrivée en France, une nouvelle catastrophe pointe son nez : le réseau satelittaire Iridium est en faillite. Seule trame de communication à assurer une couverture des régions polaires, il est pour nous indispensable. Sans lui, nous retombons à une communication unilatérale via leur balise Argos. Plus question de discussions téléphoniques. La balise envoie un numéro (de 1 à 16), qui va coder les messages. 1 donne : rien à signaler, 2 : tempête, 3 : visite d'ours, 4 : attaque, 5 : chute dans l'eau, 6 : blessure, mais nous pouvons continuer, 7 : blessure grave, venir, mais non urgent... et comme ça jusqu'à 16. Finis les échanges amoureux. Ils n'ont pas, non plus, de radio BLU, beaucoup trop lourde, et dont l'utilité au départ était plus qu'improbable, vu la facilité du téléphone. En plus, avec elle, ils pourraient seulement appeler les côtes russes et canadiennes, ce qui demande la présence d'un tiers sur place, capable de nous retransmettre les messages. Je comptais beaucoup sur ce téléphone. S'il s'arrête, je vais me sentir terriblement seule et encore plus impuissante.

3

Tolérer, accepter et aimer

> Nous vivons dans la neige.
> Nous savons ce qu'est le froid.
> Nous avons appris à le vaincre.
> Comment
>
> En lui opposant sans cesse l'allégresse du cœur.
>
> Un chaman inuit anonyme

Jour 8

Omniprésent sur cet océan blanc, le froid définit à lui seul l'essentiel des régions polaires. Il semble pour nous, Européens du Sud, le grand ennemi du sommet du monde, avec cette question, toujours la même : « Vous n'avez pas trop souffert du froid ? » En France, dix minutes d'onglée semblent l'extrême douleur supportable. Une journée par – 30 °C dans les Alpes est un combat dont nous sommes fiers de parler, le soir, au coin du feu. Sur la route du pôle, les mots et les sensations ne sont plus du tout les mêmes. Le corps se refroidit à chaque arrêt et l'onglée vous assaille, quelle que soit l'épaisseur des gants. Une fois reparti, durant dix à quinze minutes, le sang chaud brûle les chairs et l'on hurle en silence. Il faut sans cesse bouger les doigts, remuer les bras et laisser les mains bien basses afin que le sang descende par gravité. Il est alors impossible d'utiliser les bâtons qui traînent sur les côtés, suspendus aux poignets par les dragonnes. Cette souffrance est habituelle, obligatoire. Nous devons passer par là, quel que soit notre état physique et mental.

Le froid est permanent, il fait partie du quotidien. Il est dur, hostile, invivable, mortel. Cependant, de façon très paradoxale, le remède fondamental est de ne pas lutter. À quoi servirait d'affronter un tel adversaire ? Pourquoi d'ailleurs parler de combat ? Dire : « Je me bats contre le froid » ne sous-entend-il pas que le froid est mauvais ? Alors qu'il est tout simplement... froid ! Ni bon ni mauvais, juste lui-même. La nature ne « s'amuse » pas à blesser l'homme, à vouloir l'écraser. Il n'y a que nos esprits tordus pour s'imaginer cela. Cette réaction dévoile surtout notre désir permanent d'adapter le monde à nos humeurs dès qu'il nous ennuie, au lieu de nous adapter à lui. Nous contraignons la nature, nous bataillons contre elle, comme si elle ne nous avait pas engendrés ! Nous ne reconnaissons pas notre Mère Primordiale. La forêt nous ennuie ? Qu'à cela ne tienne : on la brûle ! Le loup mange nos brebis ? C'est qu'il veut la guerre : on le tue. Nous sommes une drôle d'engeance. Nous cherchons toujours à contraindre les situations à notre bon vouloir au lieu de simplement nous en accommoder.

L'image d'une plage de sable chaud me traverse l'esprit et arrache un sourire à ma bouche figée par le givre. Étonnant processus du contraste : l'un me fait aimer l'autre. « Rien n'est ni bon ni mauvais. » Combien de fois avais-je entendu cette phrase, sans en comprendre le sens profond ? En changeant de comportement vis-à-vis du froid, j'ai commencé à marcher vers lui. D'abord j'ai appris à le tolérer, comprenant qu'il ne m'en voulait pas. Petit à petit, je me suis mis à l'accepter, et même à ressentir vis-à-vis de lui du respect. Sans froid, la banquise n'existerait pas, je n'aurais jamais pu connaître ce fabuleux univers, cet océan à peau blanche. Alors, progressivement, mes douleurs ont commencé à diminuer, à ne plus avoir de prise sur moi. Peu à peu, après avoir passé des centaines de jours dehors sous ces latitudes, j'ai même compris l'amour que je portais au froid. Tolérer avant de comprendre, comprendre avant d'aimer. Telle est l'échelle que j'ai appris à gravir à l'endroit du froid, m'éveillant de la sorte à la triple nature de tout humain : corps-esprit-âme. Qui tolère, en effet, sinon le corps ? Qui comprend, sinon l'esprit ? Qui aime, sinon l'âme ?

Aujourd'hui je peux vraiment dire que j'aime le froid. Quoi de plus naturel ? Paradoxalement, beaucoup de personnes pensent à l'inverse que je déteste le chaud, que je dois être mal sous la canicule. Pourquoi diable ? Je ne me bats pas davantage contre la chaleur que contre le froid, je l'accepte, elle aussi, et la remercie pour ses bienfaits. Je n'utilise pas de climatiseur, ne bourre pas mon verre de glaçons, j'accepte la température qui est. L'hiver reviendra, la roue tourne. C'est à nous de remercier la nature pour l'inimaginable diversité qu'elle nous offre gratuitement, sur un plateau.

Réparations obligent, nous ne partons que tard dans la matinée. Nous avons repris nos pulkas respectives. Le labeur quotidien peut commencer. Désormais, nous redoublons à ce point d'attention que nous en oublions le pôle et l'arrivée triomphale à Ward-hunt, avec leurs promesses chimériques. Un seul objectif : contrôler chacun de nos pas. Une manière comme une autre de nous apprendre à vivre l'instant et seulement lui. Dès qu'une pensée superflue trouble notre esprit, l'attention baisse, le pied glisse, le coup de reins a du retard, le traîneau bascule et chute entre les blocs. On a beau alors rager, pester, hurler, il faut s'arc-bouter pour arracher le précieux fardeau du piège blanc, cristallisé par le froid. Le premier jour, nous avons demandé à l'océan de nous ouvrir les voies de l'initiation : il nous enseigne aujourd'hui le premier chapitre : être présent, ici et maintenant.

Quatre heures seulement de marche et pourtant nous sommes déjà rompus, cassés, fourbus, cachant sous nos parkas le même manteau blanc de givre qu'hier. La journée a finalement été bonne, avec huit kilomètres parcourus sans casse. D'où va jaillir la (mauvaise) surprise du jour ?

Nous avons maintenant nos habitudes et le temps de pose du camp s'en ressent : vingt minutes de gagnées. Comme chaque jour, je ressors de la tente vidanger ma vessie face au spectacle fracassant de la banquise environnante. Je tourne le dos à la tente et contemple la beauté minérale du paysage tout en nuances de bleu et de blanc. Des pas devant la tente attirent vaguement mon attention : tiens, qu'est-ce que Rodolphe est allé faire de ce côté-là ? Je regarde mieux et sursaute : ces traces sont sans équivoque possible ! Un ours est venu nous flairer pendant que nous nous changions sous la tente ! Je lève aussitôt le nez, marchant à reculons vers la tente. Je force mes yeux à fouiller la moindre parcelle de mouvement dans ce blanc laiteux et uniforme où chaque bloc devient un ennemi potentiel. Il me semble que tout est en mouvement. Cette même banquise, tout à l'heure si paisible, se transforme brusquement en complice d'un monstre terrifiant : ma propre peur.

« Rodolphe, prends le fusil ! Un ours rôde. Il a dû partir en me voyant sortir. Il y a des traces partout. »

Peu rassuré, mon coéquipier d'infortune pointe le canon de l'arme par l'abside et à son tour scrute l'insondable. Debout, le nez au vent, le froid me paralyse et la goutte gèle en pointe. Il sort à son tour et m'annonce avec sérieux qu'il cherche un point rose dans ce blanc immaculé. Je ne comprends rien. Il est daltonien et au lieu de voir les ours plutôt jaunâtres lorsqu'ils sont loin, il les aperçoit roses. Je ne peux m'empêcher de me marrer en imaginant Rodolphe s'écrier : « Là ! Un ours rose ! » Cependant, rose ou pas, nous décidons d'installer, pour la première fois, notre barrière anti-ours. Nous tendons autour de la tente, à environ trois mètres, une fine cordelette entre des piquets. Celle-ci part d'un point d'ancrage, pour revenir s'attacher à la goupille d'une amorce. Si l'ours s'approche, il va automatiquement toucher la ficelle entourant le camp et déclencher le mécanisme de mise à feu du pétard qui, soit explose, soit lance une fusée éclairante. Dans les deux cas, le bruit nous réveillera et effraiera l'ours. Encore que...

À Kathanga, installer tout ce fourbi nous semblait simple ; ici, les mains emprisonnées dans les moufles, l'estomac dans les talons, pieds et oreilles pincés par le froid, l'histoire devient nettement plus compliquée. Je me paie une vraie crise à tendre la corde sans déclencher le mécanisme de mise à feu. Après une demi-heure d'impatience, où nous avons complètement oublié la présence du plantigrade, nous savourons enfin un dîner bien mérité. Ce semblant de protection nous rassure. Cependant, une question inévitable se pose : pourquoi cette visite ? Qu'est-ce que cet ours vient nous dire ? Les « gardiens invisibles » du pôle veulent-ils nous mettre en garde ? Contre quoi ? Devons-nous arrêter l'expédition ?

Jour 9

Départ à l'heure dans une ambiance de fin du monde. Nous franchissons un « col » entre deux montagnes de glace (dix mètres de part et d'autre) et, à l'instar des alpinistes ouvrant une voie, nous nous retrouvons de l'autre côté, tout fiers de notre première. Mais là, une belle trace d'ours dément notre impression : quelqu'un est passé avant nous ! Et les empreintes sont fraîches. Nous voilà derechef la peur au ventre. Il y a du danger mortel dans l'air. Au comble de la concentration, nous sommes obligés de cheminer dans les pas de l'ours, seule voie possible au milieu d'un dédale de plus en plus dense. La visibilité est réduite à quelques dizaines de mètres. D'un côté cela active l'angoisse, de l'autre une certaine familiarité me rassure ; nous sommes sur le bon chemin.

Je ne considère absolument pas l'ours blanc comme nuisible, pas plus que le froid, d'ailleurs ! Il est sur son territoire, nous le traversons, nous sommes les intrus. Je regarde sur mon traîneau le fusil dont j'espère de tout mon cœur ne jamais devoir me servir. J'accepte l'ours, mais ma peur, qui pourrait m'obliger à prendre ce fusil, me rappelle que je ne l'*aime* pas encore ! Je le tolère, je l'accepte, je le respecte, mais de là à l'aimer... Même si, afin d'éviter tout « esprit de provocation », nous ne nous sommes pas entraînés à tirer avant de partir. Folie ? Animisme ? Superstition ? Peurs cachées ? Conviction écologique ? Peu importe ! Nous voulons traverser cette terre flottante avec amour. Nous ne tuerons pas, nous ne jetterons pas nos poubelles, nous nous efforcerons seulement d'être le plus proches possible d'elle, afin de la comprendre et de l'aimer. C'est elle, la Vie.

Soudain, le champ de glace s'arrête net, laissant place à perte de vue à un lac gelé. Un lac de plusieurs kilomètres carrés !

C'est impressionnant. Nous mettons le pied dessus, testant la glace. Dix centimètres. C'est largement assez solide, mais l'épaisseur est-elle la même partout ? Plein nord, nous n'apercevons pas la fin de cette petite mer intérieure. Difficile de s'engager, il peut y avoir des cassures n'importe où. À l'est, la côte dessine une courbe légèrement septentrionale, mais trop mollement pour que nous la suivions. À l'ouest, par contre, la rive du lac oblique franchement au nord. Nous décidons donc de la longer, en restant à une centaine de mètres du bord pendant les premiers kilomètres, afin d'observer comment la glace va évoluer. Nous chaussons nos skis, quittant notre ami l'ours qui, lui, a filé vers l'est. C'est grisant d'aller aussi vite, le traîneau glisse sans accroc et je trouve enfin un rythme. Tout mon corps se délie, se redresse, heureux de cet effort simple, pur, droit.

Prenant de l'assurance, nous obliquons de plus en plus plein nord fonçant vers le milieu de cette gigantesque et fine étendue. Deux heures déjà. La glace s'affine et des petites voies d'eau, facilement enjambées se concentrent autour de nous. De minute en minute, le lac tient de plus en plus du marécage. De longs serpents noirs se dessinent à l'est. Instinctivement, nous nous rapprochons de la côte ouest que nous venons de quitter. Il nous est déjà arrivé de nous faire surprendre par la nuit sur ce genre de terrain, il ne s'agit pas de remettre ça !

À chaque petit ruisseau traversé, la tension est à son comble. Il faut d'abord s'assurer de la solidité des berges. Ensuite, enjamber la faille à pas de loup. Enfin, tirer à soi le traîneau d'un coup sec, afin que l'eau ne pénètre pas par les fissures à l'intérieur de la coque. Opération périlleuse, sueurs froides et englacement assurés !

Tandis que Rodolphe manœuvre, je fouille instinctivement l'horizon. Un point noir se déplace devant nous. Coup de sang !

« Là-bas, un ours !

— Merde, il choisit mal son moment. Que fait-on ?

— On fonce vers la berge. Le vent lui amène notre odeur, il faut arriver avant lui. Une attaque sur cette fine glace pourrait être catastrophique. »

Nous donnons tout ce que nous avons dans le ventre, tout en restant très concentrés sur les aléas du terrain. Les yeux me brûlent à force de chercher ce point qui disparaît sans arrêt pour ressurgir chaque fois plus gros, là où on ne l'attend pas. Il se déplace incroyablement vite ! Encore cinq cents mètres. De noir, le « point » a viré maintenant au jaune foncé. Sa silhouette se dessine. La tension monte encore d'un cran. J'ai l'impression d'avoir plusieurs consciences. L'une, civilisée, crie : « Oh, mon Dieu, un ours, on va se faire bouffer ! » L'enfant, tendrement, se dit : « Quelle chance, Nanook* vient nous voir ! » Le calculateur, lui, estime le moment de la rencontre. Le chasseur se voit déjà armer et tirer. Le reporter animalier rêve de filmer la rencontre pour montrer plus tard à sa femme et ses enfants ce qu'est un ours blanc. L'animiste regarde le plantigrade en frère, cherchant la raison cachée d'une telle rencontre. J'endosse tous ces rôles à une vitesse incroyable, jusqu'à être simultanément tout le monde. Mais dans tout ça, qui suis-je vraiment ?

L'ours approche. À cent mètres, il oblique parallèle à nous plein sud et vient couper nos traces. La chasse est lancée, il remonte vers nous contre le vent. Nous stoppons notre course effrénée, l'affrontement va avoir lieu. Excitation, joie, peur, tout s'emmêle. Nous nous dessanglons, Rodolphe prend le fusil, je sors la caméra. Par ce froid, elle tourne sur trois pattes, mais la bande déroule, c'est le principal. À l'estime, je place l'ours dans le champ de vision des futurs spectateurs, pose la caméra sur son pied et m'empare d'un ski. Cinquante mètres, l'ours s'arrête et hume le vent. Trente mètres, il se redresse et sent. Il doit peser dans les quatre cents kilos. C'est un jeune mâle. Son approche est relativement calme, aucun signe d'agressivité. Il a l'air d'un curieux se demandant que peuvent bien faire deux pareils zozos sur sa banquise. Je souris, tout en me raisonnant : curieux ou pas, il faut le faire partir au plus vite. Je brandis mon ski et lui décoche un « File de là ! » tout en avançant vers lui. Rodolphe en retrait le tient en joue. J'espère que mes hurlements vont le faire fuir.

Il me regarde le nez au vent, roulant des épaules. Rodolphe vient lui aussi de se mettre à hurler, laissant s'échapper une émotion trop longtemps contenue. Malgré nos injonctions, l'ours ne bouge pas. Le froid se fait sentir, nos cris baissent d'intensité, le doute arrive. Rodolphe tranche et sans sommation (pour moi), il tire en l'air. Mon cœur s'emballe, l'ours s'immobilise un instant et recule. Je crie à pleins poumons, gesticule comme un forcené. Le seigneur des glaces s'éloigne calmement, nous regardant du coin de l'œil. Je reviens vers les traîneaux et m'empare de la caméra pour le suivre au zoom. Il plonge le nez dans nos traces, avance, puis comme pour se moquer de nous, de notre artillerie et de notre peur panique, il se roule nonchalamment dans la neige. Un vrai nounours. Merci, Nanook. L'ours disparaît et nous repartons, presque déçus. Un grand vide nous assaille. Nous venons de croiser un être vivant.

La rencontre est positive. Il est venu voir qui nous sommes, nous laissant désormais le champ libre. Nous nous sentons acceptés et nous nous rattachons à cette idée pour nous relancer dans la course au pôle.

Jour 10

Nous avons finalement planté le camp au ras du lac gelé, sur le bord stable. Sur la fine glace, l'embrouillamini des traces que nous avons laissées hier témoigne des mouvements de la nuit : au lieu d'être droites et continues, elles sont hachées et partent dans tous les sens. La preuve de l'extrême mobilité de cette fine glace ! Nous repartons plein nord, longeant le bord à quelques encablures. Nous retrouvons les traces de notre visiteur d'hier, elles aussi complètement mélangées. Nous marchons à une bonne cadence, sans rencontrer de serpents d'eau, mais plutôt des plaques se chevauchant les unes les autres. Le lac est à l'inverse d'hier, soumis à compression. Le soleil apparaît, voilé. Le vent se lève brutalement et de véritables rafales nous balayent de côté. La neige court sur le sol recouvrant les skis à chaque foulée. Nos sourires du départ se déforment en grimaces de douleur. Courbés en deux sous les bourrasques, nous nous recroquevillons dans nos capuches, mais en vain, nous n'échappons pas aux supplices du froid qui nous mord cruellement le visage. Ma peau semble se craqueler, comme la terre assoiffée du désert. Nous tenons dix minutes sans mot dire, avant que j'explose :

« Je ne comprends pas. Avant-hier, avec le même vent nous n'avons eu aucun problème et là j'ai le visage lacéré ! »

Rodolphe me regarde, les traits tirés, lui aussi en pleine lutte :

« Fais attention, tu as les ailes du nez toutes blanches. »

Je peste en fouillant dans le traîneau pour trouver ma cagoule et ma mauvaise humeur redouble en l'enfilant. Le givre épais pris dans ma barbe commence à fondre et le froid me glace jusqu'aux os. Rodolphe met lentement la sienne. Je m'impatiente. Il me répond :

« Excuse-moi de perdre autant de temps, mais moi aussi j'ai froid. »

Nous repartons d'un bon pas afin de réchauffer nos membres quasiment paralysés. Je ne comprends pas la vitesse à laquelle nous nous sommes refroidis. Rodolphe marche les bras ballants, les mains recroquevillées dans ses moufles. Ses bâtons pendent nonchalamment traînant derrière lui. Ses yeux expriment résignation et souffrance, mais il ne parle pas.

En quelques minutes, mon masque est complètement rempli de buée qui givre. Je ne vois plus que par quelques endroits encore clairs. Je suis tendu à l'extrême. Je me répète en boucle : « Cela peut être pire, alors calme, calme, calme... »

Rodolphe ne voit pas plus que moi. Nous frottons comme nous pouvons cette croûte de glace déposée sur les écrans des masques. J'estime le vent à vingt-cinq ou trente kilomètres-heure. Pas de quoi fouetter un chat. Pourtant le froid est maximal. Je bute sur une rupture de plaque et manque tomber. J'explose à nouveau, arrache mon masque tout en l'injuriant, le jette dans le traîneau et repars au pas de soldat. Je m'enferme dans ma coquille. Le vent me griffe le visage et le froid de plus en plus vif perce toutes les épaisseurs de mes vêtements.

Rodolphe ne bronche pas, préférant économiser son énergie. Ce coup de gueule m'a finalement donné chaud et j'accélère. La neige en flocons minuscules court de plus belle sur la glace formant de jolies arabesques. Elles me détendent. Le calme revient.

Voilà trois heures que nous courons, poussés dans le dos par le vent qui vient de s'orienter plein sud, en forcissant. La faim nous tenaille et le froid ne nous lâche pas. Demain, la journée sera peut-être pire... Nous entrons dans le vif du sujet.

Nous plaçons les traîneaux perpendiculaires au vent. Adossés, nous avalons en quelques bouchées un morceau de fromage gelé, une barre de course goût noix de coco et du chocolat.

« Un vrai goût de paradis », lance Rodolphe.

Un bref sourire, j'ai mal, mes doigts vont tomber. Pendant qu'il range les provisions, je fais le gros dos, en secouant les bras. Nous repartons.

Cette fois, la tempête bat son plein. La côte de glace que nous suivions part plein ouest tandis que la rive opposée apparaît juste devant nous. Sans hésiter, nous nous élançons au travers de cette fine glace. La neige venue du pack vole sur cette surface parfaitement plane, recouvrant çà et là les ruptures de plaques qui continuent à se chevaucher, comme si le vent avait décidé de refermer la mer intérieure. Il fait froid, je souffre, mais je ne pense plus à rien. Ma vie, la France, mon passé, le pôle, tout s'est envolé. Libéré, je vis dans l'instant, en prise simple avec le blizzard.

De temps en temps, je jette un coup d'œil rapide derrière pour voir où est mon compagnon. Il avance en cadence, son traîneau poussé de travers par le vent. La scène est magnifique.

Le lac gelé est quasiment traversé. Aux abords du pack, la fine glace recommence à se craqueler, les serpents noirs sont de retour. La neige s'agglutine sur les fissures nous empêchant de savoir exactement où est le bord net. S'en approcher devient dangereux. Nous longeons l'eau libre. Une plaque en mouvement vient recouvrir sous nos yeux la rivière jetant un pont entre les berges. N'est-ce pas un signe ? Pas de doute, nous sommes sur la route du pôle !

Nous accostons enfin. Le vent redouble. Et aussitôt, une nouvelle trace d'ours apparaît devant nous. Elle nous laisse de marbre, face au froid de plus en plus terrible qui, dans ce paysage d'apocalypse battu par les vents, nous oblige à monter rapidement le camp. Nous nous engageons d'une centaine de mètres sur le pack. La violence des efforts pour arracher nos charges de quelques pas nous surprend ; nous avions déjà oublié. Sitôt le premier plat trouvé, nous montons le camp.

Calfeutrés sous notre igloo de toile, la chaleur relative due à l'absence de vent nous ranime. Dehors, la tempête est à son paroxysme, quatre-vingts kilomètres-heure. La tente plie sous les coups de boutoir, les parois claquent. Nous sommes couverts de glace et commençons par frotter chaque vêtement. Les polaires, gants, bonnets, chaussettes, pantalon, tout y passe malgré ce froid implacable qui nous ronge. Les doigts perdent peu à peu toute sensibilité. Le thermomètre indique – 41 °C dans l'abside. Nous accélérons la cadence de nos préparations et allumons rapidement le réchaud. La buée envahit l'espace, suivie d'une chaleur moite.

Habillés, au sec, un thé dans une main, la cuillère dans l'autre, nous dévorons la ration du soir. Repus, nos corps se détendent enfin, nos langues se délient.

« Quelle folie ! Marcher en pleine tempête sur une glace aussi fine. Nous aurions pu passer à l'eau cent fois, commence Rodolphe.

— Vise la température. Avec l'effet éolien, il doit faire – 80 °C dans le vent. C'est quand même pas rien !

— Pour couronner le tout, un ours qui se balade autour de nous et pas de barrière ; joli score !

— À propos de score, le GPS* nous indique ce soir... Attention, tiens-toi bien, Rodolphe : dix-huit kilomètres en cinq heures ! Je parie que cette nuit, en dormant, nous allons progresser d'autant, et sans rien faire ! Vive le vent du Sud ! »

Je sors quand même vérifier les amarres de la tente. Dehors, l'ambiance est fabuleuse. La pleine lune embrase la banquise et la brume permanente des paillettes de glace en suspension au ras du sol fuit comme si la mer s'était allumée sous son regard. C'est un incendie de froid, de gel et de neige. Les rafales sont parfois si violentes qu'elles m'obligent à détourner le visage. De nouvelles sensations naissent de cette rencontre insolite avec les éléments et réveillent en moi le désir inconscient de découvrir un monde nouveau. Un monde où le vent joue avec la mer sous le regard lumineux des astres et où l'homme n'est qu'en transit. Étrange impression de bout du monde...

Jour 11

Le vent s'est calmé, il souffle une légère brise ; retour sur les montagnes russes. La banquise est brisée en une multitude d'éclats de glace semblables à un champ de cailloux. C'est très beau ! Le seul problème est que le moindre bloc fait un mètre de haut. Nous devons nous battre à chaque pas. Et ces maudits traîneaux pèsent une tonne !

Vague après vague, crête de compression après crête de compression, une succession infernale d'amas de glaces se dresse devant nous. Nous essayons de nous frayer un chemin entre tous les monticules. J'escalade, je slalome, je grimpe, je redescends, toutes les difficultés sont au rendez-vous. Le corps absorbe les moindres à-coups du traîneau et des douleurs apparaissent, toujours plus violentes, au niveau des reins, des épaules et des mollets. Je m'infiltre entre les blocs de glace pulvérisés sur ce terrain apocalyptique.

Quatre heures de marche, l'enfer continue. Comme elle me manque, la fine glace d'hier ! Pour la énième fois, je quitte mes cordes pour aider Rodolphe à passer sa charge. Je pousse le cul du traîneau pendant qu'il tire devant. Et soudain... Oh malheur ! une plaque de Kevlar de dix centimètres carrés reste posée sur la banquise. Nous retournons aussitôt la pulka : un trou béant laisse voir l'intérieur, où la neige s'engouffre.

Je me redresse et monte sur un bloc dépassant du chaos afin de dénicher un endroit plat pour planter la tente. Il faut absolument réparer ! Nos pulkas partent en lambeaux.

Nous dressons un camp de fortune au cœur des éboulis. L'inspection des dégâts nous laisse cois ! Le fond des deux traîneaux est fissuré, mité, détruit. Encore deux jours à ce rythme et nous perdrons nos provisions.

Réunion d'urgence sous la tente, réchaud à fond, il nous faut les idées claires. J'allume la caméra pour immortaliser l'instant ; une grave décision va être prise !

C'est très simple, nous n'avons plus qu'une alternative : ravitaillement ou retour au bercail. La traversée « en autonomie » est terminée, même jusqu'au pôle. Que faire ? Si nous abandonnons, ce sera pour repartir l'an prochain et tenter à nouveau la traversée totale en autonomie. Très bien, mais dans un an, je ne sais pas si j'aurai envie de remettre ça et si Lycia me le permettra ! D'autant que nous avons investi une somme considérable dans cette expé, et tout ça n'aura servi à rien ! Actuellement, nous avons Canal + avec nous, et certainement un coup à jouer auprès des médias. Et puis, surtout, j'aime cette ambiance, la banquise, le froid et m'imaginer quitter cet univers maintenant me serre le ventre. Nous décidons donc de rester, même s'il nous faut cent jours pour n'arriver qu'au pôle. Nous aurons peut-être été la plus lente expédition du monde, les ringards de la glace, peu importe : quelle belle aventure !

Bref, nous tombons d'accord pour choisir l'option « ravitaillement ». En vrai homme d'affaire polaire, je sors le portable et appelle Cricket. Ayant pris connaissance de notre situation, il calcule rapidement le temps déjà perdu avec les diverses réparations et les jours de fièvre, estime les kilomètres restants et nous propose une nouvelle formule :

— point 1 : nous faire ravitailler dès que les Russes installeront la base dérivante de Barneo – c'est-à-dire dans trois semaines –, avec deux nouveaux traîneaux, deux paires de skis et une radio HF (la maison Iridium dépose le bilan, jugement dans quelques jours et arrêt des communications prévu dans un mois) ;

— point 2 : trouver comment réparer les pulkas cassées. Inutile de fixer des bouts de plastique pour colmater les trous, car c'est tout le fond qui lâche ; il faut donc consolider et protéger l'ensemble.

Tout d'un coup, l'illumination jaillit : il faut fixer les skis sous les traîneaux, ils gêneront moins la glisse, tout en encaissant mieux les coups. Par contre, nous allons perdre beaucoup de temps à progresser de la sorte : sans skis, la marche va devenir plus difficile, à cause des amas de neige dans lesquels nous allons nous enfoncer, tirant des pulkas qui vont développer des forces de frictions impressionnantes – sans oublier que notre portance sur la fine glace sera accrue, et que nous aurons donc plus de chances de passer à l'eau ! Pour couronner le tout, nos traîneaux ne flottent plus du tout.

Le ravitaillement est finalement prévu pour le 27 mars, soit un mois, jour pour jour, après notre départ. Un mois de progression à la manière de larves éclopées !

Jour 13

Les charges deviennent impossibles, les forces de frottements alourdissent considérablement le poids initial. C'est en bêtes de somme que nous nous battons désormais sur chaque mètre. Le terrain est toujours aussi chaotique ; froid et vent constants. Seul le soleil monte un peu plus haut chaque jour, repoussant la nuit toujours plus loin. Ce matin, l'idée du ravitaillement désormais inévitable et des traîneaux brisés me déprime, d'autant que, sans les skis, nous marchons à même la glace et découvrons stupéfaits que les semelles de nos chaussures ne résistent pas au froid ; j'ai l'impression de marcher pieds nus sur le sol glacé ! Certes, les jours derniers nous ne mettions pas nos skis sans arrêt, mais le temps que nous marchions avec suffisait à réchauffer nos pieds. Désormais, plus de répit. Après quatre heures d'effort, je ne sens toujours pas mes talons, ni mes orteils. L'idée qu'ils pourraient geler ne me quitte pas. Rodolphe se plaint lui aussi continuellement.

Nous n'y arriverons pas. Décidément, tout est contre nous. La banquise ne m'avait jamais mis autant de bâtons dans les roues. Pour clore le tableau, c'est le treizième jour d'expédition, chiffre ô combien symbolique dans les arcanes du Tarot : la mort. J'en suis à envisager le pire, avec un grand pathos, quand une protestation s'élève en moi :

« Quel orgueil ! Penses-tu vraiment que l'univers est contre toi ? Que la banquise le fait exprès ? Que le froid prend un malin plaisir à te dévorer les pieds ? »

Je m'arrête net. Au milieu du disque rayé de mes jérémiades, une voix a pris le dessus. Qui est-ce ? Quelle partie de moi-même ? Le mental vexé cherche à reprendre le dessus, le contrôle ? J'analyse les événements un à un au rythme de chacun de mes pas. Je revis les épisodes, les trie, les décortique et finalement glisse sur un bloc de glace, tombant lourdement sur le cul. Rodolphe se précipite, je me relève. Mon pote est inquiet :

« Qu'est-ce qui t'est arrivé ? Fatigue ?

— Non, je n'étais pas là, perdu dans mes pensées, à ressasser le passé, j'ai oublié de marcher ! On me fait seulement savoir que je suis ici et maintenant ! »

Nouveau départ, nouveau coup de reins, et toujours cette petite voix :

« N'oublie jamais que tu vis seulement ce que tu as choisi. Alors, marche ! »

Dans ce dédale de géant, nous nous asseyons sur le traîneau de Rodolphe, pour boire un thé et manger un morceau. L'angoisse des premières heures s'en est allée. Je scrute l'horizon, heureux d'être là. Je ne céderais ma place pour rien au monde. Un *jour blanc* s'installe.

Rodolphe mange tête baissée, le nez dans le sac. Je sirote mon breuvage chaud. Soudain, un mouvement blanc sur blanc attire mon attention et avant d'avoir pu seulement penser quoique ce soit, je crie :

« Un ours !!! Prends le fusil ; il charge ! »

Je me lève d'un bond. Un ours mâle d'au moins sept cents kilos court droit sur nous. Il disparaît entre les crêtes de glace. Je suis stupéfait par sa vitesse, malgré son air pataud de nounours ! Rodolphe fouille dans sa pulka et en extrait l'arme qu'il brandit à bout de poing. L'ours est à trente mètres. J'empoigne mes bâtons et cours vers lui en hurlant. Il vient vers moi, museau baissé, gueule ouverte, les yeux vitreux, l'attitude même du chasseur. Je m'arrête à quinze mètres de lui. Dans ses yeux, je lis ses calculs. L'ours manque quatre-vingts pour cent de ses proies et, en général, il ne se bat que s'il est absolument sûr de gagner – il est inutile de dépenser des calories superflues par une température si basse ! Pour lui je suis dangereux, alors que Rodolphe accroupi, ne bougeant pas, l'est moins. Choisissant la proie la plus facile, il oblique vers mon compagnon. Je hurle :

« Tire, tire ! »

Rodolphe ajuste tranquillement, attendant d'être sûr d'avoir les pattes de l'animal pour cette première balle, remplie de

T

Ne pas
affranchir

ECOPLI

35 g

Valable du : 15/04/2002
au : 14/04/2003

Nouvelles Clés

Autorisation n° 20607

84220 Gordes

plombs à oiseaux. À la sortie d'une crevasse, l'animal se redresse. Rodolphe tire. L'ours stoppe net, ses yeux emplis de stupeur. Instantanément, il fait un demi-tour d'une légèreté incroyable et repart au moins deux fois plus vite dans ses propres traces. Rodolphe recharge, je me rends compte que je n'ai pas cessé de crier. Ma conscience n'a pas eu le temps d'analyser en détail. Pourtant, l'ensemble de l'attaque a été d'une clarté impressionnante. Les mimiques de l'ours nous ont tout dit de ses intentions. En fait, je suis sûr qu'il ne voulait pas nous dévorer, mais plutôt nous expulser de son territoire.

Arrivé à une cinquantaine de mètres, l'énorme animal s'arrête derrière un bloc et se lèche les pattes. Je n'ai jamais vu un animal aussi gros. Nous l'estimons haut de plus de trois mètres.

Les minutes s'égrènent, le froid durcit, il ne bouge pas, nous sommes transis. Ajoutée à la peur, l'attente statique réactive l'émotion de l'événement. Nous gelons sur place. Les dents claquent, nous parlons fort, prenant conscience qu'à notre vitesse de limaces l'ours peut nous suivre toute la journée si bon lui semble. Une demi-heure passe, nous nous regardons du coin de l'œil. Lui fait mine de ne pas s'occuper de nous, déambulant entre les rochers blancs. Face à sa nonchalance, l'idée de remettre nos harnachements et de tirer nos traîneaux nous paraît ridicule. Frigorifiés, nous décidons pourtant de repartir, question de survie. J'avance, tandis que Rodolphe surveille, le fusil entre les mains. Dix mètres, à son tour de progresser, à moi de surveiller. Ainsi de suite durant une heure. Finalement, nous le perdons de vue et l'angoisse remonte d'une octave. Nous l'imaginons derrière chaque bloc.

D'un coup, nous sortons du chaos pour nous retrouver devant une vaste étendue plate. Une glace de dix centimètres d'épaisseur : le rêve. Mais à peine engagés, nous apercevons à nouveau un point noir à l'horizon. Non, deux points noirs ! Ils bougent, disparaissant et renaissant sans cesse. Ouf ! Ce sont des phoques qui jouent à même la glace. Nous comprenons mieux la présence de notre ami, tout à l'heure. Sur nos gardes, dans cet univers blanc, ciel et terre confondus, nous avançons à pas de loup. Au fur et à mesure que nous progressons sur ce nouveau lac gelé, la glace s'amincit parfois de façon très inquiétante, laissant apparaître des taches d'eau très sombres. Sans les skis, notre surface portante diminue et nous craignons de voir se rompre le sol sous nos pas. Notre attention est à son maximum. Nous fonçons vers la berge opposée, l'esprit tendu et croisons avec surprise une belle trace d'ours au cœur de cette fine étendue. Instinctivement nous levons le regard. Stupeur, l'ours est là, à deux cents mètres. Il fait mine de venir vers nous, nous accélérons, espérant atteindre la berge avant la rencontre. Il approche doucement, plus curieux qu'agressif. La peur laissée par l'autre plantigrade plane encore. Je suis trempé de sueur. Nous donnons un effort soutenu, les traîneaux semblent voler sur ce sol sans relief.

Nous atteignons enfin la rive sans encombre. La banquise est explosée. S'engager là-dedans ne nous enchante guère. L'ours approche. Nous n'avons pas le choix, subir une attaque sur la fine glace tient du suicide, l'ours étant capable de la briser. La progression redevient centimétrique, notre lenteur fait peine à voir. L'animal n'est plus qu'à cinquante mètres. Nous nous arrêtons, faisons face, fusil au poing. Et nous qui pensions ne jamais avoir à nous en servir ! L'ours se dresse sur ses pattes arrière, nous renifle longuement dans le vent et finalement fait un tour sur lui-même pour s'éloigner en direction d'une grande tache noire, là-bas au loin, surplombée d'un ciel sombre : une polynie*. Les phoques l'allèchent certainement plus que nous.

J'observe la rive, c'est-à-dire la ligne séparant la fine glace de la banquise. Elle oblique nord-ouest. Et voilà que je repère une trace de renard courant le long de cette ligne. Ce renard a raison, pourquoi ne pas rester sur cette glace, certes peu épaisse, mais ô combien facile pour nos poids lourds ! Nous changeons d'attitude : plus de bataille en vue, continuons plutôt le long de cette berge sinueuse où la fine couche vient buter contre le pack pour s'y disloquer. Nous trouvons tantôt des strates de glace amoncelées, tantôt de l'eau ouverte qu'il nous faut contourner. Les zones d'eau augmentent, nous poussant presque vers le sud par moments. Décidément, la voie rapide devient trop dangereuse. Nous remontons sur la rive et attaquons le labyrinthe dans un fracas innommable. Le « jour blanc* » devient total, on n'y voit plus à vingt mètres.

Au milieu de ce capharnaüm, une belle plaque, lisse et plane, s'offre à nous trente minutes plus tard. Nous sommes exténués. Je plante mes bâtons, me libère du traîneau. Rodolphe a compris et acquiesce : on pose le camp.

Nous montons la tente et glissons à l'intérieur. Tout en pratiquant le brossage habituel, nous passons en revue les péripéties de la journée. Deux ours, c'est incroyable ! Dire que certaines expéditions n'en croisent aucun. Nous revenons longuement sur leurs charges respectives et nous nous félicitons de notre réaction, chaque fois relativement calme et sensée. J'allume le réchaud afin de faire sécher gants et bonnets. Je quitte mon sous-vêtement, me retrouvant torse nu au-dessus des flammes bleutées. L'air chaud me caresse. Mais c'est déjà le tour de Rodolphe. Je me rhabille succinctement et ouvre rapidement l'entrée afin de prendre le pot servant d'urinoir. Il est plus facile de pisser au chaud. Mais là, oh surprise !

« Rod, un ours ! Rhabille-toi au plus vite, je prends le flingue. Il est à quelques mètres.

— Tu déconnes ? »

Je me précipite sur l'arme et me positionne un genou en terre, subjugué de voir un ours polaire de si près, et inquiet d'être, décidément, devenu leur proie. Il est tapi à sept pas de la tente. Les pattes avant écartées, le cul en l'air, la truffe cachée derrière un monticule, il guette comme devant un trou de phoque. L'effervescence s'empare de mon camarade. En quelques secondes il retire gants et bonnets, se débat avec ses vêtements, manquant de brûler sa doudoune, pour finalement retrouver son calme et prendre son tour de garde. L'animal n'a absolument pas bronché. Habitué à attendre plusieurs heures devant les trous de respiration que les phoques sortent, il se prépare à nous cueillir. À moins qu'il ne chasse la tente ; auquel cas il attend qu'elle remue ! Je suis transi de peur et de froid. Cependant, avoir un ours si près et si longtemps m'oblige à réchauffer la caméra (il fait – 40 °C.) Vingt minutes à poireauter, le viseur est plein d'eau condensée par le réchauffement brutal au-dessus du réchaud.

L'excitation monte en filmant la scène, reléguant la peur. Nous commentons allégrement les images et jubilons. En pleine expédition nous prenons le temps de faire un peu de film animalier. C'est exceptionnel !

Le temps passe, il faut maintenant le faire fuir. Je m'empare de la fusée de détresse et me redresse dans l'abside, Rodolphe tenant l'ours en joue entre mes jambes. La situation est cocasse. J'arme, puis hurle : « Allez, file de là ! », avant de tirer. La détonation résonne dans mon crâne. Durant une demi-seconde le trou noir ; où suis-je ?

L'ours se redresse, oscillant de la tête, gueule ouverte. Mauvais signe. À cette distance, il serait sur nous en moins d'une seconde. Rodolphe est prêt à l'abattre. Cette fois, la balle engagée est une tueuse : nous n'avons même pas pensé à recharger en petit plomb, certains d'en avoir fini avec les rencontres pour la journée ! Rodolphe attend mon ordre. Nous sommes en légitime défense, me répète la raison. Je crie et recharge la fusée. L'ours recule d'un pas, avance d'un autre, il hésite.

« Vous n'êtes pas là pour tuer un ours ! Il est chez lui, pas vous ! »

La petite voix de ce matin tranche. Je sors complètement et tire à nouveau. L'ours me fixe, nos regards se croisent : « File de là ! » Il redresse la tête, hume nez au vent et, avec toute la finesse qui le caractérise, recule. Pas à pas, il s'éloigne, comprenant sans doute que face à deux énergumènes morts de peur, le danger est réel. Rodolphe sort à son tour et nous crions. Je m'empare de la pelle et je la secoue au-dessus de ma tête. Je pense soudain à la caméra. L'ours campé à vingt mètres derrière un bloc attend. Je filme, tout en continuant à crier. Cela dure une demi-heure. Puis il disparaît. À nouveau l'angoisse de ne plus savoir où il est nous étreint. Nous remettons la barrière anti-ours pour la nuit. Une demi-heure de galère. La faim nous tord le ventre, si bien que nous sommes à deux doigts de nous engueuler en plantant cette fameuse ligne de défense. On se croirait en guerre, attaqués de toutes parts. C'est ridicule, mais la raison nous montre que c'est encore le meilleur moyen pour éviter les surprises.

Le repas terminé, j'ai mal au crâne, la fièvre revient. Rodolphe a des cernes sous les yeux et nous ne traînons pas pour nous mettre au lit. La présence de l'ours plane ; pourquoi pas un quatrième ? Pourtant, le plantigrade doit être loin et tout danger potentiel est écarté. J'analyse raisonnablement la situation mais ne peux m'empêcher de penser au pire. La logique bat en brèche l'intuition, laissant derrière elle une peur panique dont je n'arrive pas à me débarrasser. Finalement la migraine et le délire ont raison de moi. Je m'écroule dans mon duvet sans compter les ours sautant par-dessus les icebergs... Rodolphe reste aux aguets.

Jour 14

Je me réveille détendu, reposé, fin prêt à m'éloigner de cet endroit riche en plantigrades. Rodolphe ronfle. Je bouge, il se réveille. Je suis de corvée de nettoyage et je commence à brosser les parois :

« Tu as bien dormi ?

— Pas fermé l'œil. Je suis claqué... Trop peur... »

Il parle emmitouflé sous sa capuche. Un bref regard me laisse découvrir ses yeux bleus plus cernés qu'hier. De véritables coquards.

Je jette un coup d'œil dehors, personne. Le brouillard est toujours là, nimbant la banquise d'un blanc opaque.

Je prépare le repas et réveille à nouveau mon camarade. Nous mangeons en commentant la nuit blanche de Rodolphe qui s'est levé une dizaine de fois à l'écoute de bruits suspects. Je l'imagine avec sa lampe frontale balayant le devant de la tente à la recherche d'une forme mouvante. Plongée intégrale dans les fables et les histoires fantastiques du grand méchant loup, de la bête du Gévaudan, et autres monstres inventés pour faire peur aux petits enfants. C'est réussi ! La scène me fait rire, pourtant elle peut encore se jouer.

Les trois ours d'hier nous ont remis à l'heure. Visiblement on fait fausse route. Nous devons changer de cap, lever le voile ? Une autre compréhension se cache derrière tout ça ; ils nous poussent à mieux voir, mais en sommes-nous capables ? Pouvons-nous changer la structure de notre pensée ? Devons-nous arrêter ? Autant de questions qu'il ne sert à rien de vouloir résoudre par la *pensée*, seul le *marcher* peut nous aider. Seuls les actes comptent ! À nous d'agir.

Sitôt dévoré sa pitance, Rodolphe se recouche :

« Laisse-moi deux heures. Je suis crevé, je ne ferais pas dix mètres.

— Pas de problème. Dors, je vais en profiter pour appeler Lycia, écrire, bricoler le réchaud qui déconne, faire le point des skis sous les traîneaux... Ne t'inquiète pas, je ne vais pas te regarder dormir ! »

À peine couché, mon ami sommeille déjà, agité par des spasmes liés à une trop grande fatigue. Je m'empare du téléphone satellite, heureux d'avoir du temps pour pouvoir parler à ma femme. En général, nous nous octroyons trois minutes par jour, mais n'ayant pas appelé plusieurs jours durant, j'ai un crédit à dépenser. Bingo ! Avec le décalage horaire, je la surprends au saut du lit. Le récit de la visite de l'ours la glace d'effroi. À mon habitude, je tente une explication, remontant au premier ours de la journée, puis à la fine glace et enfin à la traque devant le camp afin qu'elle comprenne mieux pourquoi Rodolphe est claqué ce matin. Peine perdue, le récit complet des trois ours engendre plus de panique qu'autre chose. Le décalage est énorme. Pour nous, l'ours est passé au quotidien. Nous gérons notre peur au jour le jour, sans projeter nos fantasmes en hypothétiques rencontres. Pour elle, l'ours fait partie des catastrophes du voyage et, impuissante derrière son téléphone, elle ne peut que se ronger les sangs. Nous sommes sur deux planètes différentes. Pour couper court à la peur qui monte, je brode une fin rassurante en lui expliquant qu'un ours ne revient jamais chasser une proie trop difficile, donc pas de problème.

Par contre, mauvaise nouvelle d'Iridium, Lycia m'explique qu'elle a parlé avec un dirigeant de la société et que le téléphone va s'arrêter d'ici quinze jours, c'est *a priori* définitif. Nous espérons avoir le ravitaillement des traîneaux juste avant, afin de pouvoir donner directement notre position aux pilotes russes. Pensant les surprises terminées, Lycia m'en annonce une pour le moins incongrue :

« Je n'ai pas eu mes règles depuis deux mois et je pense être enceinte. Je vais faire un test aujourd'hui.

— Quoi ? Je vais être papa ? Ici, sur la banquise ? ! ! C'est une hallucination ! Tu es sûre ?

— Non, mais y a des chances. »

Notre temps de parole touche à sa fin, nous restons chacun empli des émotions partagées. Je t'aime mon amour.

Jour 19

Départ à 10 heures. La température s'est considérablement adoucie, passant de – 34 °C hier soir à – 23 °C. Le « jour blanc » est total. Une fine couche de neige recouvre la glace. On décolle dans des blocs monstrueux. Comble du réchauffement, la neige fraîche accumulée par le vent botte sous les traîneaux. Le poids augmente encore. Cinq cents mètres en une heure, record battu. C'est tellement grotesque qu'il devient impossible de se plaindre. Nous tirons les charges une après l'autre en riant :

« À cette vitesse, le pôle, c'est pour l'an prochain ! »

On ne parle d'ailleurs même plus de Ward-hunt, du Canada, tant cela nous paraît loin. La folie n'est pas d'être dans ce chaos ; nous nous régalons. Non, la folie, c'est plutôt de se croire assez forts pour traverser, vaincre la banquise et les éléments sans tenir compte du milieu. Juste retour des choses, nous apprenons l'humilité, avec un grand H.

Trois heures au pays des géants, avant de nous retrouver brusquement sur un nouveau grand lac gelé. Instinctivement, nous cherchons l'ours. La glace est dure et, soudainement légers, nous roulons. Quelle sensation grisante ! Ça y est, deux heures à ce régime et nous nous retrouvons en piste dans la course au pôle. L'appétit revient en marchant, l'orgueil aussi, nous allons réussir !

Badaboum ! La chevauchée s'arrête sur un bras d'eau, d'une trentaine de mètres de large, serpentant est-ouest, nous bloquant la route. Avec nos traîneaux amphibies, il nous aurait fallu quinze minutes pour les attacher ensemble, nous jucher dessus et traverser en pagayant avec nos pelles. Mais voilà, nos embarcations ne flottent plus du tout, percées de toutes parts par les aiguilles tranchantes des blocs. Seule possibilité, longer la veine d'eau. Nous choisissons l'est, la rivière obliquant légèrement vers le nord. Très vite nous retrouvons une banquise pulvérisée avec cette fois-ci de l'eau serpentant au milieu.

La progression ralentit encore, l'insupportable reprend le dessus. Je scrute cette beauté désertique qui silencieusement m'appelle à la contemplation : « Mais, bon sang, regarde la chance que tu as d'être ici ! » Je me plonge ainsi au plus profond de moi-même, nettoyant mon esprit pour le laisser aussi vierge que la banquise. Je lâche prise. Le pôle ne s'atteint pas en claquant des doigts. Nous devons parvenir à ôter nos inutiles habits de société et retrouver les liens subtils qui nous unissent à la nature. Le moindre changement de luminosité, le moindre mouvement de nuages, les moindres formes de glace nous parlent. À nous de savoir décoder tout cela.

Nous traversons un dédale de fractures où les différents amas de glace ressemblent à de véritables sculptures ciselées par le vent. S'élevant à mes côtés, deux énormes blocs posés là côte à côte sont semblables aux deux faces d'un double miroir, dont les parois lisses, d'un dégradé de bleu turquoise au bleu pâle, reflètent la palette de teintes du ciel. Derrière ces vitraux vivants, nous apercevons la fracture, qui s'agrandit d'heure en heure. La tête enfouie dans ma parka, je n'entends rien, je ne sens rien, je ne pense rien. Calfeutré sous ces parois étanches, je reprends calmement le rythme, d'un pas à pas infini.

Nous campons finalement aux abords d'un « fleuve » de plus de cent mètres de large où des phoques s'ébattent joyeusement. Les ours ne doivent pas être loin. Nous optons pour la barrière de protection, mais après le repas la faim prime, l'effort a été on ne peut plus violent.

La température redescend à – 34 °C. C'est bien. Le fleuve d'à côté gèlera un peu plus vite. Je ressors installer le pétard d'alarme sur le déclencheur. Habituellement, nous mettons une amorce type « coup de fusil », mais, n'en trouvant pas, j'installe un fumigène rouge ; l'ours n'y verra que du feu !

Le mécanisme est déclenché par un ressort retenu par une

goupille que je retiens, tout en vissant le pétard. Mais je n'y arrive pas et gèle sur place. J'ai beau m'appliquer, ça ne va pas. Et tout d'un coup, la goupille glisse, le ressort se détend : mise à feu ! Tout va trop vite, je n'ai pas le temps de retirer ma main que déjà le fumigène part en un éclair rouge sang. Il se coince dans mon gant qui prend brutalement feu. La douleur est intolérable. Dans un ultime réflexe, j'arrache le gant, le jette et plonge ma main dans la neige. Le froid calme aussitôt la douleur. Mais le pétard, accompagné du gant, atterrit sur mon traîneau et continue de brûler, transperçant la bâche. Des flammes s'élèvent ; le plastique fond. Je hurle : « Ça crame, bordel, ça crame ! » Rodolphe se précipite, envoie tout ce qu'il peut de neige sur le feu. Je suis incapable de l'aider, mes doigts sont tout recroquevillés autour des chairs calcinées de ma paume. Tout en pelletant avec ses mains, Rodolphe se met soudain à crier, en proie à une terreur sourde :

« Il y a du fuel dans le traîneau, viens m'aider ! Y a du fuel ! »

Je comprends aussitôt le danger et je cours aider, comme je le peux, mon camarade qui s'active frénétiquement.

Finalement le feu s'éteint et Rodolphe ouvre le traîneau afin de contrôler les dégâts. La bâche a fondu, laissant un trou de trente centimètres. Une peau de phoque arrachée des skis nous a sauvé la vie. Elle s'est intercalée entre le fumigène et un bidon de dix litres de fuel. Sans elle, c'était à coup sûr l'explosion, soit un trou d'une dizaine de mètres dans la banquise et quelques morceaux informes éparpillés. Nous venons de frôler la mort de tout près !

Nous rentrons sous la tente, la douleur est insoutenable. Je serre continuellement de la neige, qui anesthésie les chairs carbonisées. Rodolphe allume le réchaud et dégèle Bétadine et tulle gras au-dessus du feu. La chaleur dégagée par l'appareil avive la douleur. Soudain, une intuition fulgurante me traverse l'esprit. Je m'empare du téléphone cellulaire et appelle, en France, un guérisseur proche de mon village.

L'homme est heureusement chez lui. Le miracle de la technologie, qui me permet de parler instantanément à un habitant de la Drôme profonde depuis la banquise, va se mettre au service d'un miracle d'un genre bien plus archaïque. En quelques phrases, j'informe le guérisseur de la situation. Sans perdre une seconde, il me demande de plaquer le combiné sur la plaie. Je m'exécute. Durant les cinq minutes de « travail à distance », je me concentre, aidant l'opération du mieux que je peux. Il me demande de le rappeler une demi-heure plus tard. Ma main brûle toujours, mais c'est nettement plus supportable. Je remarque au passage que je n'ai pas eu l'onglée aux doigts, ni même froid, malgré l'application intensive de la neige – il fait pourtant – 34 °C ! À croire que le feu de la brûlure a empêché les gelures. Rodolphe est sceptique. Il questionne :

« Tu crois vraiment à cette sorcellerie ?

— Croire est le bon mot. Si tu n'y crois pas, inutile d'appeler.

— Et tu penses qu'il va te soigner à distance ?

— J'en ai la certitude. Je n'ai aucun doute, voilà pourquoi ça va marcher. Je ne me laisse pas envahir par mes peurs ou par une multitude de pensées contradictoires. Je n'espère pas être soigné, je *sais* qu'il ne peut pas en être autrement. Aussi, plutôt que de freiner des deux pieds, je fais le vide en moi, afin qu'il puisse correctement m'aider. Je vais dans le bon sens, dans son sens.

— Ce n'est rien d'autre que de l'autostimulation.

— Non. Sinon, je n'aurais pas besoin de lui, je pourrais y arriver seul. Il m'aide à enlever la douleur, son intervention et son amour me calment. Cependant, je garde l'entière responsabilité de mon acte et de ma brûlure. Elle est arrivée pour me dire et me faire comprendre quelque chose et je la remercie. Il n'y a pas de hasard. Derrière chaque événement se cache un sens précis. L'intervention du guérisseur va marcher car il sait, et moi aussi, que cette brûlure me parle. Il ne cherche pas à la supprimer, mais seulement à me soulager. À moi de faire le reste du travail. »

Je ne peux toujours pas déplier mes doigts. À la lumière des lampes frontales, nous commençons à panser la plaie. Je la nettoie avec de la Bétadine tout juste dégelée. Le froid me fait du bien. La paume reste noire, recouverte par la poudre du fumigène. On distingue mal les chairs calcinées. Je dépose plusieurs couches de tulle gras et bande la plaie ; demain il fera jour.

Le maniement des pansements a relancé la douleur. Heureusement, une demi-heure a passé. Je rappelle. À cinq mille kilomètres de nous, l'homme conjure mon mal une seconde fois, et là, la douleur diminue franchement. Nous discutons deux minutes. Il est heureux de pouvoir nous venir en aide depuis l'autre bout du monde. La distance n'empêche pas l'amour de voyager !

Ma douleur quasiment disparue, nous faisons le bilan de la situation. Les deux traîneaux ont le fond détruit, un a la bâche brûlée, nous n'avons plus nos skis, ma main droite est désormais inutilisable – je ne peux plus m'appuyer sur mon bâton pour marcher –, le déclencheur de fusée est détruit, la barrière de protection inemployable. Sinon, tout va bien ! Étrangement (et nous ne le disons pas pour rire !), nous sommes heureux. La galère fait partie du voyage, de l'initiation. La question du *pourquoi* fuse, mais sans réponse. Nous sommes bien trop excités pour penser.

L'heure du rendez-vous téléphonique avec la France arrive et à chaud nous enchaînons. Nous sommes même euphoriques pour raconter notre dernière connerie.

Lilou décroche. Son intonation témoigne aussitôt d'une angoisse profonde : elle est au courant pour la main, les nouvelles vont décidément très vite au pays ! Je lui explique la situation, en omettant de rapporter que nous avons frôlé l'explosion du fuel, pas la peine d'en rajouter. Elle est tendue, à deux doigts de s'emporter. Ma mère est à côté d'elle et s'empare du téléphone. Toutes les deux pleurent. Entre deux sanglots, d'une voix autoritaire ma mère me somme d'arrêter. Oreille contre oreille, collés au combiné, Rodolphe et moi écoutons les doléances. Nous sentons leur stress à son comble. Je ne peux en placer une sans faire augmenter la pression. Lycia reprend l'appareil et enchaîne d'un même ton :

« Il faut arrêter vos conneries ! Cette expédition est perdue d'avance, vous êtes partis trop à l'arrachée ! Tous les signes sont contre vous, le manque d'argent, la maladie, les ours, la banquise brisée, les traîneaux en miettes et maintenant ta main... Ça suffit ! »

Elle se défoule, tout sort pêle-mêle, mes patients mécontents, mon collègue de boulot débordé, toute ma famille angoissée... C'est ma fête ! J'encaisse, la laissant vider son sac, acquiesçant de temps en temps. Elle déballe tout, elle est à bout. Le débit se tarit, ma mère ragaillardie prend le relais. La liste des erreurs et des reproches continue. Rodolphe est gêné de se retrouver là entre nous. Je tente un brin d'explication, sachant bien que de l'autre côté, le téléphone est sur haut-parleur. Je pèse mes mots. D'un coup ma mère change de voix et m'annonce :

« Je te passe ton père ! »

Regard furtif vers Rodolphe. Aïe ! le ton devrait monter d'un cran. Les premiers mots sont inaudibles : le paternel pleure, l'émotion le submerge. Et puis voilà qu'entre deux sanglots il parle :

« Je suis avec vous, les gars... Foncez ! Ne vous arrêtez pas à la première épreuve venue. Allez au bout de votre engagement, c'est ça la vie ! On le connaissait tous, le risque encouru. Alors faites pour le mieux, je crois en vous ! J'ai confiance. Vous maîtrisez mieux la situation que nous, ici. Alors ne perdez pas courage et continuez... Je sais très bien que vous êtes là où vous désirez être... Vivez de votre mieux, survivez s'il le faut... mais soyez vous-mêmes. Tu m'as assez répété, Arnaud, que tu voulais aller *au bout de toi-même*, non ? Alors, ne t'arrête pas juste au bout de *je-même* ! Je suis avec vous chaque seconde ! »

Dans notre petite tente sur la banquise, c'est la stupeur, la douche de miel, la divine surprise. Bon sang, nous ne nous attendions pas à ça ! Une vague de joie nous submerge. Mon père a dit l'essentiel – et quel jeu de mots ! Tu as raison, papa, je n'y arriverai jamais si je ne m'aime pas et si je perds confiance en moi-même. C'est avant tout pour moi que je marche sur l'océan et non pour combler les peurs de mon ego. Le petit *je* n'est pas le maître, il *me* sert seulement. MERCI, papa !

À l'autre bout de la ligne, Lycia reprend la conversation, beaucoup plus calme. La tension a lâché. Elle sait maintenant que nous allons continuer et, visiblement résignée, accepte. Elle me conseille de joindre Cricket pour le ravitaillement, d'autant qu'Iridium ferme les communications dans trois jours – c'est fait : la faillite de la boîte est déclarée. De son côté, elle va se mettre à préparer le matériel qui nous manque. L'aventure continue...

Peu après, Cricket confirme le dépôt de bilan de la compagnie téléphonique. Nous convenons d'un ravitaillement pour le 28 mars. À cette date, de gros hélicoptères russes devraient nous survoler pour aller construire la base dérivante Barneo à quelques dizaines de kilomètres du pôle Nord.

Je rappelle Lycia. Plus calme, elle m'avoue son incapacité à gérer seule l'expédition en plus de son boulot. Elle est sans cesse pendue au téléphone entre la maison de production du film, les photos, les journalistes, les sponsors, sans parler des traîneaux à refaire et des mille et un détails de la journée. Par-dessus tout ça, nous n'échangeons plus rien. Notre communication amoureuse est à marée basse. À chaque coup de fil, je la traite plus en coéquipière chargée de la base arrière qu'en femme et amante. Où sont nos petits mots doux et nos échanges de tendresse ? Tout se passe comme si notre couple avait implosé sous la pression de l'expédition. Elle se sent terriblement seule. À sa manière, elle me dit la même chose que la banquise : « Soyez vous-mêmes. Cette expédition, vous la faites pour vous, pas pour les autres. »

Avant de raccrocher, je lui demande des nouvelles de ce qui me tient à cœur depuis quelques jours : le test de grossesse. Négatif. Elle avait même oublié de m'en parler au milieu de toutes ces péripéties. Elle rit face à l'éventualité d'un futur bébé. Sa joie me détend, nous nous retrouvons amoureux.

Lycia

Je raccroche, plus calme, les yeux rouges et brûlants. Je suis vidée. Quelle folie, cette expédition ! Depuis le premier jour, ils enchaînent galère sur galère et je ne peux rien faire. Il n'y a pas pire que de rester à quai. Si je ne connaissais pas leurs histoires, passe encore, mais là je baigne dedans. Je ne me sens absolument pas à ma place en tant que chef de la base arrière, et pourtant je ne pourrais pas ne pas m'occuper d'eux. Je suis en permanence tiraillée entre mon désir de participer du mieux possible et celui de fuir et de laisser tomber tout ça.

À chaque fois que je reprends du poil de la bête, patatras, ils m'annoncent une catastrophe. Je rentre heureuse de La Réunion et pan, la grippe. Je trouve dans la foulée un peu d'argent chez un sponsor et vlan, les traîneaux cassent. J'organise avec les différents protagonistes la confection des traîneaux, leur acheminement en Russie, pendant que ces messieurs poursuivis par des ours sur de la fine glace hésitent à tirer. Je me fais même réprimander par les amis polaires qui ne comprennent pas pourquoi ils jouent autant avec le feu. Et, aujourd'hui, Nano se brûle la main (à force de jouer, c'était à prévoir) alors que nous avons trouvé un moyen peu coûteux pour les ravitailler. À chaque bonne nouvelle, ils nous font pire encore ; que va-t-il arriver demain ?

L'attachée de presse m'a annoncé ce matin la parution prochaine d'une page dans *Le Figaro*. D'autres journaux sont intéressés, elle est très optimiste pour la suite des événements. Dans la foulée, Thierry (cameraman et réalisateur du film) vient d'obtenir une diffusion dans l'émission « C'est ouvert le samedi » sur Canal +. Le top ! J'étais vraiment heureuse ce matin, l'expédition commence à intéresser les médias, mais ce soir je suis inquiète et, en même temps, j'en veux terriblement à Arnaud d'être parti avec aussi peu de moyens. Tout est difficulté, d'autant plus qu'au vu des dettes la seule récompense de ces quatre mois de folie va être d'en sortir avec le moins de casse possible. Je ne pense même pas à la casse physique, inenvisageable dans la situation actuelle, sauf bien sûr pour monsieur Tortel qui s'envoie en l'air à coups de pétard. Je me demande s'il a conscience de la réalité. Je connais l'ambiance polaire, c'est magique, on oublie tout, on se concentre sur soi, on progresse à pas de géant dans son intériorité, pendant que d'autres se dépatouillent, des problèmes jusqu'au cou. Je me sens sale.

4

Grandir, envers et contre soi

> Le Grand Nord n'est pas simplement beau. Il est puissant. Sa puissance découle de la tension entre sa beauté évidente et son pouvoir de prendre des vies.
>
> BARRY LOPEZ

Jour 20

Nous partons plein nord voir l'état du fleuve, laissant la tente plantée là. Je teste ma main bandée et gantée sur mon bâton : strictement impossible de m'en servir. Arrivés aux abords de la veine d'eau, nous constatons que la banquise a énormément bougé : les berges se sont encore éloignées, l'eau noire est maintenant visible à perte de vue. Pour couronner le tout, un « jour blanc » s'installe, posant son voile de coton opaque sur tout le paysage. Inutile de se battre, nous retournons au camp. À sa manière, la banquise nous dit que nous devons nous poser, prendre du recul, assimiler les événements de ces derniers jours. Nous ne sommes pas là par hasard et ce qui nous arrive correspond à notre choix initial.

De retour dans notre abri, je reviens donc sur les « causes » de l'expédition. Pourquoi me suis-je lancé là-dedans ? J'énumère mes raisons : devenir moi-même, me découvrir, savoir qui je suis, pour pouvoir ensuite le vivre. Une foule d'images et d'idées a vite fait de me submerger. Je laisse passer le brouhaha. Une question finit par émerger du flot : qu'est-ce que la mort ? C'est finalement la grande énigme invisible au centre de ma vie. J'y ai déjà répondu intuitivement, mais sans jamais mener à terme ma réflexion. Mes peurs me paralysaient. Aujourd'hui, après les problèmes de ces derniers jours et l'étrange « douche écossaise » – l'accident, suivi d'une tentation de désespoir aussitôt submergée par une très imprévisible vague d'euphorie –, une réponse s'impose crûment à moi : vie et mort sont intimement liées ; en comprenant l'une, je dévoilerai l'autre.

Alors, c'est quoi, la mort ?

Tous les hommes, quels qu'ils soient, l'ont affrontée quelquefois (au moins en esprit) au cours de leur vie, qu'il s'agisse de celle de leurs proches ou de la leur, noyée entre le fantasme d'une résurrection et la peur panique de disparaître à jamais. Oscillant entre ces deux extrêmes, chacun se forge une opinion en fonction de sa culture, de sa religion, de sa philosophie. Les plus pessimistes la voient comme un mur infranchissable, au-delà duquel tout s'arrête. Ils refusent même d'en parler ou d'y penser, jugeant cela trop morbide – ou craignant d'attirer sur eux le mauvais œil ! Quoi de plus horrible et de plus absurde qu'une telle mort ? Les plus optimistes croient en une « vie après la vie », comparant la mort à une étape, une porte vers un au-delà souvent mal défini. Quant à l'immense foule des indécis, ils se disent qu'ils verront bien en temps voulu. Une chose est certaine : l'affaire concerne tout le monde et tout vivant est un mort en sursis. En transit vers où, vers quoi, vers qui ?

Pour ma part, elle me hante depuis ma plus tendre enfance. Je crois que mon plus vieux souvenir se rattache à elle. Normal, me dira-t-on, je suis né avec trois tours de cordon autour du cou, étranglé, cyanosé, à la limite extrême de l'étouffement. J'ai dû faire un choix décisif dans les toutes premières minutes de ma vie. Est-ce pour cela que, durant les sept années suivantes, j'ai pleuré toutes les nuits, en proie à des cauchemars terribles ? De cette période, je n'ai qu'un souvenir : la peur panique de mourir, d'être oublié, abandonné... Mes parents, foncièrement athées et passablement anticléricaux, ont toujours prêché contre les Églises et les croyances, affirmant qu'après la vie il n'y avait rien et que vivre sa vie sur terre était tout ce qu'il y avait à voir. Pour moi, pourtant, quelque chose sonnait faux dans leurs discours et ma peur redoublait. Aller me coucher, le soir, tenait du parcours initiatique, avec des spectres et des serpents qui m'attendaient à tous les coins de couloir et jusque sous les draps. Persuadé chaque soir que je venais de vivre mon dernier jour sur terre, m'endormir me fut longtemps un calvaire...

Jusqu'au jour où, vers l'âge de sept ans, j'ai dit un soir à mes parents, non pas *au revoir* mais *adieu*, convaincu qu'en mourant ce soir-là je les retrouverais « à dieu ». Comment cette idée d'un Dieu s'était-elle imposée à moi ? Je ne saurais le dire...

De ce jour, une étape était franchie et j'allais, petit à petit, apprendre à dompter mes cauchemars. Cela dit, comme mes lectures, mes amis et la télévision semblaient plutôt me parler d'un Dieu moral, avec punition et récompense, enfer et paradis, ma peur première refusait de s'en aller. L'idée de Dieu, finalement, ne me rassurait guère : il était répressif et son amour conditionnel.

J'ai donc grandi bloqué entre mes parents, qui niaient l'existence de quoi que ce soit de transcendantal, et ce fameux Dieu qui jugeait tout ce qui bougeait. Je me suis inventé d'incalculables rites à ne pas transgresser, par peur d'être mal vu par ce Dieu dont ma raison niait l'existence et qui, pourtant, au quotidien me faisait si peur. J'étais désireux d'être heureux, mais contraint par cette loi divine implicite de faire un bien éventuellement artificiel. Mon but principal était d'entendre de la bouche d'autrui : « Jeune homme bien sous tous rapports. »

Les années passant, les règles augmentant, je commençai même à faire des crises d'asthme – non sans analogie, quand j'y songe rétrospectivement, avec le système de double contrainte auquel la vie me confrontait.

Allongé au fond de mon sac de couchage, à demi groggy dans notre tente au-dessus de l'océan polaire, je repasse lentement ma vie en revue. Je me revois à la fin de mon adolescence. En concubinage dès dix-huit ans – sans doute par peur panique de la solitude –, j'avais une voie toute tracée : études, travail, vacances, mariage, enfants... Mais, un jour, ma copine s'en est allée. Il a fallu tout refaire. Nouvelle fiancée, nouvelle aventure, nouvel essai, nouvel échec... Jusqu'à ce que je tombe sur celle qui semblait cristalliser mon idéal. Je demeurais cependant engoncé dans la perspective d'une réussite sociale ; je voulais une femme comme tout le monde, une vie à deux dans la normalité. Nous nous sommes installés avec ma nouvelle amie dans le doux ronron de la routine. Et puis, l'électrochoc : elle tombe enceinte ! Que faire ? Garder l'enfant ? Avorter ? Mais étions-nous seulement faits l'un pour l'autre ? Nous aimions-nous assez pour passer notre vie ensemble ? Étais-je prêt à devenir père ? Je me rendais compte que ces questions, au demeurant les plus simples, je ne me les étais jamais posées, même une fois dans ma vie. Ce fut un moment de cruelle vérité : je m'apprêtais à fonder une famille avec une femme qu'en fait je ne connaissais pas. Nous nous entendions à merveille, mais je ne l'*aimais* pas. Culpabilisé, j'étais prêt à choisir la vie du bébé au détriment de la mienne. Heureusement pour nous trois, mon amie a tranché : sa carrière professionnelle en plein essor, elle ne désirait pas d'enfant pour le moment. L'avortement passé, nous nous sommes séparés. En perdant sa vie, cet enfant potentiel venait de me rendre la mienne. J'ai juré secrètement de ne pas le décevoir.

L'aventure m'a laissé de douloureuses séquelles. Honteux et triste, me cachant de mes amis, je me suis renfermé sur moi-même pendant des mois. Courant les bois tout le jour, lisant toute la nuit, j'ai résisté une demi-année aux injonctions angoissées de mes parents (ils n'étaient au courant de rien) : « Quand vas-tu donc travailler ? As-tu enfin décidé d'être raisonnable ? Mais cesse de te lamenter ! »

C'est une période où je me suis senti extrêmement seul. Mais libre. Malgré mes angoisses, j'étais heureux de me réapproprier une partie de moi-même, une partie perdue depuis l'enfance. C'est aussi à cette époque que j'ai commencé à vraiment me rapprocher de Francis, qui allait parfaire mon éducation. « Quand l'élève est prêt, dit-on, le maître arrive. »

Nous changeons mon pansement. Appréhension de la découverte : une énorme cloque est apparue au creux de ma main droite. La douleur de la brûlure proprement dite a disparu, pourtant une gêne me bloque le pouce et l'index. Il s'agit en fait d'entorses au niveau des articulations de chaque phalange. Le choc de la fusée certainement. Après mûre réflexion, Rodolphe m'interroge, se servant de la méthode qu'il m'a vu utiliser plusieurs fois :

« Eh bien, mon vieux, j'aimerais savoir : à ton avis, *pourquoi* t'es-tu brûlé ?

— Je ne sais pas, ma réflexion n'a pas encore abouti... *A priori*, pour comprendre le sens du blocage, je dirais qu'il faut savoir à quoi sert la main. De prime abord, elle donne, elle se tend, elle aide, elle concrétise la relation aux autres, du simple bonjour à la caresse fusionnelle. Et puis, sans elle, nous ne serions pas devenus habiles, capables de modeler, de sculpter, de créer. Symboliquement, fermée, elle ne peut pas grand-chose, sinon frapper ou s'agripper, alors que, ouverte, elle peut contenir le monde. À moi de comprendre les corrélations : quel rapport avec ma vie ? En tout cas, nul doute que ce dernier accident continue à nous raconter la même chose, dans la lignée des autres catastrophes de cette expédition. Apparemment, il y a quelque chose que nous n'entendons pas, et les coups de pied au cul redoublent de vigueur.

— Ça, c'est le moins qu'on puisse dire ! »

Le pansement terminé, Rodolphe s'empare du walkman. Tout en grignotant quelques vivres de course, il disparaît dans un flot musical dont ne me parvient qu'un bourdonnement inaudible. Je m'installe dans mon duvet et reprends le cours de mes pensées.

Francis ne m'a pas quitté. Je nous revois discuter ensemble de la mort qu'il touchait concrètement du doigt chaque jour depuis sa naissance. Pourtant, nos expériences intimes se confondaient. En premier la peur, comme un étau qui vous broie le ventre chaque fois que vous pensez à ce néant, doublée cependant d'une profonde sensation de beauté et d'amour. Le livre de Raymond Moody, *La Vie après la vie* [1], venait nous réconforter. Mais ses histoires étaient trop éloignées de notre vécu, et la mort demeurait LE grand mystère, impalpable et

1. Laffont, 1977 ; J'ai lu, 2001.

terrible. Paradoxalement, cette peur se doublait d'un goût de vivre qui nous poussait à chercher plus loin, et nous commencions à sentir intuitivement qu'en découvrant la mort nous embrasserions la vie.

Comme dit le maître tibétain Sogyal Rinpoché : « De la même manière qu'ils ont vécu non préparés à la vie, la plupart des gens meurent non préparés à la mort [1]. » Avec Francis, nous voulions être prêts à tout.

Deux voies simples s'ouvraient devant nous. Sur la première, la mort correspond à la disparition totale de l'individu : de son corps et de son âme, il ne reste rien. L'homme naît de la seule matière, se pose quelques questions au cours d'une vie pleine de dangers, puis disparaît à jamais. La seule chose qu'on lui demande est de se reproduire, pour garantir la continuité de l'espèce. Mais même s'il n'en faisait rien et s'amusait à tout faire sauter, cela ne changerait pas la règle du jeu : la matière retourne à la matière, l'univers se débrouillera toujours pour recréer d'autres espèces sur d'autres planètes. À quoi servons-nous ? Quel est notre but ? Sur la voie nihiliste, vivre suffit. Et quand s'approche la mort absurde, il faut une dernière fois se battre, avec l'élégance vaine du désespoir.

Concrètement, notre seule chance dans ce monde brutal, livré au hasard, est de le dompter, de le plier ou, comme nous l'ont rabâché les colonisateurs depuis des siècles, de le rendre plus « humain ». Nous sommes la race pensante, seule capable de rendre ce monde un brin fréquentable. Combien de fois ai-je entendu ce discours dans la bouche de médecins et de chercheurs vouant leur vie à se battre contre les puissances infernales qui agressent l'homme de toutes parts ! Comprenez-vous pourquoi certains de mes amis les appellent les « soi-niant » ? Ce vieux discours anthropocentrique est aujourd'hui désuet et je ne me sens pas du tout en accord avec sa triste vision des choses.

Je fuis à grandes enjambées ce monde matérialiste, ce non-sens dans lequel je suis né (mes parents adhérant eux-mêmes à cette vision de la vie, du moins dans ma petite enfance, en

1. *Le Livre tibétain de la vie et de la mort*, éd. Table Ronde, 1993.

réaction à celle de la religion chrétienne que voulaient leur imposer leurs aînés). J'ai soif d'aborder l'autre vision : celle d'une continuité entre les espèces et surtout de la vie après la mort, une part de nous-mêmes survivant.

Mais là, on entre aussi de plain-pied dans les visions ésotériques les plus délirantes. Le tri s'impose. J'écarte aussitôt sectes et religions, où les gourous, d'une part, et l'establishment, d'autre part, se sont imposés entre l'homme et son Dieu, entre nous et notre faculté de nous projeter hors du temps et de l'espace, hors de la vie terrestre. La plupart des mouvements de pensée religieux et ésotériques se sont, pour exister, placés entre l'homme et Dieu, en utilisant les leviers de la peur. L'homme est placé entre le ciel et la terre, nous disent les traditions millénaires, et les religions sont entre le ciel et l'homme. La plupart ont réussi à se maintenir dans cet espace grâce à la peur. Pour cela, elles ont imposé leur notion du bien et du mal, avec, à leur droite, Dieu et ses ouailles et, à leur gauche, Satan et son armée de démons. Avec l'inéluctable combat entre le bien et le mal sur terre comme au ciel. Dépassés par ces puissances de l'ombre, capables de nous engloutir pour l'éternité, nous, les hommes, n'aurions pour seule possibilité que d'adhérer à la religion qui prône notre salut, les prêtres sachant comment intercéder auprès de Dieu.

Invention très rusée, où la peur fait office de moteur céleste, et où le châtiment ultime de l'enfer éternel sert de force répulsive. Si seulement c'était provisoire, on pourrait se risquer à faire les imbéciles, histoire de voir, mais c'est impossible : on ne badine pas avec l'éternité.

Face à cette invention démoniaque, j'abdique, pour me pencher sur les visions des « autres » vieilles traditions : chinoise, indienne, amérindienne, aborigène, égyptienne...

Rodolphe se redresse, son CD est terminé. L'esprit encore ailleurs, il propose de profiter de notre arrêt pour faire un brin de toilette. Étonnamment jovial (vu notre situation), je me redresse et commence à m'exciter sur la pompe du réchaud. Nous fermons toutes les issues afin de conserver au maximum la chaleur dans notre espace confiné. Je me réjouis à l'idée de me déshabiller. Le réchaud, poussé à plein régime, fait un bruit assourdissant. Peu à peu, une chaleur incommodante envahit l'espace clos et nous quittons nos peaux synthétiques. Les vêtements s'entassent de part et d'autre et nous découvrons avec stupéfaction nos corps nus. Une image venue des BD du fond de mon enfance apparaît. Je revois le Goth, dans *Astérix et Cléopâtre*, qui quitte son énorme manteau en peau pour pouvoir passer à la pesée et qui apparaît à la planche suivante, fin comme un fil, râleur : « Trop maigre, qu'ils disent ! » C'est exactement l'impression que j'ai en nous regardant ! Rodolphe prend une lingette et se frotte vigoureusement la nuque, les bras et le dos en poussant des petits cris de satisfaction. Nous ressemblons à deux singes se triant les puces. On lève les bras, on regarde dessous, on se gratte le dos, les oreilles, les pieds, dans des positions pour le moins simiesques. Un coton-tige chacun, nous grattons et curons avec frénésie. Rodolphe, plus volubile, commente les trouvailles ramenées au bout du bâton, étonné de toute la colle brunâtre retirée de chaque oreille.

Subitement, le réchaud s'arrête net, laissant le gaz sous pression s'échapper. Je ferme immédiatement la virole et, m'emparant des allumettes, je tente de le faire repartir. Rodolphe se rhabille en vitesse au cas où le réchaud ferait la sourde oreille. Affairé autour de l'engin avec mon slip pour seule tenue, je grille une à une les allumettes, mais sans succès. Le froid revient vite et l'énervement me gagne, avec cette main handicapée qui ne fait pas ce que je veux. Je tente de mettre mes habits. Rodolphe prend le relais. À chaque essai, du naphte se volatilise dans l'air et je me sens soudain complètement mou. Les gestes de Rodolphe se font au ralenti. Les yeux me piquent. Un coup de fatigue terrible s'empare de mon camarade. Comprenant la situation, je me relève subitement. Nous sommes en train de nous asphyxier ! J'ouvre aussitôt l'abside et jette le réchaud, soigneusement fermé, dehors. Une vague glacée déferle dans notre espace cloisonné, ramenant l'indispensable oxygène.

Nous nous sommes calfeutrés pour conserver la chaleur sans penser que nous empêchions également toute entrée d'air frais.

C'est le manque d'oxygène qui a donc stoppé la combustion, nous faisant piquer du nez et voir des étoiles. Un peu plus et nous nous asphyxiions bêtement...

Suite à ce coup de gant de toilette manqué, les estomacs se réveillent et nous attaquons le repas du soir. Rodolphe me demande à quoi j'ai bien pu penser aujourd'hui et je lui explique rapidement mes questionnements sur la mort. La discussion s'embrase ; il veut en savoir plus. Les philosophies anciennes le passionnent et il me demande une explication sommaire de la conception de vie et de mort chez les Proto-Chinois d'il y a 6 000 ans. Je ne me dégonfle pas, exprimant tout haut mes propres interrogations...

Les Chinois considéraient l'homme selon trois plans : le corps, l'esprit et l'âme. La trinité sacrée que l'on retrouve partout, bien avant l'invention des religions.

1. l'âme, qui reçoit les énergies du ciel, dites *Chen* : c'est le plan spirituel ;

2. l'esprit, support du souffle : c'est le plan intellectuel et émotionnel ;

3. le corps, qui reçoit les énergies de la terre, dites *Tsang* et *Fou* : c'est le plan des tissus et des organes.

La structure de l'homme obéit à la règle 1-2-3 avec des agents échelonnés du plus subtil au plus matériel, chacun ayant son rôle à jouer dans l'ensemble. En aucun cas, l'un des plans ne prime sur les autres. Chacun est nourri par des énergies qui lui sont propres :

— pour le corps, on trouve celles fournies par l'alimentation, la respiration, le toucher et les saveurs ;

— pour l'esprit, il y a les sons, les odeurs et les couleurs, à la frontière entre affectivité et âme ;

— l'âme reçoit les influences subtiles du ciel (mouvements planétaires, ronde des saisons...).

C'est au niveau du plan moyen que nous échangeons avec l'extérieur, avec autrui. Toutes ces énergies circulent normalement sans entrave, de haut en bas, selon la loi universelle : « Ce qui est en haut nourrit ce qui est en bas. »

Le corps physique se trouve donc être le dernier maillon avant la terre. Au sommet se trouvent les énergies *chen* subtiles venant du ciel, qui descendent construire et organiser le monde. Elles pénètrent dans l'âme, alimentent l'esprit pour finir dans le corps, se transformant à chaque étape. Le corps rend les énergies transformées ou en excès à la terre, par un système de décharge énergétique. Il capte ensuite les énergies *kwei* de la terre, véritables agents de désorganisation, qu'il remonte au plan moyen. La place de l'homme se retrouve donc au centre de la croix, en interrelation avec autrui, bien positionnée entre les *chen* organisateurs et les *kwei* destructeurs, entre son âme céleste et son corps matériel. La voie du milieu se dessine, la place de « l'homme vrai » est au centre. C'est la sagesse du Tao.

L'homme est certes trinité, mais aussi unité. Il nous faut harmoniser nos trois corps entre eux, pour ne faire plus qu'un. Alors, bien enraciné dans la terre, nous pouvons, en relation avec les autres, plonger notre âme dans les étoiles. L'homme entre le ciel et la terre : voilà qui me parle !

Que se passe-t-il dans notre société de plus en plus matérialiste ? L'homme se coupe chaque jour un peu plus de son ciel. Il n'en reçoit quasiment plus rien. Prenons l'exemple des nihilistes fermés à toute notion métaphysique, et qui, sans même parler de Dieu, n'admettent pas qu'il y ait un monde au-dessus de leur plafond. Parce qu'ils ne le mesurent pas, ils nient son existence même !

Ces gens-là ne reçoivent pas d'idées du ciel et vont donc exclusivement se nourrir par les voies sous-jacentes de l'horizontalité. En pareil cas, les *kwei* envahissent la verticalité de l'être et viennent polluer les parties supérieures, pauvres en *chen*. Les démons sont lâchés ! Les *chen* n'arrivant plus, les *kwei* prennent leur place et vous voyez arriver, au centre de l'intellect et de l'affectivité, non pas des *chen* d'en haut, mais des *kwei* d'en bas ! Comment réintègre-t-on alors son âme ? Jacques André Lavier, érudit en médecine chinoise, prenait l'exemple des scientifiques de Palo Alto, créateurs de la bombe atomique. Des gens subtils, d'une puissance intellectuelle hors du commun et, pourtant, envahis par les *kwei* pour avoir créé une telle arme, au nom du bien-pensant combat contre la tyrannie.

À l'opposé, les « fous de Dieu » cherchent à vivre en s'imprégnant seulement de leur âme, refusant le corps physique, jugé vulgaire et impur. Ils se remplissent de *chen*, refoulant les *kwei* à la terre. Ce n'est pas mieux, car ils décollent littéralement et ne touchent plus terre ! Le fou de Dieu n'est pas plus dans son humanité que l'âme damnée.

Dans tout ça, où suis-je ? Je me sens rongé par mes *kwei*, avec un seul désir : les remettre à leur juste place. Tant que je m'identifierai à celui que l'on m'a demandé d'être, je ne serai jamais vraiment moi. C'est pourquoi il me faut mourir. Mourir à celui auquel je me suis peu à peu identifié. Mourir à toutes mes opinions, dogmes et principes qui, même s'ils me paraissent vrais, ne sont fondés que sur l'amalgame du savoir inculqué par autrui et inscrit avec rage par mes *kwei*. (Différence fondamentale entre savoir et connaître, qui signifie « naître avec ».)

Voilà pourquoi je suis parti vers le pôle. En m'arrachant à la société, en me rapprochant de la mort jusqu'à la toucher, j'espère affronter ces terribles *kwei* qui lancent sur moi leurs armes les plus perfides : peur, culpabilité, jugement – les trois grands maux de l'humanité !

Il faut un jour pouvoir dire stop, lâcher prise, quitter sa vie, pour renaître à soi, se réincarner dans son présent et devenir qui l'on est.

Jour 21

Nous décollons. Je marche sans tenir de bâton dans la main droite ; c'est dur. Nous longeons le fleuve à l'est durant une heure, avant de trouver un chemin de glace gelé assez dur pour nous supporter sans les skis. Un vrai gymkhana de plaque en plaque, au milieu de trous d'eau d'où sortent régulièrement les têtes de nos amis les phoques. Ils suivent, curieux, l'évolution de ces deux énergumènes ondulant sur la fine glace. C'est impressionnant de la sentir plier sous son poids. Elle donne l'impression d'être en caoutchouc, élastique. Sensations merveilleuses, mais ô combien dangereuses par – 37 °C ! Si je tombe à l'eau au milieu du fleuve, je ne vois pas comment Rodolphe pourra faire pour m'aider à remonter sur cette fine épaisseur. C'est impossible. Nous traversons sans filets.

Une demi-heure pour atteindre la berge opposée, cent mètres chèrement gagnés. Au-delà, l'enfer des blocs nous attend, avec une nouveauté de taille : la neige s'est accumulée dans les failles et, par endroits, nous pataugeons à mi-cuisse dans la poudre blanche. Il me faut ouvrir la trace à quatre pattes. Je dirais plutôt sur trois pattes, ma main est inutilisable, même en appui. Je peste : où sont mes skis ? Cinq heures à arracher mètre après mètre le traîneau qui glisse, tombe, se cale sans cesse dans les creux et les failles. Tout ça pour arriver face à une nouvelle cassure d'à peine dix mètres de large, mais infranchissable. Nous plantons la tente, acceptant le jeu de l'océan. Dorénavant, c'est lui qui donne le tempo.

Face au soleil rouge, dans cette ambiance immobile, sur cette blancheur immaculée, mon cœur s'ouvre à nouveau. Une joie indicible m'envahit subitement, je ne peux m'empêcher de sourire. Envolés, l'angoisse du terrain, les kilomètres absents, le triste bilan ce soir sur le GPS, les pleurs et le problème du ravitaillement ! Tout disparaît face au sublime de l'instant. Décidément, je ne vois rien. La beauté est partout, sous d'infinis reflets. Je suis émerveillé. J'aime ce pays, cet océan figé. Je suis chez moi ici. Je regarde le lead* d'eau noire et le remercie. Je regarde le ciel et « le » remercie de m'avoir ouvert les yeux pour la énième fois (ils ont décidément une tendance permanente à la fermeture). Je suis ce que je suis venu chercher, le reste fait partie du décor et des moyens utiles à ma réalisation, pas plus.

Nous repartons. Tandis que nous marchons, une question restée en suspens hier revient sans cesse dans mon monologue intérieur : qu'est-ce que l'âme ? est-ce elle qui survit ? Car, c'est sûr, le corps meurt. L'esprit, je subodore qu'il passe lui aussi l'arme à gauche, mais l'âme, que devient-elle ? Et notre conscience, où se situe-elle ? Continuons-nous à vivre ailleurs, ou est-ce une part inconsciente de nous-mêmes qui survit ? Si elle survit, notre âme peut-elle se réincarner, ailleurs, pour une autre tâche ?

Face à toutes ces questions, je me souviens de Gitta Mallasz expliquant ce que l'Ange lui avait répondu : « Au moment de votre naissance un écran vient fausser votre vue. C'est l'écran du temps. Si vous élevez votre vue au-dessus de cet écran, vous verrez que votre vie est indivisible. Ce n'est que votre petite vue à courte distance qui dit : "une vie, plusieurs vies". Mais c'est une illusion. »

Elle poursuivait : « On a un outil (le corps), quand cet outil est abîmé, on en prend un autre, consciemment. Mais une fois incarnés, la plupart des gens n'y voient plus clair là-dedans. L'idée de réincarnation est une illusion d'optique. Vus depuis le hors-temps, nous n'avons évidemment qu'UNE vie ! Même si celle-ci fait plusieurs bosses, plusieurs vagues, à travers le tissu temporel[1]. »

La réincarnation serait donc fausse et vraie à la fois ! Nous vivons hors du temps et de l'espace et revenons de temps en temps vivre sur terre une expérience choisie par nous depuis le hors-temps ? Cependant, pour réintégrer l'espace et le temps, nous devons naître pour retrouver un corps indépendant. Si les hommes nous éduquent alors avec conscience, afin qu'une fois adulte nous nous rappelions la tâche choisie avant notre naissance, c'est parfait. Hélas, si les civilisations anciennes se souvenaient encore de quelques bribes venues du hors-temps, aux temps actuels nous ne nous rappelons strictement rien. Personne ne nous éduque en ce sens. Au contraire : on nous apprend exactement l'inverse, avec en tête notre bon vieux dogme du bien et du mal ! C'est la dualité terrestre.

Je regarde autour de moi, embrassant le paysage.

Je suis sur la banquise polaire, la main brûlée, les traîneaux détruits et tout le tintouin, et j'ai une tâche sur terre. Rien n'arrive par hasard, tout n'est qu'interaction. « Un battement d'aile de papillon en France peut déclencher un cyclone aux Bahamas », dit une théorie physique audacieuse.

OK, je suis donc à la recherche de mon être, et cependant, à chaque fois, je replonge dans le paraître. C'est dur de rester centré ! Pour cela, il n'y a pas trente-six choses à faire, sinon

1. *Dialogues avec l'Ange*, *op. cit.*

arrêter de vouloir soigner la pensée erronée par la pensée juste. Cela ne marche pas. Comprendre que nous pensons de manière décalée, cela ne constitue que la prise de conscience. Ensuite, il faut tout simplement retourner marcher, afin de combler les trous acquis pendant le développement corporel. (Je me réfère toujours au *marcher, parler, penser* de Rudolf Steiner.)

Bref, je crois comprendre que j'ai une tâche sur terre, mais je ne la connais pas encore. Pour ça, je dois beaucoup marcher, fouiller, m'incarner afin de mieux me connaître. C'est vrai, on parle de réincarnation, de Dieu, de justice, alors que la seule chose à faire pour commencer, c'est de peser, de prendre entièrement possession de son corps : de s'incarner ! L'arbre s'élance vers le ciel quand ses racines sont bien construites et développées, sinon le moindre coup de vent le mettrait à terre. C'est pourquoi je dis « vive la marche » : en avant toute !

Jour 23

Le vent nous réveille vers 5 heures du matin. Je sors voir si la bavette est bien recouverte de neige. C'est cette épaisseur qui tient la tente au sol. Ça souffle fort, animant les fracas de glace et faisant danser dessus un flot continu de neige pulvérulente. Je rentre finir ma nuit. Une vraie tempête se lève.

8 heures. Le vent redouble et les parois de la tente vibrent, le brouhaha devient incompatible avec le sommeil. Nous somnolons, laissant courir notre imagination. Comme le roseau, nous ployons face aux éléments déchaînés, calfeutrés dans notre antre jaune doré. Une scène de vie dieulefitoise se met à danser devant mes yeux. Je nous vois, avec Lycia, devant les fenêtres de la maison, à pester contre le temps maussade et la pluie qui tombe en rafales :

« Quel sale temps ! Il va encore falloir rester enfermés entre nos quatre murs ! »

Comparer les situations est amusant. Ah, nos terribles petits malheurs quotidiens, entre la cheminée et la chaîne hi-fi, les bibliothèques bien remplies et les amis à deux pas ! Courbé dans notre univers de quatre mètres carrés, je me surprends à regretter ces journées pluvieuses où il suffit d'accepter et de comprendre que l'eau du ciel est un bienfait pour la terre. Rien ne sert de fulminer, notre vie prend juste un temps de repos. La même image, transformée, plus sereine, renaît sous mes paupières mi-closes. La pluie crépite sur les carreaux, la cheminée éclaire la pièce d'une lumière chaude et apaisante ; nous sommes couchés, Lycia et moi, sur le tapis, légèrement vêtus, un bouquin et une tasse de thé fumante à portée de main. La scène est enchanteresse, elle me réchauffe.

Sitôt levé, je sors l'anémomètre pour faire une mesure. Vent d'ouest, quatre-vingt-quinze kilomètres-heure. Selon les abaques, il fait chuter la température à – 76 °C environ. Je réfléchis à la situation. Si nous partons maintenant, il va falloir avancer le visage totalement couvert, avec interdiction de nous arrêter si nous ne voulons pas geler sur place. Difficile de manger dans ces conditions ! En plus, la banquise va se déchirer sous l'effet du vent, laissant apparaître des voies d'eau de partout. Nous n'avons pas les moyens de continuer avec nos traîneaux rafistolés. Une journée de repos supplémentaire s'offre donc à nous, prenons-la !

Une bourrasque me gifle et la neige s'infiltre avec force sous ma capuche. La douleur due à cette étreinte glacée me plie en deux et je reviens courbé, le visage dans les mains. Je mets ma cagoule et repars. Les traîneaux sont recouverts et le côté de la tente face au blizzard s'affaisse sous le poids de la neige. Je déblaie tant bien que mal la petite congère avec ma patte folle, construisant un mur de protection d'environ un mètre et demi de haut. Les bourrasques semblent s'en donner à cœur joie, les flocons passent horizontalement devant mes yeux. Toutes les zones de peau découvertes me brûlent. Je regarde le nouveau courant d'air créé par le mur afin d'évaluer son utilité. Les particules neigeuses glissent tout du long et s'envolent par-dessus la tente. Je reviens vers l'entrée où les traîneaux installés de part et d'autre ont accumulé derrière eux une langue de poudreuse d'un mètre d'épaisseur qui s'étire sur six à huit mètres. Je traverse cette barrière, m'enfonçant jusqu'aux genoux, et me dirige cinquante mètres au nord pour voir l'état de la cassure d'hier. L'eau noire clapote, recouverte en partie par une fine pellicule de glace, masquée sous un voile de poudreuse. Je m'arrête, dos aux bourrasques. Le vent me donne des tapes amicales tout en me caressant les joues de ses doigts glacés. L'astre solaire darde sur moi ses plus vifs rayons, qu'il me semble sentir sur les paupières. Douces sensations. Les efforts consentis jusqu'à aujourd'hui sont largement récompensés par cet instant de béatitude où les éléments débordant de joie jouent autour de moi, en un flux de particules neigeuses ; vision d'une caresse du vent sur la peau blanche de la mer. Sensualité et douceur, telle est parfois l'ambiance polaire. Je ne suis ni plus ni moins qu'un grand enfant, perdu au beau milieu d'un rêve !

Je rentre sous la tente, Rodolphe brosse les parois.

« Tu t'es gelé le nez ! »

Je lui réponds en souriant :

« J'ai joué avec le vent et il a gagné. »

Ce soir, bonne nouvelle : le vent a poussé la banquise vers le nord-est et nous avons progressé de douze kilomètres vers le pôle, sans rien faire ! C'était une sacrée journée de marche ! Tout vient à point à qui sait apprécier l'instant. Heureux, j'appelle Lycia. C'est devenu un rituel, depuis que nous savons qu'Iridium va couper d'ici quelques jours. On en profite. Rodolphe parle lui aussi à Sandrine. Nous passons une heure pendus au combiné, un record !

Jour 25

Nous replions le camp, enterré sous un mètre de neige. Une fine poudreuse recouvre l'ensemble de la banquise, formant un frein énorme sous les traîneaux. Nous traversons la rivière avec méfiance, le vent ayant recouvert la glace d'une couche de neige uniforme. Au milieu, la fine épaisseur casse sous le choc des coups de bâton sur environ un mètre de large. Notre seule possibilité est d'enjamber ce serpent noir. Je prends appui sur le bord opposé qui, malgré mes coups de botte répétés, ne bronche pas. Je lui fais confiance et traverse. Les deux pieds de l'autre côté, je tire alors de toutes mes forces mon traîneau. Il passe la cassure en brisant un peu plus les bordures. La brèche est trop ouverte maintenant. Rodolphe tente un passage quelques mètres plus loin ; ça passe.

Le vent est tombé, laissant place à un beau ciel bleu, lumineux. Très vite, nous retirons nos anoraks pour marcher. Non pas à cause des rayons solaires, que nous ne sentons pas, mais parce que l'absence de vent donne aux – 28 °C ambiants un caractère tout à fait agréable. Reprendre la cadence n'est pas évident et les premières heures nous trouvent concentrés sur l'effort et les douleurs des pieds gelés, à la recherche de la bonne glace et du bon passage. Aucun obstacle sérieux ne nous barre la route. Je peux enfin me servir de mon bâton droit, la paume de ma main se révélant moins douloureuse. Mon esprit se met à caracoler comme un cheval fou dans l'herbe grasse du printemps et se détache du paysage.

Nous progressons l'un derrière l'autre, méditant, isolés en nous-mêmes. Mais sommes-nous vraiment seuls ? Nous avons eu une discussion à ce propos, hier soir. Rodolphe éprouve souvent un sentiment de solitude. Moi, l'expérience solitaire de l'année dernière m'a ouvert à une autre réalité. Nous ne sommes pas là par hasard et nous ne sommes pas seuls, avançant dans un milieu hostile et dangereux, peuplé de bêtes féroces. Il faut dépasser ce niveau matérialiste lié à la peur et, essentiellement, à celle de mourir. Nous sommes ici pour apprendre et progresser. En aucun cas nous ne livrons un combat contre la nature, bien au contraire. C'est en la respectant, en l'observant, en refusant notre peur innée que, petit à petit, sa force nous inonde et nous donne le courage d'avancer.

Chaque jour, la mer respire sous sa gangue de glace ; le vent la caresse. Une journée dure un an, les étoiles brillent six mois sans discontinuer, l'ours blanc et le phoque jouent au chat et à la souris, deux hommes voyagent... Chaque être est à sa place et fait partie intégrante de l'univers. Nous ne sommes jamais seuls ! Le plus bel exemple en est notre nouvelle manière d'avancer.

Le soleil nous donne le cap avec justesse, selon une méthode de navigation scientifique et calculée. À midi, il est plein sud, à minuit plein nord, à 6 heures à l'est, à 18 heures à l'ouest. Ainsi, en visant avec la petite aiguille le soleil, la montre se transforme en compas, nous donnant les quatre directions de l'espace. Cependant, sur la banquise, un chemin beaucoup plus subtil s'ouvre à nous, que seule l'intuition sait voir et analyser : il faut suivre la beauté !

Dans les cassures, chaque bloc de glace nous parle, selon sa forme, sa couleur, sa texture. Il y a une multitude de chemins, mais certains sont plus purs que d'autres. Il faut sentir l'espace dans lequel on est invité à passer. Bien sûr nous marchons plein nord, mais, en permanence, une barrière ou un bloc nous interdisent le passage le plus direct. Il faut alors trancher : passons-nous à droite ou à gauche ? Eh bien, c'est simple : nous allons là où c'est le plus beau. Pourtant, ce n'est jamais évident, car bien souvent la raison nous dicterait l'autre côté. Beaucoup d'explorateurs se disent, avec justesse : sur mille kilomètres, que je passe à droite ou à gauche, j'aurai finalement le même terrain sur l'ensemble, je rencontrerai tôt ou tard les mêmes difficultés. Aussi, autant tirer tout droit, quel que soit le terrain. Leur rigueur est théoriquement juste, mais ils oublient une donnée importante : leur humanité. Dans la nature la ligne droite n'existe pas, pourquoi alors partir sur cette fausse référence ? Ces pensées cartésiennes sorties tout droit des règles du mental poussent l'homme à se battre contre la nature, puisque celle-ci ne connaît pas le rectiligne. Le mental veut dominer, alors qu'il suffit de s'adapter. Dans la domination l'homme se blesse lui-même à la mesure de l'énergie qu'il va mettre à combattre le terrain. Il entre dans une dualité entre son mental qui veut et son corps qui fait ce qu'il peut. Dans l'adaptation, l'homme se met en communion avec le paysage et suit ses courbes, tout en gardant présente à l'esprit la direction à suivre. Il exerce alors sa conscience. Plus de combat en perspective mais de l'amour.

Nous nous arrêtons afin de manger et de boire pour la cinquième fois. Je relance la discussion d'hier :

« Tu sais, Rod, nous ne sommes jamais seuls. Ce monde

minéral vit, même si j'ai autant de mal que toi à toucher du doigt cette notion.

— Je te répondrai ce que tu m'as dit et redit depuis le début : "Il faut croire à l'incroyable. Le croyable est trop petit." Si on y croit, un nouveau chemin, une nouvelle manière de voir les choses va naître. Tu as raison, nous ne sommes certainement jamais seuls.

— L'UN en tout et l'univers en chacun, c'est merveilleux... »

Et c'est reparti ! Nous sommes transis de froid et perclus de douleurs, mais riches de cet échange. Sentir est une chose, expliquer en est une autre. Je me rends compte combien nos paroles sont moins anodines, moins creuses qu'en France. Nous ne parlons plus pour ne rien dire. Nous n'en avons pas le droit. La présence du sanctuaire s'impose sans cesse et, comme dans une cathédrale, nous essayons de respecter l'ambiance qui nous entoure et nous nourrit.

L'horizon devient flou. Je regarde le soleil, son auréole à peine visible apparaît derrière cette masse blanchâtre. J'essaie, comme le fait une fleur, de m'ouvrir le plus possible à ses maigres rayons, dispensateurs d'énergie, qui nous arrivent encore. Nous coupons au travers d'un hummock et je cherche du regard le lieu qui nous attend pour la nuit. À cent mètres, un havre de paix nous tend les bras. Je remercie l'univers pour la place qu'il nous offre.

Nous sommes assez contents finalement de notre progression dans de telles conditions, puisque, depuis dix jours, nous dévorons approximativement dix-huit kilomètres de banquise quotidiennement. Miraculeusement, le téléphone fonctionne encore. Ce soir, j'appelle Lycia, escomptant un petit câlin à distance. Que les dernières gouttes d'énergie de ce maudit Iridium nous permettent d'échanger encore quelques mots d'amour !

J'attaque, langoureux, un sourire au coin des lèvres. Peine perdue, je voulais parler à ma femme, je me retrouve face à mon directeur de course. Elle vient de consulter le site des

Norvégiens : ils sont loin devant nous. Piquée au vif, elle nous fait la morale, cherchant à nous stimuler :

« Vous êtes à la traîne, les gars ! Vous voulez continuer, oui ou non ? Alors bougez-vous ! »

C'est la douche froide. À son intonation, je comprends qu'elle se rattache à l'exploit, sous-entendant : « Je veux bien me démener comme une malade, mais pas pour deux charlots qui content fleurette à la banquise ! » Je la sens soumise à la pression des différents protagonistes gravitant autour de l'expédition. Nous entendre raconter que nous nous éclatons comme deux mystiques allumés, à qui la banquise « parle », cela devient franchement insupportable pour elle. Elle se trouve au milieu de la cocotte-minute médiatique, elle se bat pour nous, et, en retour, nous lui racontons nos petits bonheurs journaliers. Pis : nous ne parlons carrément plus de traversée ni d'exploit, alors qu'en France il n'est question que de ça – ce qui, au passage, représente une solution logique pour faire connaître l'expédition, gagner un peu d'argent et combler nos dettes. Lycia fait le sale boulot ; nous vivons nos rêves ; il est évidemment très difficile de nous comprendre !

Jour 26

Nous levons le camp, heureux de retrouver l'action journalière. Je pense aux Inuits qui ont traversé ces territoires durant des millénaires. Je rêve à un attelage de chiens, à la viande de bœuf musqué mangée crue, aux nuits passées sous l'igloo et à l'attente patiente, plusieurs heures sans bouger, harpon à la main, devant un trou de phoque. Une vie rude, simple et libre !

D'énormes icebergs se plantent devant nous. Nous nous empêtrons dans les congères accumulées entre ces géants par le vent. Aussi devons-nous à maintes reprises changer de cap pour éviter ces véritables sables mouvants dans lesquels nous nous enfonçons et enlisons les traîneaux. Le temps béni, soleil-ciel bleu, disparaît. Des nuages laiteux, à l'horizon, voguent comme des brumes sur l'océan. Ils s'approchent de nous à grands pas, dévorent le soleil sur leur passage et s'installent dans l'immensité du ciel. Nous stoppons pour manger un petit bout et boire du thé. Une sensation d'humidité glacée nous étreint et ajoute à notre malaise. La purée de pois devient plus dense. La banquise et le ciel se confondent, laissant devant et autour de nous de véritables vaisseaux fantômes : les hummocks.

En une heure, la température remonte à – 20 °C et une neige fine se met à tomber. Après l'euphorie du beau temps, la morosité du « jour blanc » nous accable à nouveau. Nous avançons sans dire un mot, l'un derrière l'autre. Tout change si vite ici : le climat, le moral, le temps et les souffrances !

Depuis quelques minutes, le sentiment d'être observés est redevenu présent, presque palpable. Du coup, le poids du traîneau devient secondaire, face aux mystères qui se cachent dans les voiles flous drapant l'espace alentour. Je sens la glace vivre, sous nos pieds. Concentré, ma cadence s'accélère et je distance Rodolphe.

Soudain, un point noir apparaît sur ma droite. Il semble massif et se déplace lentement. Dans ce blanc cotonneux, je suis incapable de savoir s'il se dirige vers nous et d'évaluer sa vitesse. La neige me tombe dans les yeux, l'animal grossit. Suis-je pris d'une hallucination ? Rodolphe arrive doucement dans mes traces le nez au sol, la tête rentrée sous sa capuche. Je pense bien sûr à un ours, mais la couleur noire reste tranchante malgré la proximité apparente de l'animal. Cependant, ce n'est pas un homme. Cette fois, c'est sûr, il se rapproche. La pression monte d'un cran et je jette instinctivement un regard vers mon compagnon encore à dix mètres de moi ; il a le fusil sur son traîneau. La bête arrive sur nous quand, soudain, la forme s'évanouit. Aux ondulations finales et à la brusque disparition, je reconnais un phoque. Je suis soulagé et amusé par cette petite farce.

J'explique la scène à Rodolphe et nous continuons en guettant, un éventuel trou, une cassure, des animaux. Un autre phoque, ou le même, apparaît devant nous. Il nous renseigne sur l'état de la banquise et nous obliquons vers l'est, en évitant l'endroit où il se trouve, sans doute plus propice à la chute. Quoique ?... Je décide de passer entre deux véritables colosses de glace. Nous avançons timidement et humblement entre ces géants, qui font sinistrement craquer la banquise autour de nous. Ambiance lugubre, je m'attends à chaque pas à voir sortir un ours du mur de glace. Je cherche à me concentrer sur la situation, mais une peur parasite me brouille l'esprit, m'empêchant de suivre à la lettre mon intuition. Où est passée la beauté ? Aucun signe visible. À mi-chemin, la structure même de la glace change sous nos pieds et j'ai à nouveau l'impression de m'enliser dans de la poudreuse. Rodolphe s'arrête. Je le vois s'enfoncer lui aussi dans une espèce de mélasse blanche qui l'absorbe. J'essaie de reculer, mais mes pieds ne trouvent qu'un appui mou et la force me manque. Mes bottes disparaissent, recouvertes par un sirop poisseux, tandis que Rodolphe, englué jusqu'aux genoux, tente un demi-tour. Je m'extirpe de cette boue glacée et recule pour retrouver un plancher ferme. Je tire mon traîneau en arrière et je tente de faire de même avec le sien. Il recule, tracté par les cordes le reliant à son traîneau ; c'est le monde à l'envers ! Heureusement, je parviens à le rejoindre et, une fois à portée de bras, l'attrape par la main et le hisse sur la glace dure, l'arrachant à l'horrible bouillie mouvante.

Tout s'est passé en deux secondes. Mon cœur bat à tout rompre. Nous revenons sur nos pas, nous dégageant de l'aura des colosses. Sans hésiter, je m'engage, cette fois, dans un étroit défilé. La peur s'est volatilisée et je retrouve assez vite le dialogue intime avec la mer de glace.

Nous sortons du pays des icebergs pour déboucher sur une polynie à perte de vue ; encore un grand lac plat de fine glace sur lequel nous nous engageons. Comme d'habitude, les traîneaux volent derrière nous et nous donnons le maximum avant le crépuscule. L'eau a dû geler il y a à peine trois ou quatre jours : la glace est noire sous la fine couche de neige déposée par le vent d'hier. C'est impressionnant. Nous marchons sur des œufs. Sous un ciel de plomb qui s'étire à l'infini, l'air immobile rajoute une note de tristesse. Comme un loup, j'ai envie de hurler, pour exprimer mon blues et ma mélancolie. Bizarrement, je ressens l'animal en moi, avec sa plainte chargée de l'espoir d'un nouveau soleil, d'une nouvelle vie.

Jour 27

Même temps, même poids, même punition. Nous nous retrouvons au cœur des blocs géants, tirant, poussant, arrachant notre route pas après pas. Mais ce labeur quotidien se change peu à peu en habitude et la colère des premiers jours s'estompe, laissant place à la curiosité. Je me sens de moins en moins tourné sur moi-même. La pression du défi disparue, je retrouve au contraire les sensations vécues au cours des précédentes aventures et j'ai de plus en plus de facilité à voir la beauté.

Le devoir de « réussir » à tout prix notre aventure m'a propulsé sur la glace avec un seul objectif : traverser, le plus vite possible. Je me rends compte aujourd'hui que j'ai complètement occulté l'essentiel : la joie d'être ici. Or, ça y est, aujourd'hui, un profond sentiment de joie bouillonne en moi. C'est simple : je n'ai plus peur. En abandonnant l'ambition de traverser sans ravitaillement, la pression est tombée. Je ne crains plus de ne pas y parvenir, le regard des autres a perdu son emprise. Je me sens moi-même, loin de tout le tumulte et le brouhaha d'un ego glorifié par notre société. Je ne serai pas « le plus ceci » ou « le plus cela ». Je vaux bien mieux. Je suis là, un traîneau aux fesses, par moins trente degrés et des poussières, à manquer me rompre les os à chaque pas dans ce dédale cristallin, et pourtant je suis heureux. Le bonheur ! À la bonne heure !

Dans cet état de joie retrouvée, l'océan prend une autre tournure : je perçois de plus en plus de nuances dans ce qui pourrait apparaître comme un paysage uniforme. La banquise prend vie et le chemin du pôle se dessine. Oui, il m'apparaît matériellement : ici, un bloc bleuté me fait de l'œil ; là, une étendue plate m'attire ; plus loin, un iceberg dépassant les autres de plusieurs têtes se plante, plein nord, comme un phare sur l'horizon, point lumineux guidant les voyageurs.

Pour la première fois peut-être de ma vie, je suis à cent pour cent dans ce que je fais. Je ne pense plus au coup de fil du soir, au film, aux autres. Je vis ma propre rencontre. Comme sorti de l'ombre de mon personnage familier, j'apparais enfin. Pour combien de temps ? Peu importe, demain est un autre jour...

Nous arrivons face à une crevasse. Je cherche, concentré, le meilleur passage, l'endroit le plus beau. Je marche le long du ruisseau jusqu'à un resserrement d'un mètre environ. De part et d'autre les berges sont friables. Je creuse du pied pour prendre un appui sûr et donne l'impulsion. Le pied en réception s'accroche sur la neige dure et j'enjambe l'eau, suivi de mon traîneau. Rodolphe, trente mètres derrière moi, arrive et, me voyant de l'autre côté, traverse sans se poser de questions. La berge s'effrite sous son pied d'appui, il glisse. D'instinct, il essaie de se rattraper avec l'autre, mais c'est peine perdue : il s'enfonce déjà dans l'eau ! Dans un ultime réflexe, il se couche sur le ventre. Son traîneau, entraîné par les mouvements, vient lui buter dans les fesses, restant en suspens au-dessus de l'eau. Je me dessangle à toute allure et cours vers lui. Mais déjà, d'un coup de reins, il se redresse, sort ses jambes de l'eau et tire son traîneau hors de la zone dangereuse. Couché sur le dos, il crie :

« Quel con, mais quel con ! Depuis ce matin, je dors. J'ai failli me blesser dix fois. J'espère que ce bain de pieds va me réveiller. »

Nous partons dans un fou rire pantagruélique, tout en appliquant de la neige sur ses bottes et son pantalon afin de pomper l'eau. L'étanchéité est respectée, l'eau n'a pas traversé. Au moins, nos vêtements sont au point !

Nous continuons donc, attentifs, jusqu'à buter sur une véritable muraille où les blocs, sens dessus dessous, mesurent plusieurs mètres de haut. À mi-course dans ce chaos indescriptible, nous nous rendons compte qu'il s'agit en fait d'une énorme crête de compression, monstrueux sillon déchirant la peau blanche de l'océan. Nous sommes à la jonction entre deux plaques majeures de la banquise.

Nous passons les traîneaux un par un, et tout d'un coup, alors que nous nous affairons sur le second, j'aperçois une tête blanche, très jolie, à quelques pas de nous. Un ourson ! D'instinct, je cherche sa mère des yeux... avec une bouffée d'adrénaline : le fusil est de l'autre côté des blocs, sur le premier traîneau ! Une vague de chaleur me submerge et, à voix basse, j'informe mon collègue, en train de se démener avec les cordes de la pulka.

« Rod, là, un bébé ours ! Pose tout et prépare-toi ! »

Tout en lui parlant, je dévisage la tête blanche, minuscule petite boule de poils. Mais... ce n'est pas un ours ! La pression retombe d'un coup, instantanément remplacée par une vague euphorique : c'est un magnifique renard polaire ! Au bruit de mon rire, il détale, nous laissant sous le charme de son élégance, avec sa petite queue touffue ondulant derrière lui. Les renards n'hésitent pas à suivre les ours blancs durant l'hiver polaire, se nourrissant des déchets abandonnés par les plantigrades. C'est pourquoi nous en croisons si loin sur l'océan. Il peut même arriver qu'on en trouve les traces autour du pôle : ils sont partout où sont les ours. À quand la prochaine visite de l'ours ?

Jour 29

La banquise ressemble, à son habitude, à une succession d'amoncellements de blocs pouvant atteindre plusieurs centaines de mètres cubes. Le soleil joue avec les différentes épaisseurs de glace, montrant d'innombrables variantes de bleus et de blancs. Des prismes se forment au niveau des fractures nettes, dissociant la lumière en de superbes arcs-en-ciel miniatures. La visibilité cristalline découvre un ciel bleu roi, sans tâche.

Le décor est de rêve. À chaque instant, la beauté nous remplit d'une énergie pure. La jouissance est totale : le corps bouillonne, l'esprit s'envole !

Nous apercevons çà et là des zones noires, révélant la présence d'eau ouverte. Nous nous arrêtons souvent pour filmer ou prendre des photos. Il faut absolument ramener aux autres quelques clichés, afin qu'ils puissent toucher des yeux l'enivrante beauté.

Après une heure de balade, le terrain durcit et nous replongeons en nous-mêmes pour affronter les difficultés jalonnant le parcours. La neige tombée les jours précédents s'est accumulée avec le vent, formant des congères très difficiles à franchir. Il faut arracher les traîneaux à chaque pas. Je me force à ne pas quitter des yeux l'éblouissant spectacle qui nous entoure, malgré le harnais qui commence à me briser les épaules et, bien sûr, mes orteils qui crient toujours de douleur. Le froid aux pieds est intenable. Au-dessous de – 25 °C, les semelles perdent leur étanchéité thermique et l'impression de marcher pieds nus à même la glace est terrible. Vivement le ravitaillement, prévu pour demain !

Le vent se lève. Il se glisse sous ma veste ouverte, gelant ma transpiration sur tout mon corps. Je me rétracte, l'univers est merveilleux, je souffre, c'est insupportable. « Pas aujourd'hui, je vous en prie ! » Le traîneau s'alourdit encore, avec cette maudite neige qui colle aux patins. Rodolphe, exemplaire, avance d'un pas rythmé, sans broncher.

Sans prévenir, la grisaille m'envahit. Je me sens tout d'un coup sale au milieu de cette blancheur immaculée. Mon esprit se coupe petit à petit de la beauté environnante pour descendre inexorablement dans mon corps, dans la matière dont je suis fait. Pourquoi ce ras-le-bol ? Je suis tout d'un coup éreinté, glacé, je n'en peux plus. Mes pensées s'entrechoquent. Je divague sans aucune prise pour me raccrocher. Je lutte contre une épaisseur de neige toujours plus grande, m'enfonçant parfois jusqu'aux genoux. Chaque pas me coûte et, tête baissée, j'avance lentement, fixant le blanc qui défile. La surface uniforme fait remonter en moi des images du passé. Je me vois vivre et évoluer au fil des années parmi les gens que j'ai pu côtoyer. Une partie de moi replonge dans ces moments, une autre ricane, caricaturant tout à grands traits cyniques. Je me revois parlant d'amour et de liberté avec ferveur, comme un bon élève ayant bien appris sa leçon, mais qui, finalement, ne connaît rien à rien. Peu à peu, je tourne tout en dérision et ne peux m'empêcher de continuer à enfoncer le clou. Un trou dans la neige rappelle de temps en temps à l'ordre mon corps, qui stoppe, bancal. Je chemine par automatisme, guidé par la douleur des membres inférieurs qu'il me faut arracher du sol, et par celle du dos brisé sous le poids du joug. Tant que la douleur reste constante, c'est que j'avance. Je jette un coup d'œil à Rodolphe, toujours aussi calme. Je me laisse donc aller plus profondément dans ma fosse abyssale intérieure, où plonge ma conscience. Je ressasse mon existence par tous les bouts, sans logique ni cohésion, en ne voyant que les côtés difficiles et douloureux. J'ai envie de hurler tellement j'ai mal. Je continue, bête de somme à la conquête de l'inutile. Mais, qu'est-ce que je fous là ?

Tout à coup, une belle pyramide bleutée, juchée sur le dos d'un iceberg, me fait de l'œil, comme pour me dire : « Hep ! Le chemin passe par là ! » Mais je refuse de suivre l'indication et me moque de mon soi-disant sixième sens. Je continue sur ma lancée. À peine avons-nous fait cent mètres qu'un cul-de-sac nous barre la route. Des rires railleurs semblent éclater autour de nous : les icebergs, le vent, la neige se moquent de ma bassesse. Énervé et malheureux, je fonce droit entre deux colosses de glace, visant le morceau de banquise plate que j'aperçois cinquante mètres derrière. Les géants continuent de se gausser de moi, montrant du doigt l'orgueilleux que je suis. Entêté et horriblement tendu, j'explose, je leur hurle ma colère. Rodolphe se rapproche et me parle calmement, mais fermement. L'intensité de ma fureur diminue. Je regarde devant nous et me rends compte que le fond de la dépression vers laquelle je me dirigeais est rempli de neige gorgée d'eau. Nous retournons vers la pyramide, phare du voyageur.

Nous nous engageons sur une langue de glace extrêmement plate, épaisse de vingt à trente centimètres. Des fissures régulières font remonter l'eau en surface, transformant la neige en mélasse sur une largeur grande comme le pas. Nous enjambons facilement ces résurgences. Le vent augmente et nous nous calfeutrons sous nos parkas. Suite à ma petite crise de nerfs, nous ne nous sommes rien dit. La leçon du demi-tour m'a permis de retrouver mes esprits, mais je ne saisis toujours pas la folie qui s'est emparée de moi.

L'ambiance est difficile et dangereuse entre les résurgences d'eau, les fracas et le vent. Mais je suis à nouveau pleinement « à l'écoute du chemin ». Nous entrons dans un enchaînement de crêtes de compression où il est très délicat de se faufiler. Rodolphe coupe droit devant lui, marchant parallèlement à moi. Le vent forcit et frôle les soixante kilomètres à l'heure. Le chaos des glaces est de plus en plus terrible, comme si une tempête, avec ses énormes vagues et ses courants contraires, s'était subitement figée. Il est illusoire de vouloir planter la tente dans ce paysage d'apocalypse battu par les vents... Rodolphe, logique, préférerait rebrousser chemin et trouver du plat. Mais l'ouest pour une fois m'attire. Je m'engage, ne laissant pas le choix à mon compagnon. Cent pas plus loin, les berges se touchent. Elles grincent l'une contre l'autre, l'océan gronde sous nos pieds, nous enjambons à toute vitesse la fracture, véritable crête de compression en formation. De l'autre côté, nous prenons le temps de jouir du spectacle.

Enivré, je me sens à nouveau en harmonie avec ce qui m'entoure. Les bruits sont fantastiques. On dirait un train freinant à l'arrivée en gare ; un véritable tremblement de mer. Où est l'énervé qui, il y a seulement trois heures, maudissait tous les saints ? Je ris sous cape. J'ai eu droit aujourd'hui à une vraie séance de psychothérapie corporelle. J'ai vomi ma noirceur. Cette confrontation avec les éléments est tout ce que j'aime. La plénitude qui en découle est l'essence même de la vie : un condensé d'existence.

Le froid nous rappelle à l'ordre, le camp se trouve quelque part devant nous, je sens déjà la soupe chaude du soir au milieu des bourrasques, décidément la vie est merveilleuse !

Subitement, le soleil sur l'horizon s'enflamme et se multiplie. La neige court sur les vagues gelées, le vent lamine le terrain, le ciel est bleu azur et les images virtuelles de part et d'autre du soleil augmentent. D'abord un arc-en-ciel d'un degré d'arc se forme à égale distance de l'astre solaire sur l'horizontale passant par son centre. Puis un point lumineux s'étire le long de l'arc-en-ciel et blanchit. En général, le phénomène s'arrête là, mais aujourd'hui l'intensité des mini-soleils croît en lumière blanche, incandescente et soutenue. Je reste émerveillé et pétrifié devant tant de beauté. Je pense à l'Égypte ancienne où le soleil était considéré comme le dieu créateur : Râ. Je regarde Râ au centre entouré d'Amon et Ptah. La trinité égyptienne se dévoile devant moi. Le trois est un comme toujours. Même les chrétiens ont nommé le Saint-Esprit comme troisième larron du Père et du Fils. Dit autrement par Eugen Drewermann : « Tous les dieux sont trois : Amon, Râ et Ptah. Comme Amon, Dieu est caché ; Râ est Dieu aux yeux de tous (comme créateur) ; et le corps de Dieu est Ptah[1]. »

---

1. *De la naissance des dieux à la naissance du Christ : une interprétation des récits de la nativité de Jésus d'après la psychologie des profondeurs*, Seuil, 1992.

Me voilà face aux dieux anciens qui viennent ce soir bénir les éléments. Seuls deux microscopiques humains sont témoins de la grâce qui, en ces coins reculés, s'exprime librement.

Lycia

Depuis une semaine, mon professeur de tai-chi est arrivé à Dieulefit pour m'enseigner la discipline en continu. Il m'apprend au travers de la gestuelle à me centrer sur moi-même. Nous parlons régulièrement de l'expédition qui me ronge. Il me répète inlassablement que mon chemin passe par là, et surtout de ne pas m'engager émotionnellement. Je le conçois. Pourtant comment ne pas s'angoisser à l'idée de ne plus jamais revoir son mari, englouti par cet océan blanc ? Je sais et comprends intellectuellement son choix, sa quête et je ne peux que l'aider en ce sens, même si un étau me broie le cœur. L'idée de sa mort me terrifie. Je ne me vois pas continuer sans lui et, malgré tout ce que peut me dire maître Dom, la plaie ouverte m'empêche de voir les choses sereinement. Aussi, je préfère ne pas en parler et je me rattache à mes gestes, me concentrant sur le moment présent afin d'échapper à ces tortures mentales que je m'inflige en permanence. L'exercice terminé, elles reviennent de plus belle, mais l'accalmie me permet au moins de recharger mes batteries et de tenir encore... Mais, jusqu'à quand ?

Ce soir, je rentre chez ma grand-mère, où finalement j'ai élu domicile. Je me sens bien chez elle. Elle ne me pose pas cent mille questions, ne me demande rien, sinon d'être avec elle. C'est mon havre de paix. Elle attend, patiente, me laissant le choix de m'étendre sur mes problèmes ou de me taire. Quoi que je dise ou fasse, son sourire et sa bonne humeur sont égales. Elle est la bonté personnifiée, et en sa présence tout m'apparaît sous un meilleur jour.

Nous mangeons rapidement et je monte me coucher, éreintée. Arnaud ne doit pas appeler ce soir et j'en profite pour me délasser. La baignoire me fait de l'œil et je me glisse dans un bon bain, pensant évidemment aux deux loustics, bien loin de ma réalité embuée. L'eau chaude fait son œuvre, mes muscles se détendent, ma mâchoire se décrispe, mon corps pèse et flotte à la fois dans cet univers aquatique, cher à Archimède.

Mon esprit vagabonde, échappant à la réalité trop pesante, il retourne dans le passé, revivre... Des flashes apparaissent.

Je me revois, fin mars 1997. Nous sortions ensemble depuis à peine une semaine qu'il s'envolait déjà pour le Grand Nord. Il devait communiquer par radio avec le camp de base, qui retransmettait aussitôt les informations en France. C'était sans compter les problèmes techniques. Après une semaine de glace, Arnaud n'avait toujours pas donné de nouvelles et tout le monde se faisait un sang d'encre. N'y tenant plus, j'ai décidé alors de monter au village de Resolute, le camp de base, à l'extrême nord du Canada, afin de me rapprocher de lui...

Les images me reviennent. Et mon monologue intérieur... « Il va avoir besoin de moi. Je vais m'occuper de la radio et organiser les secours au cas où il déclencherait sa balise d'urgence. Je veux être près de lui. Je n'en peux plus de rester là, inactive. Je suis peut-être complètement folle de réagir comme ça alors que nous sommes ensemble depuis seulement une semaine. Tant pis, je tente le coup ! »

Le lendemain, je cours à l'agence acheter mon billet et rentre en catastrophe faire mes valises à Dieulefit. Entre-temps, Arnaud a réapparu sur les ondes, nous sommes tous soulagés. Est-il utile que j'y aille ?

Mais une triste nouvelle tombe, renforçant ma décision. Le meilleur ami d'Arnaud, Francis, vient de décéder, emporté par la mucoviscidose. Nous avons à peine le temps de le lui annoncer que sa radio se bloque à nouveau et que nous ne recevons plus rien. C'est fou, il a eu juste le temps d'apprendre la mort de son ami. Il n'y a vraiment pas de hasard.

Quarante-huit heures sont nécessaires pour relier la France à Resolute. Deux jours durant lesquels la tension grimpe à son comble. J'ai peur que la mort de son ami ne l'ait fortement perturbé et qu'il ne divague sur la banquise. De sombres images me traversent sans cesse l'esprit.

À Resolute Bay, les gens du camp de base sont aux petits soins avec moi. Voilà douze jours qu'ils ne reçoivent plus Arnaud. Dès le premier soir, je m'installe à l'heure convenue de l'appel à la radio. Je branche mon casque, prends l'émetteur dans les mains et appelle : « Nano expédition, ici Lilou de Resolute, est-ce que tu me reçois, Nano ? *Over.* »

Dix fois, vingt fois, en vain. C'est dur. Je désespère. Quand tout d'un coup, au milieu des grésillements, j'entends : « Lilou de Resolute, ici Nano expédition, je te reçois cinq sur cinq. *Over.* »

J'explose de joie et pleure devant l'appareil. Il n'y a vraiment pas de hasard !

Quand je repense à ce moment, une vague d'émotion me submerge, les larmes coulent... À revivre ces événements, je me rends finalement compte que j'ai déjà vécu l'absence, la peur de la mort, l'envers du décor. Cependant, j'étais plus jeune et ce milieu m'était alors inconnu. Je n'avais jamais vraiment partagé ma vie avec Arnaud et le perdre me semblait certainement moins important qu'aujourd'hui. Je ne connaissais pas les risques, l'ambiance sur la glace, alors que, depuis, j'ai partagé plus de cent jours avec lui sous une tente, au cœur d'une mer gelée.

Je prends soudain conscience que l'expérience polaire et les années écoulées ont eu lentement mais sûrement raison de ma joie spontanée à vivre l'événement. C'est vrai qu'en 1997 tenir le camp de base était une aventure incroyable, qui bouleversait complètement ma petite vie. Aujourd'hui, rester à quai m'est devenu insupportable, même si je sais très bien que je l'ai choisi, refusant de l'accompagner. Mais comment partir avec un fou qui veut absolument traverser un océan à pied ? Je ne m'en sentais ni l'envie ni le courage, et finalement je suis là, écartelée.

Je dois retrouver mon envie première, ma joie de vivre. Je ne peux pas continuer à me morfondre ! C'est évident qu'il repartira, avec ou sans moi, et je ne vais quand même pas l'attendre en pleurant à chaque fois. À quoi sert de me faire un sang d'encre pour des événements sur lesquels je n'ai absolument aucune prise ? Je ne peux pas empêcher les ours de les attaquer, ni la banquise de craquer.

5

Vie de couple

> Avoir la force, solitaire, d'extraire du chaos de sa propre vie la poignée de lumière suffisante pour éclairer un peu plus loin que soi – vers l'autre là-bas, comme nous égaré dans le noir.
>
> CHRISTIAN BOBIN

Jour 30

Enfin le ravitaillement tant attendu. À 8 heures, nous appelons Steph', pour arranger le rendez-vous. Ils arriveront sur nous vers midi. Le temps est au beau fixe, un anticyclone balaie toute la zone de Sredny au pôle.

Nous préparons les traîneaux et quelques bricoles qui repartiront avec l'hélicoptère. Nous leur donnerons aussi les skis, remplacés par de nouveaux aujourd'hui. Nous sommes heureux. Après un mois de solitude blanche, nous allons croiser des hommes. Quelle joie !

Une joie à vrai dire très paradoxale...

Depuis la toute première fois où j'ai imaginé cette expédition jusqu'à sa mise en œuvre concrète, l'idée de traversée « en autonomie » a été pour moi une dimension fondamentale, presque sacrée. Comme si le fait d'être ravitaillé était mal, idiot, petit, disqualifiant. Quelque chose comme ça me travaille toujours, en sourdine. Il n'empêche : quelle joie d'imaginer que des humains vont débarquer ici ! Une réflexion me vient, qui résume tout : pourquoi serais-je parti chercher l'humain en moi, dans le plus grand froid et la plus grande solitude, si je refuse le principe même que des humains puissent m'aider ? Un poids me quitte. Le plus grand bénéfice de l'aventure ne se trouve pas dans l'acquis de l'expédition sous son angle spectaculaire, éventuellement médiatisé, mais dans l'expérience vécue. Je lâche mes vieux démons, la culpabilité s'estompe et, miraculeusement, l'échec se transforme en victoire !

Pile à l'heure dite, l'insecte métallique bourdonne dans le ciel. Nous le cherchons des yeux, jouant à celui qui le trouvera le premier. C'est étrange de se battre jour après jour contre les éléments les plus bruts, à des milliers de miles de toute terre habitée, et de voir soudain, comme ça, miraculeusement sorti de Dieu sait quelle trappe, un navire volant.

Plus le bruit du moteur grossit, plus l'excitation enfle. L'enfant en nous reprend toute la place. Nous sautons de joie, incapables de maîtriser nos corps. L'épaisseur de la glace dépassant un bon mètre, l'hélicoptère se pose tranquillement près de notre tente, soulevant une bourrasque plus impressionnante que prévue, qui vient pulvériser la neige à l'intérieur de notre antre dérisoire... la tente que nous avons laissée ouverte : la connerie du jour a-t-elle été commise ? (Si oui, nous voilà en principe tranquilles jusqu'à demain !)

Steph' arrive le premier, tirant un traîneau derrière lui. Nous nous tombons dans les bras, euphoriques de nous revoir après ce mois de galère. Rodolphe, observateur, demande aussi sec :

« Tu as les deux traîneaux ?

— Deux ? Mais non, je n'en ai qu'un ! »

Nos regards se croisent, les mêmes pensées nous assaillent... Je soulève nerveusement la bâche et découvre qu'il y a deux traîneaux encastrés l'un dans l'autre. Ouf ! Sacré blagueur. Je vois Rodolphe s'éponger le front. Mais nous ne sommes pas au bout de nos émotions : il y a bien deux pulkas dans le sac du Père Noël, mais elles sont bizarrement vides. Et les skis ? Je souris vaguement et, montrant du doigt l'appareil qui continue à vrombir :

« Et les skis ? Et la radio ? Ils sont à l'intérieur de l'hélico ? »

Cette fois, Steph' a l'air vraiment interloqué :

« Les skis ? La radio ? C'était pour vous ? Bordel, j'étais sûr que Cricket les avait mis à bord pour nous ! Je les ai laissés à Kathanga. »

Et crac ! Notre bonne humeur s'effondre pour de bon – et cette fois, pas de grand rire pour tout rattraper in extremis. Et pour une connerie, c'en est une belle ! Pas de radio, bientôt plus de téléphone, pas de nouveaux skis... nous allons devoir continuer à pied, les semelles glacées ! Les anciens skis ? Ils sont inutilisables après le boulot dingue qu'ils ont accompli sous les traîneaux.

Nous sommes déçus. Pour tenter de rattraper son énorme gaffe, Steph' nous tend un saucisson, un kilo de pain, du fromage et quelques gâteaux secs. Il nous promet la livraison du matériel manquant lors d'un prochain vol : « Dans une semaine, deux maximum. »

Je calcule à toute vitesse dans ma tête. Cette histoire va terriblement nous ralentir. Nous allons manquer de vivres. Après le ravitaillement de matériel, il va maintenant nous falloir un ravitaillement de nourriture... avec ce qu'il nous reste, je ne crois pas que nous puissions tenir jusqu'aux côtes canadiennes. Steph' m'assure qu'ils vont arranger ça et organiser la suite, afin que nous puissions continuer.

Les pilotes russes s'approchent de nous, souriants. Comme j'aimerais pouvoir discuter avec eux, échanger autre chose qu'un regard, qu'une main serrée, qu'un sourire, même si quelque chose d'essentiel se cache derrière ces gestes anodins.

Les minutes tournent, ils finissent par s'impatienter et entraînent Steph' dans leur sillage. Déjà ! Voilà que nous nous retrouvons seuls, Rodolphe et moi, à la fois grisés et déçus. Les rotors de l'hélico se mettent en route, les pales à tourner et la neige nous recouvre de la tête aux pieds. Dans un fracas assourdissant, l'aéronef décolle, nous obligeant à nous protéger le visage. Au sol, les vents tourbillonnaires atteignent plus de cent kilomètres à l'heure ! Nous en sommes encore à nous épousseter quand l'hélicoptère revient, pique sur nous tanguant des deux côtés. Ultime adieu de nos amis russes. Nous battons des bras au-dessus de nos têtes, le bourdon s'éloigne, nous revoilà seuls.

Une petite pointe de tristesse nous pince le cœur, comme quand, enfant, arrivait le dimanche soir et que les amis quittaient la maison.

Sitôt installés sous la tente, nous endossons notre meilleure arme anti-déprime : le rire et la bouffe ! Nous attaquons nos victuailles tout en discutant de notre nouvelle situation. Les épreuves subies les jours précédents nous ont blindés et, comme toujours, nous allons nous adapter. Par contre, je subodore la colère de Cricket et pis : celle de Lycia. Nous décidons de ne rien dire à nos femmes, inutile de les inquiéter.

Jour 31

La montre sonne à 8 heures, mais, confortablement installés dans nos rêves, nous faisons semblant de ne pas l'entendre. C'est le vent qui, en secouant la tente, nous extirpe de nos « lits ». Nous regardons par l'abside défiler la cristalline poussière de neige. L'anémomètre indique cinquante kilomètres-heure. Le temps du petit déjeuner, le vent chute. Frais et dispos, nous rangeons en vitesse notre barda dans nos véhicules polaires à traction humaine et démarrons.

Nous sommes encore à six cent soixante kilomètres du pôle, soit à environ un mois de marche à la vitesse de croisière atteinte ces derniers jours. Les nouveaux traîneaux tiennent le coup et nous avançons sans nous poser de question. Le passage des voies d'eau reste délicat, même si nous n'avons plus peur de voir nos embarcations couler à pic. Comparativement, la glisse est nettement meilleure et les kilomètres augmentent. Nous en gagnons quatre, en huit heures de marche.

Nous ne passons pas encore à neuf ou dix heures de marche par jour, préférant ménager les montures. Il reste encore une telle distance ! Pourtant, au téléphone, Lilou nous pousse à accroître la cadence : il faut rattraper le temps perdu. Elle a raison dans l'absolu, mais qui, de là-bas, se rend compte de ce que nous vivons ici ? Qui réalise la difficulté du terrain ? Aussi, avons-nous décidé de nous faire confiance et de mettre de côté le regard des autres. À nous de faire les choix qui s'imposent.

« Il vaut mieux *assurer* et perdre au final quelques jours, que de se retrouver dans l'hélico avec un membre gelé à amputer », voilà le dicton du jour ! C'est d'autant mieux ajusté que nous venons d'apprendre que l'un des deux Suédois, Göran, s'est gelé une main hier – on tente de le sortir de la banquise en hélico...

Une brise de mer s'élance sur ces vastes étendues où rien ne peut l'arrêter. Nous nous enfermons dans nos survestes protectrices et retrouvons nos habitudes de moindre effort, marchant l'un derrière l'autre afin d'économiser notre énergie et augmenter notre résistance, tant physique que psychique.

Crêtes, blocs, pierriers, patinoire, nous changeons inlassablement de terrain et finalement les kilomètres défilent. Ça y est, une chose a lâché en nous et une autre a mûri. Nous ne courons plus après le temps, nous acceptons la banquise telle qu'elle est, heureux de traverser cette partie du monde. Nous ne pestons plus contre les éléments, mais seulement contre nous-mêmes. Heureusement, il nous reste encore de longues journées de marche, que j'espère suffisantes pour me faire comprendre cette culpabilité généralisée que nous portons tous, ancrée en nous depuis la prime enfance. Toujours ce rapport trouble avec l'autre, toujours ce dénigrement, cette menace, ce jugement, dont la peur seule suffit à nous soumettre.

Premier arrêt. Rodolphe est prostré derrière sa cagoule et ne mange pas. Je le force à boire du thé. Le vent l'énerve, lui dessinant deux cernes noirs sous les yeux. Je prie le dieu Éole de ne pas être trop dur avec lui, seulement ce qu'il faut... Comme moi, il craque et ressasse, remettant tout en cause et s'accusant – à tort – des événements passés. Il se déconnecte de l'ambiance nouvelle et tonique, pour se perdre dans les dédales de son esprit. Je me reconnais, en l'entendant pester après la neige ou son traîneau. À cela près qu'il arrive à mieux contenir sa tension.

Nous repartons. Les heures passent, mon ami se bat contre lui-même, projetant sur son écran intérieur ses fantasmes chimériques. Il suit tant bien que mal cinquante mètres derrière la trace de mon traîneau. Notre route est entrecoupée parfois d'une voie d'eau, d'un petit ru vite enjambé. Facile. Eh bien non, plouf ! douche froide. Trop peu attentif, Rodolphe oublie de donner à son traîneau l'élan nécessaire avant de traverser. Et il se prend tasse sur tasse. Quelle que soit la distance à franchir, il faut toujours s'arranger pour que la pulka aborde la berge de telle sorte qu'elle ne soit pas retenue par les cordes, une fois en équilibre au-dessus de l'eau. Mais ce b-a-ba s'oublie, quand le conducteur est pris par des pensées lancinantes. Sanction immédiate. Retenu par sa charge, mon ami glisse sur la berge opposée et pose le pied sur la glace fondante, où évidemment il s'enfonce. Ultime réflexe, il se retourne et, attrapant son traîneau des deux mains, se stabilise, mais avec les deux jambes déjà englouties. Le cœur battant à tout rompre, il se hisse. Entretemps, décroché de ma charge, je reviens vers lui en courant. Sans attendre, nous traversons. On ne sait jamais, il ne manquerait plus que la cassure s'agrandisse ! Rodolphe, les mains mouillées dans sa chute, se gèle les doigts. Il faut impérativement les mettre au sec.

Pour plus d'efficacité, je décide de lui passer mes gants bien chauds. J'en prendrai une nouvelle paire. Face à face, pour nous protéger du froid cinglant, nous quittons nos protections. Les mains nues, je l'aide à enfiler mes gants, ses doigts sont déjà blancs. Il secoue les mains, puis les bras, donne quelques mouvements d'épaules afin de remettre son corps en action et envoyer une grande quantité de sang dans ses extrémités. Surtout ne pas taper les mains l'une contre l'autre, les capillaires sanguins gelés se briseraient. Il peste cette fois haut et fort contre lui-même, avant de se retourner et de remercier la banquise de l'avoir remis à l'heure. Voilà un secret simple et puissant : le bonheur, c'est d'être à la bonne heure !

Finalement, quand on ne risque rien, on hurle, on se défoule sur tout et n'importe quoi, accusant l'univers de notre malheur, mais sitôt l'instinct de survie en éveil, on balaie d'une chiquenaude ce caprice d'enfant qui semblait pourtant si présent.

Le ciel est d'une clarté saisissante, le soleil baisse sur l'horizon, enfle et s'embrase. L'incidence des derniers rayons de la journée fait ressortir avec intensité le peu de couleurs qui nous entourent, les dégradés de bleus des icebergs et les variations de densité de la neige. Sur ma droite, un gros iceberg arrondi se détache. Nous entrons dans une zone de vieille glace bleue. Celle-ci se caractérise par une infinité de vagues, faisant des creux d'un mètre. Sur les bosses, la glace est à nu et nous parvenons tout juste à tenir debout. Dans les creux, c'est l'inverse, nous nous enfonçons dans la neige accumulée par le vent. Nous appelons ça un « champ de mines », tellement la marche y est aléatoire. Voilà une demi-heure que nous y sommes et nous n'en voyons plus la fin. Je suis en nage et je force la cadence. Rodolphe perd du terrain. J'essaie de l'obliger à accélérer sans le distancer. Chaque minute compte face à la nuit qui arrive.

Un gros bloc. Je grimpe dessus pour voir le plus loin possible. La vue est complètement bouchée par des amas enchevêtrés. Le soleil rasant projette les ombres et les étire, rendant la banquise encore plus fantasmagorique. Je finis quand même par découvrir un petit chemin régulier entre ces géants. Nous tombons sur un endroit dégagé, où une couche de neige compacte forme une plate-forme idéale de dix mètres carrés. L'endroit semble sain. Pas de cassure proche, vieilles glaces dessous, vue partiellement dégagée pour les ours, autant de signes bénéfiques et protecteurs.

Minuit, réveil en sursaut. Je crois rêver ; on marche dehors. Mais qui ?

Il me faut trois secondes pour retrouver mes esprits et entendre Cricket me répéter : « Arnaud, l'ours marche l'amble et le bruit de ses pas sur la neige ressemble à s'y méprendre à ceux d'un homme. » Je sors du duvet, prends aussitôt l'arme et ouvre avec fracas les zips de l'ouverture tout en criant à Rodolphe de se bouger. Je glisse ma tête dehors tel un périscope. Le choc est de taille : un ours est là, énorme, planté devant moi à quelques pas sur la gauche du camp. Me voyant, il détale, surpris, et dans la pénombre je ne le distingue plus. Je reste tendu comme un arc. Rodolphe a enfilé sa doudoune et vient me remplacer, arme au poing. C'est l'effervescence. Notre sixième ours ! Nous attendons cinq minutes. Le voilà de retour, visiblement ragaillardi. Il fonce droit sur la tente d'un petit trot mondain. Il me fait penser à un caniche géant ondulant de la tête, le nez au vent. Rodolphe se met en place, attendant le moment propice pour tirer. Il vise les pattes. Quinze mètres, dix mètres, sept mètres, le coup part, l'ours a déjà disparu. Entre le choc du bruit et la reprise de nos esprits, le plantigrade est loin. Nous apercevons sa silhouette fuyante. Décidément, leur vitesse est impressionnante. Quel animal majestueux ! Nous nous recouchons, relativement sereins, comprenant bien que nous devons sérieusement garder présentes à l'esprit les raisons pour lesquelles nous sommes ici. Merci pour la visite !

Au matin, nous retrouvons les belles traces de notre ami, que nous suivons pendant une demi-heure. Aucune trace de sang dans les empreintes laissées par cette jeune femelle. Notre idée des petits plombs était juste : nous ne les blessons pas.

Jour 34

Premier avril. Quelle bévue va encore nous tomber dessus ? Où est le poisson ?

Voilà cinq heures que nous marchons et je commence juste à retrouver la sensation du bout de mes pieds. Le gauche met de plus en plus de temps à se réchauffer. Je crains les gelures.

Une fois de plus, je réfléchis sur les *Dialogues avec l'Ange*, m'imaginant moi aussi en train de discuter avec ma « moitié créatrice », mon ange. Je pense aux quatre compagnons de Budaliget (un faubourg de Budapest), recevant des messages de haute inspiration, en plein cœur du cyclone nazi. Je me sens tellement privilégié, ici, loin de la folie des hommes. Cependant, comme ces quatre chercheurs de vérité, j'attends l'incroyable rencontre. Incroyable, et pourtant si naturelle... Chaque fois que je pense aux *Dialogues*, je me sens dans une ambiance intérieure particulière, psychiquement plus nette, moins dispersée.

Je regarde le tapis blanc qui s'étire jusqu'à l'horizon. Concentré, je cherche un petit signe de beauté, comme pour valider l'existence de la réalité angélique. Très vite, une chanson surgit dans mon esprit et se met à tourner comme une rengaine. Mon traîneau m'arrache les épaules. La marche reprend le dessus.

Je me retourne, Rodolphe est loin derrière, je l'attends.

Tout d'un coup, des milliers d'abeilles se mettent à bourdonner – à moins que ce ne soit l'express Kathanga-pôle Nord qui entre en gare ! Je me tourne vers cette cacophonie glacière. À cinquante mètres devant moi, une énorme crête de compression est en train de se former. Des blocs gros comme des voitures se dressent lentement, poussés par une force mystérieuse, dans un bruit de plus en plus ahurissant. Des yeux, je devine par où file ce train de banquise. L'inquiétude m'étreint. Rodolphe arrive sur moi à toute allure, en proie lui aussi à l'angoisse. Comment allons-nous traverser ce front d'immeubles en formation ? Une boule me serre brusquement le ventre. Pourquoi ai-je peur ? Et d'un coup c'est le tilt ! J'ai demandé un signe. Mon ange vient de me répondre. Il joue avec finesse. Spontanément, c'est la peur que j'ai ressentie, au lieu de voir la magnificence du phénomène « à la fois incroyable et complètement naturel » qui se déroule sous nos yeux.

Pourquoi faut-il d'abord avoir peur au lieu de s'extasier devant la magnificence naturelle et extraordinaire du monde ? Comment puis-je recevoir un quelconque message si, à chaque fois, je meurs de trouille ? La bonne vieille crainte de passer l'arme à gauche est toujours aussi présente, tapie derrière nos moindres faits et gestes. C'est dur de vivre pleinement sa joie.

Nous approchons de la cassure, pour découvrir une zone de glace d'environ trente centimètres d'épaisseur sur plus de deux cents mètres de large, en train de se faire broyer entre les deux bords de vieille banquise qui se rapprochent. Nous longeons la crête en formation jusqu'à trouver un passage où les forces en présence se sont momentanément apaisées. La traversée des blocs nouvellement formés sur une dizaine de mètres est aléatoire. La glace fuit sous notre poids, s'enfonçant dans la mer. La sensation est extrêmement étrange... et le danger constant. Nous atteignons la jeune glace sans encombre. Il va maintenant falloir recommencer la même chose, mais de l'autre côté. C'est plus facile, la compression montant moins haut. Mais au moment où nous enjambons la faille, l'océan se remet à pétrir la banquise. Les craquements sont juste au-dessous de nous et des vibrations très impressionnantes nous secouent les carcasses. J'imagine un tremblement de terre ! Au cas où nous l'aurions oublié, Dame Nature nous rappelle que nous sommes dans une autre dimension.

Les heures s'écoulent, le terrain est redevenu agréable, le rythme régulier. Libérée de l'obligation de fixer le terrain comme un champ de mines, ma pensée bouillonne. Afin de canaliser ce flot d'idées, tout en gardant une énergie positive, je me lance dans un petit jeu intérieur. Prendre une lettre de l'alphabet par jour, passer le maximum de mots en revue et en choisir un, reflet de la journée, réelle ou virtuelle. De A à Z, je commence naturellement par le début : A comme Amour !

Jour 39

Nous franchissons le 85e degré. Encore cinq cent cinquante kilomètres avant le pôle, le quart du parcours Sibérie-Wardhunt. Les premières heures se passent comme les autres jours, avec les pieds gelés. Dès la sortie de la tente, nous posons nos godillots sur la banquise et déjà le froid se fait sentir. Le temps de plier le camp, la douleur est insupportable. Nous sautons en l'air, piétinons à toute vitesse, en espérant envoyer un peu de sang dans ces deux blocs insensibles que nous appelons « pieds ». Chaque jour, sitôt la tente emballée, nous partons bille en tête, sans réfléchir : il faut marcher ! Du coup, durant les deux premières heures, nous avançons le plus vite possible, quitte à transpirer, la priorité est au réchauffement des pieds. Nous ne nous arrêtons pas, ni pour boire ni pour manger, tant que la sensibilité n'est pas revenue au moins au niveau des talons. Ne disons rien des orteils, qui vont encore attendre une à deux heures avant d'être réchauffés. Parfois, les huit heures de marche suffisent à peine. Cependant, coup de chance : toujours pas de gelures. Le corps accepte de réchauffer sans cesse ces parties les plus périphériques ; il ne s'en débarrasse pas. Étonnant. On a mal mais ça ne gèle pas. Le froid nous aimerait-il en retour ? Non, nous ne pouvons pas délirer à ce point. Cela montre simplement que nous sommes bien adaptés aux conditions de vie du moment. Même si le matériel est défectueux, nos corps compensent et « font avec ». Symboliquement, nous ressentons vraiment ces douleurs comme un moyen de rester *les pieds sur terre.* C'est pourquoi nous avançons sans trop nous plaindre. Adaptation, encore et toujours.

Tolérer, comprendre et aimer sont les verbes directeurs de notre aventure.

Le terrain défile relativement vite aujourd'hui, les creux et les bosses semblent moins anguleux et prononcés, nous permettant de suivre un rythme constant. Le vent tombe, le soleil se dirige vers le nord, qu'il atteindra à minuit au ras de l'horizon pour remonter de suite vers l'est. Ça y est, il ne se couche plus, sa lumière illuminant le ciel sans arrêt !

Le soleil permanent est pour moi une des beautés naturelles à connaître un jour dans sa vie. Voir disparaître la nuit est complètement déroutant. Les repères s'évanouissent. L'astre ne se lève plus à l'est, ne se couche plus à l'ouest, il tourne sans discontinuer. Je prends conscience soudain que l'absence de nuit gomme en moi ce qui demeurait de mes terreurs nocturnes de l'enfance. Sous ce soleil, les démons s'envolent, les cauchemars disparaissent, laissant place à une éternelle luminosité. Mon inconscient a choisi le lieu idéal pour se faire bronzer. Le rusé ! Décidément, il est toujours derrière le moindre de mes actes. Heureusement, chaque jour, je dénoue peu à peu les fils qui me tiennent debout comme un automate. Les Aborigènes d'Australie me diraient que je commence à entrer dans la danse du rêve, les Tibétains que je me prépare à l'éveil, bref, que je prends de plus en plus conscience de ma somnolence permanente. Pinocchio marche vers l'humanisation !

Nous arrivons face à une fourche imposée par un mur de glace. À l'est, un monticule. À l'ouest, un grand plat. Rodolphe arrive à mon niveau, ne comprenant pas mon hésitation :

« Que fais-tu ?

— J'hésite. L'ouest semble évident, pourtant quelque chose m'attire vers l'est. C'est plus joli.

— Peut-être, mais là, il n'y a pas de doute : le plat est à gauche. On y va ?

— Si tu veux, mais je suis à peu près sûr que c'est le mauvais choix.

— Mais enfin, le terrain est dégagé sur plusieurs centaines de mètres ! Arrête un peu de te prendre la tête avec la beauté et accepte aussi la logique de temps en temps ! »

J'acquiesce et m'engage vers l'ouest, Rodolphe à côté de moi. Les trois cents premiers mètres se déroulent sur du velours, jusqu'à une petite crête facile à enjamber. Au sommet de ce petit monticule, la surprise est de taille. Un fleuve d'une cinquantaine de mètres de large aux abords fracturés s'étale devant nous. Seule solution, nous le longeons plein est, redescendant même vers le sud, poussés par les blocs. Nous bataillons quinze minutes et revenons franchement au sud, au milieu des charrias. Au sommet d'une crête, nous apercevons nos traces. Nous sommes revenus au point de départ. Sourire en coin, je regarde Rodolphe, qui secoue la tête :

« Message reçu, me dit-il. On marche à l'inspiration ! »

Nous repartons et je fixe chaque iceberg rencontré avec intensité afin de découvrir une forme cachée peut-être révélatrice d'une information. Je me rends compte, petit à petit, que les blocs m'inspirant joie et confiance sont tous sur notre route. Les autres plutôt tristes, noirs ou désagréables sont soigneusement évités. Nous sommes sur le chemin.

Nous retrouvons une banquise moins hachée, où le champ visuel se dilate et nous voyons au loin poindre trois icebergs de taille imposante. Situés légèrement à l'est de notre route, nous décidons de nous rapprocher d'eux, comme attirés par leur puissance. Nous les pensions à un petit kilomètre et voilà que plus nous nous approchons, plus les géants s'éloignent, prenant du même coup des formes impressionnantes. Je croyais trouver des blocs d'à peine dix mètres de haut, ils mesurent au bas mot trente mètres, sur deux cents de large et trois cents de long. Nous sommes éblouis et étonnés de trouver des icebergs de cette taille, si loin en mer. Ils ne sont pas formés par la banquise, mais par les glaciers continentaux qui se déversent dans l'océan. Sculptés par les vents et le soleil d'été, nous déduisons que ces mastodontes doivent dériver depuis plusieurs années. Nous nous en rapprochons jusqu'à une centaine de mètres et trouvons une banquise chahutée. En fait, ces géants, appelés icebergs tabulaires, comme tout glaçon, s'enfoncent des 7/9 sous l'eau. Le plus gros doit approximativement faire quarante mètres de haut, soit donc cent quarante mètres sous nos pieds. Ils se déplacent au gré des courants marins, pulvérisant le petit mètre d'épaisseur de banquise qui se presse autour d'eux – d'où le chahut ambiant. Hormis ce phénomène, ces monstres ne doivent pas être approchés, car ils fondent en permanence au contact de la mer, qui érode lentement leur base, ce qui modifie leur forme, et quand le point d'équilibre change, l'iceberg se retourne brusquement sur lui-même. Gare alors à ceux qui se trouveraient dans les parages !

Rodolphe, silencieux devant l'imposante présence de nos hôtes, murmure :

« Je sens qu'ils marquent la porte du pôle. Nous voilà vraiment dans le sanctuaire. »

L'heure du coucher arrive et nous rencontrons des voies d'eau regelées en lien direct avec les tabulaires. Nous décidons de passer ces cassures et de planter notre tente derrière, comme pour être bien sûr de dormir du bon côté du sillage, derrière les cerbères.

Jour 42

Ce matin, l'effervescence est à son comble, nous allons utiliser le téléphone Iridium peut-être pour la dernière fois. Un des dirigeants de la compagnie a annoncé la coupure du système mondial pour aujourd'hui. Cela dit, du fait des besoins vitaux de « certains utilisateurs », ils vont laisser des satellites ouverts pendant trois semaines encore. Le dernier bisou, le dernier mot d'amour sont-ils pour aujourd'hui ? J'allume l'appareil, les barres de réception s'inscrivent. Nous frétillons comme deux gamins. Je numérote, un téléphone sonne en France, Lycia décroche. Elle nous annonce la bonne nouvelle : nous faisons partie des zones encore couvertes dans le monde. Nous avons droit à vingt jours de rabe ! Hourra ! C'est la fête ! Pour célébrer ça, Rodolphe entame sa réserve de chocolat et m'offre un carré. Je suis touché. De l'autre côté du sans-fil, Lycia participe à notre joie, un goût amer dans la bouche. Je ne comprends pas pourquoi. Après quelques banalités, elle craque et s'effondre en pleurs. Elle est à bout et vide son sac. L'expédition la ronge. L'absence d'abord, mais surtout la pression due à son rôle de pivot entre tous les protagonistes de cette aventure. Elle vient de donner ses premiers cours de tai-chi, ce qui lui demande une concentration maximale quant à la mise en place et l'écoute de ses patients. Là-dessus, elle doit passer plusieurs coups de fil par jour entre l'attachée de presse, la maison de production, le site Internet, les sponsors... et puis régler sans arrêt une foule de détails qui lui dévorent l'existence. Le manque d'argent est certainement son plus grand grief. Les dépenses faites à ce jour ont eu raison de tout notre budget conjugal et la principale énigme est maintenant de savoir comment trouver l'argent suffisant pour continuer. Nous sommes en pourparlers avec une université parisienne qui, avant notre départ, m'avait promis son soutien financier. Visiblement, ils se font tirer l'oreille et Lycia n'en peut plus :

« Je n'imaginais pas du tout en arriver là, se lamente-t-elle. J'ai trente-six casquettes et jongle de sept heures du matin à minuit. Et la nuit, tu n'es même pas là pour me réconforter ! Je suis toute seule. Heureusement, j'ai émigré chez Mamette (sa grand-mère) ; elle s'occupe de moi. La pauvre, je rentre tellement énervée que je ne lui décoche pas un mot de toute la soirée. J'en ai marre, marre, marre ! »

J'en prends pour mon grade, une boule dans le ventre. Le carré de chocolat gentiment offert par mon pote reste coincé. J'écoute les doléances sans rien dire, assommé. Elle se calme et nous nous quittons froidement.

Et merde !

Nous rangeons le camp et partons. Mon harnais est mal mis, j'ai froid aux pieds, je transpire, tout m'énerve. Je ressasse en boucle la discussion ou plutôt le monologue. J'ai mal de tant de colère. Évidemment, je peste contre le traîneau qui se bloque, gueule après Steph' pour l'oubli de ces satanés skis et finalement hurle intérieurement après ma femme. Quelle chieuse ! Je lui retourne mentalement une à une toutes ses revendications. Une heure durant, je m'engueule virtuellement avec elle. Le terrain bosselé ne m'absorbe pas trop, me laissant mener mon match en silence. Soixante minutes chrono, avant que je comprenne que ses réprimandes ne sont pas à prendre au pied de la lettre. Il se cache quelque chose derrière. La situation dans laquelle elle se trouve entre tellement en résonance avec ses problèmes personnels, avec ses « kystes émotionnels », qu'elle n'a plus qu'un choix : comprendre ou exploser. Elle affronte son inconscient, mais ne le sait pas. Je ne suis que le bouc émissaire de ses douleurs passées, ravivées par la situation extrême que je lui fais vivre. Son manque de confiance en elle-même est flagrant, tout autant que sa solitude. Elle veut s'occuper de tout à la fois et y parvient, prouvant dans ses actes sa force de caractère. Cependant, elle ne se voit pas et attend un merci, un bravo qui n'arrivent jamais. Il y a de la peur de ne pas être aimée là-dessous. Du coup, elle se démène un peu plus et finit par se couper des autres, surchargée par le boulot. Au bout du compte, elle craque et déprime, puisque le seul feedback qu'elle reçoit fait référence à son incapacité de tout mener à la fois. Pourtant, elle assure, nom d'un chien ! À sa manière, elle aussi, elle *marche* vers elle-même.

La beauté du paysage me saute aux yeux. Derrière nous, les tabulaires s'éloignent. Je pose mon fardeau sur le chemin, le vide s'installe. De pas en pas, l'énergie environnante m'envahit. Elle coule en moi. Mon dos se relâche, mon corps se décrispe, mes pieds se réchauffent. Chaque cellule de mon corps se nourrit de cette manne providentielle. Un sourire monte, la joie revient.

Je me rappelle subitement l'expérience du professeur Elmer Gates, dans les années 1950. Il avait noté que les changements d'états mentaux modifiaient chimiquement la composition des secrétions du corps, notamment la transpiration et plus encore la respiration. Il faisait respirer ses patients dans des tubes réfrigérés à l'azote liquide, afin de liquéfier puis de récupérer la moindre particule gazeuse émise par l'organisme. Quand le cobaye humain était sans émotion, on récupérait au bout d'un certain temps un précipité blanc, neutre. Mais sitôt que la personne exprimait fortement un sentiment, le liquide se teintait et l'analyse spectro-chromatographique témoignait de la production de nouveaux composés organiques. Elmer Gates s'intéressait particulièrement à la colère et à la haine. Chaque fois qu'un de ces sujets fomentait sa rancœur, le savant observait, dans les cinq minutes qui suivaient, un liquide de coloration brunâtre, particulièrement riche en ptomaïnes, molécules hautement toxiques et cancérigènes. Ce liquide injecté à des souris les tuait à soixante-dix pour cent, ou les rendait rapidement malades. Inversement, quand les personnes nourrissaient de l'amour ou de la joie, le liquide se colorait en jaune citron. Injecté à des rats malades, il les guérissait. Expérience on ne peut plus simple et facile à renouveler (y a-t-il des candidats ?), qui vient confirmer de façon catégorique que nos émotions peuvent être thérapeutiques ou destructrices. On pense de suite aux autres dans cette histoire, alors qu'il suffit de se regarder soi-même. À chaque fois que je rentre en colère, je me fais mal au-delà de toute considération. Ma haine de l'autre nuit avant tout à moi-même. *A contrario*, en cultivant l'amour, la joie et une attitude heureuse, je me nourris intérieurement, je fortifie mon être, je renforce mon organisme.

Sûr de ma joie retrouvée, je porte mentalement mon attention sur Lycia. Cette fois, au lieu de la voir en colère, je l'imagine souriante, rayonnante. Je continue par un exercice amérindien de méditation adapté à la marche. J'essaie tout d'abord de fixer mes pas sur ma respiration, afin de faire rentrer en résonance l'ensemble de mon corps. Je visualise l'énergie de la terre montant en spirale autour de chaque jambe et celle du ciel descendant au travers de la couronne de ma tête. Je les laisse monter et descendre au gré de mes pas. Peu à peu, une densification énergétique se fait au niveau du *hara*, juste sous le nombril. Je m'appuie sur ce point central, de plus en plus dense, pour me redresser, joyeux de ma verticalité retrouvée.

Le traîneau butte sur les aspérités des blocs, freine, tire, comme s'il faisait tout son possible pour couper ma cadence.

Je m'ancre un peu plus dans mon ventre, m'accroche à cette source puissante, alimentant mes jambes qui gardent le rythme et passent l'obstacle. Je reviens à nouveau en moi, j'imagine une lumière rose sortant et m'entourant d'amour. Je marche, tel un métronome, une force vive me brûlant le cœur.

Je vois alors Lycia baignant dans le soleil printanier. Un rayon lumineux sort de ma poitrine vers la sienne. Elle est entourée de lumière, heureuse, les cheveux flottant au vent. Qu'elle est belle ! Je marche, l'esprit dédoublé. Une partie se concentre sur le terrain et l'autre sur le flot lumineux au bout duquel Lycia danse. Ma main brûlée me picote.

La banquise est de plus en plus plate, si j'ose dire, et notre progression s'en ressent. Hier, vingt-quatre kilomètres en huit heures de marche ! Nous battons chaque jour un record. Pourvu que ça dure ! Au téléphone, notre ami Cricket est plutôt serein, comparativement à la progression des expéditions qui nous précèdent. Depuis le 87e parallèle, ils sont sur un billard, à peine hachuré d'une crête tous les mille mètres. Un régal !

Déjà la dernière pause. Nous sommes étonnés de si peu de fatigue. La température est clémente, nous mangeons face au soleil. Pour la première fois, nous commençons à sentir une légère différence entre ombre et lumière, la chaleur des rayons solaires commençant à percer l'air froid. Nous sommes heureux. Le mot du jour : JOIE. Rodolphe rompt le silence par une de ces phrases dont il a le secret :

« J'aimerais bien voir un ours. Je n'ai plus peur. Je me sens bien ici. »

Jour 44

Nous rangeons le bivouac, laissant au sol un rond de neige tassée, seule trace de notre passage. J'aime cette vie du nomade qui, chaque jour, quitte un lieu où sa trace, le soir, sera effacée. Nous n'abandonnons rien derrière nous et surtout pas les poubelles. La nature reprend ses droits et nous la remercions chaque matin de nous avoir autorisés à séjourner ici ou là. Les traîneaux s'élancent derrière les bêtes de somme que nous sommes devenus.

Et puis... « jour blanc ». L'astre divin a disparu et une lumière blafarde noie la banquise. Nous apercevons les icebergs à vingt mètres mais, bizarrement, nous ne repérons pas les chaos devant nous. Si bien qu'à chaque pas il nous faut faire très attention à l'endroit où nous posons les pieds. Nous marchons jambes écartées pour augmenter notre équilibre, comme des hommes saouls. Nous avons perdu la troisième dimension et l'univers environnant se résume à un grand plancher blanc. C'est extrêmement déroutant. Très vite, l'envie de vomir nous oppresse. Il nous faut des repères. Rodolphe, derrière moi, s'oriente à partir de ma silhouette, de mon traîneau et des traces que je laisse sur le sol. Il peut ainsi se figurer les trois dimensions et visualise mieux les aléas du terrain. Mais moi, en tête, je bute, glisse, tombe à genoux, l'estomac dans la gorge. Les sons sont très étouffés et nous n'entendons que le crissement de la neige sous nos bottes. Une vraie bulle de ouate, où tous les sens sont en déroute. Je me concentre en permanence sur le cap à tenir. L'absence de soleil nous prive de notre guide le plus précieux et il faut trouver des artifices. Hier, en plantant la tente, j'avais pointé les skis plein nord et, ce matin, il m'a fallu repérer la direction du vent. Celle-ci n'ayant pas bougé de huit heures à midi et le baromètre restant stable, nous espérons qu'il ne tournera pas dans la journée. C'est très dur de museler sa raison, car sans cesse une petite voix vous retentit dans le crâne : « Pauvre fou, le vent a changé de direction et toi, tu tournes en rond ! » Du coup, je marche sans capuche afin de sentir le froid glacial du vent sur ma joue droite. Dès que je le ressens sur le nez ou sur l'oreille, je réoriente mes pas afin que l'air percute à nouveau ma pommette. Parfois, le flot de mes pensées me submerge. J'oublie de me concentrer sur notre guide éolien et automatiquement nous dévions. Une technique classique pour me concentrer est de fixer mon esprit sur une chanson. Aujourd'hui « Ma liberté », de Reggiani, remplace « Fais comme l'oiseau » de Fugain.

Les heures défilent, les arrêts se succèdent et la rengaine ne me lâche pas. Je la laisse tourner en boucle, comme un vieux disque inlassablement remis sur le phonographe. En même temps, mon esprit vagabonde sur les formes d'icebergs qui apparaissent derrière le flou vaporeux du brouillard. Je suis dans un musée aux innombrables statues, la cohue des visiteurs en moins. Une Vénus cristalline, un obélisque, un démon statufié, un iceberg aux multiples gargouilles ou simplement des sculptures d'avant-garde : il n'y a pas deux formes identiques. Certaines m'effraient, d'autres au contraire m'amusent, mais toutes me montrent à quel point la banquise vit. Dans cette ambiance feutrée, l'impression d'être à nouveau dans un lieu protégé se dégage de chaque élément du décor. Je suis conscient de la richesse que nous rencontrons. Elle nous conduit de la glace à la méditation – concentration et vie intérieure –, transcendant les difficultés du terrain et les souffrances.

Nous traversons une zone de vieille glace qui ressemble à une houle figée où bizarrement la neige n'a pas tenu. La glace vive accélère automatiquement la glisse des traîneaux qui nous semblent alors plus légers, et nous augmentons du même coup la cadence. Nous n'arrêtons pas de monter et descendre comme dans un manège. Cela ne dure pas, car la neige envahit soudain les creux et les traîneaux se bloquent. Je perds sans cesse l'équilibre, tantôt retenu par le frein neigeux, tantôt poussé par les surfaces de glace vive. Nous enchaînons sur la traversée d'un « champ de mines », où des blocs se dressent droit, en équilibre les uns sur les autres : un vrai château de cartes. Sans bruit, nous nous faufilons entre ces géants.

Toute la journée, nous avons traversé des zones tourmentées, encadrées par des fantômes. Nous sommes lessivés et heureux d'en finir. Ma montre indique 20 h 58 et, où que nous soyons, je *sais* que l'emplacement du camp se trouve à deux minutes de nous. Et c'est le cas, en effet : un bel espace dégagé et circulaire, programmé pour les voyageurs de l'Arctique !

Rodolphe quitte ses bottes dans l'abside et s'installe sous la tente pendant que je ramène la neige sur la bavette extérieure pour la fixer au sol. Je mets en place les traîneaux autour de l'entrée et m'assieds dessus, les yeux perdus dans le blanc laiteux. Un air monte de ma gorge, je l'offre à la banquise environnante. Hors du temps, la mélodie plane autour de moi, étouffée par la pesanteur ambiante. Rodolphe m'appelle et subitement je réintègre mon corps, froid et endolori, presque désagréable à vivre. Je ne sais pas où j'étais parti, mais là-bas, il faisait chaud, la lumière brillait de toute part et la musique baignait l'espace !

Je me redresse péniblement, me dirige fourbu vers l'entrée et m'engouffre dans l'abside. J'ai hâte de faire le point au GPS, afin de savoir si, oui ou non, nous sommes dans la bonne direction. L'engin électromagnétique parle et notre excitation monte : nous sommes dans le vrai et nous reportons les indications précises sur la carte. Vingt et un kilomètres parcourus, et nous sommes parfaitement dans l'axe. La joie transparaît sur nos visages et la faim, mise de côté momentanément par la curiosité, reprend le dessus.

Tout en dévorant notre pitance, nous reprenons la discussion laissée la veille. Nous parlons encore et toujours de nos femmes et, ce soir, Rodolphe s'enquiert des relations que nous avons pu avoir sur la banquise, il y a deux ans, avec Lycia. D'un air goguenard et entendu, il fait allusion à notre duvet biplace :

« Ça devait être bon d'avoir un sac de couchage commun. Mais dis-moi, par ce froid, tu faisais comment pour... assurer... avec elle ?

— Très simplement, mon frère : nous n'avons pas fait l'amour une seule fois ! J'ai pu le constater *in vivo* : le grand froid te coupe VRAIMENT toute envie – même quand une femme dont tu es follement amoureux dort contre toi ! Le soir nous nous serrions l'un contre l'autre, non pas sensuellement, mais le plus fortement possible, pour garder le maximum de chaleur.

— Je veux bien te croire. Depuis qu'on est partis, je n'ai jamais bandé une seule nuit, et dans mes rêves, pas la moindre pensée érotique. Aucun fantasme. Rien. Le calme plat.

— Oui, c'est dingue : au fond de ton slip, ce n'est plus un sexe que t'as, mais une bistouquette d'enfant, ratatinée par le froid. »

Grande rigolade. Je sens Rodolphe rassuré que je ne sois pas différent de lui. C'est vrai qu'en 1998 jamais Lycia et moi n'avons pensé une seconde à faire l'amour. Le froid, mais aussi l'engagement physique, les peurs latentes, l'enjeu nous enlevaient toute envie. En fait, tant que le milieu extérieur est perçu comme difficile, la sexualité se trouve reléguée au second plan. C'est le propre de la survie. On doit d'abord s'occuper des priorités avant de songer au plaisir ou à la reproduction.

« Pourtant, me lance Rodolphe, les Inuits baisent bien, non ? Il m'avait même semblé qu'ils étaient assez friands de la chose...

— Tu en feras certainement l'expérience en fin d'expédition : quand l'univers ambiant nous sera devenu vraiment familier, nous passerons en *mode de vie* polaire et non plus en *mode de survie.* À ce moment-là, je te parie que tes rêves érotiques te trotteront plus facilement dans la tête. Avec Lycia, ç'a été flagrant : si l'amour nous paraissait impossible pendant l'expédition, tout a changé une fois arrivés au pôle. Là, nous avons commencé à flirter comme des malades. Et si l'avion n'était pas arrivé cinq jours trop tôt, je pense que nous aurions tout bravé, le froid, la saleté, pour nous aimer comme des fous.

— Bon. On verra ça d'ici deux mois, mon pote ! »

Éclat de rire gargantuesque.

Ces discours m'influencent quoi que je puisse dire. Je suis tout chose quand j'appelle ma femme ce soir-là. Elle semblait remonter la pente depuis son fameux coup de gueule. J'espère la trouver en forme. Je fais le vide, je positive, tout en pianotant le numéro sur le combiné. Je pense à notre discussion précédente, un sourire me monte aux lèvres ; elle décroche. Flûte : triste et sans vie, elle m'explique sa déprime. Je me demande si je ne la préfère pas en colère. J'essaie de lui remonter le moral, lui expliquant que la manière de voir les choses fait toute la différence. Si elle dit : « Je veux être heureuse », il y a cent pour cent de chances qu'elle ne le soit jamais. Elle restera bloquée dans l'énergie du « Je veux ». Si par contre elle affirme : « Je peux être heureuse ou mieux, je *suis* heureuse », alors là, pas de problème : ça marche. Le verbe est créateur, chaque parole prononcée a une résonance particulière et un impact direct sur nos vies. Quand notre conscience est endormie, nous n'entrons pas réellement en contact avec les mots que nous employons et avec leur intention. Lycia m'écoute, moitié plaintive, moitié en colère. Elle en rajoute :

« N'importe comment, tout marche de travers. Je déprime et personne n'est là pour s'occuper de moi.

— Comme tu voudras ! Mais sache que derrière l'étiquette *dépression*, tu fuis tes responsabilités. Il est tellement plus facile de se juger malade que de dire stop consciemment. Arrête de t'occuper de l'expédition, si tu n'en peux plus. De toute façon, nous ne serons jamais des héros et tout le monde se fout des deux pingouins sur la glace.

— Mais alors à quoi sert de s'occuper de la maison de production, des radios, des journaux, du site et de tout le reste si tu n'y crois pas ? Il faut savoir ce que tu veux ! Car en disant cela, c'est toi qui t'enterres ! »

Elle va trop vite ! Moi, je mets des années à comprendre que la parole crée, et voilà que Lycia me démontre que, si je l'ai compris en théorie, je ne l'applique pas concrètement. Toujours ce bon vieux *marcher, parler, penser*. Je sais que je pense faux, elle me rappelle que je dois donc *marcher juste* dans mes actes. Merci, mon amour, d'appuyer là où ça fait mal ! Elle poursuit :

« Je comprends bien ce que tu me dis, Nano, mais c'est si dur de vivre sans toi, de ne pas être avec toi là-haut.

— Tu me manques aussi, mon amour, mais essaie de ne pas te couper de ta joie. Dis-toi bien qu'aussi difficiles puissent être tes journées, tu apprends en permanence à être réellement toi à condition d'arrêter de jouer le jeu du paraître. Rappelle-toi le message de l'Ange : "Je ne puis te rejoindre que dans la joie !" Il ne viendra pas nous chercher dans la morosité. À nous de nous redresser, de nous adapter à la vie. Elle ne changera pas. Refuser son énergie, lutter contre elle, c'est souffrir et nous préférons vivre ; alors de grâce : souris.

— Merci, mon amour. Au fait, j'allais oublier de t'annoncer la venue de Cricket, en principe dans deux jours. Il monte au pôle avec une poignée de touristes et devrait normalement vous rejoindre ensuite, afin de vous droper les skis. Vous allez enfin pouvoir avancer normalement. »

Comme quoi tout arrive !

Jour 46

Cricket nous confirme ce matin sa venue pour cet après-midi, accompagné de son groupe de touristes. Un voyage onéreux, mais symboliquement puissant, pour ces hommes désireux de fouler un jour dans leur vie l'axe de la planète. Je comprends on ne peut mieux ce désir d'atteindre le sommet du monde, où le soleil tourne continuellement à la même hauteur et les heures disparaissent.

Nous convenons de suivre le plus possible le 96e de longitude est, afin que l'hélicoptère nous repère. Après quatre heures d'effort, l'attention monte d'un cran. Nous entendons à nouveau l'abeille bourdonner. Les skis arrivent ! L'hélico survole l'océan à quelques dizaines de mètres de hauteur, sur le 96e. Légèrement décalés du trait imaginaire par la dérive, ils ne nous voient pas, passant un petit kilomètre à l'ouest, malgré nos ronds de bras. Nous continuons plein nord espérant leur retour. Un quart d'heure plus tard, les revoilà. La joie gonfle en nous et aussitôt nous battons des deux bras. Cette fois ils nous repèrent et l'engin pique sur nous. Il nous tourne autour, levant un nuage de poussière glacée qui nous recouvre instantanément. Finalement, il se pose sur un plat entre les arêtes de glace. Les rotors tournent toujours quand nous arrivons sur l'aire d'atterrissage, encore tout blancs. Une silhouette longiligne sort du ventre de l'animal et s'approche. Nous tombons dans les bras de Cricket, heureux de le revoir après toutes ces péripéties. Il est suivi par l'équipe de touristes dont l'organisateur n'est autre que mon ami, Monsieur P., donateur de l'expédition. Nous lui serrons vivement la main, le remerciant de sa visite. C'est en partie grâce à lui que nous sommes là. J'aimerais lui dire plus chaleureusement merci pour le cadeau inestimable qu'il nous a fait en nous offrant son aide, mais plusieurs facteurs m'empêchent de parler : ses collègues tout autour de nous, le cameraman qui filme nos moindres faits et gestes et le froid qui visiblement le paralyse. Il me demande d'ailleurs plusieurs fois, tout en claquant des dents, si je n'ai pas froid. Cricket nous tend un thé et s'exclame :

« Vous avez vraiment bonne mine ! C'est la première fois en dix ans de suivi d'expédition que je vois des gueules aussi peu marquées. Vous n'avez pas une seule gelure ! C'est incroyable !

— Notre nourriture saturée en huile y est pour beaucoup. La graisse se dépose sous la peau, nous protégeant du froid, un peu comme les phoques et les ours.

— Je me rappelle que Jean-Louis Étienne avait fait des tests physiologiques après son pôle Nord en 1986 et son corps fonctionnait effectivement comme celui d'un animal.

— Exactement, nous nous recouvrons d'une fine pellicule de graisse dans un premier temps, et dans un second notre température corporelle chute autour de 35,5 °C. À notre insu, nous nous adaptons ! »

Deux hommes arrivent avec nos paires de skis. Nous allons enfin pouvoir avancer normalement. Les pilotes nous font signe, les pales vrombissent dans l'air et après quelques accolades la nuée de doudounes bleues s'engouffre dans l'appareil. Cricket reste encore avec nous, le temps de nous faire un briefing complet sur l'état de la glace qu'il vient de survoler en descendant. L'abeille s'impatiente, nous nous étreignons une dernière fois et les voilà partis. Nous chaussons les skis, excités, et attaquons nos premiers pas de canard. L'hélico nous frôle, une porte ouverte ; ils filment. Une vraie séquence de cinéma : en plan large, deux fourmis arpentant l'infiniment blanc.

Nous skions deux heures avant la pause où nous nous délectons d'une pomme à moitié confite ; un vrai délice. Nous repartons, le moral au beau fixe. Petite bévue dans la béatitude ambiante : la peau de phoque de mon ski droit flotte, décrochée sur toute la longueur :

« Quel déconneur, ce Cricket ! lance Rodolphe la bouille fendue en deux.

— Ouais ! Nous sommes quittes pour tout passer en revue dès ce soir. »

Je finis la journée à pied, retrouvant les « joies » des accumulations de neige, sous les railleries de mon copain.

Jour 49

Rodolphe est exaucé. Un jeune ours rôde devant la tente depuis dix minutes. Nous l'observons à moitié réveillés. Il a surgi, alors que je prenais de la neige dehors pour alimenter la gamelle en eau. Il est de petite taille et dépend encore certainement de sa mère, mais nous ne la voyons pas. Il s'avance à pas feutrés, se redresse, hume le vent et se roule à l'occasion dans la neige. Nous le regardons avec délice. Une confiance réciproque nous invite à ne pas prendre l'arme. Sommes-nous en train de passer de l'acceptation à l'amour ?

Nous démontons le camp, l'ourson ayant rejoint sa mère, ils s'éloignent plein est, deux taches jaunâtres, oscillant sur l'horizon. Nous sommes heureux, les pieds se réchauffent en quelques minutes avec le port des skis. Toutefois, nous espérons qu'aujourd'hui les peluches autocollantes vont tenir le coup car, depuis leur livraison, elles se décollent tous les jours et c'est Bibi qui marche à pied. Nous en avons vissé deux sur quatre ce matin, alors gare aux autres, surtout que nous passons à dix heures de marche journalières !

À mi-chemin, nous franchissons un hummoc qui nous oblige à quitter les harnais afin de faire passer les traîneaux un par un, comme dans le bon vieux temps où, tous les cent mètres, une telle réjouissance nous attendait. Cette fois, cette cassure symbolise le 87ᵉ parallèle nord. Plus que trois degrés – trois cent trente kilomètres avant le pôle. Nous savons qu'Ola, le Suédois, y est arrivé sans encombre après avoir perdu son compatriote Göran, rapatrié suite à sa gelure à la main. Bravo !

À la fin de la journée, le soleil, qui gagne un tiers de degré par jour, reste haut dans l'azur, éclairant le terrain d'une lumière jaune, douce et chaude, qui nous requinque les dernières heures de marche. Je récite calmement un mantra, inventé pour l'occasion.

La beauté nous entoure,
La beauté nous remplit,
La beauté nous guide,
Nous sommes la beauté.

Au détour d'un amoncellement, nous tombons sur une immense polynie en cours de gel. Elle fuit nord-ouest. Cinq cents mètres de large, coupée en son centre par une bande d'eau libre. Où est le *beau* ? La logique demande de suivre l'ouest, Rodolphe m'invite à prendre à l'est, un iceberg planté au milieu du chenal l'appelle. Nous y allons. Derrière le bloc de glace, les berges se resserrent laissant une glace d'à peine cinq centimètres recouvrir la voie d'eau. Des plaques grandes comme des terrains de football se sont montées dessus ; ça bouge ! Nous nous engageons sur cette glace si fine, si translucide, qu'elle devient noire sous nos skis. Elle ploie sous notre poids. Je transpire, osant à peine respirer. La peau de mon ski droit se détache subitement, restant tendue entre la spatule et une vis plantée à l'arrière de la semelle. Les appuis deviennent on ne peut plus précaires. Sur les dix derniers mètres, j'accélère, la glace ondulant fortement. Je ne me suis jamais senti aussi léger.

L'heure du coup de fil arrive avec toujours la même appréhension : le téléphone va-t-il encore fonctionner ? Lycia décroche. Entendre sa voix me fait un bien fou. Je débute notre conversation par une avalanche de questions : As-tu contacté Cricket pour le pôle ? Où en es-tu de la préparation de nos nouvelles rations ? As-tu pu joindre Alain Hubert ? Comment va le site ? Thierry est-il toujours d'accord pour le film ? L'attachée de presse est-elle en train de pondre un texte comme prévu ? Etc. Lycia répond en automate et d'un coup explose :

« Tu crois que je n'ai que cela à faire ? Avant de savoir comment vont les autres, tu pourrais au moins me demander si je vais bien, comment se passe ma vie ici. Je ne suis bonne qu'à transmettre tes ordres ? »

Surpris et gêné, je ne sais que répondre. Je bredouille un vague « excuse-moi » tandis qu'elle continue :

« J'ai travaillé tout mon dimanche sur le site, reçu dix-sept coups de fil et préparé les rations avec ta mère. Je n'ai absolument rien fait pour moi et la seule chose que tu trouves à me dire, c'est me poser des dizaines de questions sur le moral des autres. Tu exagères ! »

Je réponds par de nouvelles petites phrases d'excuses et de nouvelles questions. Inconsciemment, je cherche à me rassurer et avoir le dernier mot, comme trop souvent dans nos discussions. Elle me le fait remarquer :

« Puisque tu ne veux rien entendre, inutile de continuer. »

Et elle raccroche, me laissant face à un bip-bip pour le moins angoissant. Je rappelle de suite, plus calme. Lycia souffre. Elle décroche et déballe une fois de plus son sac, excédée :

« Tu m'en demandes toujours plus, il n'y en a que pour l'expédition ; tu ne te soucies pas de moi. Je suis allée à La Réunion et jamais tu ne m'as demandé comment ça s'était passé. Je me démène jour et nuit et jamais tu n'as un mot pour moi, cela te semble normal. Je suis devenue le directeur de course à tes yeux. Tu me manques terriblement... Tu pourrais au moins appeler ta femme de temps en temps...

— Tu as raison. Je ne me rends pas compte de ta situation. Pour moi la vie est tellement différente, je suis sur une autre planète. Je pense à ma femme continuellement et pourtant, au téléphone, comme ce soir, une fois que je te parle, l'expédition prend le dessus. Tu es tellement impliquée dedans, endossant plusieurs casquettes, que celle de l'épouse passe au second plan. Nous ne sommes pas en phase. Au début de l'expédition, quand tout allait mal, je cherchais ma femme dans les appels et non le manager qui nous poussait à aller plus vite. Aujourd'hui, c'est l'inverse.

— C'est bien dommage. Je me sens complètement abandonnée, ici. Si au moins nous n'étions pas à l'arrache financièrement ! Mais comme toujours tu n'as pas voulu m'écouter. Tu n'en as fait qu'à ta tête...

— J'endosse toutes les fautes liées à l'expédition. Je l'ai créée de toutes pièces. Par contre, jamais je ne t'ai demandé de t'investir autant. Tu as choisi cette fonction de chef des opérations arrière et tu l'assumes à merveille. Je comprends très bien ta solitude, tu as le rôle le plus ingrat. En même temps, c'est cette place centrale qui t'aide à te dépasser. C'est important. Cependant, je te promets de changer de comportement téléphonique. »

Soudain elle demande l'heure, elle a un rendez-vous dans trois minutes. Nous raccrochons précipitamment, avec le désir de poursuivre cette discussion.

Dans la foulée, j'appelle mes parents et tombe sur mon père, qui sans détour me parle directement de Lycia. Elle travaille au club, donne ses cours de gym, passe sa journée au téléphone pour finalement rentrer tard le soir dormir chez sa grand-mère. Toute la journée, les gens qu'elle croise lui parlent de nous, mais jamais d'elle. Elle disparaît complètement derrière l'expédition. Une distance tacite s'est installée entre elle et les amis, les proches. Du coup elle stresse et fortifie dans le même temps ce mur d'incompréhension.

« Tu sais, Arnaud, finalement elle va avoir passé cent jours seule, sans personne pour l'écouter vraiment, sans personne à qui parler. Si en plus toi tu t'y mets, elle va exploser. Elle a besoin de ton soutien. Vous êtes dans la même galère. Et puis Lycia est en train de prendre une aura, une envergure importante. Elle change littéralement. Finie la petite fille timide et réservée, et cette transformation déstabilise certainement beaucoup.

— Merci de me donner une vision concrète, papa. Je n'ai absolument aucune notion de tout ça, sinon que je suis persuadé, malgré tout, que cette expédition est une révélation pour elle. Elle apprend qui elle est. Un test grandeur nature. C'est difficile, mais elle doit passer par là pour se connaître. »

Nous tombons d'accord. Je suis heureux.

Jour 52

« Jour blanc », soixante-dix kilomètres-heure de vent d'ouest, la tempête fait rage. Inutile de partir, on ne voit pas à dix mètres. Nous restons passifs dans nos sacs de couchage, l'igloo de toile jaune jouant un interminable ronron sous les coups de boutoir du vent. Tout en somnolant, je compare ma vie polaire et celle de Dieulefit. Ici, tout est plus calme, mon esprit est reposé, mille idées ne surgissent pas en même temps. Je prends le temps de faire chaque chose consciencieusement. À n'en pas douter, je me préfère au milieu du désert arctique, à dialoguer avec la nature, plutôt que perdu au cœur de la jungle urbaine, à discuter avec les immeubles.

À l'évocation de la ville, un flash me traverse l'esprit. Je me revois dans le métro, station Père-Lachaise, assis à attendre la rame en compagnie de Florent, mon cousin (danseur professionnel). Nous discutons de l'expédition, encore à l'état de projet, et je regarde les gens qui, comme nous, attendent de rentrer dans leur foyer. Je me sens avec eux, inscrit à l'intérieur d'un gigantesque rouage, d'une machine infernale qui nous entraîne inexorablement selon un chemin tracé à l'avance, que certains ont nommé avant moi : la destinée. *Métro, boulot, dodo.* Je regarde Florent en lui expliquant mon angoisse ; celle de finalement rester là, loin de nos rêves. Un sourire au coin des lèvres, il m'explique :

« Moi aussi, je suis passé par là. Regarde, la danse est un boulot en marge où tu ne gagnes pas un radis, mais tu le fais avec passion car elle te donne un sentiment profond d'exister, d'être toi. C'est une expérience unique, qui me permet d'échapper au train-train car, chaque matin, mes rêves sont au bout du métro. Je les vis pleinement, et quand je croise la routine de monsieur Tout-le-Monde, j'ai parfois peur de les perdre, peur qu'ils ne se concrétisent plus. C'est humain et je pense qu'aussi dure soit la société, elle nous aide à garder la tête froide, nous ne sommes pas mieux qu'eux, seulement nous, nous croyons à nos rêves. Je dirais même qu'ils nous aident, qu'ils nous stimulent pour marcher vers l'impensable réalité, vers nous-même. Merci, tout le monde !

Le rêve est aujourd'hui réalité, le métro n'est plus qu'un songe et pourtant dans quelques semaines il se pourrait bien que je m'y retrouve, direction place de l'Étoile. C'est chouette la vie !

Petit déjeuner englouti, avides d'informations et de contacts avec l'extérieur, nous rappelons la France. Changement total d'atmosphère. Lycia est heureuse, elle vient de nous voir à la télévision. Cinq minutes d'images retraçant le départ de Russie. Elle a reçu plein de coups de fil d'amis divers, enthousiasmés par les nouvelles et surtout par les premières images. Elle est très touchée par deux petites phrases d'amour la concernant, écrites à la hâte au moment de partir du cap. Je suis heureux de la sentir détendue. Face à toutes ces bonnes nouvelles, Rodolphe me tanne pour récupérer l'appareil et appeler sa douce à lui. Promiscuité oblige, je m'empare du walkman, m'allonge sur mon duvet et monte le son. Cesaria Evora envahit subitement toute ma tête. Me voilà accoudé dans un bar du Cap-Vert, des couples dansant autour de moi ; je sirote un punch coco. Idyllique !

Entre chaque chanson, j'ouvre un œil, vérifiant que mon camarade de chambrée est toujours pendu au téléphone. Il raccroche et appelle la maison familiale, où son père reçoit en ce moment oncles et tantes. La conversation a l'air chaleureuse. Ils sont tous heureux de notre passage à la télé. Ils auraient aimé que ça dure plus longtemps, pour voir un peu plus Rodolphe. Nous leur promettons une cassette tirée directement des rushes. Rodolphe finit la discussion sourire aux lèvres.

Lycia est heureuse. Cela me suffit amplement. Nous discutons avec Rodolphe de ma situation de couple. Il voit les choses de la même manière que moi. Lycia est le chef d'orchestre de l'expédition et elle assume pour l'instant plus qu'honorablement sa part de travail. Ce n'est pas facile tous les jours, mais elle vit une aventure passionnante à nos yeux, même si nous sommes à mille lieux de sa réalité, de son point de vue. Mon camarade me fait remarquer que si, dans ses paroles, elle me crache au visage mon égoïsme, dans ses actes, elle me montre combien elle m'aime.

Je prends conscience qu'en partant, loin de l'abandonner, je lui permets de se retrouver, de se rencontrer. En la plaçant au cœur de ses conflits, je ne pouvais lui faire de meilleur cadeau. Certes, elle en bave et aurait préféré éviter cela. Mais si nous ne bougeons pas, si nous ne nous mettons pas en *marche* consciemment vers qui nous sommes vraiment, un jour une bombe nous pète à la gueule : un cancer, une saloperie, une « mal a dit ». Tout simplement une manière biologique de dire stop.

Si consciemment elle se cache la vérité, dans ses actes elle avance et cela n'a pas de prix. Le chef d'orchestre joue de la baguette, les bourricots tirent leur charge. Ainsi soit-il !

Lycia

C'est le trou noir. La déprime me gagne. Rien ne tourne rond. À peine le temps de manger à midi qu'il est déjà 13 heures. Je m'allonge pour une sieste et cinq coups de téléphone m'en arrachent, tans pis pour le repos. Je repars au Club Méditerranée travailler, une boule d'angoisse nouée dans le ventre. Arrivée là, je dois faire peau neuve et endosser mon habit de professeur de tai-chi, sereine, serviable, écouter et conseiller les gens.

Le tai-chi fini, j'enchaîne par les cours de gym et de stretching jusqu'à 21 heures. Du bruit, du monde, des sollicitations diverses ; je suis au centre de la tourmente. Je passe sur les « Comment vont-ils ? », « Ce n'est pas gentil de laisser sa femme ! » et autres petites phrases entendues à longueur de journée.

Terminé, je fonce sur l'ordinateur vérifier les e-mails, écouter la dizaine de messages du portable et répondre à tout le monde. 22 h 30, je rentre enfin chez ma grand-mère, le souper m'attend, je suis exténuée. Elle ne pose pas de questions et continue à vaquer à ses occupations, tout en m'apportant, mine de rien, plats et victuailles. Le repas englouti, il me reste enfin le coup de fil de la journée, celui que j'attends depuis ce matin, l'appel d'Arnaud. Je prépare les feuilles griffonnées dans la journée, remplies de questions diverses, d'anecdotes des uns et des autres. L'horloge carillonne 23 h 30, il est en retard. Je serre les dents, pensant immédiatement à Iridium. Et si la compagnie avait coupé les communications ce soir ? Lui ai-je tout dit ? L'angoisse monte. Ma grand-mère monte se coucher, je reste seule. Seule, comme dans cette épuisante journée au milieu du brouhaha humain. Arnaud marche pour lui, travaille sur lui ;

comme il a raison de s'évader d'ici ! Je pensais à tort m'ennuyer pendant son absence et qu'assurer la base arrière me permettrait de faire quelque chose en rapport avec l'expédition. Jamais je n'aurais cru devoir donner autant.

Le téléphone sonne, mon mari est enfin au rendez-vous. Un poids tombe, aussitôt repris par une jalousie tacite. Je lui en veux d'avoir osé me laisser dans cette boue infâme. Je m'y noie. À son habitude, il me questionne sur mille et un détails et je le prends mal. Pourquoi ne s'intéresse-t-il pas d'abord à moi ? Je lui explique ma vie ici, ma solitude, la course minutée, mais en vain, il reste de glace, fondu dans son univers blanc. Il me parle, mais je ne comprends rien. Ce n'est pas de philosophie que j'ai besoin, c'est de temps, de calme, de sommeil, de tendresse, rien de plus. Il enchaîne sur Cricket, le ravitaillement du pôle, j'écoute, je note, je bous et... j'explose ! Je déballe mon sac pêle-mêle, pleurant, criant, jurant tout à la fois. Je suis en rage.

Tout de suite, un sentiment violent de culpabilité m'étreint. Arnaud essaie à sa manière de me parler, je le sens triste et penaud. Je l'écoute d'une oreille, l'autre tournée en moi-même entend mes autocritiques. Il le sent et m'invite à arrêter de me flageller. Mais pour qui il se prend ? Je ne me flagellerais pas s'il ne m'avait pas embarquée dans sa galère d'expédition, de fric, de médias. Espèce d'égoïste ! La colère reprend de plus belle.

Le temps s'épuise, nous devons raccrocher. Je me retrouve à nouveau seule, plus douloureuse que jamais, des lambeaux de haine jonchant le parquet. Je pleure en montant me coucher.

En boule dans mon lit, le poids des couvertures, l'odeur spéciale de chez Mamette me rappellent mon enfance et me calment. Je m'allonge et ressasse cette conversation. Je sais que j'ai raison, je sais que lui aussi, mais je n'arrive pas à parler, la colère me submerge. C'est certainement ça, une dépression.

Je repense à la conversation, écoutant à rebours les conseils de mon mari. Je sens son amour à l'intérieur de chaque phrase. Comme il serait simple qu'il me le dise plus franchement, j'en ai tellement besoin. Une nouvelle vague d'angoisse revient : et si Iridium coupait demain ? Nous resterions sur cette altercation, gardant en mémoire seulement la colère et l'incompréhension de l'autre. Ne sommes-nous pas complètement fous d'oublier de nous dire *je t'aime* ?

Je m'endors finalement, les dents serrées, blottie sous la couverture, en pensant à l'homme que j'aime, tout en redoutant les cauchemars, inévitables depuis quelques jours.

En effet, les événements polaires me font revivre une blessure passée, que je pensais cicatrisée. Les anciennes douleurs remontent à la surface de ma conscience et je ne peux pas y échapper. Je revis pour la énième fois les scènes qui me torturent depuis des années, cauchemars insoupçonnés de tous. Jusqu'à présent, je n'ai jamais pu en parler, tellement le souvenir en est douloureux. J'aimerais fuir l'abîme, oublié de beaucoup, qui s'ouvre devant moi : l'accident, il y a sept ans, de Laurent mon ami.

Je revois mon père arriver à l'école de danse à Cannes. Départ précipité avec pour seul indice : « Laurent a eu un accident de voiture cette nuit en rentrant de discothèque. Il a été héliporté et il a très mal aux genoux. »

Direction Sainte-Marguerite, centre hospitalier de Marseille. Je me doute que c'est bien plus grave qu'un genou fracturé, vu les moyens de transport d'urgence mis en œuvre, et je ne peux m'empêcher de penser au pire. J'imagine les mille et un tonneaux de la voiture dans la nuit. Les trois heures de route sont interminables. À l'approche du centre hospitalier, je me sens entrer dans un nouveau monde, où je sais qu'il va falloir être forte. Je n'ai pas le droit de flancher. Pour la première fois de ma vie, je traverse les couloirs interminables d'un hôpital dont l'ambiance morbide me glace les os. Comme un automate, j'avance, les jambes en coton.

Service de réanimation. Le néant continue. La porte est verrouillée mais une fenêtre permet de voir l'intérieur. Une véritable fourmilière avec des gens qui grouillent dans tous les sens. Une personne s'approche de la porte, l'ouvre en grand, laissant passer un corps inerte, allongé sur un lit étroit, recouvert d'un drap blanc lui cachant le visage. Personne ne parle, mon père est aussi blanc que le linceul, le regard fixé sur le carrelage froid.

Une minuscule salle sombre avec quelques chaises est ouverte. Elle sert de lieu d'attente, mais attendre quoi, qui, et dans quel état ? Un cendrier dégueule de vieux mégots dans lequel je lis le stress de chaque personne torturée dans ces sinistres locaux. Quand et comment allons-nous sortir de là ? Je comprends que ma vie bascule dans une réalité que mon enfance m'avait cachée.

Un jeune médecin s'approche de nous, demandant à parler à la famille. Nous insistons pour connaître la vérité : comment se porte-t-il ? « Secret professionnel. » Je ne comprends pas ce langage, je veux juste savoir s'il est vivant ou s'il est mort. J'insiste, sincère. Son regard se transforme, il me fixe dans les yeux et me déballe tout. Je perçois quelques mots : traumatisme, fractures, genoux et surtout lésion cervicale. Je ne comprends rien ou, du moins, refuse de comprendre... Il me propose une visite. Peut-être a-t-il peur qu'il meure d'un instant à l'autre ? J'acquiesce et enfile la tenue de cosmonaute, tout en écoutant vaguement ses recommandations. Le sas franchi, je me retourne et fixe mon père au travers du hublot. D'un sourire, je lui fais comprendre que je vais bien ; qu'il n'a rien à craindre pour moi : je ferai de mon mieux. Je continue dans le couloir aseptisé et aperçois Laurent étalé, nu, les paupières collées par du sparadrap, le visage encore couvert de croûtes de sang. Je m'approche et lui parle longuement comme s'il m'entendait. J'essaie de me mettre dans sa peau et le rassure en lui expliquant où il est et pourquoi. Je lui décris la salle et le personnel. J'ai la certitude qu'il m'écoute. Parfois, j'aperçois le visage de l'infirmière vérifiant si tout va bien. La hantise que le « bip-bip » de l'oscilloscope, témoin du cœur, s'arrête m'oppresse. N'en pouvant plus, je pars en lui promettant d'être là, quoi qu'il arrive.

À Dieulefit, le médecin de famille nous vient en aide en appelant l'hôpital. Seule avec lui, je suis la conversation téléphonique à travers son regard qui se ferme. Tétraplégie au mieux, ou décès dans les quinze jours. Certes, Laurent n'est peut-être pas l'homme de ma vie, mais je ne me sens pas le droit de le laisser seul. Je me dois de l'aider ! Peut-être m'en voudra-t-il un jour d'un tel acharnement ?

Abattue, je rentre chez moi, où la peine de tous se répand. J'apprends qu'il était avec Stéphane, l'ami de ma sœur. À 4 heures du matin, la fatigue et la fête n'ont pas pardonné. Je pars voir Stéphane à l'hôpital de Montélimar ; mes proches me recommandent :

« Surtout, ne lui dis pas dans quel état est Laurent. Protège-le. »

La vérité commence à glisser dans l'ombre.

Retour à Marseille, où les premières visites sont de l'ordre de l'intolérable. La moelle épinière atteinte, Laurent se bat, aidé par des machines. Ses vingt ans et mon espoir prennent les rênes et nous guident dans une lutte permanente : survivre. Sa période de coma laisse peu de chances. Les visites de la famille, des amis, des copains se ralentissent, et je reste seule constante à son chevet. Chacun se protège et je lutte en première ligne. Tous les matins, les médecins me donnent le bilan de santé. Salle sombre et minuscule, sans fenêtre, un bureau, trois chaises. Deux hommes en blanc me commentent les détails sans détour, assurés que, du haut de mes dix-huit ans, je suis capable de supporter cela. Inhumains. Je suis seule, toujours plus seule.

Un jour, sans crier garde, l'étau se relâche, il sort du coma et réapprend la vie. Mes visites quotidiennes le découvrent chaque jour un peu mieux, en progrès. Je revis souvent la scène où pour la première fois, après de nombreuses heures d'entraînement, il réussit à porter son verre seul jusqu'à sa bouche. Des larmes coulent sur nos joues comme deux gamins. Son moral parfois s'effondre et je l'aide comme je peux en essayant de comprendre l'intolérable sensation de se retrouver cloué dans un lit. Malgré tout, jamais je ne me lamente sur son sort, jamais je ne montre un signe de pitié. Je le laisse faire seul, et s'il n'y arrive pas je l'encourage : « Tu y arriveras demain ! »

Des jours passent, des semaines, puis des mois, en centre de rééducation. Arrive le jour fatidique du retour chez lui. Tout est à rebâtir, sur les ruines d'une vie. Petit à petit, chacun de nous retrouvant son autonomie, nos chemins se séparent. Mes études m'appellent et lui se doit de faire table rase de son vécu antérieur à l'accident.

Vues d'aujourd'hui, toutes ces années me laissent un goût amer. Dans le malheur, les caractères se révèlent. Il y a les responsables, les fuyants, les bienveillants, les hypocrites, les incapables, et la cohorte des indifférents ! L'homme dans sa grandeur et dans sa laideur. On protège les uns, on accuse les autres sans jamais penser à respecter l'essentiel : la vérité. Dans cette triste histoire, elle a été maquillée, maculée et enfouie : il est plus facile de se taire et d'oublier. Je ne juge personne, sinon moi-même de ne pas avoir respecté le droit à la parole. Toutes les vérités sont bonnes à dire.

Vie de couple

En pensant à Laurent, je me demande souvent pourquoi sa vie l'a conduit à un fauteuil roulant ? Sogyal Rinpoché affirme dans son *Livre tibétain de la vie et de la mort*[1], que rien n'arrive par hasard, qu'il y a un sens profond dans chaque acte. Mais certains sont plus difficiles à supporter que d'autres. Chaque expérience porte en elle sa leçon. Malgré l'effroyable accident, je garde en moi des moments de partage d'une intensité inégalée, et je l'en remercie en lui souhaitant de trouver son bonheur.

Je réintègre le quotidien. Un puissant désir de vivre monte de mon ventre et balaie toutes ces noirceurs passées, avec la fougue joviale du présent. Je suis ici, et maintenant. Demain, peut-être morte, je n'aurai plus la chance de me réjouir. Si Laurent m'a appris quelque chose, c'est justement cela : en profiter. Je pleure de plus belle, mais ces larmes sont de joie, tel un hymne à la vie.

1. *Op. cit.*

6

Entre terre et ciel : l'amour

> J'ai toujours aimé le désert. On s'assoit sur une dune de sable. On ne voit rien. On n'entend rien. Et cependant quelque chose rayonne en silence...
>
> SAINT-EXUPÉRY

Jour 54

Nous marchons depuis quelques heures déjà. Une partie de moi suit la beauté, une autre marche, concentrée, et une troisième réfléchit aux humains laissés là-bas, sur une autre planète. « *The last frontier* », disent les Canadiens en parlant des territoires vierges du Nord : comme ils ont raison ! Mes proches, Dieulefit, tout cela est tellement loin, dans un univers et une ambiance si différents. Je les regarde vivre au travers du télescope de ma conscience.

Comme ils sont beaux ces humains et, pourtant, comme je les fuis ! Depuis ma plus tendre enfance, j'ai toujours essayé de m'arracher à la société. La première carte postale que j'ai envoyée de ma vie montrait un chien couché dans un décor montagneux avec ces mots : « Que l'on est bien loin des hommes ! » Ce fut ma phrase fétiche de sept à quatorze ans. Puis, je suis passé au classique : « L'enfer, c'est les autres », de Sartre, pour aboutir, à vingt et un ans, à : « Il faut vivre comme l'on pense, sinon on finit par penser comme l'on vit »... qui ouvre tout de même la perspective !

Tout le monde veut vivre ses rêves mais nous en donnons-nous la peine ? Il est tellement plus facile de rester empêtré dans son quotidien, à marmonner : « Je n'ai pas choisi, je n'ai pas eu de chance. » Au début de mes expéditions, mes amis me prenaient pour un fou, un illuminé. Aujourd'hui, les mêmes me répètent souvent : « Pour toi, ç'a été facile », oubliant l'investissement de la totalité de mes biens et de ma vie. Vouloir tout miser et le faire n'est visiblement pas donné à tout le monde. C'est pourtant un entraînement raisonnable : qu'emporte-t-on avec soi le jour de sa mort ? RIEN ! On laisse tout. Dès lors, pourquoi accumuler au lieu de vivre ? Cela ne veut pas dire qu'on ne doive rien posséder, mais plutôt qu'il ne sert à rien d'amasser. L'argent est une énergie, on peut faire en sorte d'en disposer en plus ou moins grande quantité, mais toujours dans le but de le dépenser, de s'en servir. Un excès d'énergie inutilisée entraîne directement une maladie pour n'importe quel organisme. L'énergie est faite pour circuler. L'argent est seulement un outil utile pour accomplir ses rêves – l'essentiel est d'avoir des rêves, et l'envie de les mettre en œuvre !

L'envie est le moteur premier de l'homme. Il fait partie des cinq émotions naturelles et primaires : la peur, la colère, la joie, l'envie et la tristesse. C'est l'émotion qui donne la force au petit enfant de marcher, pour aller voir ce qui se passe ailleurs, pour attraper ceci ou cela. En grandissant, l'envie nous aide à assumer nos choix, à ne faire que ce que nous désirons. Peu importe que nous soyons pauvres, que notre voiture ait quinze ans, que notre maison ne soit qu'un modeste studio, si nous vivons totalement l'être que nous sommes. Si l'envie a réussi à nous donner les moyens de faire ce qui nous plaît, alors, à la fin de notre vie, nous la bénirons car nous aurons accompli ce pour quoi nous sommes venus sur terre. Sinon, toujours sous le joug d'une volonté extérieure, nous deviendrons esclaves, et l'envie, ce moteur naturel, sera alors faussée, se transformant en cupidité, en jalousie, comme une voix intérieure toujours là, à jacasser derrière nos pauvres réussites ; notre vie sera gâchée, nous ne vivrons plus pour nous-mêmes, mais sous la gouverne des autres, au nom de *leurs* envies, de *leurs* choix, et le pire c'est que nous en serons toujours jaloux !

Après l'envie, vient la peur. Selon les grandes traditions, l'enfant n'a naturellement que deux peurs : celle de tomber de haut et celle des bruits violents. Toutes les autres sont secondaires, dérivées d'ailleurs, empruntées à d'autres. L'enfant désirant ouvrir une porte inconnue est naturellement curieux de ce qu'il trouvera derrière, en aucun cas effrayé à l'avance... sauf si quelqu'un lui transmet sa propre angoisse de l'inconnu, de l'invisible, du noir, qui paralyse. La panique devant l'inconnu n'est pas une émotion naturelle.

La colère, elle aussi, est une émotion naturelle... à condition de ne pas durer. Une « saine » explosion de colère ne doit pas excéder trente secondes ! L'enfant veut attraper la poignée de porte, la manque et chute. Il crie sa rage, entre en colère, frappe le sol, voudrait mordre. Mais c'est extrêmement passager : aussitôt, contre toute attente, il se relance. Une fois, deux fois, dix fois, pestant à chaque chute, pour atteindre enfin le cadeau, la récompense : la poignée. Si d'emblée la colère ne le pousse pas à recommencer, il va stagner là, hurlant son impuissance, refusant d'utiliser le moteur de cette énergie colérique. Le problème, qui risque de faire dégénérer l'émotion naturelle, vient à nouveau des autres, qui devraient l'encourager à retrouver son envie, au lieu de lui crier de se taire, voire de lui donner la fessée. Puni et réprimandé, l'enfant va se mettre à ruminer sa haine, sa vengeance et sa rage, transformant alors sa colère incomprise, pourtant si naturelle, en haine et désir de destruction. Un petit tyran naît ainsi dans beaucoup d'entre nous, activant inconsciemment ses perversions.

Vient ensuite la tristesse. Notre petit bout, lors d'une chute, pleurera de son échec, et ce sera normal. Si nous compatissons à son chagrin, sans en faire tout un plat, il repartira de plus belle. Par contre, en refoulant ses larmes par des « à ton âge, on ne pleure plus » ou, pire encore, « si tu n'arrêtes pas, tu vas bientôt pleurer pour quelque chose », l'enfant va se retrouver seul, face à un mur d'incompréhension insurmontable. Il n'osera plus, dès lors, tenter les choses, voire exprimer sa peine. Restant prostré, il finira par sombrer dans une dépression chronique.

La joie arrive au final. Il ouvre enfin la porte. Victoire ! Son bonheur est total. Parti seul à l'assaut de cette muraille, le petit a réussi. Malheur à celui qui, bien intentionné, aurait ouvert la porte à la place de l'enfant dès la première chute ! Ce serait tout bonnement le priver de la véritable joie, acquise par ses propres moyens, et le pousser à se cantonner dans une attitude passive, à attendre que les choses lui tombent toutes rôties dans le bec. Ce serait l'inviter à engloutir le monde et à développer un comportement possessif.

Voilà donc les cinq émotions naturelles de l'homme, exprimées depuis des siècles au travers de tous les mouvements de pensée, du taoïsme de la Chine ancienne à l'anthroposophie de l'Occident contemporain, de l'Égypte pharaonique à l'Amérique du New Age. L'homme naît armé de ses cinq émotions primaires, il est en plénitude dès le départ. La vie est seulement là pour lui permettre d'en faire l'expérience. Aux parents de guider cet enfant vers sa place d'humain. Actuellement, ces cinq émotions sont, hélas, rapidement faussées, limitées par des règles, des restrictions, de faux rituels, et se retrouvent tordues, détournées, spoliées, donnant finalement naissance à l'*homo œconomicus industrialis* et non pas à l'Homme. Dans notre désir de maîtriser la nature, nous essayons de nous contraindre nous-mêmes aux lois que nous édictons chaque jour, sans aucun fondement, sinon celui de notre propre démence, en espérant finalement devenir un jour le Créateur – un bien petit créateur en réalité...

Si nous voulons changer un tant soit peu les choses, nous devons commencer à appliquer et à respecter ces émotions naturelles dans notre vie quotidienne. C'est là qu'elles prennent tout leurs sens et non dans les livres de philosophie. Nous avons le devoir d'aider nos enfants à intégrer ces phases naturelles, si nous voulons que le troisième millénaire ne soit pas la redite des précédents.

Jour 56

Voilà bientôt deux semaines que nous avançons d'une trentaine de kilomètres par jour : un régal ! Plusieurs causes à cela. La première est liée au terrain. Nous sommes définitivement sortis de la banquise côtière et entrés sur le pack océanique. Celui-ci est constitué d'une grosse glace de mer, qui ne fond que partiellement l'été. Année après année, elle se stabilise à environ deux mètres d'épaisseur, se soudant l'hiver sous l'effet des grands froids à la jeune glace annuelle. Ainsi, le terrain est relativement plat, solide, massif, entrecoupé au maximum tous les cent mètres d'une petite crête de compression et tous les deux kilomètres d'une voie d'eau importante. Rien à voir avec le terrain déchiqueté, sans cesse en mouvement, du début de l'expédition. Deuxième facteur important : la température. Elle remonte régulièrement depuis l'arrivée du soleil permanent. Les – 40 °C du mois de mars nous semblent désormais loin. Elle fluctue désormais autour de – 25 °C, nous permettant, en l'absence du vent, de sentir une différence de plus en plus nette entre, par exemple, la joue au soleil et celle à l'ombre quand nous marchons perpendiculairement au soleil (vers 18 heures notamment). Troisième et dernier facteur : le temps. Le soleil permanent nous permet de marcher n'importe quand. Et puis, surtout, les tempêtes d'équinoxe se trouvent désormais derrière nous. Nous profitons d'un bel anticyclone qui chasse les nuages d'altitude et du froid restant de l'hiver qui, en maintenant la cohésion du pack, empêche la prolifération des voies d'eau, donc l'évaporation. Pas d'évaporation, pas de brouillard. Nous savons qu'en entrant dans le mois de mai le risque de « jour blanc » va augmenter sous l'effet de l'arrivée du printemps et des températures voisines de – 10 °C. Pour l'instant les conditions sont idéales et nous en profitons.

Depuis le début de l'après-midi, une étrange sensation de bien-être m'envahit. Tout m'apparaît simple et facile. Je vois les choses détachées, et en même temps d'une réalité parfaite. Je déploie une force et une énergie surprenantes dans ces amoncellements, tandis que Rodolphe, serein lui aussi, mais moins impétueux, arpente les vagues bosselées avec finesse, cherchant toujours à éviter la moindre difficulté.

Nous débouchons sur d'immenses terrains plats, entrecoupés de petits hummocs et entourés d'icebergs : au loin, tout autour de nous, ces amas de glace se transforment en une multitude de sculptures. La beauté jaillit de toutes parts et m'exalte. Le vent caresse chaque œuvre, polissant les pièces exposées là. Nous nous arrêtons en face d'une cathédrale étincelante et je sors les vivres de course. Sans perdre une miette du paysage artistique, nous buvons une tasse de thé... Nous échangeons quelques mots. Je sens une nette différence entre Rodolphe, concentré sur les traces du pôle, et moi, avec mon imaginaire débordant. Et si ce que je vois n'existait pas ? Et si je me racontais des histoires ? Visiblement, mon mental se cabre, refuse d'aller dans ses dédales où mon cœur s'abandonne.

Repartis. Un jeu de lumière s'installe entre les différentes surfaces. Chaque bloc de glace exprime quelque chose par son originalité de formes et de nuances colorées. J'ai l'impression d'être entré dans une propriété et de traverser les jardins secrets d'un étrange domaine. Mon animisme d'enfant se réveille comme jamais. Tout vit autour de moi, je suis telle Alice : au pays des merveilles !

Onze heures de marche dans les pattes. Ce soir, nous posons le camp à 20 heures. Je n'ai qu'une idée : me laver ! Voilà bientôt deux mois que nous marinons dans les mêmes vêtements et l'idée d'une petite douche nous trotte en tête depuis l'entrée dans le sanctuaire. Symboliquement, nous voulons nous laver correctement avant d'atteindre le pôle. Plus question d'un petit frotti-frotta sous la tente au gant de toilette. Les conditions atmosphériques sont adéquates. Plus une once de vent, – 20 °C, ce qui sous abri nous amène autour des – 15 °C ! La dernière heure, nous avons volontairement mis le turbo, afin de transpirer et d'avoir bien chaud. Le camp à peine installé, je me précipite sur le petit bout de savon et la serviette, quitte mes vêtements et sors. Il ne faut pas traîner. Je me savonne les mains avec de la neige et commence à masser mes bras, mon torse, mes cuisses, mon dos. Une fois gluant et mousseux, je n'ai plus le choix et me tartine de grandes poignées de neige, frottant énergiquement chaque partie. C'est fichtrement glacé ! Étrange impression d'un froid brûlant au-dehors, à même la peau, et d'une chaleur puissante à l'intérieur. Je finis rouge vif, les mains transies par le contact permanent de la neige. Rodolphe me frictionne énergiquement avec la serviette et je rentre m'habiller. À son tour maintenant ! Je ressors l'aider. Il relève ses manches et commence une toilette de chat, se frottant le visage du bout des doigts. Je me fiche de lui. Il proteste :

« Beaucoup trop froid pour moi. Aujourd'hui, le visage. Demain, un pied. Après demain, les coudes. Et pour le reste, on verra à Resolute !

— Chochotte !

— Heureusement, il n'y a pas que des brutes sur cet océan, mais aussi des êtres délicats et sensibles ! »

Je le bombarde de neige. Il part dans un fou rire. Quel déconneur, ce Rodolphe !

Je pense à Lycia. Remonte-t-elle doucement la pente ? Je me demande dans quel état je vais la retrouver à la fin de l'aventure ! C'est l'heure, je l'appelle. La voix qui décroche est douce et calme. C'est elle ? Je n'en crois pas mes oreilles. Je n'ai pas entendu une voix pareille depuis des mois – ça remonte à bien avant l'expédition ! La transformation est stupéfiante – même si parfois un trémolo révèle encore une blessure à peine cicatrisée.

Rassurée sur mon sort, ma femme me parle de son travail. Elle commence à trouver ses marques dans l'association dieulefitoise où elle donne des cours de gymnastique, et au Club Méditerranée où elle enseigne le tai-chi. Question expédition, tout le monde attend notre arrivée au pôle, et le téléphone s'est momentanément tu. Le calme avant la tempête. Elle en profite pour se refaire une santé.

Nous pouvons enfin parler de nous. Notre amour a été mis à rude épreuve ces derniers temps ; pourtant, malgré les turbulences, nous le sentons inébranlable. Mais comment faire pour passer de l'amour à l'union ? Nous avons le sentiment de nous porter l'un à l'autre un amour plein et entier, mais cela ne nous empêche pas de douter de notre vie de couple. Combien de personnes s'aiment profondément et, pourtant, sont incapables de vivre ensemble ? Et combien ne s'aiment pas, et cheminent pourtant main dans la main ?

Le problème, nous sommes d'accord, vient du fait que sous le mot amour se cachent une multitude de sens. Amour passionnel, amour platonique, amour raisonnable, amour fou, amour lien, amour prison, amour détaché, amour libre, amour physique, amour spirituel, amour de soi, amour don, amour charitable, etc. Ce mot, on l'a fait exploser en une quantité de variables, chacun recouvrant un aspect différent d'un véritable univers ! Pourtant, au fond, l'amour n'est-il pas un et indivisible ? N'est-il pas le lien entre soi et l'univers, l'énergie fondamentale ? Sans amour, aucune vie n'est possible. L'amour naturel est total, inconditionnel. Le bien et le mal n'ont aucune emprise sur lui. Mais voilà : nous sommes de grands handicapés de l'amour. Qui peut prétendre avoir reçu un amour inconditionnel et total ? Qui connaît l'amour sans contrainte, sans peur, sans jugement ? Qui le donne sans retenue, sinon les Jésus, les Bouddhas, les Mère Teresa ?

L'amour que l'on nous propose n'est pas sans conditions, bien au contraire. Les conditions ont fait partie de notre éducation : « Je t'aime, si tu arrêtes de pleurer. Je t'aime, si tu es sage (sous-entendu, si tu ne me casses pas les pieds avec tes questions incessantes). Je t'aime, si tu me ramènes de bonnes notes. Je t'aime, si tu te conduis comme je le veux. Je t'aime, si tu ne me fais pas honte. Je t'aime, si tu deviens le médecin que je n'ai pas pu être. Je t'aime, si tu fais du cheval et non de la moto. Je t'aime, à chaque fois que tu fais ce que je te dis. » Voilà pourquoi l'amour est conditionnel, on nous fait croire que nous pouvons acheter l'amour. Bien évidemment, nos parents, comme tous les autres, aiment leurs enfants de tout leur cœur, mais à la condition tacite que ces derniers deviennent ce qu'ils pensent être : « leur » bien.

Gare à toi si tu t'éloignes du sentier familial ! Combien d'enfants sont rejetés parce qu'ils ont osé dire : « Non, je ne suivrai pas votre exemple » ? Nous sommes élevés entre la culpabilité et la peur de ne pas être aimés. C'est un scénario bien huilé, entretenu dans toutes les couches de la société. Les gens sont prêts à n'importe quoi pour pouvoir être aimés de leur famille, de leurs amis, et d'autrui en général. Comme le dit haut et fort Élisabeth Kübler-Ross, ce n'est pas de l'amour, c'est de la prostitution ! En marchandant l'amour, nous sommes voués à ne jamais le trouver. Nous le cherchons en l'autre, alors qu'il est partout, universel et inépuisable. Nous vivons dans une société structurée par le mensonge et par la peur de manquer d'amour. Nous devons le comprendre et nous ouvrir à nos dimensions supérieures. La médecine chinoise nous le dit bien : l'âme n'est autre que le réceptacle de l'amour du ciel, le corps celui de l'amour de la terre et l'esprit de l'amour partagé.

Et dans un couple ? Il nous semble, à Lycia et moi, que rien n'est possible dans l'alliance entre deux êtres si chacun d'eux ne commence pas par s'aimer lui-même : si je dois n'aimer qu'une seule personne, ce sera moi, et si elle ne doit en aimer qu'une, ce sera elle. Celui qui est incapable de s'aimer n'accepte finalement pas ses défauts. Comment, dès lors, concevoir qu'il puisse aimer les autres pour ce qu'ils sont vraiment, même dans leur imperfection ? Nul besoin d'être parfait pour avoir droit à l'amour. Il est donné sans partage. À nous de le véhiculer sans le retenir, de le transmettre sans le déformer.

Je ne peux pas plaire à tout le monde. Par contre, il est important que je me plaise, que j'apprenne à aimer qui je suis. Après, seulement, je pourrai rayonner et venir en aide aux autres. Voilà pourquoi je suis parti dans cette nouvelle expédition : pour vivre ma propre vie, pour me respecter dans mes propres choix, pour apprendre qui je suis vraiment. Je fais peut-être du mal à mes parents, à toi Lycia, mon amour, mais rester, c'était mourir. C'était perdre mon libre arbitre, c'était oublier ma tâche sur terre au profit de mes peurs, de mes attachements et des névroses de ceux que j'aime. Et je sais que ce n'est pas de l'égoïsme. Je ne me juge pas plus que je ne juge l'autre. J'aime ma femme, mes amis, ma sœur et mes futurs enfants *pour qui ils sont*, c'est-à-dire en essayant autant que possible de ne pas entraver leur tâche. J'aime Lycia et j'essaie de lui permettre d'être celle qu'elle est réellement, en la laissant choisir elle-même. Je lui donne mon amour, pour qu'elle sache qu'une personne l'aime totalement pour ce qu'elle est ; mais je ne me prostituerai pas pour elle. Si je l'aide, c'est consciemment, dans un choix libre et entier, et non par obligation (parce que, en tant qu'épouse, elle a des droits sur moi et bien entendu *vice versa*).

La loi des hommes ne remplacera jamais la loi naturelle. Voilà pourquoi, malgré notre amour vrai, notre union prend de sérieux coups, écartelés que nous sommes entre notre tâche et le besoin viscéral de l'autre, entre l'amour total et l'absence physique.

Lycia, concrète, questionne :

« Tu penses donc que j'ai choisi de t'aider par choix et non par obligation ? Si je décide de te laisser tomber comme une vieille chaussette, tu trouveras ça normal ? Tu n'as pas besoin de moi ? Je suis libre de ne pas t'aider ?

— Exactement, si tel est ton choix. Je ne t'en voudrai pas, et je suis sincère. Cependant, si tu m'aides, je t'utilise à fond ; à toi de mettre les limites. Tu me connais, je n'en ai pas !

— Tu dis que, quoi que je puisse faire, tu m'aimeras ? Eh bien, moi aussi, quoi qu'il arrive, mon amour t'accompagne. Mais paradoxalement, je me dis que nous pourrions ne pas réussir à vivre ensemble. Et c'est ça qui me paraît fou !

— Tant que nous croyons aimer l'autre pour ce qu'il nous amène, nous nous leurrons. L'homme est un C, un cercle incomplet. Il cherche en l'autre sa moitié complémentaire et *vice versa*. Les couples tiennent sur des compromis, chacun amenant le manquant du cercle. Mais, l'amour ne peut pas s'en satisfaire. Nous devons fermer notre cercle en aimant notre partie manquante, en nous aimant totalement. Une chose est certaine : je ne suis pas ta moitié manquante, pas plus que celle de quiconque !

— Je le sais. Pourtant, une boule d'angoisse ne me quitte pas. Ce que mon intellect saisit, mon corps le refuse. Tu me manques.

— Idem pour moi. Nous ne sommes pas plus humains que la moyenne, va ! Nous faisons l'expérience de la vie et nous la trouvons douloureuse. Alors réjouissons-nous, car rien ne vaut l'action : c'est notre seule manière d'apprendre à *marcher* !

— Je t'aime, Nano...

— Et moi donc ! »

Jour 59

Avec une météo toujours idéale, nous avançons pleins gaz. Pourtant, bizarrement, une angoisse nous étreint de plus en plus : celle de ne pas y arriver. Si près du but, les emmerdes pourraient reprendre, nous empêchant d'atteindre le pôle. Curieusement, cette éventualité nous ronge. À chaque cassure, nous ne pouvons nous empêcher de craindre que les beaux terrains plats cessent. Pourtant, ils s'enchaînent régulièrement ; trop peut-être, après avoir subi tous les problèmes du début ?

Nous arrivons sur un bras d'eau à peine regelé d'une dizaine de mètres, où des blocs flottants entre les berges sont enchâssés dans une mini-banquise en formation. Nous testons du bâton la jeune glace : trop fragile elle casse au second coup. Je teste alors la mobilité des blocs en m'engageant dessus skis aux pieds. Je traverse. Les glaçons ondulent sous mon poids, mais ne bougent pas. Je reviens et, le temps d'accrocher mon traîneau au harnais, Rodolphe s'engage. Je le suis sans hésitation. En sortant sur la berge opposée, son traîneau désolidarise le dernier bloc, qui se met à tanguer violemment. Ne pouvant reculer, je fonce espérant qu'avec la vitesse et la portance des skis, ça tienne ! « Impair, passe et manque ! » Je m'enfonce. Dans un ultime sursaut je me jette en avant et m'accroche de toutes mes forces à une pointe de glace, véritable bite d'amarrage naturelle arrimée à la berge. Mes cuisses sont sous l'eau, je tétanise. Rodolphe m'attrape et me hisse. Mes skis sortent enfin de la mélasse ; je suis sauvé ! Je me déchausse, me dessangle, tracte mon traîneau flottant plus ou moins sur les morceaux de glace brisés par la chute et nous commençons à recouvrir mes jambes de neige, afin de pomper l'eau et sécher ma salopette. Comme l'ours blanc, nous nous roulons dans la neige (ou plutôt nous nous frottons avec la neige) après chaque chute dans l'eau car la neige a le pouvoir de capter et de contenir plusieurs fois son volume en eau. Elle absorbe comme une éponge l'eau encore liquide, évitant ainsi d'avoir une épaisse couche de glace sur les vêtements, une fois le froid entré en action. Pour l'ours, ce geste est vital car, par grand froid, ces poils se gèleraient et colleraient entre eux, réduisant à néant leur protection thermique. Voilà pourquoi il se roule dans la neige jusqu'à obtenir un poil sec et soyeux. Pour nous, il en va de même. En sortant de l'eau, si nous laissions la fine couche d'eau geler à même les vêtements, nous nous retrouverions rapidement emprisonnés dans une carapace de glace.

Quelle frousse ! Pourquoi ce bain, sinon pour me montrer que la douche symbolique n'a pas suffi ? Je m'étais seulement lavé l'extérieur et voilà que je viens de nettoyer l'intérieur. Je gratte le fond de ma conscience extirpant la peur enfouie derrière chaque pensée. Ce petit bain me remet sur le chemin : la beauté avant tout. Elle est le guide du « ici et maintenant ». Si nous vivons dans l'instant, la peur n'existe pas. Elle est logée dans le passé ou l'avenir, mais jamais dans le présent. Me voilà de retour dans cet impalpable espace, enchâssé entre la dernière seconde venant de mourir et celle arrivant, non encore née. L'éternité ouvre ses portes, la réalité est là. En avant, *marche* !

Le chemin est lumineux, l'esprit libéré par ce baptême océanique. La beauté nous entoure et j'essaie de tirer de chaque rencontre un maximum de données, d'éléments, afin de ne pas manquer l'information qui m'est destinée. Ici, au milieu de ce grand vide, les êtres que nous croisons sont peu nombreux : icebergs, vent, ours, phoques, renards, plus les humains via le téléphone. Pourtant, chacun de ces êtres peut nous livrer un fabuleux enseignement... dans la mesure où nous sommes capables de le recevoir. Or, un doute me taraude : garderons-nous ce sens de l'échange en rentrant en France ? Comment rester attentifs à tout ce que nous croisons ? Comment résister à la quantité d'informations dont nous sommes bombardés en continu dans la vie moderne ? Aux nombres incalculables de rencontres ? Comment allons-nous faire dans notre monde basé sur la rapidité, la production et le profit pour pouvoir partager et donner autant d'amour que sur cette glace apparemment déserte ?

Toutes ces questions me montrent la folie dans laquelle nous vivons là-bas et la sagesse des peuples dits primitifs. Ils préfèrent écouter la vie qui bruite autour d'eux et se fondre en son sein, sans rien perturber. Ici, nous retrouvons un peu de cette sagesse perdue. C'est sans doute pourquoi nous avons toujours l'impression d'être au cœur même d'un lieu saint. Rodolphe parle d'un sanctuaire où la vie suit son cours immuable depuis les origines : le cœur de dame Nature.

Jour 61

Nous ne sommes plus qu'à une quarantaine de kilomètres du pôle. Il est normalement prévu qu'après-demain nous puissions planter notre tente au 90°. Et si nous y parvenions aujourd'hui même ? Les heures passent et le terrain, plutôt plat, nous incite à accélérer. Nous marchons le plus vite possible, non pas la peur au ventre comme avant-hier, mais plutôt comme deux enfants pariant sur l'impossible. Chaque heure nous rêvons, rions, excités par la proximité du pôle ; nous n'osons y croire. Au bout de six heures de marche, nous sortons le GPS pour faire le point et voir si nous pouvons garder espoir d'arriver ce soir. Je parie sur quinze kilomètres, Rodolphe sur dix-huit. Le verdict tombe, nous laissant cois : vingt-trois kilomètres déjà parcourus ! La dérive nous aide. Le pôle est à notre portée, le rêve devient réalité. Nous le sentons proche, c'est magique.

Je marche, concentré sur le chemin, plus rien n'existe. Mon mental a lâché prise, plus de chanson rengaine, plus de voyages imaginaires dans le passé ou le futur, je suis ici et maintenant. Quelle intensité ! C'est incroyablement naturel, je suis à ma place, voilà tout.

Le soleil tourne désormais à une hauteur constante, nous sommes à dix kilomètres du pôle. La beauté est partout. Difficile de trouver le chemin, pourtant mon corps marche sans se tromper, comme aimanté par l'axe de la terre. Nous allumons régulièrement le GPS afin de confirmer notre intuition. Incroyable : nous ne sommes plus qu'à cinq kilomètres du pôle ! À peine la distance Poët-Laval-Dieulefit. Déjà mille kilomètres sous nos semelles ! Je n'en reviens pas. Le but est si proche. Un sourire définitif aux lèvres, le regard béat, nous oublions nos corps rompus par douze heures de marche et nous repartons...

Soudain, sorti de nulle part, un énorme bras d'eau noire serpente devant nous. Dix mètres d'ouverture, propre, nette, étirée est-ouest. La dernière frontière, l'ultime porte avant le saint des saints. Si l'angoisse pointe son nez, elle est vite balayée par la joie intérieure qui enfle minute après minute. Un bloc de glace bleutée étincelle plein est. Le chemin passe là. Nous longeons la cassure dans sa direction et tombons, cent mètres plus loin, sur un véritable pont flottant, encastré entre les deux berges. Une majestueuse accolade, en guise de bienvenue. Nous le prenons comme le symbole de la trêve de l'expédition.

Les dieux sifflent la mi-temps !

Les soucis à venir sont loin, ceux du passé ont disparu, seul le calme présent mérite d'être vécu. Cela peut paraître fou, de suivre les signes, et pourtant c'est tellement simple, naturel, enfantin. Nous traversons aisément et reprenons notre chevauchée fantastique. La joie est partout, nous sommes la joie, plus rien ne peut nous arrêter.

Plus que cent mètres...

GPS à la main, nous cherchons le lieu précis, attendant de voir s'afficher 90°00'00''. À 89°59'59,9'', nous comprenons que notre instrument n'est pas prévu pour inscrire 90. Peu importe : nous y sommes, à dix mètres près ! C'est une joie colossale, qui ne s'exprime pas immédiatement par de grands cris. La fatigue peut se lire sur nos visages. Nous ne réalisons pas vraiment, sinon que la journée est finie et que nous avons quarante-deux kilomètres dans les pattes. Nous plantons la tente, chacun savourant en lui-même cette arrivée. Il est minuit à nos montres et nous rions, car ici, il est toutes les heures à la fois. Nous sommes au sommet du monde ! Les méridiens se confondent tous en un même point. Sous nos pieds, l'humanité tourne, à des vitesses différentes. À l'équateur, les hommes font quarante mille kilomètres en vingt-quatre heures alors qu'en France, nos amis, situés au 45e parallèle, tournent à vingt-huit mille trois cents kilomètres-heure. Nous, ici, c'est fini, nous sommes sur l'axe de rotation, notre vitesse est nulle. C'est fou !

Nous sommes très fiers de nos déductions. Nous mentalisons concrètement le pôle, pour finalement parvenir à réaliser où nous sommes, jusqu'à ce que Rodolphe, en train de pelleter de la neige sur la bavette de la tente, se redresse et se mette à crier :

« Nous y sommes ! Nous sommes au pôle ! Nous sommes au pôle ! Te rends-tu compte ? On y est ! On y est ! »

La joie explose par tous ses pores. De l'entendre hurler, une vague de chaleur monte en moi, emportant tout sur son passage. Nous tombons dans les bras l'un de l'autre, sautillant sur place, hurlant, pleurant :

« Nous sommes au pôle !!! »

Je sors le drapeau de la paix du traîneau et nous le plantons à l'entrée de la tente. Sous l'emprise de la fatigue associée à la joie, voir le drapeau jouer avec le vent nous hypnotise. L'étoile de David côtoie le croissant islamique, le *Ôm* hindou, la croix chrétienne et les couleurs tibétaines ceignent le tout. Je suis heureux de voir toutes ces différences côte à côte, symbole vivant de la multiplicité humaine et de la diversité de pensée. Je sors de la poche interne de ma veste (la plus proche de mon cœur) le poème prévu pour ce moment solennel, sous le regard chargé d'émotion de mon camarade. Pourtant lui non plus n'appartient à aucune confession, à aucun mouvement, mais il est touché par le symbole universel qui flotte à présent devant nos yeux.

Si seulement les hommes pouvaient arrêter de faire la guerre au nom de Dieu, d'Allah, de YHWH et des autres ! Si seulement les hommes pouvaient revenir au fondement même de leur présence sur terre et comprendre que la « guerre sainte » ne se fait pas contre l'autre, mais en soi-même. C'est en nous qu'il nous faut trouver et retirer le « petit Hitler » en sommeil, pas en l'autre ! Le djihad se livre en soi et non contre autrui. Alors seulement, il devient un moyen menant à l'éveil, laissant peur, haine et convoitise sur le chemin.

Ému et fatigué, je récite :

« Nous, n'adhérant à aucun mouvement, nous nous proclamons enfants de la terre et du ciel, au même titre que nos frères humains représentés par ces grandes familles de pensées symbolisées sur ce drapeau. À ce titre et au nom de tous, je livre cette prière aux cieux, à partir de l'axe de la terre. Puisse-t-elle faire écho dans les cœurs des hommes :

Ne parlez pas d'amour pour votre frère ! AIMEZ !

Ne discutez pas sur les doctrines et les religions : il n'y en a qu'une.

Toutes les rivières vont à l'océan. Allez et laissez aller les autres vers cet océan.

La grande eau se fraie le long de la pente, selon les races, les âges et les âmes, un lit différent. Mais, c'est toujours la même eau... Allez ! Coulez vers l'océan[1] *!* »

Jour 62

Incroyable, voilà à peine quelques heures que nous sommes là, et déjà une visite ! Je viens de rêver d'une petite fille. Je me suis vu, torse nu, c'était l'été, en train d'apprendre à marcher à cette enfant. C'est sûrement ma fille ! Les bras en l'air, le visage souriant, elle tentait d'avancer vers moi qui l'appelais. L'ambiance était féerique, nous étions chez les parents de Lycia, le ciel d'un bleu roi et surtout une douce chaleur nous entouraient. Je n'en reviens pas. Je me suis entendu l'appeler d'un nom que j'ai oublié. Quelque chose en ...NA, certainement Nina (j'adore ce prénom), à moins que ce ne soit Luna (la préférence de Lycia). Peu importe, c'est ma fille ; c'est sûr ! Quelle étrange sensation, moi qui pensais avoir un garçon comme aîné.

Quoique... j'ai peut-être déjà eu un garçon. Je repense à l'avortement de mon ancienne amie et me rappelle, comme si c'était hier, la rencontre avec cet enfant, lors de mon voyage en solitaire au pôle Nord magnétique de 1997. À l'époque, son souvenir me perturbait. J'avais participé activement à son élimination et j'étais sûr qu'un jour je devrais payer ma faute. Mon acte morbide ne resterait pas impuni. J'en acceptais les conséquences avec résignation. Ce jour-là, en pleine marche, cet enfant s'est imposé dans mon esprit. Lumineux, il rayonnait d'un amour insupportable pour ma blessure. C'était douloureux. J'ai soudain senti en moi sa parole, douce et joyeuse, comme une joie éblouissante balayant tout sur son passage. Il ne m'en voulait pas. Au contraire, il était venu, j'avais réagi, il était heureux. Son feu brûlait en moi mes vieilles poubelles pleines de culpabilité. Je n'avais pas cherché à l'oublier, je vivais avec

1. *Les Plus Belles Prières du monde*, éd. de Vecchi/Poche, 1995.

lui et c'était même grâce à lui que se produisait tout ce chamboulement. Ce jour-là, ce petit maître (non encore humain ?) m'a montré à quel point le bien et le mal n'existent pas, sinon dans nos âmes torturées. Aujourd'hui, je repense à lui et je le sens toujours aussi heureux, nulle ombre au tableau. C'est certainement un fils, mon fils. Eh bien, sa sœur visiblement arrive à toute vitesse ! Aucun doute là-dessus. Je mets ma main à couper qu'en rentrant Lycia va se retrouver enceinte. Enfin, *Inch Allah*, si nous rentrons...

Le temps reste inchangé et la lumière solaire aveuglante sous la tente devient coutumière. Le thermomètre indique – 10 °C. Le soleil chauffe et le tissu absorbe ses rayons en les intensifiant, creusant l'écart avec les – 24 °C extérieurs. Les gants deviennent inutiles et nous redécouvrons le sens du toucher, évitant toutefois les objets métalliques où notre peau pourrait rester collée. Le petit déjeuner englouti, nous laissons les enfants là où ils sont et préparons l'Iridium qui, ô bonheur, marche encore ! Le monde entier va savoir que nous y sommes arrivés. Attaquons dans l'ordre :

D'abord Cricket. Il nous confirme la venue des hélicoptères à partir de Barneo (située à quatre-vingts kilomètres) pour midi de ce même jour. Il vient chercher des touristes qui se sont amusés à parcourir le dernier degré avant le pôle en une semaine. Ils doivent arriver aujourd'hui au 90°, donc en principe là où nous sommes ! Nous profiterons de sa venue pour récupérer un petit stock de nourriture en vue de la « descente » que nous devons maintenant entreprendre en direction des côtes canadiennes, mille kilomètres plus bas.

Ensuite, Lycia et Sandrine. Le téléphone sonne, le répondeur démarre ; j'entends ma voix. Elle n'est pas à la maison ! Un coup dans l'eau. Je tente le portable. Bingo, elle décroche :

« Allô, Lilou ? C'est ton amoureux ! Eh bien voilà, ma belle, nous sommes au 90, zéro zéro, zéro zéro. Nous sommes au pôle !!!

— Déjà ! »

Elle n'en croit pas ses oreilles. Enfin l'étape tant attendue !

La mi-temps ! La trêve ! Sa première question nous fait hurler de rire :

« Alors, c'est comment ?

— Et comment veux-tu que ce soit, mon amour, sinon exactement identique à tous les derniers jours ?! Nous sommes sur la même banquise et depuis notre arrivée, cette nuit, nous avons dérivé d'environ trois kilomètres. Autrement dit, à l'instant où je te parle, nous ne sommes déjà plus au point P précis du pôle. La dérive nous embarque au gré des vents et des courants. Le seul élément physique indicatif est l'emplacement du soleil dans le ciel. Il tourne autour de nous en permanence à la même hauteur. Sinon, c'est en tout point semblable, hormis la joie qui déborde de nos cœurs et qui est totalement différente, ça oui : c'est LA joie ! »

Lycia est heureuse. Elle se propose de laisser éclater notre bonheur sur la boîte vocale de notre site web, pour que tout le monde puisse entendre nos voix. Pour nous, une journée de repos commence. Pour elle, la valse des coups de fil va démarrer : maison de production, sponsors, familles, amis... Bon courage, mon amour !

Rodolphe appelle Sandrine dans la foulée ; je sors, lui laissant un peu d'intimité. Je m'installe face au soleil et, ô surprise, un gars se dirige vers moi. Mais d'où sort cet extraterrestre ? Je distingue une grande tente noire, derrière lui, à une centaine de mètres. Il s'approche, visiblement gêné. Je l'invite de la main. Dans un anglais impeccable, il se présente : Juan quelque chose, Brésilien.

Hallucinant ! J'arrive au pôle Nord pour tomber sur un gars de l'hémisphère Sud. Incroyable ! Il m'explique qu'il fait partie du groupe de touristes annoncé par Cricket et m'avertit de la présence de Nico sous la tente. Il retourne aussitôt le chercher, pendant que je vais raconter à Rodolphe l'entrevue de ce visiteur pour le moins impromptu.

Nous nous habillons et partons faire une visite de courtoisie à nos amis humains, logés à deux pas. Nico arrive à notre rencontre, nous nous tombons dans les bras. Sa première surprise est de voir nos visages aussi flambants. Il nous invite sous la tente mess de leur groupe. Une dizaine d'apprentis polaires s'activent autour de deux gros réchauds. Ils tournent à plein régime, faisant fondre la glace du petit déjeuner. Une fois les salutations faites, nous sommes invités à prendre place pour le repas. La chaleur monte. Deux mois d'odeur corporelle, de transpiration logée dans les mêmes vêtements s'échappent autour de nous. Nous sentons aigre et nous en excusons d'avance auprès de nos hôtes. Pourtant, au dire de Nico, nous ne puons pas. Habitué depuis quelques années à récupérer les expéditions polaires, il nous trouve relativement non odorants, confirmant mon intuition de départ sur notre nourriture. Parfaitement adaptée aux conditions d'effort, elle donne très peu de résidus et de toxines cellulaires. Les voies d'élimination ne sont pas surchargées, la transpiration ne sent donc pas ! Sur ce point nous avons fait les bons choix.

Nous mangeons de bon cœur tout ce que l'on nous tend, ingurgitant des produits inconnus, venus de partout dans le monde, car chacun a voulu manger sa spécialité culinaire au pôle ! Je récupère un bloc de pâté et mange au couteau directement dans la boîte. Assorti de quelques flocons d'avoine, c'est succulent. Rodolphe explose de rire en voyant la mine déconfite de celui qui avait amené son foie gras au pôle : je finis la conserve en moins de deux, traitant ce mets de choix comme un pâté à trois sous. Bref, nous passons trois heures sous la grande tente, à rire et à manger, retrouvant notre ami Cricket et les pilotes de l'hélico au bord de l'indigestion. Ils nous livrent notre surplus de nourriture, les touristes emballent leur matériel dans les cales, quelques photos souvenirs, les pilotes activent tout ce petit monde. Nos manipulations terminées, Cricket nous présente deux hommes arrivés avec lui : Mikhail Malakhov et Victor Boyarsky. Russes tous les deux, ils font partie de ma littérature polaire. Micha a fait avec Richard Weber l'aller-retour Ward-hunt-le pôle en autonomie, en 1995, et Victor était de ceux embarqués par Jean-Louis Étienne et Will Steger dans la Trans-Antarctica en 1990. Deux monuments de l'histoire polaire du XXe siècle. Nous sommes heureux de les rencontrer là. Ils nous tapent dans le dos, nous encourageant dans notre entreprise. Les pales démarrent, nous passons aux adieux. Ils grimpent tous dans les abeilles géantes et décollent. Quelle ivresse de rester là !

Nous, nous ne partons pas. Rodolphe saute sur place, tellement il est heureux. Nous courons jusqu'à notre tente sous le survol en rase banquise des hélicoptères. Les pilotes nous font un vrai baroud d'honneur, dernier clin d'œil avant la solitude des glaces. Ils sont partis.

Fous de joie, nous sautons dans les bras l'un de l'autre en pleurant. Puis l'émotion baisse d'un cran, nous retrouvons nos esprits et prenons conscience qu'il nous faut filmer ce moment magique. Je m'empare de la caméra, gros plan sur mon pote. Il essaie d'expliquer ce qu'il est en train de vivre, en vain. Il se met alors à remercier la vie, son père, sa mère, s'attardant sur cette mère trop tôt disparue. Je sais si peu sur elle, Rodolphe n'en parle jamais. Il se livre avec une sincérité et une émotion rares, se lance dans un hymne à la vie, parlant de sa mère avec une force inouïe. Trop longtemps contenues, les émotions fusent. Il met des mots sur ses maux et cicatrise.

L'heure est aux aveux. À mon tour, je passe sous la caméra et laisse couler tous les non-dits, toutes les retenues. Je parle à Francis, à Lycia, à mes parents, à ma sœur, à Rodolphe et à quelques autres, leur exprimant tout simplement mon amour. Je les remercie d'avoir été sur mon chemin, d'avoir contribué à me faire voir qui je suis. Sans eux je ne serais pas là. Ils m'ont donné les caresses et les coups de bâton nécessaires. Du fond du cœur, merci !

Maintenant, nous déballons le matériel et comptabilisons la nourriture, afin de calculer la ration journalière de cette seconde moitié d'expédition. Nous parlions tout à l'heure des coups nécessaires, eh bien voilà une baffe que nous n'attendions pas : il manque douze kilos de vivres par rapport à la commande passée. Soit Cricket a oublié un carton à Barneo ou à Kathanga, soit un vol s'est produit pendant l'acheminement du matériel et personne ne l'a remarqué. (Cricket nous confirmera la seconde hypothèse. Il s'est, lui aussi, fait voler du matériel.) Dans un premier temps, la colère nous gagne. Puis nous nous consolons. Nous méditons si bien la question que nous finissons par souhaiter que cette nourriture volée fasse plaisir à plus pauvre que nous. Pour nous, au fond, cela ne change rien. Au lieu d'accuser Pierre, Paul ou Jacques, remercions la providence d'être encore là, sur nos deux jambes, en pleine banquise. Nous voulions de l'aventure ? Eh bien en voilà de la vraie, avec une foule de problèmes à résoudre !

Rien n'arrive par hasard, pas plus les fractures des traîneaux que le manque de bouffe. À nous de nous adapter à cette nouvelle situation comme l'ont fait les Inuits au cours des derniers millénaires : avec le sourire ! Je me rappelle une histoire contée par Frison-Roche. À cette époque, il était hébergé sous un igloo tribal. Un soir, un homme entre, dit quelque chose et tout le groupe se met à rire à ventre déboutonné. Curieux, le Français demande ce qui se passe, pourquoi cette effusion de joie ? On lui explique : l'homme a cassé son kayak, il ne peut plus chasser le phoque, c'est très grave, la disette va sévir. Pourtant, tout le monde rit de la farce. Demain ils s'adapteront ; en attendant, l'histoire vaut son pesant de pemmican ! Ces Inuits nous montrent la voie : à nous d'apprendre le détachement, de rire de nos petits malheurs. Ce n'est ni une catastrophe ni une thérapie, seulement la vie, mais il faut avoir l'art et la manière.

Je sors me dégourdir les jambes ; l'espace m'attire. Je prends le temps d'imprégner jusqu'au plus profond de moi l'ambiance du pôle. Je m'assois sur mon traîneau. Quel calme ! Si nous pouvions ramener un peu de cette tranquillité au pays ! Si nous pouvions la transmettre aux autres, leur en montrer la beauté. Je me laisse bercer par ce non-bruit, d'une pureté que je ne connaissais pas. Mon esprit se dilate à l'échelle du silence. Une fois de plus, j'observe sur l'écran de mes pensées la vie que j'ai vécue jusqu'à aujourd'hui. Je la vois non plus au travers du prisme de mes souvenirs et de mes émotions, mais comme un observateur anonyme, détaché. Sans honte, sans fierté ni jugement, je me vois évoluer sur le grand théâtre de l'existence. Demain, je serai mort et tous ces jours s'envoleront avec moi. Je suis né les mains vides et mourrai les mains vides. La seule chose que j'emporterai, ce sont les multiples expériences de l'amour partagé avec les autres, l'univers, la terre.

Cette dernière s'impose soudain dans une dimension compréhensible. Je ne la vois plus comme une esquisse tracée à grands traits par ma conscience, mais telle qu'elle est réellement. Je la regarde vivre. Au centre du monde, un cœur bat, qui envoie son souffle dans chaque montagne, chaque rocher, chaque caillou. Tous les êtres vivant en son sein le sont parce qu'*elle* vit. Tous sont en interdépendance, dans une énorme symbiose où chaque être se trouve en relation indissociable avec le tout. La terre, c'est l'Arche de Noé, c'est notre radeau dans le cosmos intergalactique. Sans elle, nous ne sommes rien. Nous lui devons tout.

Pourtant, la remercions-nous ? Nous préoccupons-nous d'elle ? Je vois notre bassesse de civilisés et tout ce que j'ai pu, à ma modeste échelle, faire comme mal à la Mère-Terre. Je ne suis certes qu'une fourmi parmi les autres, et pourtant dois-je aveuglément suivre le troupeau ? N'ai-je pas le choix de changer les choses ?

Perché sur le glaçon géant de la banquise, je perçois une nouvelle réalité : seule la prise de conscience de chaque personne a le pouvoir d'aider la planète. Il faut arrêter de nous voiler la face derrière les États et les gouvernements, en nous contentant de leur demander d'appliquer des lois antipollution. Chacun à notre échelle d'insecte, nous polluons. C'est à nous d'agir. Les consomm'acteurs, c'est nous !

Et pourquoi toujours détruire ce qui nous est donné ? Cette question, partie du fond de mon cœur, n'attend aucune réponse. Pourtant, une autre pensée me traverse l'esprit. La Terre m'apparaît rayonnante, d'une joie et d'un amour sans limite. Elle se donne à nous sans condition, attendant, patiente, notre sortie de l'ignorance. Peut-être ne réussirons-nous pas à sauvegarder toutes ses richesses. Peut-être détruirons-nous la matrice biosphérique. Peu importe : quoi que nous lui fassions, elle se donne à nous et nous aide, même si elle doit souffrir, même si elle doit mourir. Cet amour n'a pas de prix !

J'essaie de ne pas canaliser mes pensées et mes émotions dans le moule étroit et bien pensant des conventions. Je ne veux en aucun cas prouver par a plus b ce que je perçois. Surtout ne rien analyser. Subjugué, je reste là, à contempler cet amour et cette sagesse pour le moins divine.

L'axe du monde entre en résonance avec ma propre verticalité humaine ! Ma place d'homme, alignée entre ciel et terre, vibre à l'unisson et ouvre à d'autres dimensions mon esprit trop terre-à-terre, verrouillé par ses peurs, englué dans la boue collante des clichés. En élargissant ma conscience, ma quête m'a peu à peu fait comprendre, puis toucher concrètement du doigt, le monde existant au-dessus de nos têtes.

Je m'ouvre à cette réalité : l'Unique, le Créateur, Dieu et ses multiples noms. Son image était pour moi insupportable, car indissociable de ce que l'homme a pu faire en son nom : l'Inquisition, les croisades, les guerres saintes... Toute la bêtise humaine et la méchanceté gratuite, au nom de l'Amour ! Cela ne m'a pas franchement incité à rechercher son existence. Pourtant, les deux pieds posés sur la mer, un amour puissant me pénètre et mes préjugés volent en éclats. Une pensée me transperce : « Il faut croire à l'incroyable » – et ce qui m'arrive l'est réellement. C'est incroyable de se sentir autant aimé, dans un désert apparemment si éloigné de toute vie ! Un amour sans jugement, sans demande, sans besoin, simplement ce mot : Aimer. Je ne sais pas d'où vient une telle force, une telle énergie. De mon ange ? de l'Esprit du Monde ? de Dieu ? Peu importe, je ressens le divin, mais au-delà même du concept de Dieu. Chaque partie contient le tout. L'infiniment grand se retrouve dans l'infiniment petit et *vice versa*. Je suis l'univers jusqu'au bout de mon être. Quelle extase indescriptible et pourtant si naturelle ! Je ne suis finalement que moi, pleinement conscient de ma place d'homme, lien entre ciel et terre, entre manifesté et invisible, entre illusion et réalité.

Lycia

Le calme est revenu et, comme par enchantement, tout s'enchaîne sans trop de fatigue. Ce soir, je pars dîner chez ma sœur Sandrine, quand branle-bas de combat : Nano appelle sur mon portable. Ils sont au pôle ! Ça y est ! Leur joie fait plaisir à entendre. Nous discutons fébrilement mais, pressés tous deux par nos contraintes respectives du moment, nous décidons de nous rappeler demain. Je termine le repas enchantée de cette arrivée, qui s'est tant fait attendre. Enfin !

Je rentre me coucher sourire aux lèvres et aussitôt des vagues de sensations, des bouffées d'amour me reviennent en mémoire : le pôle Nord magnétique 1998 ! Elles me submergent, je suis heureuse, même si un je-ne-sais-quoi de gêne m'empêche de revivre pleinement ce moment. Les traces laissées par ces dernières semaines me donnent l'impression d'être sale, indigne d'un tel moment, d'une telle présence. C'était si beau, si pur. Un des instants les plus magiques de ma vie. Il n'y avait plus rien de noir, plus de culpabilité, plus de courroux, mais une joie, une beauté rayonnante, aussi bien au-dehors qu'au-dedans de moi. Je n'avais jamais vécu une telle pureté.

Je revis nos derniers pas, GPS à la main. Il fait grand beau, la lumière orangée du soir étire nos ombres sur ce plat immense. La banquise est totalement lisse. Nous sommes dans la baie d'Ellef Ringnes Island, à la recherche du pôle Nord magnétique situé là, devant nous. Arnaud marche souriant, Bruno (notre chien) avance d'un pas rythmé, et moi, je vole ! À quelques dizaines de mètres, je m'empare du GPS et, tel un sourcier confirmé, j'avance, passant et repassant sans cesse sur mes traces, cherchant à stabiliser les coordonnées. Nano attend patiemment en retrait, caméra au poing. Bruno ne comprend rien à notre manège, mais ressent fort bien notre excitation. Je me mets soudain à crier haut et fort, la litanie tant attendue : « 78°48'00''N et 104°30'00''W. » Je rajoute en lisant l'heure sur l'écran : « Et voilà ! pôle Nord magnétique 1998 atteint, le 6 mai à 10 heures 13 minutes et 13 secondes ! »

Cette phrase est depuis gravée en moi à l'encre dorée de la joie !

Le 13 est mon chiffre préféré – je suis née un 13 janvier. Et voilà un signe de plus ; je jubile. Un petit bisou à la sauvette nous prend par surprise. Arnaud retourne sur ses pas mettre la caméra sur son pied, afin d'immortaliser l'instant. Un sourire givré, accroché aux lèvres, il revient en trottinant et m'enlace, volant au passage un vrai baiser glacé. Sa barbe scintille de perles gelées. Bruno, jaloux, nous saute dessus, il veut lui aussi participer à la fête. Nous rions.

Deux ans plus tard, cette joie revenue du passé me réchauffe peu à peu.

L'attente des moments merveilleux peut sembler si longue, et pourtant, lorsqu'ils sont là, le temps n'existe plus. Seuls les sentiments s'expriment, en toute liberté. La souffrance s'intériorise jusqu'à se faire oublier complètement. Je m'empare de la caméra et cadre le visage fatigué et couvert de glaçons de mon Nano. Il ne sait pas quoi dire et reste planté là à sécher devant sa copie. Il me cède la place. Je m'imagine devant une assemblée et les mots viennent d'eux-mêmes :

« Si je pouvais, je prendrais la Terre dans mes bras pour la serrer très fort et lui dire combien je l'aime. Je crois que c'est ce qui me fait le plus chaud au cœur. »

À présent, une vague de bonheur simple m'inonde à nouveau. J'espère qu'ils ont filmé leur arrivée, c'est tellement magique !

Mais voilà que, pour la première fois depuis le début de cette aventure, une question me vient : que vont-ils trouver derrière cette magie du pôle ? Ils sont allés au sommet du monde, sur son axe, au centre même de la terre, mais comment fait-on pour redescendre de là ? Quelle volonté va les pousser à revenir, à rentrer ? Nano avait l'idée profonde qu'après le pôle ils entreraient dans une nouvelle dynamique, une autre dimension de conscience, mais l'ont-ils vraiment perçue ? Ils doivent se trouver dans une position délicate. Un peu comme un homme cerf-volant arrivé au faîte de son vol téléguidé : soit il coupe le fil, se libère et navigue de ses propres ailes, soit il reste accroché et revient au même endroit. Maintenant, Arnaud et Rodolphe jouent leur liberté, j'en suis sûre.

Dans quel état mental vais-je retrouver mon mari ? Il vit à n'en pas douter une expérience hors de tout propos pendant que je végète ici. Il ferme un peu plus son C, son cercle de vie, pendant que je bataille avec le mien. Serons-nous encore autant unis ? Si j'écoute mon cœur, je sais que oui, mais le mental joue du couteau au milieu des plaies et rien n'est évident.

Au moins, un fardeau est tombé et sa liberté me libère, finalement, du poids de la solitude. Mon esprit est moins flou, à l'image des sédiments se déposant au fond de l'eau, la laissant plus claire, bientôt pure. J'existe en tant que moi et je n'ai pas besoin de lui pour vivre. Même si c'est plus facile à dire qu'à faire.

7

Un enfer cristallin

Si je m'approchais de toi –
Je t'arrêterais –
Mais je recule.
Tu ne t'en aperçois même pas
Et tu apprends ainsi
À marcher sur l'air.
Pas sur l'eau... Sur le rien.

Dialogues avec l'Ange

Jour 63

Comment part-on du pôle, quand toute sa vie on a rêvé d'y être, quand depuis soixante-deux jours on marche vers lui ? Comment quitter le but de toute une vie ?

Tout simplement en se levant le matin et en bouclant son sac. Nous replions la tente, emportant avec nous la magie du lieu. La banquise, si belle hier, se craquèle de toutes parts. De grands serpents noirs se dessinent ; on nous met dehors. « *Raus* ! Les guignols, assez traîné ! Il vous faut retourner vers les vôtres ! » Le « jour blanc » s'installe, nous partons plein sud – évidemment ! – mais de quel côté ? Toutes les directions y mènent ! Ward-hunt se trouve sur le 74e degré de longitude ouest, mais après avoir examiné la tendance générale de la dérive, nous choisissons le 110e. Les mouvements océaniques nous mettront peu à peu dans l'axe. Heureusement, sur cette partie de la banquise, la dérive est normalement positive, c'est-à-dire que les vents dominant soufflent du nord. Ils nous pousseront dans le dos, nous aidant la nuit dans notre course contre la montre. Car c'est bien une course qui débute. Plus question de ravitaillement, les Russes quittent Barneo aujourd'hui. Désormais nous sommes seuls sur la banquise et si jamais un problème nous bloquait, la seule alternative serait de nous faire récupérer par les avions de la flotte polaire canadienne. Si quelque chose casse, on rentre : nous n'avons plus aucun moyen financier pour nous faire ravitailler.

Au premier coup de reins, Rodolphe donne le *la* de la mélodie à venir :

« Ce sera Ward-hunt ou rien ! Nous y allons coûte que coûte ! »

Le défi est lancé. Nous sentons que cet engagement va nous porter loin, très loin vers nous-mêmes. Nous mettons nos montres sur l'heure canadienne, après avoir suivi celle des Russes pendant deux mois et mille kilomètres. Petite nouveauté : nous allons devoir marcher la nuit. À midi, en effet, le soleil est plein sud, alors qu'à minuit il est plein nord ; or, nous préférons marcher la nuit, afin d'avoir le bel astre constamment dans le dos. Si nous marchions les heures diurnes, nous l'aurions de face et il nous brûlerait les yeux, même avec une bonne paire de lunettes. Ici, la minceur de la couche d'ozone rend ses rayons beaucoup plus puissants, donc dangereux pour notre peau. Voilà : aussi bizarre que cela puisse paraître, nous allons marcher la nuit désormais, levant le camp le soir vers 21 heures, pour dix à douze heures de marche.

Les premières heures sont fastidieuses. Nous ne voulons pas quitter l'extase vécue sur l'axe de la planète. L'aspect cotonneux du « jour blanc » ajoute à notre mélancolie. Je me retranche en moi-même, tirant sans réfléchir. Surtout ne pas penser. Je me prends à nouveau au jeu de la banquise, franchissant alternativement crêtes de compression et voies d'eau, frôlant chaque fois l'impossible. Rodolphe suit mes traces une bonne cinquantaine de mètres derrière, me laissant libre choix quant au passage. J'escalade, me débats, passe en force entre les blocs et cours régulièrement sur des œufs, au-dessus des *leads* à peine regelés. La concentration diminue, l'excitation monte. Je ne prête plus attention aux petites glaces bleues, brillant sur le chemin. Je fonce tout droit. Un sentiment puissant de maîtriser cet univers me pousse à tout tenter ; je suis le roi de l'océan ! – tel un enfant jouant avec le feu. Et plouf ! À la sortie d'une crête de compression, je m'enfonce brutalement dans de la mélasse. L'eau de mer, sortie par une résurgence entre les agrégats, imbibe la neige de surface, transformant le terrain en boue glacée dans laquelle je brasse jusqu'aux cuisses. Mes skis collent au sol, sous le poids de la neige fondue et je suis obligé de m'allonger pour m'accrocher à un « rocher » de glace ferme. Je me tracte, me démène dans cette mare poisseuse. Je peste contre moi-même. Rodolphe arrive en courant et m'aide à m'extirper de ces sables mouvants. À peine cinq heures de marche et me voilà trempé. Je n'avais pas envie de marcher, opération réussie. Je change gants, bonnet et polaire, avant de franchir correctement l'obstacle.

Nous continuons encore une heure trente, mais le vent se lève et l'eau qui imbibe mes vêtements me glace. Nous posons le camp, Rodolphe riant sous cape :

« C'est le genre de connerie que l'on fait tous un jour. J'ai déjà eu mon lot. »

Jour 64

Le soleil brille fort ce matin sur la plage, la mer caresse le sable chaud. Je sirote un jus de fruits, tout en regardant Lycia, Mimique et Philippe évoluer sous l'eau avec masque et tuba. Un bateau dans le fond dresse les voiles et... « Nano, réveille-toi, il est 7 heures, on n'a pas entendu sonner la montre ! »

Je regarde, ébloui, les sacs posés autour de nous sous la tente. J'observe Rodolphe dont la peau du visage buriné est enflée. Nous voilà de retour dans la réalité polaire. Fini la Corse, la garrigue et les vagues. Je ris du contraste :

« Tu ne peux pas savoir la joie que j'ai de me réveiller ici, chaque matin. J'aime vraiment ce désert blanc. Je ne céderais ma place pour rien au monde ! »

Des éclaircies sont visibles, le soleil allume la banquise par intermittence. Des paillettes de glace volent dans l'air sous l'effet d'une forte brise marine. Le thermomètre est revenu à des températures acceptables : – 24 °C. Le « jour blanc » est reparti. Je craignais fort qu'il ne stagne plusieurs jours, à la vue du redoux exceptionnel d'hier. Nous évoluons sous la tente sans souffrir du froid. Si on m'avait dit, il y a quelques années, que je me réjouirais à de si basses températures !

Mais le vent forcit et nous nous dépêchons de transférer les affaires dans les traîneaux. Le froid généré par les bourrasques nous surprend ; au bas mot – 45 °C ! Emmitouflés sous nos cagoules, nous démontons la tente sans prendre le soin d'ôter correctement la glace des parois car nous grelottons. Enfin prêts, il nous faut impérativement bouger. Je n'arrive pas à réchauffer la machine et les premières centaines de mètres sont très douloureuses. Le froid me mord alternativement les pieds, les mains, le visage et je ne sais quelle position adopter.

Les traîneaux butent tous les trois mètres dans les congères et nous tirent en arrière. Il faut chaque fois répondre par un coup de reins pour garder son élan, ce qui casse rythme et moral. Nous nous mettons donc côte à côte et discutons le coup pour oublier les secousses infernales. Nous refaisons le monde, débattons de la pollution, de l'économie, du droit de chacun, de la justice, de l'éthique et des autres. Nous nous évadons vers un avenir hypothétique. Rêves éveillés partagés d'un accord tacite, où se mêlent les voyages à faire, les enfants à naître, les amis à voir et les proches à aimer. Une cassure nous sépare, je passe devant, tout en essayant de continuer à parler avec Rodolphe. La sanction est immédiate ; je chute sur les fesses. Je me relève, la cuisse meurtrie par le coup. Chaque chose en son temps ; le message, une fois de plus, est bien passé. Nous n'avons pas droit à l'erreur, la concentration remonte d'un cran.

Nous entrons dans un enchevêtrement de blocs digne des premiers kilomètres russes. La réputation plus tourmentée de la voie canadienne n'est visiblement pas une chimère. Depuis deux jours, notre vitesse a terriblement baissé : deux fois moins vite que sur les grands plats d'avant le pôle !

Le vent chasse les nuages et fait courir la neige de crête en crête ; c'est somptueux. J'adore cette ambiance ! À la sortie d'un hummoc, qui ressemble presque à une colline (nous sommes au moins à dix mètres de haut), le ciel s'enflamme de plusieurs soleils. Quelle féerie ! L'astre se démultiplie, jouant avec les paillettes charriées par le vent, en suspension dans l'air. Il se couronne de deux halos. Le premier est entièrement délimité par un arc-en-ciel qui entoure notre étoile. Le second se devine par la formation de bouts d'arcs que l'imaginaire rétinien vient relier entre eux. Sur une ligne horizontale passant par le centre du soleil, se forment deux faux soleils. Puis, très vite, deux astres supplémentaires apparaissent aux croisements avec le second halo. Leur lumière est beaucoup plus faible que celle des deux premiers qui grossissent. Un sous-soleil, au niveau de l'horizon, se met à briller et les arcs se densifient. Un sur-soleil, coiffé d'un arc-en-ciel inversé, apparaît au-dessus. À l'opposé de la position même de l'astre, se forme un halo blanc, ressemblant à un nuage rond luminescent. Je m'enivre, tournant sans cesse sur moi-même afin de contempler le phénomène dans son ampleur.

Mon corps reprend le pas sur mon esprit et revendique. Je ne sens plus rien sous mes chevilles. Mes pieds sont totalement anesthésiés, mes mains douloureuses.

« On repart, je suis gelé ! »

Rodolphe, comme moi, vient de réintégrer sa chair douloureuse. Nous avançons les bras pendants, tout en remuant les doigts. J'essaie de me concentrer sur le spectacle, de le fixer dans ma mémoire pour oublier le retour du sang chaud dans mes extrémités. Par expérience, je sais que les pieds ne poseront pas de problèmes, mais les mains... Je chante ma douleur en grimaçant, victime passive et obligée de l'onglée qui se déchaîne : un vrai supplice. Je me tourne vers Rodolphe dont les yeux fardés de paillettes blanches étincellent.

Ce soir, *Nano téléphone maison* ! La voix guillerette de ma femme résonne dans l'écouteur. Nous sommes le premier mai, journée chômée, elle est montée chez ses parents se reposer. Elle me parle brièvement de la vie familiale et passe aux choses sérieuses, si tant est que la famille n'en soit pas une ! L'attachée de presse vient de démissionner. Nous venons d'atteindre le pôle, moment décisif à ne surtout pas louper médiatiquement... et voilà qu'elle part ! *Dixit* : « J'ai trop de travail à côté. » Je suis fou ! Nous lui faisions confiance, elle se chargeait de toutes les relations de presse et voilà que tout tombe à l'eau. Comment redresser la barre ? Lycia m'explique qu'elle ne croyait pas en notre réussite et que, dès les premières difficultés, elle a pensé que nous abandonnerions. Elle a donc pris du travail ailleurs, n'honorant plus du tout son engagement envers nous – mais continuant, par contre, à nous facturer ses honoraires ! Aujourd'hui, se sentant incapable d'assurer un vrai travail, elle quitte le navire. C'est dur à avaler. Mais je parviens à calmer ma rage. Inutile de l'accabler ; nous aurions dû la sentir fragile dès le début. Seulement voilà, notre départ arrivait à toute allure, il nous fallait quelqu'un d'urgence... Une erreur de plus dans cette équipée sauvage. Du coup, Lycia se propose de contacter elle-même magazines, journaux, hebdomadaires et autres médias, via l'agence Sipa, notre partenaire photo. Elle ferait ça en collaboration avec ma mère qui, elle, s'occuperait en plus de la partie sponsoring et des télés.

Si les deux premiers mois Lycia a paniqué, la voilà qui se pose désormais en meneuse, assumant pleinement son rôle de pilier du QG et de lien entre toutes les parties. Je suis fier d'elle. Pas parce qu'elle essaie de sauver l'impossible, mais parce qu'elle a réussi à dépasser son manque de confiance en elle-même. Aujourd'hui, elle *marche* (façon Rudolf Steiner) et si elle n'en a pas encore totalement conscience, ses actes le prouvent. Quelle femme ! Chapeau bas, madame Tortel !

Jour 66

Nous partons en fanfare, la fleur au bout des spatules, dans un brouillard à couper au couteau. Les premières heures sont très dures, j'avance sans énergie, avec un seul but : me réchauffer. Le froid a grandement diminué, mais le vent constant du sud entretient l'onglée et le visage gèle. Paradoxalement, je transpire dans le dos. J'aime le froid. Je m'y sens bien.

Depuis quand dure cet amour ? Aussi loin que remontent mes souvenirs, j'ai toujours choisi l'ambiance « froide » dans mes jeux. Je me rappelle encore, pour mon cinquième anniversaire, quel cadeau de roi fut la peau de mouton avec laquelle j'allais jouer à me protéger du froid. Plus le temps a passé, plus les espaces gelés m'ont attiré – aussi parce qu'ils sont vides d'hommes ! Il y avait toujours, chez moi, cette fuite de l'autre. À l'inverse, l'enfer fut toujours la jungle urbaine. Je crains l'homme, que m'a-t-il fait ? Ceux qui croient en une vie avant la vie m'expliquent que ma peur serait antérieure à ma naissance. Ils me parlent de camps de concentration, de tortures, d'inquisition, de décadence romaine et de grands châtiments bibliques. Je ne sais pas s'ils ont raison. Toujours est-il que cette peur m'a marqué dès mon plus jeune âge, voire *in utero* ! Ce qui s'expliquerait assez facilement par les trois tours de cordon ombilical (trois !) qui m'étouffaient quand je suis né. Quoi qu'il en soit, je marche aujourd'hui sur la glace avec la volonté de dépasser mes peurs et l'idée de retourner vers mes congénères, enfin heureux et délivré.

La première partie de l'aventure m'a fortement dégrossi. La montée vers le pôle a ouvert en moi des horizons inconnus, me faisant découvrir la terre, le ciel et la place de l'homme au centre.

Je le sais aujourd'hui : ma tâche sur terre sera d'aider. Mais avant, je dois soigner mon âme et mieux, prendre possession de mon corps, pour pouvoir affirmer qui je suis. En faisant peau neuve, je laisse sur le chemin mes vieux démons, mes attachements, en échange de « l'éternellement nouveau » dont les mystiques disent qu'il est le signe de l'ange – le paradoxe étant (du moins au regard du langage courant) que les joies angéliques sont bigrement incarnées !

Cependant, l'humanité ne s'est pas faite en un jour. Alors je prends le temps, me rattachant non à l'espérance, mais à la croyance. Je n'espère pas, je crois. Pour moi, cela signifie sauter d'une attitude passive à une active. Je crois en l'incroyable et la beauté me guide pas à pas. Si je m'étais cantonné dans l'espoir, je ne serais pas là, mais encore à Dieulefit, à attendre qu'un jour « cela se fasse ». Croire donne des ailes. La foi est cette force sacrée qui met l'aveugle en mouvement vers la lumière.

Je ne sais pas où je vais. Mon chemin continuera longtemps après Ward-hunt. Mais je ne me laisse pas dévorer par cet infini. Je regarde mes pieds et avance calmement, dans l'instant. « Ici et maintenant », comme ils disent tous. Eh bien oui, c'est ainsi qu'il m'est donné de voir ce pour quoi je suis sur terre : servir, aider, participer à la grande entraide mutuelle des âmes en marche vers la lumière. De quelle façon ? Quand ? Comment ? Tout cela n'est que le bavardage du mental boulimique qui veut savoir, encore et encore. En continuant d'avancer, je le découvrirai ; les explications me seront données, juste en leur temps. J'ai toujours envie de griller les étapes, mais je prends conscience que notre vrai but sur terre, c'est l'expérience – pas l'anticipation. Pourquoi toujours vouloir passer au travers de ce que je vis chaque instant ? Continuons à nous fier à ce bon vieux *Carpe Diem* !

Les grandes étendues plates d'avant le pôle ont disparu, laissant place de ce côté-ci à des parcelles enchâssées, ici entre des voies d'eau, là entre des blocs. Le terrain change sans cesse. Pour pouvoir suivre les zones plates, nous n'arrêtons pas de louvoyer est-ouest, freinés par d'innombrables chicanes. En milieu de journée, le vent tombe et nous profitons de la chaleur du soleil, adossés à nos caravanes polaires. Petit casse-croûte douillet. Nous parlons du merveilleux spectacle offert hier. Rodolphe est intarissable. Entre deux gorgées de thé :

« C'était trop ! Trop magnifique ! Les soleils étaient partout à la fois, il m'était impossible de voir la totalité du phénomène d'un seul coup d'œil.

— J'aurais tant aimé filmer cette féerie d'arcs-en-ciel, mais le froid me paralysait. En fait, je vais te dire : la douleur m'empêchait carrément d'apprécier ! Ce n'est que maintenant que je réalise l'envergure de l'événement cosmique auquel nous avons assisté.

— Je n'avais jamais vu un si beau spectacle ! »

Finalement, nous nous retrouvons sur une banquise étonnamment dégagée, où je redécouvre la fameuse sensation de monter, comme durant notre chevauchée fantastique avant le pôle. Un effet d'optique incline le sol et transmet des informations erronées à mon cerveau. C'est troublant, comme si je pouvais sentir la rotondité de la terre. Au début de l'expédition, cette bizarrerie me contrariait ; aujourd'hui, je m'en amuse.

Encore une heure, j'accélère le pas, profitant d'une étendue plate à perte de vue, quand j'entends un cri. Je me retourne aussitôt pensant immédiatement à un ours. Rodolphe, trente mètres derrière, hurle, gesticulant de la main droite, tout en essayant d'avancer. Il marche en serrant visiblement les fesses et je rigole intérieurement. Il crie toujours et je comprends :

« Arrête-toi ! J'ai la chiasse ! »

Il se tord comme un lombric coupé en deux et, à dix mètres, stoppe net, n'en pouvant plus. Il ôte en catastrophe son harnais, ses skis, sa parka, ses gants, sans aucune logique, dans le seul but d'ouvrir sa salopette : panique à bord ! Il tombe subitement sur les genoux, glissant sur un ski, les mains nues plantées dans la neige. Il peste, jure, continue à se déshabiller avec hargne et finalement court s'abriter du vent derrière son traîneau. Soulagement. Je ne peux m'empêcher de rire en l'observant se démener. L'inconvénient, c'est que tout gèle, son slip est en béton. Le froid le gagne. La plaisanterie est terminée. Je me dessangle rapidement, face à l'urgence de la situation, et cours vers lui. Je l'aide à se rhabiller. Il ne peut plus bouger les doigts. Je lui enfile mes moufles chaudes, l'onglée arrive. La douleur le paralyse. Je l'aide à rechausser ses skis, à mettre son harnais et le pousse quelques mètres afin de relancer la machine. Il marche tant bien que mal. Le temps qu'il retrouve l'usage de ses mains, nous plantons la tente. Mon pauvre pote est franchement mal à l'aise, avec son slip alourdi qui, lui aussi, se réchauffe. Heureusement, l'installation du camp ne nous prend que quelques minutes. Une fois dans notre antre, à l'abri du vent, réchaud plein gaz, Rod se lance dans une toilette intime avec l'impression d'être retombé vingt-cinq ans plus tôt, quand il faisait encore dans ses frocs. À la fin il rigole. Ouf, ça va mieux.

N'empêche que cette sorte de farce a failli lui coûter quelques phalanges – et peut-être bien pire. Mais pourquoi a-t-il soudain attrapé ce mal au ventre ? Lui seul peut répondre.

Ce soir, l'heure est aux calculs. Nous comptions faire du vingt-deux kilomètres par jour de moyenne et voilà que depuis quatre jours, nous ne dépassons pas dix-huit kilomètres, avec dix, onze, voire douze heures de marche quotidienne. Nous sommes loin des trente kilomètres abattus durant les jours magiques d'avant le pôle ! Décidément, le terrain est beaucoup plus chaotique côté canadien. Par ailleurs, aux dires des expéditions venues de Ward-hunt, la banquise est sévèrement démontée cette année. Nous devons nous attendre aux pires conditions de marche et de météo, avec des températures qui remontent de façon anormale. Ce qui signifie davantage de voies d'eau et de brouillard. À tout cela va s'ajouter un facteur tout à fait imprévu. Habituellement, les vents dominants soufflent du pôle vers l'île Ellesmere, poussant et compactant la glace contre les côtes canadiennes. Or, depuis une semaine, la tendance est aux vents du sud qui, *a contrario*, déchirent et ouvrent la banquise, la désolidarisant des côtes. Nous qui désirons justement rejoindre celles-ci, au sud, nous risquons de dériver de plus en plus vers le nord, et donc de voir les kilomètres péniblement gagnés pendant nos marches de « nuit », réduits à néant durant notre inactivité du « jour ».

Bref, face à toutes ces variables, nous calculons avec Rodolphe que nous pouvons d'ores et déjà prévoir notre arrivée à Ward-hunt autour du 12 juin, soit deux semaines plus tard que prévu. Certes, les conditions météo peuvent s'inverser en notre faveur, mais dans l'incertitude, nous devons prévoir toutes les éventualités et donc opter pour un régime drastique dès aujourd'hui. En un mot il nous faut rationner.

Depuis deux mois, la valeur calorique de nos rations est d'environ six mille kilocalories par jour et par personne. Nous prévoyons encore quarante jours de marche et possédons trente jours de nourriture. Le calcul est simple : avec trois jours de nourriture, nous allons devoir marcher quatre jours et donc descendre à quatre mille cinq cents kilocalories par jour et par personne. Heureusement, le froid s'est nettement atténué. L'affaire semble jouable. Nos efforts de traction ne devraient pas nous contraindre à trop puiser sur nos réserves.

Jour 69

Comme tous les « matins » (en fait tous les soirs) depuis plus de deux mois, nous faisons un relevé au GPS de notre position, afin de déterminer les mouvements de la banquise durant notre sommeil. Jusqu'au pôle, nous avons constamment dérivé d'est en ouest, avec une tendance légère vers le nord. En soixante-deux jours cumulés, les mouvements de la banquise nous ont ainsi fait gagner trente kilomètres vers le pôle, soit une pleine journée de marche. Nous étions d'autant plus heureux que cette dérive promettait de s'accentuer, toujours dans le même sens, donc vers le sud, une fois passé le pôle. Nous savions en effet que toutes les expéditions parties depuis l'extrême nord du Canada, sur le secteur de l'île de Ward-hunt, depuis dix ans, avaient dû marcher vers le pôle à contre-courant d'une dérive unanimement décrite comme le pire ennemi. Pour nous qui allions en sens contraire, l'ennemi devait miraculeusement se métamorphoser en allié. Or voilà que, contre toute attente, dès le premier jour, nous reculons ! Vents et courants nous refoulent vers le pôle ! À croire que ce dernier ne veut pas nous lâcher...

Ce matin encore, le verdict tombe : deux « minutes » de dérive en douze heures, soit trois kilomètres et demi environ. Nos calculs journaliers nous obligent à admettre que le tapis roulant continue à se déplacer plein nord. Quelle poisse ! Coup de fil à mon ami Alain Hubert, explorateur polaire réputé. Il n'est pas très étonné. Aux dires des sites météorologiques polaires, une inversion des vents se mettrait en place, depuis quelques années, à partir du mois de mai. Le climat de l'Arctique se modifie indéniablement. Nous en subissons les conséquences : nous reculons et, surtout, le pack se disloque, en s'éloignant des côtes canadiennes, d'où des voies d'eau chaque jour plus nombreuses... Heureusement, ce matin la température se maintient au-dessous de la barre des – 20 °C. L'eau va geler assez rapidement. Mais désormais, nous devons prendre en compte toutes ces données pour nos calculs de vitesse journalière – et décompter une moyenne de quatre à cinq kilomètres par jour, soit une perte globale d'environ deux cents kilomètres sur les huit cents à parcourir à vol d'oiseau. Deux cents kilomètres que nous allons en quelque sorte devoir parcourir deux fois. Ces calculs ne tiennent pas compte des tours et des détours – inutile de nous décourager ! Mais nous savons bien que la moyenne, pour toute expédition sur ce terrain chaotique, est une augmentation de dix pour cent du parcours si celui-ci est vallonné, de vingt pour cent sur une banquise cassée et de trente pour cent dans le chaos infernal qui mélange crêtes de compression et voies d'eau libre.

Nous commençons à toucher du doigt ce fameux réchauffement planétaire dont tout le monde parle sans vraiment se rendre compte concrètement des enjeux. Ici, pas de doute possible, la banquise perd chaque année de son épaisseur, le terrain est de plus en plus chaotique, l'eau libre gagne du terrain. Cependant, nous entrons juste dans le mois de mai et le pire est certainement à venir si les températures ne remontent pas aux normales habituelles, mesurées tout au long de ce siècle. Quel terrain allons-nous découvrir aujourd'hui ? Mystère !

Rodolphe va nettement mieux, ses ennuis intestinaux ont disparu. Nous repartons donc d'un bon pied. Dès les premières heures, nous découvrons une banquise clairsemée de bras d'eau nouvellement prise en glace. Une fine couche, d'à peine quatre centimètres, recouvre les chenaux ouverts dans le pack, relativement démontés. Ces voies de fine glace sont toujours intéressantes, le traîneau y glisse sans effort. Cependant si l'épaisseur varie à un moment donné, nous risquons de passer au travers ; le choix est épineux ! Nous testons avec prudence la faible épaisseur solidifiée, sous laquelle le noir de l'océan s'impose et avançons à pas feutrés. Si, au début de l'expédition, au cœur des basses températures, il nous fallait adopter l'attitude de l'ours, désormais nous devons devenir des renards. Face au froid extrême, l'important était de ne pas perdre une calorie, tout en tirant le poids de l'essentiel du voyage. Nous devions donc adopter le pas lent de l'ours, imiter sa force, sa résistance, pour survivre. Aujourd'hui, nous devons quitter notre peau d'ours pour endosser celle du renard : le froid est parti, la glace perd de sa cohésion, nous devons devenir légers sur la fine glace, sauter de bloc en bloc avec adresse, apprendre à marcher sur des œufs... sans faire d'omelette ! Quand viendront les grandes étendues d'eau libre, je sens que je vais rêver d'être un phoque !

Heureusement, pour l'instant la question ne se pose pas, car les voies d'eau ne sont jamais plus larges qu'une dizaine de mètres. Au lieu de devoir les traverser, nous longeons le plus possible les bords, tâchant toujours de deviner celui qui nous mènera vers le sud. Nous marchons donc en crabe, parcourant cent mètres dans cette direction-ci, cinquante mètres dans cette direction-là, montant et descendant, tantôt sur le pack, tantôt sur cette glace vive en formation.

Et soudain nous nous arrêtons pile : devant nous, un fleuve noir d'au moins trois cents mètres de large nous coupe la route du sud, s'étirant est-ouest à perte de vue. Une seule décision possible : traverser. Il faut imaginer le Rhône, ou la Loire, ou la Seine, recouverts d'une vitre gelée de trois à quatre centimètres avec, au milieu du lit, une zone d'environ un mètre, où les deux languettes de glace en formation à partir des rives se chevauchent. Nous nous engageons, la vitre ondulant sous chacun de nos pas. Apparemment, ça tient... Arrivés près de la zone centrale, nous sentons l'élasticité du sol augmenter et la glace s'amincir. Étant le plus lourd des deux, je décide d'essayer de franchir cette zone délicate en premier. Si je réussis, Rodolphe passera sans souci. Au milieu du fleuve, la vitre de glace sur laquelle je me trouve finit en une languette posée sur la vitre opposée. Le problème est qu'elles s'amincissent toutes les deux et je ne sais pas comment elles vont réagir sous mon poids. Une chose est sûre, si je tombe à l'eau, jamais je n'arriverai à remonter. C'est le moment de se transformer en renard ! Je m'approche à moins d'un mètre de la zone frontière et, sans m'arrêter, je longe en biais afin de tester la réaction de la vitre de glace. Elle ploie fortement mais ne casse pas derrière mes skis. Du bâton, je teste à grands coups la zone hybride qui résiste bien. Rodolphe derrière moi suit, attentif, m'informant de l'ondulation du sol sous mes skis. Finalement, après plusieurs tentatives, je me décide et traverse à toute vitesse les languettes. Je m'enfonce, le sol se dérobant sous chaque pied en appui. Trois mètres d'incertitude plus loin, mes appuis deviennent plus francs, j'accélère et stoppe une fois hors de danger. Me voilà de l'autre côté. Rodolphe essuie son front de la main, pour me signaler son appréhension. À l'endroit de mon passage, les languettes se sont rompues. Des morceaux de glace flottent dans l'eau ouverte. Elles étaient juste assez solides pour me supporter un instant. J'observe mon compagnon recommencer le manège à un autre endroit. Il se lance. Sa démarche est saccadée. La glace cède sous ses skis, mais pas assez vite pour qu'il passe à l'eau. C'est impressionnant à voir, on dirait qu'il flotte sur un mélange mi-glace mi-eau. Finalement, nous atteignons la berge. Au moment de monter dessus, mes jambes flageolent. La pression redescend, la tête me tourne. Nous nous hissons sur la berge et stoppons pour un thé. Quelle folie !

À peine remis de nos émotions, nous tombons sur un nouveau fleuve qui partage la banquise. Même glace, même condition. Nous traversons. Comme en parachute, le second saut est toujours plus impressionnant. Nouvelle poussée d'adrénaline, et cette fois c'est Rodolphe qui prend un coup de fringale. Nous continuons et rebelote, un lead. Mais celui-là descend sud-ouest. Plutôt que de le traverser, nous le longeons sur presque un kilomètre. Là, il se resserre d'un coup et disparaît, laissant place à un amoncellement de blocs, au milieu duquel nous galérons le reste de la journée. C'est bien fini, les grands espaces du pôle ! Nous retrouvons le chaos du début, avec tous les cent mètres des crêtes de compression par-dessus lesquelles nous devons tirer les traîneaux à la main, l'un après l'autre.

Nous attaquons l'avant-dernière heure de la journée. Retrouver l'enfer des amas de blocs me consterne. Je ronge mon frein, la colère monte. Mon ange me traverse alors l'esprit. Il se marre. Il ironise, je le sens bien, sur mon malheureux sort. Un sourire me monte aux lèvres, le réconfort revient. Je murmure tout en ouvrant les bras : « Tu as raison. Pour tout l'or du monde, je ne voudrais pas me trouver ailleurs. » Méthode Coué ? Non, je suis sincère. Le soleil nous chauffe le visage. Quel plaisir !

En pleine zone tourmentée, d'énormes icebergs jalonnent soudain notre chemin. La difficulté augmente d'un cran, mais les teintes variées de bleu et de blanc nous offrent un fabuleux spectacle. Il faut absolument filmer. Je branche la caméra et m'empare de tout ce que je peux cadrer. J'accélère mes pas, afin de devancer Rodolphe d'une distance suffisante pour filmer ses évolutions dans le dédale dingo des plaques enchevêtrées. Mon pote se débat, tire, tracte, s'accroche, s'enlise ; le spectacle est re-mar-qua-ble. Au sommet d'une crête de compression, je filme le panorama insolite d'une banquise pulvérisée. Les amas de glace me paraissent, soudain, plus petits, plus jolis.

C'est l'aventure avec un grand A. Nous ne savons pas de quoi demain sera fait. Nous apprécions l'instant, l'effort, le corps à corps avec l'océan gelé. Je me dis : « Quelle chance ! » Et aussitôt, une question crève la surface de ma conscience comme une bulle : « Pourquoi moi ? » Des milliards d'hommes grouillent sous les latitudes plus clémentes. Qu'est-ce que je fais, ici, moi, dans l'impossibilité glacée ? Des myriades d'êtres humains défilent sur mon écran intérieur...

... Des Indiens chassent le caribou, pendant que d'autres, ivres morts, cuvent leur vin, écroulés devant les bars. Des Pygmées jouent du tambour au fin fond de la forêt. Des Hindous prient leurs divinités dans des temples recouverts d'or, alors que, cent mètres plus loin, des enfants meurent de faim. Des golden boys jouent en bourse. Des Afghans se battent contre l'envahisseur qui, cette fois, a pris l'aspect de talibans fanatiques, persécutant leur propre peuple. Une caravane, hors du temps, passe en plein désert. On attend des bouchons sur les autoroutes pour demain, gros week-end de Pentecôte. Un enfant s'effondre mort, en Afrique. Échanges de coups de feu dans la bande de Gaza. À Dakar, des hommes remontent les filets de pêche sur la plage, à bout de bras...

Les images défilent sans arrêt, mêlant anecdotes dérisoires, flashes poignants, scènes dantesques de batailles et de guerres. Avec toujours la même question : « Et moi ? Qu'est-ce que je fiche là, loin de tout, au royaume des glaces ? » Heureusement qu'une petite voix arrive des profondeurs et vient gommer mon sempiternel sentiment de culpabilité : « Tu n'es pas différent d'eux. Vous n'êtes pas séparés. » Quelque chose se pacifie en moi. Je pourrais être n'importe quel humain sur cette terre, j'aurais pu naître n'importe où ailleurs. Et pourtant, j'ai choisi cette vie-là. Il y a seulement quelques années, je n'aurais jamais pensé me retrouver posé sur l'océan et sans bateau ! C'est quand même étonnant, pour un gars qui a peur de l'eau, non ? Les chemins de l'existence sont à l'image des « voies du Seigneur » : impénétrables. Je suis unique, comme tous mes frères et sœurs sur cette terre. Et nous vivons tous nos propres expériences en fonction de nos choix conscients et inconscients. Et, dans le même temps, nous ne faisons qu'un, tous reliés à la même source. Un énorme sentiment d'unité et d'amour universel me traverse, me donnant l'impression de calmer jusqu'au dernier de mes globules.

Ce soir, j'apprends simultanément la mort de mon vieil ami Georges E. et la naissance d'une petite Manon G., fille de Virginie et de Yéyé. Bon voyage, mon ami, ma joie t'accompagne ! Bienvenue sur terre, petite fille, amuse-toi bien ! La roue tourne, mort et vie se succèdent en une expérience sans cesse renouvelée.

Jour 72

Une nuit agitée. Trois réveils, trois rêves différents et pourtant complémentaires. Un message se cache derrière tout ça, mais je ne vois pas lequel. Je décide de les raconter à Rodolphe.

En m'entendant les lui dire à haute voix, je les comprendrai à coup sûr beaucoup mieux.

Premier rêve : je rentre chez moi, Lycia est là, en colère. Elle m'annonce qu'elle en a marre de moi ; elle veut partir. Son visage est normal, mais un rictus apparaît par moments, dissimulant sa peur. Elle m'accuse de ne pas gagner assez d'argent pour pouvoir bâtir la maison que nous aimerions avoir et pour élever nos futurs enfants. Elle veut de la stabilité et ne supporte plus cette vie d'aventure. Son visage a de plus en plus de mal à cacher une haine sourde, profonde. J'ai presque peur. Je la laisse choisir, tout en lui expliquant que c'est ensemble que nous devons vivre. J'ai du mal à le lui dire, sa colère m'angoisse.

Second rêve : je rentre à nouveau chez moi et découvre la pièce vide, repeinte en bleu nuit, mais de manière très aléatoire. C'est très mal fait, très sale. Lycia arrive, de l'agressivité dans le regard et expose les mêmes problèmes en m'insultant. Elle hurle, divague, les yeux roulant dans les orbites, les cheveux dressés : une folle. Je me tourne et pars en suivant sur les murs un trait bleu clair qui m'amène de salles en couloirs, à une grotte débutant au fond de ce dédale. C'est humide, un boyau étroit s'enfonce. Je refuse d'avancer. Je connais trop bien ces cavernes emplies des peurs les plus sourdes. Cela me rappelle les cauchemars de mon enfance, je suis cloué sur place, incapable de faire un pas. Un très jeune garçon se retrouve devant moi, comme s'il avait toujours été là. Il a les cheveux châtains, coupés à la Brian Jones et je comprends qu'il s'agit de moi, à six ans. L'enfant m'invite dans le boyau, mes angoisses me submergent. J'avance des frissons plein le corps, le ventre broyé par la terreur. Chaque pas est un supplice. Il me prend la main et tire, souriant. La lumière diminue. Voilà une éternité que je me suis engagé dans ce goulet ; comment ressortir ? Soudain l'enfant s'arrête et s'enfile dans une anfractuosité du rocher. Je ne peux pas le suivre ; la panique n'est pas loin. Il revient toujours joyeux, une petite fille à la main, apeurée. Je m'approche d'eux. Elle me regarde et m'explique : « Je me cache car mes parents veulent me manger ! Ils ont déjà eu mes sœurs. » Nous l'encourageons à venir avec nous. Ma peur s'envole comme par enchantement, je me sens bien avec eux. Elle accepte. Je me réveille.

Troisième et dernier rêve : même scène qu'au début. Nous sommes cette fois dans une salle de bains aux carreaux noirs, hideux. Lycia m'insulte, le visage tordu par la haine et la peur. Les reproches sont toujours les mêmes : comment allons-nous vivre matériellement ? Face à son comportement, je décide de partir. Je ne peux pas vivre avec elle. Soudain, une seconde Lycia arrive. Elle est souriante et irradie une douce lumière. Elle s'enquiert des problèmes et explique les torts de l'autre (la folle) en affirmant : « Si Arnaud part, je pars avec lui. » La Lycia folle se calme, triste, abattue, éteinte et demande à quoi lui sert alors de « vouloir bien faire si tout le monde la quitte » ? Elle ne cherche qu'à plaire en faisant ce qu'on lui a enseigné : se battre pour faire le bien. La lumineuse lui explique qu'on ne vit pas pour les autres, qu'elle doit mener sa vie, seule, comme elle l'entend. « Sa propre joie vaut toujours mieux que celle des autres ! » La sereine me prend par la main et m'invite à partir avec elle. L'autre pleure. Je l'attrape par le poignet et l'emmène avec nous. Subitement, il n'y a plus qu'une seule Lycia, heureuse, marchant à mes côtés, bras dessus, bras dessous.

Rodolphe me regarde, narquois. Il trouve mes rêves jolis, limpides, presque un peu trop :

« Ce qui m'étonne le plus, dit-il, ce n'est pas tant le sens des rêves, mais leur clarté !

— Moi aussi, ça m'a scié. Mais, depuis le pôle, le peu de rêves que j'ai faits sont tous aussi nets. Ce que je veux comprendre, c'est la leçon que je dois concrètement en tirer et là, je t'avoue que je ne suis pas sûr de mon coup. Qu'est-ce qui m'est demandé ? De continuer sur ma voie ? De changer ? D'entraîner Lycia avec moi ? De l'écouter ? »

J'en reste là, espérant bien trouver la solution, plus tard, dans l'effort de la marche.

Nous partons à nouveau sous le jour (en fait la nuit) qui blanchit tandis que, cette nuit (c'est-à-dire le jour), le soleil a pointé son nez, illuminant la banquise. Cela a le don de nous mettre les nerfs à fleur de peau. Une barrière de brouillard se dessine sur l'horizon. Dans quelques heures, nous allons retrouver la purée de pois. Nous décollons le plus tôt possible. Comme chaque jour, les deux premières heures sont harassantes. Les courbatures de la veille et l'ankylose de la nuit jouent sur les articulations qui se dérouillent lentement. Le froid nous chatouille mains et pieds et nous guettons l'onglée du matin avec résignation. Bref, nous attendons la première pause avec impatience. Après seulement, le rythme revient, le diesel s'élance. Ensuite, nous nous arrêterons suivant un planning précis : trois fois toutes les deux heures... puis trois fois toutes les heures, ce qui nous mènera à la dixième heure – là, en fonction de notre forme et du terrain, nous marcherons encore une demi-heure, ou une heure.

Voilà trois jours que nous sommes entrés dans la zone dite de Lomonossov. Une chaîne de montagnes sous-marines s'étend sous nos pieds, ce qui entraîne en surface des remous très spécifiques, qui viennent déchirer la banquise. Cet endroit est particulièrement renommé pour la fréquence de ses zones d'eau libre, même au cœur de l'hiver, et du chaos général qui règne alentour. Réputation fondée si nous en croyons les amoncellements invraisemblables que nous traversons chaque jour et dont la répétition augmente de jour en jour. Un vrai champ de bataille.

Au cœur du combat que nécessite la traversée de cette zone, mes derniers rêves me reviennent à l'esprit et je leur trouve de toutes nouvelles interprétations, parfois lumineuses. Le premier, par exemple, me montre que la peur sous-tend les rapports d'amour entre les humains, au sein des couples notamment. Dans le second, j'explore les angoisses matérialisées de Lycia, qui ressemblent fortement aux miennes. La petite fille se cache pour ne pas devenir adulte. Le monde des hommes ne lui plaît pas, elle refuse ce qu'on lui propose. Dans le dernier, je comprends que la petite fille s'est fait engloutir par la société, qu'elle subit. Mais sa grande personne, son être fait surface et vient l'aider. Quand nous repartons ensemble, Lycia est devenue elle-même, une et une seule. Je suis ébahi, ces trois rêves sont certainement beaucoup plus riches que ce qu'ils m'ont donné à voir immédiatement. Chaque détail me saute aux yeux avec un nouvel éclairage, qui tombe incroyablement juste. Merci !

Après quatre heures de traction acharnée, où l'avancée se compte parfois en centimètres, nous tombons sur une belle zone plate, où nous devinons un serpent noir caché sous l'horizon. Je me lance, en courant de bloc en bloc. Le traîneau cogne, heurte, frappe la glace, sans se retourner, ni se coincer. J'accélère, relançant sans cesse l'inertie de la masse glissante, l'empêchant ainsi de se bloquer. J'arrive essoufflé sur le plat, tout heureux d'être passé aussi facilement. Rodolphe, derrière moi, avance plus précautionneusement, essayant d'amener avec souplesse son traîneau dans ses pas. Peine perdue, la charge se retourne et chute dans un creux d'un mètre de profondeur. Il peste, arc-bouté, tirant sur ses cordes ; en vain. Je me dessangle et retourne sur mes pas pour l'aider avant qu'il ne se mette en colère. Il beugle : « Quel déconneur ce Lomonossov ! Je t'en ficherai, moi, des montagnes sous-marines ! »

Nous atteignons finalement une belle petite rivière recouverte d'une vitre de glace homogène, épaisse de trois centimètres. Je pose mes skis dessus, aligne mon traîneau et commence la traversée (à peine dix mètres). Je sens les ondulations de la jeune banquise sous chacun de mes pas et, à chaque fois, je pense passer à l'eau tellement la plaque s'enfonce. Je parviens une fois de plus de l'autre côté sans encombre, mais derrière moi la « vitre molle » oscille encore, comme la surface d'un énorme pudding gélatineux. Rodolphe est blanc comme un linge :

« Punaise, c'est dingue comme elle peut plier. En te regardant, je suis resté en apnée du début à la fin ! »

Je le regarde à mon tour et comprends sa frayeur, sidéré par les ondulations de la jeune glace. Comment ne cède-t-elle pas ? À chaque pas, je m'attends au pire. Finalement, Rodolphe arrive à mes côtés, rayonnant. Cette fois, c'est moi qui ai le souffle coupé et lui qui s'esclaffe.

J'ai longtemps cru que la souffrance élevait l'âme. Je pensais qu'une fois sur la glace notre lot d'efforts nous aiderait à toucher l'insondable. C'est exactement le contraire : nous devons apprendre à nous détacher de notre souffrance, à en rire comme le fait si bien Rodolphe à l'instant. Quand la banquise est fracassée, que le traîneau pèse une tonne, les efforts à fournir sont énormes... et pourtant largement tolérés par notre corps : c'est l'esprit qui revendique et rechigne ! Il se plaint sans cesse, nous rabaissant à subir la souffrance... et les douleurs arrivent, insupportables. À l'inverse, en acceptant la situation, la joie nous hisse au-dessus de nos douleurs. Le corps se place alors spontanément aux bons endroits, tire, pousse, arrache, sans hurler, à sa juste place.

Libre à nous d'enfler le sentiment douloureux ou de le regarder passer, comme quelque chose d'important, certes, mais finalement d'inutile. La souffrance sert en nous l'animal : pour nous indiquer un danger, une faiblesse, une partie de nous à travailler. L'humain, lui, peut s'en passer : une fois perçue cette vérité essentielle, la souffrance perd de son impact, on peut la dépasser et souffrir devient donc une occasion de s'humaniser. Un cadeau plutôt qu'une punition !

Le brouillard nous attrape aux trois quarts du parcours et nous finissons dedans. Comme pour échapper au poids de l'immaculé, je fixe mon attention sur les blocs habituellement bleutés, que le « jour blanc » peint en vert-de-gris. Je me concentre sur le chemin. En parallèle, comme si une partie seulement de moi se branchait sur la banquise, une autre partie allume un écran intérieur où Lycia apparaît. L'amour de ma vie donne un cours de tai-chi au pied des cèdres centenaires du domaine de Réjaubert, à Dieulefit. Ses mouvements pleins d'harmonie se fondent dans le paysage. Les arbres majestueux l'accompagnent, dans un léger bruissement des frondaisons. Ses yeux s'illuminent et un trait de lumière, prenant naissance dans la terre, suit sa colonne vertébrale et monte vers le ciel. Elle devient étincelante, entourée de halos successifs de différents tons. Sa beauté m'absorbe, je me détends. Une douce chaleur inonde mon corps. Merci de ta présence, mon amour.

Jour 74

Tempête. La tente est chahutée, les parois claquent anormalement au vent. Je sors et constate qu'il manque, sur un côté de notre abri, le talus de neige qui doit reposer sur la jupe du double toit. Le vent s'engouffre entre les deux toiles, situation dangereuse : si notre tente se déchirait nous serions mal barrés ! Je renforce rapidement le tour de notre maison en tissu. Dans la foulée, j'en profite pour monter un mur de protection d'un mètre de haut en amont du camp. Puis, je retourne me coucher.

Le vent forcit. Nous hésitons à lever le camp, sûrs que nous sommes de trouver des bras d'eau libres en pagaille. Le problème, comme le signale Rodolphe, c'est que nous ne pouvons pas nous permettre de lambiner. Le vent nous pousse vers l'est, nous faisant dévier de notre route. Notre première priorité est d'au moins le contrer pour ne pas perdre le cap vers Ward-hunt. Je n'ai aucune envie d'affronter les éléments, faire le gros dos ne m'aurait pas déplu, mais Rodolphe a raison, l'expédition se joue peut-être ici. Nous emballons tout le matériel dans les traîneaux en prenant un maximum de précaution pour ne pas abîmer la tente et ne pas charger les pulkas de neige.

À peine avons-nous fait quelques centaines de mètres qu'un lead infranchissable, fraîchement ouvert, nous barre le passage. Nous décidons de remonter le vent, plein ouest, pour ne pas perdre le cap. Sous l'effet éolien, la température descend à – 50 °C. Nous avons déjà connu bien pire (jusqu'à – 85 °C !), mais de face, c'est intenable. D'autant que si nous mettons la cagoule, nous surchauffons, avec risque grave de buée vite transformée en glace – mais sans cagoule, nous risquons en permanence les gelures du nez et des joues...

Les pauses sont infernales. La neige balayée par le vent nous submerge, les flocons pénètrent dans nos vêtements, nos moufles et sous les lunettes. Nous en mangeons autant que de céréales. Ah ! comme c'est rigolo ! Je ne plaisante qu'à moitié : j'ai toujours raffolé de ces bourrasques. Quelle énergie !

La voie d'eau se ferme aussi soudainement qu'elle s'est ouverte, nous laissant le champ libre vers le sud. Ouf ! La banquise est plate, le moral monte en flèche. Cinq cents mètres plus loin, juste le temps de nous mettre en jambes, un nouveau lead nous barre le sud, mais cette fois il nous oblige incontestablement à partir vers l'est. Je peste, nous venons de gagner chèrement un peu d'ouest et voilà que tout est à refaire. Nous longeons à distance les berges trop instables et avançons au beau milieu d'amas de glace vive. Je tire comme un forcené. J'ai grand besoin de me défouler et laisse Rodolphe cent mètres derrière moi. De se voir à la traîne, il se met à son tour en colère. Je l'entends gueuler, injuriant les parpaings de glace dressés sur notre passage.

Un kilomètre plus loin, le terrain nous rappelle à l'ordre. Le lead se fragmente en une multitude de voies d'eau, la banquise se disloque ! Nous pénétrons dans un vrai marécage. Le pack a explosé, laissant place à des bouts de banquise enchâssés dans de la jeune glace d'une dizaine de centimètres d'épaisseur. Ce paysage s'étend visiblement sur plusieurs kilomètres carrés. Notre avancée devient de plus en plus acrobatique. Nous avançons en calculant sans cesse notre direction en fonction des mouvements des plaques sur lesquelles nous évoluons. Nous passons d'une surface à l'autre en visant les ponts ou les jonctions de plaques, en perpétuel remodelage. L'océan bouge. Nous voyons monter et descendre de gros blocs. La fine glace craque sans cesse. La situation devient extrêmement préoccupante. Du coup, notre colère tombe, laissant place à une concentration forcenée. Mais, curieusement, la peur est absente. Nous devons impérativement sortir de ce tremblement de mer pour au moins planter notre tente sur un terrain sûr. Aussi rassemblons-nous au maximum nos forces et suivons-nous avec intensité l'évolution du paysage. Nous atteignons nos dix heures de marche, mais pas question de s'arrêter dans ce bazar-là ! Nous devons impérativement trouver une sortie.

Je vise une crête de compression, plus haute que les autres. Le choix se révèle judicieux, car derrière se cache le bon vieux pack, épais et stable. Une belle plate-forme, où nous ne demandons pas notre reste pour poser le camp. Nous sommes fourbus.

Rodolphe a le foie dans la gorge, le vent lui tape dedans à le rendre fou. Il dévore cependant ses cent cinquante grammes de chocolat sans peine après la pitance quotidienne, pendant que je branche le GPS. Entre le vent, l'eau et les zigzags je ne sais plus où nous sommes ni surtout combien de kilomètres nous avons parcourus. La sentence tombe : quatorze kilomètres quatre cents. Quelle déception, face à tant d'efforts ! Nous sommes sûrs d'avoir reculé de plusieurs kilomètres et de continuer à le faire pendant notre sommeil. Décidément, la dérive est un adversaire acharné. Momentanément, nous décidons de l'oublier : c'est pendant la marche que nous pouvons la combattre, pas en dormant :

« Inutile de se faire de la bile. Pas vrai, Rodolphe ?

— Je te jure que là, c'est pas de la bile que je vais faire ! »

Il se lève d'un coup, sous l'impulsion d'une envie impérative. Ses intestins travaillent trop ! Contraint et forcé, il sort. Tranquille, j'installe les duvets, quand il s'engouffre tête première dans la tente, une écharpe sommaire de papier toilette entourée autour du bras. Un fou rire de force huit nous gagne quand nous nous figurons tacitement la scène : Rodolphe posant sa pêche dans la tourmente, se débattant avec une superbe oriflamme de papier cul déroulé par le vent.

Jour 76

Le vent a tourné nord. Youpi ! À peine un nœud, mais c'est déjà ça ! Nous ne reculerons pas aujourd'hui, au contraire. Des leads, de l'eau, des blocs, l'affaire devient courante. Nous nous engageons dans un nouveau marécage sur de fines plaques en mouvement. Une heure à calculer les passages entre les chenaux. On se croirait à Venise ! Nous retrouvons finalement le pack épais et tombons sur un incroyable lac d'eau libre. Nous n'en avions encore jamais vu de si grand. Nous le contournons par l'ouest, chevauchant les montagnes russes créées par la formation de ce géant. Nous débouchons sur un beau plat tranché au milieu par un lead. Les berges sont instables. La distance à franchir approche les cent mètres avec des zones à peine regelées. Impossible de traverser. Nous longeons par le sud-ouest. Une heure après, nous voilà plein ouest, finie la progression vers le sud. Le lead se resserre et nous espérons bien pouvoir traverser, quand il nous contraint cette fois à reprendre carrément vers le nord. Excédés, nous nous sentons acculés : obligation de traverser, en transformant les traîneaux en radeaux de fortune. Nous cherchons un endroit où les bords, franchement taillés, nous permettront de démarrer et d'accoster sans souci. Le lieu idéal pour une tentative se présente. Depuis plusieurs jours, nous attendions le moment de tester la flottabilité de nos traîneaux. Le voici !

Les conditions sont adéquates, le vent est quasi nul. Nous mettons les pulkas côte à côte, les accrochant entre elles grâce aux skis. Nous mettons notre radeau à l'eau. Il flotte, avec un bord franc d'à peine cinq centimètres. Rodolphe grimpe dessus et vient se placer en avant de l'embarcation, un genou dans chaque traîneau. Le bateau ne s'enfonce pas sous son poids. Je monte à mon tour à l'arrière. Tout est OK. Nous lâchons le bord et commençons à pagayer avec les pelles. Fabuleuse sensation que celle de flotter ! En trois coups de rame, nous voilà déjà sur l'autre rive. Facile ! Nous sommes enchantés par notre première traversée. Ça marche !

Nous repartons sur un terrain haché, où cette fois les blocs nous obligent à des tours et à des contours archi-compliqués, nous faisant partir dans toutes les directions, même le nord ! Heureusement, le vent maintient son cap, nous ne devrions pas dériver négativement. La journée continue de crête en crête, sans nouvelle mise à l'eau des traîneaux. Ce système est excellent, mais nous fait perdre une vingtaine de minutes pour une traversée sans encombre sur de l'eau libre. Qu'en sera-t-il dans des passages de glace molle, où les traîneaux n'avanceront quasiment plus ? Nous verrons bien, à chaque jour suffit sa peine.

Souvent, je me retourne pour prendre des nouvelles de Rodolphe. Aujourd'hui, il marche lui aussi d'un pas léger et semble plongé dans une profonde méditation. Le moral revient, calqué sur le rythme de nos pas. Le bonheur est presque palpable. Nous sommes LIBRES.

Une fois de plus, je nous sens face à deux manières de vivre :

se battre pour l'engagement initial ou accepter la leçon du pôle. Nous continuons vers le Canada, donnant de notre mieux, tout en gardant à l'esprit celle que nous sommes venus voir : la Terre. Les notions de compétition, de réussite s'écroulent. Elles n'ont plus de sens. Nous marchons désormais pour nous, vers nous. L'esprit battant, la réussite coûte que coûte et la combativité prônés par notre société ne veulent plus rien dire, ici. Là-bas, nous sommes classés dès notre tendre enfance, nous préparant à rentrer dans l'arène. La perfidie ultime est l'éducation bon marché. On nous apprend à ne pas faire le mal, à ne pas mentir, au milieu d'un monde d'hypocrisie où chacun doit jouer des coudes et des revolvers pour avoir droit à sa place au soleil. Toujours plus de confort et de facilité, enlisés dans un monde voué au matérialisme, voilà les rêves faciles.

À l'inverse, la nature nous renvoie à la vie véritable, celle qui pousse à sentir, à apprendre, à réfléchir et finalement à aimer. En faisant disparaître le postulat du bien et du mal, le pôle m'a ouvert à l'amour, à la compassion et à la joie. Je n'avais jamais autant aimé qu'ici.

Lycia

L'expédition est repartie et, de nouveau, il pleut des problèmes à foison. Le summum a quand même été le départ de l'attachée de presse, le jour de leur arrivée au pôle. Comme nous avons été naïfs ! Nano dirait qu'il faut bien prendre quelques gamelles pour apprendre à marcher mais, à force d'en recevoir, je commence à trouver le temps long. Aussi Nicole (la mère d'Arnaud) a-t-elle repris du service, m'aidant à reboucher comme nous le pouvons le trou béant du rayon médias.

Heureusement, question film, la production semble satisfaite des premières cassettes envoyées par les garçons. J'ai hâte de les voir. Thierry les utilise pour les sujets diffusés sur Canal + dans l'émission « C'est ouvert le samedi » toutes les trois semaines et je découvre en quidam les aventures de mon héros de mari. Les images sont toujours émouvantes et certaines franchement impressionnantes. L'ours filmé à quelques pas de la tente m'a laissée sans voix. L'état disloqué du pack m'a permis de mieux me rendre compte de la difficulté du terrain et de l'effort à fournir. Elles ont calmé en moi l'idée qu'ils s'amusaient, loin de mon quotidien rébarbatif.

Entre nous, les coups de fil sont plus sereins, chacun arrivant à comprendre l'univers de l'autre. Chose étonnante, le téléphone marche encore, alors qu'Iridium a déposé le bilan et que les bureaux de la compagnie sont définitivement fermés. Les satellites continuent à fonctionner, nous permettant de garder un contact régulier ; c'est à peine croyable.

Sinon, mes journées sont toujours aussi chargées, entre les différents cours (de tai-chi, de gym, de danse), les e-mails, les coups de fil, mais je m'en sors beaucoup mieux. Plus attentive, j'ai découvert quelque chose d'étrange. Depuis leur arrivée au pôle, à chaque séance de tai-chi, je me retrouve dans un état de légèreté particulier et les odeurs qui m'entourent alors me font vraiment penser à celle de la tente, sur la banquise ; c'est assez perturbant et tout à la fois agréable. Aujourd'hui encore cette sensation ne m'a pas lâchée, comme si j'étais avec eux !

Je me rends compte que, pendant tout le début de l'expédition, Arnaud me manquait physiquement. Sa présence, la chaleur de son corps la nuit, ses caresses et nos ébats amoureux me faisaient cruellement défaut. Associant ce manque concret d'affection à la banquise, j'étais terriblement jalouse de cette satanée expédition, considérée en fait comme sa véritable maîtresse. J'ai mis du temps à me décrocher de cette idée saugrenue et pourtant palpable au quotidien dans ma chair. Cependant, jamais l'idée ne m'est venue d'aller ailleurs combler ce manque. Non, c'était lui que je voulais. Maintenant je comprends mieux mon erreur et, même si Nano me manque physiquement, je n'associe plus du tout sa démarche à une tromperie. J'accepte son choix et m'engage totalement dans la bataille à ses côtés. Je suis de plus en sereine et de moins en moins étonnée par ces sensations nouvelles qui m'assaillent de temps en temps, notamment en tai-chi.

Je repars du Club en vélo, prenant pour une fois le temps d'admirer les ombres dessinées au sol par les arbres filtrant les rayons solaires. Je lève instinctivement mon regard vers notre étoile, réchauffant mon visage de ses caresses, quand je manque tomber de mon siège, euh, de ma selle... Deux beaux faux soleils encadrent l'astre rayonnant. Ils ne sont pas aussi lumineux que ceux croisés là-haut, dans l'Arctique, mais on ne peut quand même pas les manquer. Je ne savais pas que ce phénomène pouvait être aussi visible sous nos latitudes. J'admire, me laissant bercer par une foule de souvenirs, vivant l'instant éclatant de bonheur. Des gens passent autour de moi, sans remarquer la féerie naturelle qui se déroule devant eux. Personne ne lève les yeux, à croire que seul le bout de leurs chaussures les intéresse. Souriante et illuminée, je les interpelle, leur montrant les facéties solaires. Ils restent sidérés. Je leur explique le phénomène et, rapidement, tous les passants s'arrêtent, m'entourant et piaillant de questions. Je me retrouve sollicitée de toutes parts et joyeuse, je réponds, transcendée par le clin d'œil amoureux d'un soleil polaire.

8

Réflexion sur notre rôle envers la Terre

> Quand le dernier arbre sera abattu, la dernière rivière empoisonnée, le dernier poisson capturé, alors seulement vous vous apercevrez que l'argent ne se mange pas.
>
> Prophétie d'un Indien Cree

Jour 78

Ce matin je me réveille avec mal au crâne, l'œil droit rouge sang. Hier, pas de vent, j'ai marché sans bonnet et le soleil tapait très fort ; la chaleur était maximale avec un pic de – 12 °C. Nous sommes le 15 mai et voilà déjà l'été ! Nous frôlons les moyennes de juin. Nous comprenons mieux pourquoi nous croisons toutes ces voies d'eau. Paradoxalement, il a beaucoup trop neigé cette année, signe du radoucissement général de l'Arctique. Avec la brusque remontée de température, la neige est plus lourde, si bien que par endroits, même avec les skis, nous nous enfonçons.

Wayne, le météorologue de Resolute, resurgit dans mon esprit. Je l'entends me mettre en garde. L'Arctique a pris un degré supplémentaire ces dernières années et les photos satellite montrent la banquise de l'océan Arctique disloquée avec, par endroits, des polynies de plusieurs kilomètres carrés. Le pack perd chaque année une superficie grande comme la Suisse !

Des mesures prises en surface, étalées sur vingt ans, ont montré la fonte progressive de la banquise océanique, qui a perdu quarante centimètres d'épaisseur en moyenne. Certes, les raisons du réchauffement de la planète sont multiples, mais la pollution humaine fait partie des grands responsables, avec vingt-cinq pour cent de gaz carbonique en plus dans l'atmosphère depuis deux cents ans. Six milliards de tonnes émises chaque année ! C'est sérieux. L'effet de serre est bien réel, le climat mondial se modifie.

Le verdict des satellites est sans appel. Les glaces du continent Antarctique, comme celles du Groenland, perdent inéluctablement de l'épaisseur. La fonte déjà amorcée risque de prendre un sérieux coup d'accélérateur, si l'on en croit les derniers comptes rendus scientifiques. Ces glaces, qui n'ont jamais fondu depuis des siècles, renferment en elles une grande quantité de méthane et de dioxyde de carbone, principaux gaz à effet de serre ! C'est une véritable bombe à retardement : si le scénario du réchauffement continue, la glace accélérera d'elle-même sa fonte en libérant ses propres gaz. La quantité est colossale, on parle de quatre cent cinquante-cinq gigatonnes de CO_2 qui se dégageront dans l'atmosphère. Un cycle infernal est en cours...

Le phénomène est d'autant plus sérieux dans l'Arctique qu'il risque de s'y accélérer rapidement. En effet, la banquise aurait diminué de six pour cent en surface sur les quinze dernières années, or, la blancheur de la glace renvoie dans l'atmosphère une bonne part du rayonnement solaire (effet albédo). La fonte du pack laisse plus de place à la mer libre qui, par sa couleur sombre, absorbe davantage de rayonnement, accélérant le phénomène. On pourrait penser que cela n'affecte que les régions arctiques, mais beaucoup de spécialistes estiment que cela pourrait supprimer l'apport d'eau froide (via le détroit de Fram, entre Spitsberg et Groenland) et, à court terme, couper le Gulf Stream, entraînant, *a contrario* du réchauffement, un nouvel âge glaciaire sur la Scandinavie, révolutionnant tout le climat eurasien.

C'est incroyable de constater que l'homme, guidé par sa quête de pouvoir et de possession, pourrait finalement avoir utilisé son intelligence à s'autodétruire ! Pour plus de confort, plus de maîtrise sur l'environnement, le progrès ne cesse d'inventer de nouvelles industries, de nouveaux produits chimiques, de nouvelles centrales atomiques. Pauvres de nous, quel monde allons-nous léguer à nos enfants ? Où allons-nous à ce rythme de destruction ? Peut-être sommes-nous les derniers privilégiés qui, dans cinquante ans, pourront raconter que, « jadis, marcher sur l'océan était possible » ? Nos arrière-petits-enfants pourraient ne pas nous croire, lorsque nous leur parlerons de mers gelées. Et dire que nous nous prétendons civilisés ! Nous sommes incapables de comprendre que la nature est indispensable à la vie.

Les peuples sages de notre planète ne sont pas ceux qu'on croit. Les sociétés dites primitives ont beaucoup à nous apprendre : comment vivre en harmonie avec la Terre-Mère ? Ils la respectent et ne tuent que pour se nourrir. Pas de carnages inutiles pour une corne, un aileron ou une défense d'ivoire. Ils respectent toute la création, comprenant qu'ils font partie d'un tout. Ils ne se sentent pas hors du monde, investis d'un pouvoir particulier. Ils n'estiment pas, comme nous, que la nature est faite pour être domestiquée, domptée, maîtrisée d'une main de fer. Ils ont appris à l'écouter, à l'aimer comme une entité hautement intelligente, et chaque acte est pesé, réfléchi, avant d'être posé. Ils communient et communiquent avec l'univers dans lequel ils ont une place, pendant que nous détruisons et saccageons à la recherche des trésors minéraux et pétroliers engloutis au fond des mers – alors que les vrais trésors sont dans les profondeurs de notre âme, à portée de main.

Nous sommes si loin de la vérité. Nous polluons, l'effet de serre augmente et le climat se transforme. Ce n'est pas la nature qui se déchaîne. Elle n'en veut pas à un pays plus qu'à un autre. Si le réchauffement de la terre est effectif, si des terres sont recouvertes un jour par les eaux, nous serons les seuls responsables, les seuls fautifs. « Qui sème le vent récolte la tempête ! » Un dicton suranné – mais je n'en connais pas de plus approprié.

Jour 80

Départ difficile, la banquise est hachée. Il fait très chaud, nous sommes en nage en dix minutes ; pas une once de vent. Mes muscles sont encore engourdis par la nuit et, dès le passage des premiers blocs de la journée, je manque me rompre les os, en glissant et trébuchant entre eux. Deux heures de ce traitement nous promettent une suite pitoyable.

Nous déprimons, la chaleur nous abat ; il fait – 12 °C ! Nous débouchons enfin sur un beau champ blanc, où nous accélérons la cadence pour tomber, après une centaine de mètres, sur une chose incroyable...

Le pack s'est cassé, puis soulevé sous l'effet des poussées de l'océan, si bien que le morceau de banquise plat sur lequel nous marchons s'est posé sur son camarade d'en face. Nous nous retrouvons à cinq mètres de hauteur ! La banquise continue en dessous, au bas d'un mur à pic. Rodolphe m'aide à descendre, puis me fait passer un à un les traîneaux suspendus à la verticale. À mon tour, je me mets droit face au mur de glace, pendant qu'il utilise mes épaules comme une échelle. Nous perdons une demi-heure sur l'obstacle.

La pause arrive à temps pour nous redonner le moral, qui a tendance à plonger.

Nous repartons et tombons de suite sur un petit lead en eau, que nous franchissons grâce à notre radeau-traîneau. Décidément, nous n'avançons pas aujourd'hui ! L'enfer des blocs reprend et nous pousse dans une zone encore inconnue ; celle de Gulliver chez les géants. Nous sommes entourés par des agrégats de plus de deux mètres, au milieu desquels nous devons nous faufiler, marchant le plus souvent à quatre pattes. On tire, on pousse, on crie, mais on continue. Comble de tout, le vent, qui souffle peu dans ces endroits protégés, y a laissé une accumulation importante de neige ; environ quarante centimètres. Impossible d'avancer avec les skis dans ce dédale serré et nous voilà à brasser dans de la poudre blanche, enlisés jusqu'aux genoux. Les traîneaux s'embourbent et bottent. Tous les dix mètres, nous devons déblayer l'avant des pulkas. Jamais nous ne nous étions sentis aussi petits, aussi ridicules. N'en pouvant plus, je monte sur un iceberg dépassant le capharnaüm ambiant afin de trouver la sortie au plus vite de ce labyrinthe glacé. Au point où nous en sommes, je ne m'étonnerais pas de voir surgir le Minotaure !

Le terrain est strictement le même sur un kilomètre à la ronde. Une seule singularité : j'aperçois un serpent d'eau plein sud, peut-être une solution ? En attendant, je rassemble tout mon courage et redescends. En forçat de la glace, je m'attelle à la pulka, jette un coup d'œil à Rodolphe qui, appuyé sur ses bâtons, regarde ses pieds.

Je repars, ouvrant le chemin ; il suit, respectant la trace au millimètre, inutile de s'épuiser pour rien. Malgré tout, je prends de la distance – les blocs sont un calvaire pour mon compagnon. Rodolphe est incroyablement endurant, il pourrait marcher des dizaines d'heures, mais pas dans ces conditions, où l'effort devient du pur corps à corps. Je décide de l'aider, quitte à avancer une pulka après l'autre. Je retourne vers lui, et le trouve acharné à extirper son traîneau retourné et coincé entre deux énormes glaçons. Il jure entre ses dents, les muscles bandés par l'effort. Sans dire un mot, je descends dans le trou et pousse la pulka par-dessous. Elle bouge, se redresse et sort de la mini-crevasse. Je la suis et demande calmement à Rodolphe, qui déjà remet son harnais :

« Ça va ? Tu veux manger un bout ?

— Tu sais, j'en ai vraiment marre de tirer cette saloperie ! »

... tout en donnant un léger coup de pied dans la caisse du traîneau.

Nous éclatons de rire. La pression retombe. Nous continuons.

Il nous faut sortir de ce bourbier coûte que coûte. Cependant, la colère et la hargne ne servent à rien, ici, sinon à se blesser. Et je ne vois absolument pas comment des secours pourraient nous sortir de là. Une nouvelle fois, je me dis que nous devons extraire de nous jusqu'à la dernière miette, toute notion de course contre la montre, afin de donner le meilleur de nous-mêmes à chaque instant, « sans peur et sans reproche ».

Nous finissons par arriver à la cassure et comme d'habitude plusieurs grandes failles s'enchaînent, parallèles. Certaines ne font pas plus d'un mètre de large, un vrai gruyère. Nous les longeons donc, retrouvant un terrain brisé, mais familier, qui nous semble soudain « normal ». Décidément, les beaux grands plats d'avant le pôle sont de l'ordre du très lointain souvenir et, au sortir de cette abomination, nous en sommes à nous demander s'ils ont existé un jour !

La faim nous tenaille et nous nous accordons un petit en-cas. La nourriture est à peine suffisante pour des journées aussi violentes. Les six mille calories du départ nous manquent. Chaque jour, nous finissons nos vivres de course de plus en plus tôt et nous en contenter jusqu'au soir exige de nous des efforts de plus en plus considérables. Encore trente jours à ce rythme et nous devrions arriver physiquement affûtés, sans un poil de graisse sur le corps – le risque est que cela soit aussi sans un muscle !

Nous faisons un petit point GPS : un kilomètre et demi en trois heures trente, record de lenteur battu.

Malgré tout, ce soir, nous franchissons le 88e parallèle nord ; plus que cinq degrés, soit encore cinq cent cinquante kilomètres à parcourir. Champagne !

Jour 81

Le « jour blanc » s'installe, nous décollons sous cette couverture blanche, où les couleurs vives du pack se ternissent. Les bleus virent au vert pâle et les nuances des différentes épaisseurs de neige deviennent grisées. Nous accompagne indéniablement un côté triste, éteint qui ne nous donne jamais bien envie de quitter notre huis clos. Pourtant, pas moyen d'y échapper, et chaque matin nous nous faisons violence pour redémarrer. Nous commençons par enjamber trois petites voies d'eau regelées en ondulant fortement à chaque pas, ce qui nous donne tout de suite le tempo de la journée.

Un petit plat se dessine juste derrière, nous permettant de dérouiller nos corps engourdis par la nuit. Très vite, le décor redevient chaotique et les traîneaux d'épouvantables sacs à main. Ils chutent du haut des blocs, se retournent, se renversent, nous obligeant à sans cesse les guider pour retrouver une trajectoire correcte. La marche est continuellement hachée. Nous en prenons notre parti et avançons sans gestes superflus, concentrés sur chaque pas. Le terrain est fortement glissant, la visibilité nulle, l'attention maximale.

Dix heures dans cette purée de pois nous laissent vides et ce soir nous plantons la tente sans dire un mot, nous languissant de la soupe du soir. C'est alors, au moment où j'ouvre mon traîneau comme chaque soir, afin de sortir duvet, réchaud, gamelles, affaires diverses, qu'une forte odeur d'essence me remplit les naseaux.

Comprenant immédiatement qu'une bouteille de fuel s'est ouverte, je sors en catastrophe mes affaires et les étale sur la glace. En proie à une nervosité fébrile, je renifle chaque sac afin d'orienter mes recherches. Rodolphe me rejoint. Il contrôle les affaires que je lui tends. C'est le réchaud qui a dû goutter. Mais non, la bouteille de naphte est solidement fixée et ne perd pas. Nous contrôlons alors les deux jerricans de cinq litres et découvrons la catastrophe : l'un d'eux est couché sur le côté, le bouchon fuit. Certainement mal rebouché lors de la dernière utilisation, trois jours plus tôt, il a fini par se renverser dans le chahut d'aujourd'hui.

Quelle poisse ! Nous devions justement recharger la bouteille du réchaud, ce soir... Trop tard, deux litres et plus se sont répandus au fond de la pulka, imbibant les rations de nourriture qui en tapissent les parois. Un à un, nous sortons les paquets et les posons sur la glace. Sur dix-sept rations, deux seulement nous semblent épargnées. Les autres transpirent l'essence. Nous qui manquions déjà cruellement de nourriture, nous voilà carrément en pénurie. Nous laissons les paquets pollués à même le sol et enfournons sous la tente le duvet et les affaires non touchés par l'inondation. Mon traîneau passera la nuit ouvert, complètement vide, pour que le fuel s'en volatilise peu à peu. Nous arrimons celui de Rodolphe et pénétrons à notre tour sous l'abri : nous devons faire le point.

Une fois déshabillés et changés, nous attaquons la préparation du repas. Nous allons tester l'une des deux malheureuses rations jugées correctes : elle ne sent pas. Je sors mon cahier et refais tous mes calculs. Je comptabilise la nourriture restante, nombre de paquets, matin, midi et soir et divise le tout par le nombre approximatif de journées qui nous séparent de Ward-hunt.

Le repas est prêt, aucune odeur nauséabonde n'envahit la tente. Cuillère après cuillère, nous finissons la gamelle sans y trouver un goût particulier. Le calcul final tombe : nous devons tenir trois jours avec une seule ration. Nous nous regardons, incrédules. Que faire, sinon marcher douze heures sur vingt-quatre et rejoindre les côtes canadiennes au plus vite ? Nous sommes atterrés. Je laisse tomber le coup de fil de ce soir. L'expédition prend une tournure inattendue. Mais inutile de tergiverser : la seule chose logique à faire est de dormir. Nous devons économiser nos forces et avancer coûte que coûte.

3 heures du matin : une forte envie de vomir me réveille. Sans comprendre, la conscience embuée, je sors en catastrophe de mon duvet et me précipite dehors. Que m'arrive-t-il ? Rodolphe assis dans son duvet, blanc comme un linge, m'explique :

« Moi aussi, pendant que tu dormais, j'ai vomi mes tripes ; mais un peu plus loin ! La bouffe d'hier soir devait être contaminée par le fuel. On devrait peut-être appeler un toubib en France, je ne me sens pas très bien.

— Non, attends, on ne va pas commencer à affoler tout le monde. Dès que le jour se lève, on appelle Cricket, on lui explique et on lui demande le numéro du centre antipoison, au cas où. »

Nous nous recouchons, vaseux, un tambour dans le crâne.

Jour 82

Le réveil est carrément comateux, avec des courbatures violentes sous les côtes et le long de l'œsophage, la bouche sèche et collante. Nous buvons un bon litre de thé, avant de retrouver vaguement nos esprits. Puis nous ingurgitons la part que nous nous sommes octroyée, dans notre nouveau calcul de rationnement. C'est maigre. Mais nous devrons faire avec ! Ensuite, se pose une question éthique : qu'allons-nous faire de toute cette nourriture devenue inutilisable ? Entrant en phase de survie, ne devrions-nous pas jeter, voire brûler, tout le matériel dont nous ne nous servons plus ? La froide logique d'expédition répond : jeter le maximum afin d'alléger les charges. Moins de poids demande un effort moins violent. C'est simple. Abandonner nos vivres semble donc la solution la plus évidente. Seulement, elles sont emballées dans des plastiques et imbibées de fuel. Or, il ne faudrait pas que ces infections intoxiquent renards et ours polaires.

Je repense à Amundsen. Lors de la conquête du pôle Sud, il n'avait pas hésité à sacrifier ses propres chiens pour nourrir les autres et à jeter chaque gramme de matériel inutile. Oui mais voilà, nous ne sommes plus en 1911, en train de découvrir des terres inconnues. L'homme arrive aujourd'hui à un tournant important de son existence. Nous vivons dans un monde de plus en plus global... et qui ne sait plus où il va. Si, comme Amundsen et d'autres avant lui, certains ont pu s'engager dans l'aventure de la découverte d'un monde dont nul ne connaissait les limites sans souci aucun du respect ou de la globalité de cet environnement, il ne peut plus en aller de même pour nous, aventuriers des temps modernes. Nous devons réfléchir à la fois au sens global et au moindre détail de notre démarche, nous attarder à l'éthique de nos projets, afin de rendre nos actions plus cohérentes et de leur donner du sens. Si nous bénéficions de l'apport de la technologie de pointe, le défi doit être repoussé beaucoup plus loin. Notre premier devoir actuel est de respecter l'environnement. Nous avons choisi de venir ici, nous sommes donc responsables de nos actes. La logique d'aujourd'hui n'est plus d'ordre individuel, mais globale.

Dans notre dilemme, la clef est donnée par l'éthique de notre expédition : ne pas nuire. Cependant, la mise en pratique de cette bonne intention ne va pas de soi. Nous sommes partis avec le projet d'apprendre à *marcher* – c'est-à-dire à nous comporter en adultes – et nous voilà devant un problème concret. Ferons-nous comme les autres avant nous ou trouverons-nous une solution nouvelle, jamais vue, jamais entendue ?

Nous sommes seuls sur l'océan, mais en aucun cas coupés du monde. Notre manière d'agir est une expérience pour l'homme en général. Nous sommes profondément convaincus qu'en innovant, en inventant une nouvelle manière de penser et d'agir, nous agissons pour l'ensemble de l'humanité. Le tout influence chaque partie, et *vice versa*. C'est à ce prix que chaque être humain doit soumettre ses engagements, s'avérant ainsi capable de se remettre en question, d'élaborer de nouvelles stratégies, pour ouvrir la voie à une plus grande Humanité et participer à la construction de la société future.

Comme le dit Rupert Sheldrake, le scientifique britannique devenu célèbre pour son hypothèse des C*hamps morphogénétiques*, ce qui est mis en pratique dans un coin, même retiré du monde, amène à l'humanité entière une nouvelle manière de penser. L'exemple le plus concret est celui des cristaux... Pour tous les chimistes du monde, il est difficile de faire cristalliser un nouveau produit pour la première fois, d'obtenir un cristal inédit. Cela peut mettre des années. Pourtant, quand un laboratoire parvient à obtenir la cristallisation tant attendue, à New York par exemple, un autre, à Tokyo, le trouve une semaine plus tard, puis un troisième à Sydney deux jours après, et ainsi de suite. Si bien que, après un an passé, le moindre apprenti chimiste obtient sans difficulté la cristallisation en question. La nouvelle forme est née. Désormais, plus il y a de ce cristal sur terre, plus son « champ de forme » s'affermit et se stabilise.

Il en va de même pour chaque chose, chaque être sur cette terre, y compris l'homme. « Un fœtus humain en train de grandir est peut-être guidé par "résonance morphique" vers une forme à laquelle toute l'humanité, depuis le commencement des temps, contribuerait directement », explique Rupert Sheldrake dans son premier livre, *Une nouvelle science de la vie*[1].

Au-delà des apparences physiques et des formes proprement dites, le savant pousse plus loin son raisonnement en prenant non plus des exemples physiques, mais mentaux et comportementaux. Chaque année, de plus en plus de gens s'adonnent aux sports d'hiver, et parallèlement il est de plus en plus facile d'apprendre à skier. Certes, le matériel évolue aussi, mais les apprentis ont de moins en moins peur, comme s'ils connais-

1. Éd. du Rocher, 1985.

saient déjà quelques rudiments en captant une sorte d'émanation de la pensée collective.

Dans un autre genre et à un autre niveau, les chercheurs se sont rendu compte que les scores obtenus par des poulpes de laboratoire toujours soumis au même test depuis des années, n'ont cessé de s'améliorer. Les poulpes appartiennent à des souches différentes et les tests sont menés dans divers pays. Et plus le nombre d'individus capables augmente, plus la race apprend. Comme si, plus un comportement se répétait dans le monde, plus il avait de chances d'être adopté par un nombre croissant de gens.

Et cela vaut particulièrement pour nous, qui nous trouvons là, en train de trimer sur la glace du pôle ! En inventant un comportement radicalement nouveau dans ce type de situation – tout de même assez rare –, nous ouvrons la porte d'une nouvelle voie à l'humanité entière. Cette découverte venue de la science nous semble subitement géniale, inédite et délirante. Pourtant, cachés dans un modeste refuge, en plein cœur de la tourmente nazie, quatre jeunes gens ont déjà reçu un message dans ce sens :

Vous pouvez déjà marcher,
Non seulement sur l'eau,
Si vous avez la foi,
Mais aussi sur le vide.
Sur le vide noir !
Que c'est merveilleux :
Chacun de vos pas à travers le vide
Devient une île fleurie,
Où les autres peuvent poser le pied[1].

L'homme, dans son apprentissage, doit réapprendre à *marcher* juste, afin de pouvoir *parler* et *penser* juste. Il faut donc des leaders, des hommes capables d'ouvrir la voie, de montrer l'exemple, de trouver de nouvelles solutions aux problèmes en intégrant des fondamentaux différents, d'ouvrir de nouveaux

1. *Dialogues avec l'Ange, op. cit.*

« champs de forme ». Si un homme l'a fait, tous le peuvent. Quand des milliers ont emprunté cette nouvelle voie, agir pareillement devient plus simple pour des millions d'autres.

Les métaphores topologiques sont les plus parlantes en la matière. Imaginons un barrage de terre. Quand une goutte est capable de passer par-dessus, elle ouvre la voie à un ru, puis à une rivière et enfin à un fleuve. À terme, le barrage cède. Il en est de même pour nos cadres de pensée. Nous avons le devoir de les remettre en cause, de les faire évoluer afin de permettre à l'humanité de se prendre en charge. La nature, ne l'oublions pas, peut vivre sans nous, elle l'a fait pendant des milliards d'années. Mais nous, nous ne pouvons pas vivre sans elle. La détruire, c'est courir le risque de nous perdre et, un jour, de disparaître.

La décision est prise. Nous jetterons la nourriture à même l'océan, conservant avec nous les emballages. Nous pensons que ni les poissons ni les phoques ne mangeront nos préparations et aucun risque pour les animaux de surface : la bouffe, hyperdense, coulera à pic. Cependant, nous décidons de brûler nos déchets plastique et notre trop grande quantité de fuel, devenue inutile, suite à la diminution de la nourriture. Nous récupérons les cendres, condensées en un bloc « vitrifié » pesant beaucoup moins lourd que la somme des objets brûlés. Ce bloc, nous l'emportons avec nous. Il nous rappellera les galères multiples de cette aventure et nous poussera à continuer, à mettre un pied devant l'autre.

Jour 84

Deux jours déjà depuis l'accident et la faim ne se fait pas encore sentir. Nous vivons sur nos réserves corporelles et en profitons pour avancer le plus vite possible. Nous n'avons pas encore annoncé notre bévue aux autres ; nous n'osons pas leur casser le moral. Ils nous encouragent tous quotidiennement au téléphone, pronostiquant notre arrivée pour tel ou tel jour, calculant chacun de son côté la dérive, les vents, les cassures...

Depuis quelques jours, Lycia est en correspondance téléphonique avec Wayne, le météorologue de Resolute, qui l'informe journellement de l'état de la glace, des températures, des mouvements de vents, et autres données météorologiques. Il nous est d'un grand secours.

Aujourd'hui, le temps vire à nouveau au blanc, nous décollons à 21 heures. La neige est de plus en plus épaisse entre les blocs, freinant considérablement les traîneaux qui, même plus légers, bottent et se coincent à tout instant. Plus je calcule, plus je déprime. Les degrés ne défilent pas. Nous nous démenons douze heures de rang, pour à peine vingt kilomètres – et nous savons bien que, pendant notre sommeil, la dérive nous en grappille deux ou trois. C'est déprimant.

Les heures passent, me trouvant tantôt abattu, tantôt heureux. En fait tout dépend de la voix intérieure que j'écoute : celle de mon ego ou celle de mon être. Souvent, des phrases de la *Conversation avec Dieu* de Neal D. Walsh me reviennent :

« Aime-toi avant d'aimer les autres... Oublie la culpabilité... Bannis la peur... Sois toi-même... Laisse le petit "je" à sa place et aime-le pour ce qu'il est... Il n'est pas toi ! »

Je sais tout cela, mais la dualité est bel et bien là, je n'arrive pas à passer du mode *Duel* au mode *Duo*. Tantôt je m'inquiète du résultat, de ce que doivent penser les autres, de ne pas être à la hauteur... Et tantôt je comprends le processus de la vie, qui se réjouit d'être ici et maintenant en train de faire, par mon intermédiaire, l'expérience de cette traversée, comprenant que les résultats sont bien au-delà de notre arrivée au Canada.

Les conséquences de cette aventure me dépassent de loin, elles ont une portée inimaginable, sur mes proches, amis, parents, mais aussi sur les autres en connexion avec le Net, la boîte vocale, la télé, les journaux... Cette expédition est un don. Elle touchera là où nous ne soupçonnons pas. Alors à quoi bon vouloir maîtriser, extrapoler, faire des plans sur la comète ? Cette expédition sert déjà à son échelle. Alors, arrêtons de nous prendre la tête. Cessons de tergiverser et marchons, ici et maintenant...

Chic, un lead d'eau bien noire !

Nous ligaturons ensemble nos traîneaux et, une nouvelle fois, grimpons sur la frêle embarcation de fortune. Traverser ces bras de mer est peut-être l'un des moments les plus dangereux de cette expédition et pourtant, à chaque fois, quelle joie ! Nous pagayons en chantant d'un bord à l'autre. C'est un moment privilégié, où nous nous retrouvons côte à côte, Rodolphe et moi, et non plus l'un derrière l'autre, espacés de plusieurs dizaines de mètres. En général, nous chantons ensemble ; quoi de plus beau pour ce grand moment ?

Le brouillard se densifie. L'absence de vent nous contraint à avancer avec pour seuls repères les traces laissées au sol par les tempêtes antérieures, supposées venues des vents dominants. Nous décidons de faire un point GPS toutes les heures afin d'être sûrs de notre direction.

La banquise est redevenue relativement plate, entrecoupée de petits leads gelés depuis peu, dont la glace est relativement trompeuse : elle résiste bien aux coups de bâton, mais, sous notre poids, elle ploie, nous mettant en sueur à chaque passage. Nous ne sommes pas en reste d'adrénaline ! En fait, l'épaisseur devrait être suffisante : elle frôle les huit à dix centimètres (il ne devrait y avoir aucun problème), sauf qu'avec le redoux (– 10 °C) la glace pompe l'eau de l'océan et devient friable. D'ailleurs, sa couleur passe d'un transparent vitreux à un blanc translucide, ce qui est inquiétant...

Il fait très chaud, je marche le plus dévêtu possible, sans blouson polaire ni bonnet. Cinq heures passées à ce rythme monotone sur cette grande étendue plate, bercés par le chuintement continuel de nos skis, nous mettent dans une semi-transe, où affluent les rêves éveillés.

Nous butons sur une fracture d'une dizaine de mètres. La fine glace est recouverte de poudreuse. J'en déduis l'ancienneté de la plaque et teste de trois coups de bâton sa solidité tout en m'engageant dessus. À mi-chemin, je sens mes skis coller à la neige. Elle se charge en eau. La glace ondule de plus en plus sous mon poids et j'accélère. Tout va très vite et pourtant je m'enfonce au ralenti. Une plaque de glace de plusieurs mètres carrés a cédé et s'immerge lentement. Dans un ultime réflexe, je me couche sur la banquise, dans l'espoir d'une meilleure répartition de la charge. Peine perdue. Je me retrouve pataugeant... dans la mélasse jusqu'au cou !

Instinctivement, je me stabilise et commence à nager vers la berge, retournant sur mes pas. Le traîneau flotte derrière moi. Curieusement, je n'ai pas peur. J'étais sûr depuis le début qu'un jour je passerais à l'eau. J'ai fait attention jusqu'à aujourd'hui où, n'y pensant plus, j'y ai eu droit !

C'est vraiment très étrange de nager avec un bâton dans chaque main et surtout avec des skis aux pieds. Je sens d'ailleurs mes spatules taper contre la glace du pack, sous moi, en m'agrippant à la berge.

D'une traction des bras, je me hisse sur la banquise et me couche à mi-corps dessus, pliant les jambes en arrière, mais impossible de continuer : mes skis s'empêtrent dans mon dos avec les cordes de la pulka. Rodolphe arrive et, très surpris, me découvre couché et trempé, en train de me débattre sur le ventre, tel un morse attrapé dans des filets (ou un con venant de prendre un bain !). Cinquante mètres derrière moi, il ne m'avait pas vu disparaître. Aussitôt, il déchausse et me tracte à même le plancher des phoques !

Il s'agite, paniqué, alors que je ris de ma baignade impromptue. Je n'ai bizarrement pas froid et ne garde aucun souvenir de la température de l'eau. Pourtant j'y suis resté une bonne minute ! Je me dessangle et commence à me déshabiller, tordant un à un mes vêtements. Nous vidons au moins un litre d'eau par botte. Je m'essuie et me change rapidement, pendant que Rodolphe monte le camp. Pas question de continuer comme ça. Il me faut tout sécher d'abord. Nous installons de suite le réchaud et suspendons au-dessus les affaires longuement essorées. Trois heures non-stop à supporter le boucan du réchaud, tout en brûlant évidemment ici un gant, là ma veste, chaussettes, slip, bonnet, marqués définitivement par un coup de langue des flammes bleutées. Rodolphe profite de cette demi-journée pour s'engouffrer dans son duvet et plonger dans les bras de Morphée, en une sieste réparatrice.

Nous sommes très étonnés du changement radical de la qualité de la glace. Nous attendions cette modification dans un mois, pas maintenant. Aussi décidons-nous d'appeler Wayne directement pour un point sur la situation. Sa réponse est abrupte :

« Mes pauvres gars, vous n'avez pas choisi la bonne année pour partir ; il fallait le faire il y a dix ans ! Je n'ai jamais vu d'images satellites aussi mauvaises. Le pack est ouvert de partout. Du 87e parallèle (où nous sommes) aux côtes canadiennes, je peux compter une trentaine de leads d'environ cinq cents mètres de large et, vu l'anticyclone posé dessus, ce n'est que le commencement de la débâcle estivale. Il éloigne la banquise des côtes, vous repoussant sans cesse vers le nord. La dérive ne changera pas, préparez-vous à reculer de plus en plus en approchant des terres. La température anormalement élevée va vous donner de plus en plus de white-out, même s'il fait très beau au-dessus. En général, il se forme un épais brouillard sur cinquante mètres de haut. Je suis désolé, mais le réchauffement planétaire est là. Nous observons des changements en continuelle expansion depuis vingt ans et cela ne va pas aller en s'arrangeant, je suis catégorique là-dessus. Dans vingt ans, on ne pourra peut-être plus du tout faire le périple que vous êtes en train d'effectuer. C'est incroyable : vous tentez quelque chose qu'absolument personne n'avait fait avant vous et, en même temps, il sera bientôt impossible de le refaire sans utiliser un bateau.

— Tu as raison, les prochaines expéditions devront utiliser des moyens totalement amphibies. Mais tu n'es vraiment pas encourageant. Ça va vraiment si mal ?

— Attends, c'est pire, crois-moi : je ne vous dis pas tout !

— Merci Wayne, pour ton optimisme ! On avait justement besoin d'une petite douche écossaise... »

Nous raccrochons, un peu blêmes. Apprenons à devenir franchement fatalistes ! C'est vrai, inutile de nous battre contre les éléments, ce serait ridicule. On accepte, on s'adapte, on verra bien. Préparons-nous donc : 1) à transformer nos traîneaux en radeaux de plus en plus souvent ; 2) à marcher douze heures par jour dans le blanc absolu ; 3) à avoir faim tout le temps.

Nous rigolons encore, mais inutile de le cacher : nous sommes très touchés par ce que Wayne nous a confirmé sur le réchauffement. Ses propos font écho avec une multitude de données scientifiques que nous avons continuellement retrouvées ces dernières années, dans les revues spécialisées. Parmi toutes ces informations, un événement a été pour moi plus parlant que tous les autres : la venue, chaque été, dans les eaux polaires, de l'*Akademic Fedorov*, bâtiment russe de l'Institut arctique-antarctique russe. Ce bateau, équipé à des fins scientifiques, naviguait jusqu'ici derrière un brise-glace, qui lui ouvrait la route jusqu'au milieu du pack. Ils montaient ainsi en tandem jusqu'à notre position actuelle, soit environ trois cents kilomètres du pôle, généralement en août, le pack étant alors dans son état de dislocation maximale. L'an dernier, j'ai appris que, pour la première fois, ce navire était monté jusqu'au 87e parallèle, sans l'aide du brise-glace, tellement la banquise était éclatée ! Bientôt nous verrons passer des bateaux au pôle, en période estivale. Cet événement est pour moi un signe sans appel. Le climat change de manière gravissime. C'est une évidence. Et l'impact de l'homme est fondamental.

Tous les scientifiques essaient de comprendre le phénomène, en minimisant ou en maximisant la part de la responsabilité humaine. Mais peu importe la quantité, seule la qualité prime et là, ils nous disent tout clairement que l'humanité a en effet un impact direct sur la terre. Nous sommes désormais responsables de nos actes à l'échelle planétaire, et même l'establishment scientifique est d'accord pour le crier haut et fort.

Quelle quantité de dioxyde faudra-t-il encore rejeter, combien d'arbres faudra-t-il abattre, avant que l'homme prenne conscience de l'incidence de sa manière de vivre sur l'ensemble des écosystèmes ? Devrons-nous attendre une série de catastrophes colossales avant de nous mettre à *marcher* ? En sommes-nous encore au stade infantile de l'apprentissage des premiers réflexes par essai-erreur-punition ? Il faut croire que oui, vu la lenteur de nos changements de comportement. Si nous avons connu un siècle de développement technologique extraordinaire, nous devons maintenant nous montrer aptes à le transcender et à le mettre réellement au service de l'homme avec un grand H et de la Terre qu'il habite !

Nous devrions nous inspirer de cette pensée indienne, vieille de trois siècles : « Le monde ne nous a pas été donné par nos ancêtres, ce sont nos enfants qui nous le prêtent. » Cet adage m'incite à ne pas croire à la thèse de l'évolution telle qu'on nous l'enseigne habituellement. Nous sommes les derniers-nés du processus évolutif, mais certainement pas les plus sages !

Société décadente en voie d'extinction ? Peut-être n'est-ce pas un mal... N'est-ce pas toujours en balayant l'ancien que l'on fait du nouveau ? Je crois au riche potentiel de l'homme d'aujourd'hui. Il a une tâche, une tâche unique à mener à bien : celle de se libérer de ses pensées erronées, de se gérer enfin au sein d'un « méga-écosystème » comprenant l'ensemble des niches écologiques à l'échelle planétaire. Au cours des siècles, bon nombre de peuples ont su s'intégrer avec harmonie dans la logique de mère Nature et vivre dans une conscience de sa grandeur, incroyable pour nos petites têtes de civilisés qui nous croyons si forts. Je nous trouve pourtant bien enfantins, comparés à tant d'autres cultures : Aborigènes australiens, Papous, Mélanésiens, Amérindiens et bien d'autres peuples, aujourd'hui disparus, massacrés par les Occidentaux que nous sommes.

Comme le dit Malraux à plusieurs reprises dans son œuvre, l'homme n'évolue pas d'une façon linéaire, temporelle, mais plutôt par expériences discontinues, chaque peuple et civilisation menant à bien une expérience unique, et toutes les cultures créant ainsi l'humanité, peu à peu, par touches multiples, comme un tableau de Van Gogh. L'homme d'aujourd'hui a désormais la tâche de rassembler toutes ces données, pour en extraire la quintessence, seule susceptible de mener à bien la gestion planétaire globale.

Au-delà de l'enjeu climatique, résonnent bien entendu – bruit abyssal – les différences sociales effroyables entre pays riches et pays sous-développés. Les premiers, représentant un quart de la population mondiale, consomment les trois quarts des biens ; contre un quart à se partager pour les trois quarts d'humanité restants. Et qui consomme digère : les mêmes minorités nanties polluent également dix fois plus. Il est évident qu'il nous faut lâcher du lest et aider nos frères du Sud et de l'Est. Une étude a montré que si les six milliards d'humains vivant actuellement consommaient de la même manière que les Américains (les

Européens dévorent un peu moins), il nous faudrait deux planètes supplémentaires en stock ! Nous ne pouvons pas continuer comme cela ; il va nous falloir partager !

Cependant, combien d'entre nous sont prêts, *concrètement*, à faire des efforts dans ce partage – ne serait-ce que par un tri des déchets, une participation au reboisement des forêts, le non-achat de produits illégaux ou nuisibles, ou même seulement l'utilisation quotidienne de transports en commun en lieu et place des voitures individuelles ? Ces actions ne relèvent-elles pas, pourtant, du gros bon sens commun ? En cessant d'acheter des bois tropicaux nous aiderions à la sauvegarde des forêts tropicales. En modifiant notre consommation d'énergies fossiles nous contribuerions à assainir l'atmosphère. En... La liste est longue. L'idée est seulement de mener chacun à prendre conscience qu'il a un impact décisif sur la pensée et les comportements humains, même en tant que fourmi ! Chaque homme sur cette terre est important et sa pensée capitale. Chacun des actes que nous accomplissons s'inscrit au cœur même de l'univers et le fait réagir. « Cueillir une fleur, c'est déranger une étoile », dit un proverbe.

Il a suffi d'un Einstein pour découvrir la relativité, d'un Amundsen pour atteindre le pôle, d'un Gutenberg pour inventer l'imprimerie, d'un Jésus pour montrer la voie d'amour, alors pourquoi pas nous ? Moi, toi, vous ? Un seul homme peut faire basculer les choses en arrêtant de suivre le troupeau, en se disant un jour : « J'existe ! J'ai une tâche sur terre et elle est unique. » Libre à chacun de l'exprimer, de l'oublier ou de la vivre.

Lycia

Les garçons semblent rencontrer d'énormes difficultés de terrain et leur progression s'en ressent. Elle chute de jour en jour et quelque chose cloche ; mais quoi ? Ils se plaignent à chaque fois du terrain, maudissant ce sacré vent du sud, qui les renvoie inlassablement vers le pôle. N'ont-ils pas oublié quelque chose là-haut ? Je me sens à nouveau mal à l'aise, m'attendant chaque jour à un problème grave.

J'appelle régulièrement Wayne, le météorologue de Resolute, qui me confirme les constatations d'Arnaud. Il est même carrément pessimiste quant à leurs chances d'atteindre Ward-hunt. Les images satellites signalent d'énormes voies d'eau autour des côtes, renforcées par le vent montant du sud, qui pousse le pack au large. Je compare via Internet les épaisseurs de banquise des années précédentes, les températures à la même époque et toutes les données concordent : la glace fond. Et mon amour qui se trouve dessus !

Chaque année bat un record de température depuis dix ans et le climat global de l'Arctique se dérègle. Je ne comprends pas que nos politiques, nos gouvernants ne réagissent pas plus fort à cette catastrophe écologique sans précédent. Sont-ils aveugles ? Ou paralysés par la peur ? Devrons-nous attendre la disparition totale de la banquise pour lever le petit doigt ? Les scientifiques du monde entier s'accordent aujourd'hui pour parler d'une même voix du réchauffement planétaire. Certains, plus virulents, envisagent déjà les catastrophes, les autres se contentant d'expliquer les changements globaux. On oublie bien souvent, sous ce dialogue mondialiste, les répercussions régionales, dans les niches écologiques distinctes de chaque continent. La disparition des glaces va entraîner celle d'un nombre incalculable d'espèces animales, avec en tête l'ours blanc, qui sans banquise est contraint à mourir de faim, ne pouvant plus attraper les phoques venant respirer à la surface.

L'homme détruit son environnement poussé par le profit, le profit et encore le profit. On regarde à court terme sans voir plus loin que le bout de notre nez, pensant, à tort, que les changements se font sur des périodes tellement grandes que nous ne serons plus là pour le voir. Et nos enfants ? Y pensons-nous ? Mangeront-ils des billets de banque au milieu d'un monde de béton ? Rien n'a plus de prix que la biodiversité, les saisons, la mer, les forêts. Mais, aveuglés par l'ambition, nous sacrifions la nature aux prérogatives de notre création et de notre propre prétention d'égaler Dieu. Plusieurs espèces animales disparaissent chaque jour, pendant que nous jouons avec les gènes, comptant remodeler un monde à notre façon. Mais quel monde ? Sinon celui d'un docteur Frankenstein, psychopathe et névrosé !

Il faut le croire à la vue des derniers brevets déposés sur

des organismes vivants, des micro-organismes, des plantes, des animaux et même des séquences génétiques humaines ! Les textes légalisant le brevetage du vivant se sont multipliés et offrent aujourd'hui aux multinationales de privatiser les ressources naturelles : véritable prise d'otage de la nature ! On arrive même à s'accaparer des séquences de gènes humains ! La bataille pour la maîtrise de l'information génétique a commencé et l'on envisage même l'instauration d'un système de protection du génome humain individuel, à la façon des droits d'auteur ou des copyrights. Chaque homme étant original et unique, il aurait droit à la sauvegarde de son patrimoine génétique, à la condition, bien entendu, qu'il dépose une demande aux futurs organismes de défense du patrimoine individuel.

Loin d'être abattue, j'essaie d'envisager une solution. Et la seule possible, à mes yeux, est de changer, à la racine même (dans notre cœur), notre manière étriquée de voir le monde et notre vie, en nous libérant du joug de la peur que l'univers nous inspire. Tant que nous continuerons à nous battre contre la nature, nous ne pourrons pas la comprendre et encore moins l'aimer. Après avoir exterminé les loups et tous les prédateurs gênants, nous nous sommes attaqués à l'espace, maîtrisant forêts, fleuves et mer, puis aux hommes eux-mêmes, massacrant tribus, peuples et nations au nom de la légitimité de l'humanisation, pour aboutir aujourd'hui à une lutte sans merci contre les bactéries, les virus et enfin le climat. Mais gagnerons-nous une guerre armée contre nous-mêmes ?

C'est dans notre cœur qu'il nous faut aujourd'hui faire la paix. Si chaque individu sur terre se libère de ses angoisses existentielles, nous avons alors une chance de changer les choses, car le monde est à l'image de l'homme. Un Staline, un Attila, un Khomeyni résident en chacun de nous, mais aussi un Gandhi, une mère Teresa, un Martin Luther King. Libre à nous de choisir lequel nous voulons être. Il n'y a ni bien ni mal. À nous d'accepter le Hitler qui est en nous, et de le transcender, si nous voulons un jour côtoyer l'HOMME.

9

Du corps à l'âme

> La vie, c'est toucher l'impossible aux frontières de la mort. Je vous souhaite à tous d'explorer sans cesse vos limites, de vivre chaque instant avec délice, afin que le jour de votre mort vous puissiez dire « je vis » et non pas « j'ai vécu ».
>
> Extrait d'une conférence de l'auteur

Jour 87

Le haut, le bas, le nord, le sud, devant, derrière, ces mots n'existent plus ; le white-out efface tous les repères. Impossible de prendre un cap, même la notion de distance est gommée. Désormais, seule la confiance nous fait progresser, vers où, vers quoi, vers qui ? Nos radars sensoriels sont sens dessus dessous, aussi perturbés que la boussole en train de se rapprocher du pôle magnétique. Rodolphe se retourne vers moi : « Une vraie partie de colin-maillard ! »

Comme enfermés dans des bulles d'ouate, nous marchons à tâtons, avec l'envie permanente de mettre nos mains en avant pour éviter l'obstacle. Ça y est, Rodolphe perd l'équilibre et chute sur les genoux. Je continue, porté par cette blancheur évanescente, risquant de perdre mon camarade de vue derrière les blocs. Je l'attends et distingue sa silhouette qui titube encore, chute et repart. C'est quand même bizarre. Il arrive à mon niveau, blanc comme un linge :

« J'ai les jambes qui flageolent. Je vois des mouches lumineuses par milliers. Je suis vidé.

— OK, c'est une hypoglycémie ; mange un morceau.

— Pourquoi, nous venons de petit-déjeuner, non ?

— Je ne sais pas. C'est sans doute une réaction de l'organisme, un choix de ton cerveau. Je pense que tu lui envoies deux informations contraires : 1°) J'ai besoin de sucre pour avancer ; 2°) Je dois économiser à tout prix nos provisions. Il y a un conflit de résistance qui pointe le nez. D'où un problème pancréatique. J'appellerais ça un pseudo-diabète. Arrête de lutter. Lâche les brides et suis la beauté...

— Tu me fais marrer, comme si ce genre de truc pouvait se contrôler. À l'heure actuelle, je marche comme je peux, mon vieux, en tirant ce satané traîneau qui prend un malin plaisir à systématiquement se glisser dans les failles.

— Allez, mange ; ça ira mieux après. »

Nous marchons depuis une bonne heure, Rodolphe reprend peu à peu l'usage de ses muscles. Un lead apparaît, tache noire sur ce linceul blanc. Je m'en approche entre les blocs, accélérant le pas, laissant Rodolphe trente mètres derrière. Une fois au bord, impossible de passer. Nous devons continuer en longeant par l'est, en nous éloignant des berges beaucoup trop cassées pour servir d'embarcadère à notre radeau. Je fais signe à Rodolphe, qui bifurque directement, sans s'empêtrer dans les blocs où je me trouve. Je coupe au milieu d'un mur pour le rejoindre.

Mon traîneau se bloque, je tire, me débats et après deux minutes de lutte il se retourne. Je quitte mes skis et passe l'obstacle en tractant la pulka à la main. Pendant ce temps, Rodolphe a trouvé une zone plate et file d'un pas tranquille. Je le vois soudain tout petit, très loin devant moi. Je veux l'appeler. Un cri rauque m'échappe. Un « Oohoooo » paralysant, froid, mortel. Je suis moi-même surpris par la terreur sourde qui s'en est dégagée. Une terreur enfouie en moi dont je ne connaissais même pas la présence. Du coup, Rodolphe s'est arrêté net. Je m'avance vers lui, penaud, gêné de ce cri inhumain. Il me regarde médusé, tendu, blessé. J'ai honte d'avoir eu si peur pour rien, comme s'il allait m'abandonner là. Lui s'est aussitôt fermé comme une huître.

Nous repartons l'un derrière l'autre, chacun enfoui en lui-même. La pause de cinq heures arrive et, plus serein, je m'excuse enfin de ce cri de panique incontrôlé. Il sourit. Il a cru que je l'avais agressé, en le reprenant sur le cap à suivre – pour une fois qu'il marchait devant –, ce qu'il a pris pour un manque de confiance et l'a profondément attristé. Alors que j'ai seulement eu peur (très irrationnellement) qu'il ne m'abandonne, qu'il ne me laisse là. Nous nous expliquons. Rodolphe se détend.

Curieux, nous cherchons à comprendre mon cri, ce cri de bête semblant surgir du fond de mes cellules. D'où me vient une telle angoisse ? Serait-ce le « cri primal » découvert par Janov ?

Cela me fait vraiment penser à mes cauchemars d'enfant, qui surgissaient toutes les nuits, me paralysant sous la couette. Dans ce contexte, il m'arrivait même de vivre la mort comme une délivrance – j'espérais que les monstres ne me suivraient pas jusque là-bas... Plus tard, la notion d'enfer a bien résonné avec ces terreurs nocturnes. J'ai eu beau grandir entre des parents athées, le bien et le mal, l'enfer et le paradis m'ont été inculqués, comme à tout humain vivant dans une culture, une morale. Chez moi, cela prenait facilement des formes hallucinantes, l'image de l'enfer se gravant dans mon esprit au fer rougi dans les flammes de la peur. Je sais bien, je n'ai été que la marionnette de mon inconscient, s'exprimant par ces terreurs, ces angoisses quotidiennes. Aujourd'hui, en suis-je toujours là ? La bouffée d'effroi que j'ai sentie remonter à la surface de ma conscience me plonge dans une méditation perplexe.

Je repars lessivé par ce regard vers mes propres profondeurs. Suivent trois heures de vide intégral. Je n'ai plus envie de rien, je ne ressens ni joie ni peine.

Passage à vide. Le premier peut-être depuis notre départ.

Je sens l'expédition nous échapper, les kilomètres ne se font pas, les muscles commencent à durcir, les corps s'usent, la dérive négative nous humilie, le « jour blanc » nous écœure, tout cela pèse soudain une tonne. Je me sens entièrement coupable. Qu'allons-nous devenir ? Et si nous échouions à quelques kilomètres des côtes canadiennes ? Ne pas atteindre notre but nous détruirait sûrement, après tant d'efforts fournis, tant de souffrances accumulées. J'aimerais crier, mais je n'en ai plus la force et chute sur les genoux, l'estomac dans la gorge. Je ne sais plus où je mets les pieds, le blanc m'abrutit.

Je demande à Rodolphe de passer devant. Le voir avancer me redonne aussitôt une vision tridimensionnelle de l'espace. La zone est tourmentée, encadrée par des fantômes. Je me raccroche à lui et reviens peu à peu à moi, retrouvant ma conscience, puis mon corps. J'ai froid, j'ai faim, le supplice journalier revient : ouf, tout va bien !

Jour 88

Une vague éclaircie nous tire du lit ce matin et embaume aussitôt nos cœurs. Fausse joie ; dès la tête passée par l'abside, l'ensemble cotonneux du ciel me démoralise. Je peste. Rodolphe ne bronche pas, le regard dans le vague. Il n'est visiblement pas là. Je l'interpelle, curieux de savoir dans quel monde mental il s'est égaré. Dans un petit sourire pincé, les yeux brillants, il me raconte :

« J'ai fait un putain de rêve érotique et je suis encore dedans ! C'est quand même irremplaçable, l'amour !

— Waow ! Elle était belle ?

— Tu parles, sacrément, oui... c'était Sandrine ! Je ressens encore le grain de sa peau, son sourire, ma joie de me coller à elle... C'était super ! Y a pas de mots. »

Son histoire me fait revenir à mes propres rêves sexuels de ces derniers jours. L'expédition arrive au tournant que j'avais annoncé à Rodolphe ; nous voilà adaptés aux conditions extrêmes. L'instinct de survie ne phagocyte plus l'intégralité de notre énergie et les sentiments érotiques reviennent à la surface, malgré les efforts déments que nous devons fournir. Nous discutons de nos sensations tout en préparant la tambouille, heureux de parler d'autre chose que de kilomètres, de « jours blancs » et de dérive.

Dans l'état où nous sommes, si nous devions résumer l'acte

sexuel à l'essentiel, la chose première qui nous vient à l'esprit est la sensualité du contact peau à peau, les caresses, les regards, les souffles, les battements de cœur, la transpiration, tout ce qui entoure l'acte. Ce dernier n'est finalement que... l'aboutissement de l'essentiel ! C'est la relation avec l'autre qui compte. Le corps à corps qui va au-delà du rapport strictement sexuel et abrite une union unique. En fusionnant les corps, nous rencontrons l'autre à un niveau où le mental est hors circuit. L'union corporelle est la pierre angulaire de la communion des âmes, d'une beauté véritablement divine.

Certains parlent de cet instant de jouissance comme d'un avant-goût (ou d'un vestige ?) du paradis et nous tombons tous les deux d'accord, avec enthousiasme : c'est la vérité ! Engloutis dans les glaces du bout du monde, mon ami et moi affirmons solennellement le caractère sacré de l'union charnelle qui nous manque tant.

Bon sang, quand je pense que les Églises ont toujours condamné l'acte le plus beau qui soit ! Quel obscurantisme ! Quelle résistance contre la vie même, puisque deux corps qui s'enlacent ne sont autres que le creuset dans lequel le feu sacré de l'Amour va pouvoir rayonner, allant jusqu'à éventuellement inviter un être à prendre corps. C'est alors de l'alchimie à l'état pur, transformant le plomb (les gamètes mâles et femelles) en une entité humaine unique (l'or) sous l'effet de la chaleur sacrée (l'amour).

Nous voilà, Rodolphe et moi, embarqués dans une conversation échevelée ! Ces considérations nous emmènent très loin de la vision réductionniste de nos contemporains qui étalent dans les journaux, films et bouquins, des images de corps nus aux formes stéréotypées. Quand les êtres sont réduits à leurs pulsions, leurs simples besoins animaux comblés risquent de ne leur laisser qu'une gueule de bois. La vraie rencontre est irremplaçable. Elle seule fait rayonner l'amour bien au-delà de l'acte. Mais cela, pourquoi n'osons-nous pas en parler plus librement, au lieu de nous cacher derrière la sexualité de bas étage ? Nous nous avouons ne pas le savoir, même si nous sentons bien que l'amour se joue à un autre niveau. À nous d'oser y aller.

Visages fermés, nous endossons les harnais dans la même

purée floconneuse qu'hier. Nouvelle étape, nouvel apprentissage. Nous voyons mieux le panorama, mais toujours rien au sol et, dès les premières minutes, je suis écœuré. Je dois me réhabituer à cet espace distordu et déroutant. Comme hier, le vent me frappe la joue droite qui, hypersensible, me brûle. La concentration revient et les chansons rengaines aussi. À noter que Serge Lama, après trois semaines de passage en boucle – absolument incontrôlable – avec « Une île », cède définitivement la place à Serge Reggiani, avec en tête du hit-parade « Ma liberté ».

Le chemin se dévoile le long des crêtes de compression entre zones d'eau et cassures. Le brouillard s'intensifie et nous voilà absolument aveugles. Le vent baisse, nous abandonnant lui aussi dans cette mer de coton. C'est le bouquet !

Nous nous arrêtons beaucoup plus souvent, pour « toucher » la brise marine et redéfinir le cap. Il me semble qu'à tout moment nous allons dans une nouvelle direction et je commence à m'énerver. Je me reprends et, le plus calmement possible, je lance cette prière : « Guidez-nous sur le chemin. »

Ma colère s'estompe, ma conscience s'élargit, laissant monter une multitude de questions. Est-ce une épreuve ? Quel enseignement allons-nous en tirer ? « Vis dans le présent ! » Cette phrase, brusquement surgie dans mon esprit, arrête en moi toute réflexion. Il est vrai que, lorsque nous examinons nos pensées, nous les trouvons toujours tournées vers le passé et l'avenir. Le présent n'est jamais notre fin, mais seulement un moyen. Seul l'avenir est notre fin. Nous ne vivons donc jamais. Nous espérons vivre et, bien que déterminés à être toujours heureux, il est inévitable que nous ne le soyons jamais. Dans le cas présent, nous devons arrêter de nous obnubiler sur Ward-hunt et vivre l'instant, tout simplement. Arrêtons de croire à nos propres prétentions.

Depuis le début, « on » nous ouvre le chemin, « on » nous permet d'échapper à mille dangers, car mille fois nous aurions pu être brisés. Nous ne sommes pas là par hasard. Nous avons un but, une tâche, mais aujourd'hui, dans ce blanc absolu, nous ne savons plus que faire, ni que penser. Eh bien, ne pensons pas. Et croyons en notre bonne étoile. Reggiani chantonne – « Les lou-oups ouh-ouh-ouh ! ». La neige crisse sous nos pas.

Les deux premières heures, Rodolphe marche en titubant sans arrêt. J'espère que cette nouvelle crise d'hypoglycémie va vite se calmer. Nous nous adossons au traîneau et attaquons nos vivres de course gelés, que nous émiettons à coups de dents avant de les mâcher. Je porte à la bouche le thé fumant et avale goulûment une gorgée qui me brûle, comme chaque fois, la langue et le fond de la gorge. Au début cela me faisait mal et je ne sentais plus les aliments ingurgités ; aujourd'hui je suis habitué, je déguste un thé de plus en plus bouillant. Choc thermique assuré pour les dents. Tout en mangeant, je parle du téléphone. Un miracle qu'il passe encore :

« Nous devrions vraiment en profiter pour passer un message expliquant toutes les ambiguïtés que nous vivons en ce moment. La douleur et la beauté, la perte des sens dans ce "jour blanc" et la concentration qui en découle, le froid terrible et les sculptures de glace.

— Nous essayerons de le faire. Mais avant tout, nous devons avancer.

— Remarque, je me demande bien comment tout cela va être perçu. Les mots n'ont pas le même sens ici et là-bas.

— C'est évident qu'il n'y a pas de comparaison entre notre froid et le leur. Si on leur dit qu'il fait vraiment trop chaud à – 10 °C, ils ne comprendront pas.

— Ouais, mais j'espère que demain le soleil sera au rendez-vous. Je n'en peux plus de ce temps sans vie. »

Nous nous positionnons dans le vent, réajustons nos harnais et repartons d'un pas lent et monotone, laissant pour toute trace quelques miettes et gouttes de thé – comme à chaque arrêt d'ailleurs, dans l'idée « animiste » de remercier les esprits de la banquise, en leur donnant un peu de ce qui nous est le plus cher. Nos offrandes ne sont pas guidées par la peur, comme on pourrait le penser, mais bien au contraire par l'amour du pays. Nous respectons l'océan, il vit en nous et c'est un moyen très concret de le lui montrer.

Jour 89

Blanc. Encore plus blanc. Toujours plus blanc. Nos corps trahissent la lassitude : épaules tombantes, dos courbés, visages fermés. Chaque soir en me couchant, je garde espoir du lendemain et aujourd'hui, je suis découragé. Petit déjeuner échangé dans le mutisme d'un « jour blanc » : personne ne dit mot. Chaque geste semble ralenti, comme alourdi. Nous sommes déçus de savoir que nous allons encore marcher tout un jour dans ce brouillard impénétrable. La température est exceptionnellement haute : – 6 °C !

Nous appelons la boîte vocale, notre enthousiasme perdu. Nous expliquons ces jours continuellement blancs et parlons de notre moral qui commence à sérieusement se détériorer. Rodolphe décrit la manière de se déplacer dans un tel brouillard sans utiliser la boussole (qui ne marche pas, si près du pôle Nord magnétique) et le GPS. Il parle simplement de l'aide du vent sans entrer dans les détails. Comment expliquer que des « signes » nous montrent le chemin sans passer pour des fous ! ? Comment dire que la beauté nous guide ?

Nous emballons le camp dans les traîneaux et démarrons à 22 heures. Dès les premiers pas, je me sens nerveux, le harnais me fait mal aux épaules. À moins que ce ne soit mon esprit qui somatise ? Je n'en peux plus de ce temps. Vivre le moment présent ? Impossible, j'ai déjà faim.

Je tente de me réfugier une fois de plus dans ma mémoire, loin d'ici, très loin. Je revois Montpellier, où je vivais tranquillement : l'école de kinésithérapie, les matchs de handball le week-end, ma copine, les copains. Bref, une vie gaie, confortable, de laquelle je suis un jour sorti, mes rêves prenant le dessus. Les idéaux veulent du concret : soit on explose, soit on implose. La transition ne fut pas simple. Pourtant, dès mes premiers pas en terre de Baffin, j'ai su que le choix d'un parcours jalonné d'aventures était celui qui me satisferait. Je pense : « Je souhaite à chacun de respecter ses envies les plus folles, elles mènent parfois loin... » Je jette un coup d'œil autour de moi : « Et même très loin ! »

Et voilà que des visages liés à toutes les époques de ma vie se mettent à défiler. Tout d'un coup, je me rends mieux compte des liens qui les unissent, entre eux et à moi. À vivre trop près les uns des autres, on oublie petit à petit l'amour que l'on se porte pour ne plus voir que les ficelles relationnelles. On critique l'absence des uns, la façon de vivre des autres, on chérit ceux qui se comportent bien, on oublie ceux qui ne viennent plus nous voir. Comme dans tous les groupes, on arrive à vivre selon une règle tacite, perdant finalement la notion d'amour véritable.

Quand on aime, on ne juge pas. Il fait une faute, on lui pardonne. Il n'appelle pas tous les mois pour prendre des nouvelles ; qu'importe, il est heureux. L'amitié ne doit pas se plier aux caprices des uns, aux jougs des autres. Mentalement, je regarde mes amis avec bonheur, et les remercie du fond du cœur de l'amour échangé toutes ces années. Merci d'avoir été là quand il le fallait. Bon sang, comme je les aime !

Rodolphe s'évertue derrière moi à sortir son traîneau bloqué dans un trou. Pulvérisés par les courants marins, des blocs énormes se dressent autour de nous. À chaque instant on s'enfonce, on se heurte douloureusement, risquant une chute fatale. Il faut rester concentré. Mon premier réflexe est de faire demi-tour pour aider Rodolphe. Mais, engoncé dans mon harnais, je me demande s'il n'est pas inutile de tout défaire : il aura sûrement résolu son problème avant que je ne sois libre. J'attends, dos au vent. Rodolphe arrive, essoufflé :

« Quelle merde ! On y voit vraiment de moins en moins.

— Plus que deux heures ; ça ira ?

— Pas de problème, le plus dur est passé et ce qui reste se fera de toute façon. »

Il a raison. La difficulté majeure dans cette ambiance cotonneuse est de repartir. Les trois premières heures tiennent du supplice. Ensuite, on s'habitue à cet univers particulier. On trouve finalement des bribes de repères dans l'informe et, surtout, on discipline l'esprit à accepter l'illogisme matériel de la blancheur. Les dernières étapes sont du gâteau. À chaque fois que nous approchons de la fin : waow, c'est Byzance ! Nous suivons finalement un rythme sinusoïdal enchaînant joie et tristesse en fonction de l'heure. Ne dit-on pas dans le langage populaire : « araignée du soir espoir, araignée du matin chagrin » ? Les journées sont ainsi faites.

À peine repartis, nous tombons sur un lead d'environ soixante mètres de large, aux berges chaotiques. Nous tentons de le longer vers l'est, mais en vain. Nous comprenons vite qu'il nous faut traverser et cherchons un passage pour atteindre l'eau qui regèle. Un manteau de trois à cinq centimètres la recouvre. Nous mettons le radeau dessus. Rodolphe monte devant, mais la glace ne casse toujours pas. Je prends appui et grimpe à mon tour. Les traîneaux s'enfoncent d'un coup, manquant nous faire chavirer.

Empêtrés dans ce carcan glacé, nous nous attelons à casser la glace en avant de l'embarcation. Rodolphe donne de grands coups de pelle, fendillant l'épaisseur en petits blocs, pendant que je les récupère et les éloigne. Nous nous créons ainsi une voie d'eau navigable. Une demi-heure de traversée, à genoux, à frapper la banquise de la pelle ! Rodolphe n'en peut plus. Derrière, je n'ai qu'à pousser les blocs, c'est devant que le travail se fait. Nous accostons et grimpons sur la berge. Nous tirons le radeau hors de l'eau et défaisons l'embarcation de fortune. En tout, ça nous a pris une heure pour à peine soixante petits mètres d'avancée.

Et dire qu'il va falloir recommencer, dans cinq minutes peut-être !

Nous continuons dans les bosses et les creux emplis de neige, tirant toujours plus fort. Nous devons absolument faire nos vingt-deux kilomètres par jour. Ce matin, nous avons décidé de marcher désormais au GPS et non aux heures de marche – tant pis si nous ne dormons plus que quelques heures.

Autodisciplinés, nous nous arrêtons toutes les heures pour boire un thé brûlant et manger quelques centimètres cubes de ration. Rodolphe, assis sur son traîneau, le visage rentré sous sa fourrure, mâche calmement, les yeux perdus dans le vide. Je le regarde sans oser bouger. Je trouve qu'il irradie dans ce paysage lugubre. Oui, il rayonne d'une force paisible, d'une beauté naturelle : la vie. Le froid me mord les doigts et le visage. L'instant s'envole. Nous voilà repartis.

Jour 91

Une fine couche de neige est tombée durant notre sommeil. Quatre centimètres supplémentaires de colle, entre les patins et la glace. Il fait – 8 °C, une vraie canicule, le printemps est en avance. Le baromètre reste inchangé, nos mines aussi. Grisaille en perspective. L'horizon toujours inexistant. L'étau se resserre chaque jour un peu plus. Hier, nous avons réussi à faire les vingt-deux kilomètres prévus en douze heures. Nous nous préparons à faire la même chose aujourd'hui. Avant de partir, nous décidons d'envoyer un nouveau message pour la boîte vocale, afin de témoigner de nos heures sombres et d'expliquer à ceux qui nous entendront combien il est difficile de vivre sans repères.

Qui appeler ? Je veux préserver Lycia. Téléphone en main, je décide de joindre Philippe, notre webmaster. Il est toujours de bonne humeur, son enthousiasme va nous remonter le moral. Rodolphe est d'accord, Fifi est une valeur sûre. Quelques secondes plus tard, il est au bout de la ligne. Fou de joie, il nous raconte pêle-mêle sa vie, les messages arrivés sur le site, les demandes des internautes, l'euphorie qui le gagne de bientôt monter nous rejoindre à Resolute.

Sentir tous ces inconnus, via le net, derrière nous nous regonfle. C'est comme une transfusion d'énergie.

Mais Fifi change soudain radicalement de sujet et se met à nous raconter les dernières nouvelles de la planète qui se réchauffe. D'après le WWF, à Sachs Harbor, sur l'île de Banks (Canada), la communauté inuit vivant encore essentiellement de pêche et de chasse a vu son mode de vie changer de façon dramatique. Les hivers de plus en plus doux, les étés chauds, les gelées automnales en retard font que la banquise tarde à se former. Plus fine et instable, sa glace devient dangereuse pour les déplacements. L'été, en revanche, la fonte affecte même l'ancien permafrost, ébranlant les habitations. Du coup, de nouveaux oiseaux font leur apparition sur l'île, par exemple l'hirondelle de cheminée et le rouge-gorge. Les bernaches restent moins longtemps, tandis que d'autres espèces, normalement migratrices, passent désormais tout l'hiver sur place. Quant aux pêcheurs, ils ramènent dans leurs filets des saumons et des harengs, jusqu'alors inconnus dans les eaux de cette région.

Nous remercions notre webmaster pour ses « belles » histoires... auxquelles nous allons ensuite penser pendant des heures.

Face à de telles évidences qui peut encore se voiler la face ? L'Arctique disparaît... Il n'y a cependant ni bien ni mal à cela. J'aurais préféré que Fifi se taise, mais autant voir les choses en face, même si la blessure qui s'ouvre en moi m'apparaît immense. J'ai l'impression qu'une part de moi se meurt.

La progression en aveugle reprend. Rien ne se découvre, pas même un petit bout de couleur pour venir rompre la monotonie. Rodolphe continue ses crises d'hypoglycémie. Nous avançons vaille que vaille. Pas un mot pendant cinq heures. Les arrêts sont brefs et nous restons prostrés en nous-mêmes. La chanson rengaine tourne à vide. Je reste concentré sur mes pas afin d'oublier la douleur épidermique du white-out. Si je pense, je vais hurler.

Le petit vent du matin reste constant et me frappe toujours la joue. Des cloques y sont désormais visibles et je ne sens absolument plus rien. La peau de la pommette doit être gelée. J'ai l'impression de déambuler sur la banquise, tel un pantin grotesque. Pinocchio sur la route du pôle !

Mon esprit est totalement vide, je ne pense plus. Je me laisse bercer par les cahots de la banquise et suis les indications du vent. Soudain, dans mon brouillard intérieur, une petite voix lointaine déchire le silence. Mes jambes s'arrêtent et, machinalement, je me retourne. La stupeur me réveille d'un coup : je ne vois plus Rodolphe !

Je suis des yeux les traces laissées derrière moi et cherche un point rouge. Une bonne minute s'éccule. Vide. Terrible. Enfin, une silhouette floue apparaît, très loin, c'est lui.

Il gesticule. Ses bâtons volent. Il disjoncte. La présence de

Francis me traverse l'esprit et aussitôt je lui demande : « Tu devrais aider notre ami Rod, il craque ! » Je ne m'attends évidemment à aucune réponse. Lui parler me fait du bien, voilà tout. Je me retourne dans la direction à suivre et, surprise, l'odeur caractéristique de Francis me saute au nez, me pénètre : un feu de bois de cyprès chauffait en permanence sa maison. Ma surprise est totale. Incrédule, je me délecte de son doux parfum. Je jubile, criant intérieurement : « Merci ! Merci ! » Francis est avec nous.

Nous continuons au travers de l'épais brouillard et tombons sur un nouveau lead infranchissable. Nous assemblons aussitôt les traîneaux et traversons. Cette fois, c'est moi qui passe devant et casse la glace, heureusement peu épaisse. Cinquante mètres rapidement traversés. Depuis une semaine, nous franchissons chaque jour trois à quatre leads en radeau – entre une dizaine et une cinquantaine de mètres de large. Pour l'instant, la glace a toujours été fine, mais la chaleur augmente quotidiennement et bientôt, les cinquante voies d'eau regelées que nous traversons chaque jour seront liquides. Pourrons-nous maintenir notre progression, avec autant de freins ?

Nous continuons. Une zone de fracture plus importante que celles déjà franchies se dessine à dix mètres de nous. Instinctivement nous la repérons le mieux possible pour tenter de la contourner. Mais très vite, je m'aperçois que dans notre désir de fuir le danger, nous avançons à la perpendiculaire du vent. Notre désorientation est totale.

Nous nous arrêtons pour manger un morceau et, pour la première fois en pleine marche, je sors le GPS qui nous livre ses indications aussitôt reportées sur la carte. Nous progressons actuellement de 30° vers l'ouest – au lieu du plein sud. En partie rassurés, nous nous réorientons et traversons les crêtes de compression. Nous ne savons pas, avec ce satané brouillard, si le terrain monte ou descend et chaque pied, hésitant, teste le sol avant de prendre appui.

Un chemin semble se dessiner entre les cassures. Je le suis attentivement, concentré. Un énorme iceberg pris dans la banquise, apparaît brusquement. Sa stature imposante sortant des voiles de brume souligne notre petitesse. Encore dix mètres, et l'image d'un Sphinx sculpté à grands coups de ciseau s'impose. Il rayonne de force et de beauté. Tel un vénérable, il me gonfle de joie et me noue le ventre. Minuscules, nous arrivons sur lui, sans oser obliquer ni à droite ni à gauche, malgré le danger de ce genre de terrain, tant il paraît garder l'entrée d'une porte. Peut-être celle de la sortie du pôle ?

Intérieurement, je demande au Sphinx de bien vouloir nous ouvrir le chemin vers la terre. Nous le dépassons par son flanc ouest, et brusquement une trouée se déchire dans le ciel, laissant filtrer une lumière pâle et irréelle. N'osant y croire, nous avançons encore sur une centaine de mètres et découvrons soudain une glace plate, idéale. Nous piquons dessus, franchissant les derniers blocs et crevasses, entre elle et nous.

Je remercie respectueusement le Sphinx, gardien muet du chemin. La dimension surnaturelle de notre existence est aujourd'hui palpable. Comme nos ancêtres, nous vivons dans d'autres plans de vie.

Le soir arrive et tout mon corps me fait mal. Des pieds à la tête des douleurs me mordent, me faisant adopter sans cesse de nouvelles positions pour tenter de fuir leurs crocs. Je m'appuie sur mes bâtons pour soulager mes talons jusqu'à ce que mes épaules se tétanisent. Je me penche alors en avant pour libérer celles-ci de la traction et les détendre. Mais alors, ce sont mes muscles lombaires qui se retrouvent parcourus de spasmes. Je me redresse, marchant les bras ballants. Alors, les talons reviennent à la charge et je reprends appui sur mes bâtons. Etc.

J'essaie de m'évader en me racontant des histoires, mais aucune pensée ne parvient à anesthésier mes chairs. Sous le poids accumulé des tensions des derniers jours, mon corps souffre. Je serre les dents et n'ai qu'un mot en tête : accepter, accepter, accepter. Le harnais du traîneau me cisaille l'épaule droite. Un point de feu entre mes omoplates prend la taille d'un volcan et je roule des épaules pour le faire partir, mais sans succès. Mon corps crie. Je m'arrête pour régler les bretelles et repars aussitôt sans tenir compte des informations douloureuses en provenance de mon dos. Je m'étirerai ce soir.

« Une île », de Serge Lama, est revenue dans mon crâne. Je

l'entonne en silence – répétant les deux seuls couplets dont je me souvienne, ainsi que le refrain grandiose et déchirant. Je les laisse me bercer au rythme de mes foulées. Une fois, dix fois, cent fois, je les ressasse. Je ne vois plus le temps s'écouler et les pensées restent cristallisées derrière le lancinant ronron d'« Une île... entre le ciel et l'eau ».

Jour 94

Temps merveilleux et idéal ? Non, tout reste blanc ! Je souris, résigné, en ouvrant l'abside. Décidément, la nature s'acharne. Nous n'avons peut-être plus rien à faire là ?

Nous préparons l'Iridium pour appeler la France. Craignant de plus en plus la fin des communications, je me mets à écrire avec fureur un texte sur la douleur et sur la mort. Il ne se passe pas une heure sans que j'y pense et je veux jeter sur le papier ce que je perçois. J'incite Rodolphe à écrire, mais il fait la moue. Ça m'énerve, c'est important ! Demain, le téléphone ne marchera peut-être plus et nous avons tellement à raconter sur notre boîte vocale, à tous ceux qui nous écoutent chaque jour. Frénétique, je gribouille mon carnet sans comprendre sa réaction. J'explose :

« C'est le moment ou jamais. Il faut que tu écrives !

— Nano ! Calme-toi et réfléchis. Si tu y passes trop de temps, nous ne partirons pas avant deux heures. Essayons d'abord le téléphone, pour voir s'il marche. Ensuite, concentrons-nous sur une idée et travaillons-la, ensemble. »

Son raisonnement tient la route. Je me sens crispé et tendu : à bout de nerfs. Mais son calme me parle. Je lui laisse les rênes. « OK. Je te suis. » Pour la première fois depuis le début, je nous sens, moi vraiment las, et lui présent. Qu'il prenne la relève ! Nous essayons le téléphone. Mais aujourd'hui, il ne veut rien savoir ; nous n'arrivons pas à capter le satellite. Ça ira mieux demain. Je pose ma plume. Rodolphe vient de désamorcer en moi une bombe.

C'est notre huitième jour de white-out, nous pensions prendre l'habitude de marcher dans le vide, mais sans succès, nous nous retrouvons aussi perdus qu'au premier jour.

« Allez ! » Ma voix, sans écho, se perd dans les nimbes blancs et les larves polaires redémarrent. La tension de tout à l'heure est toujours présente. Je me sens rigide. D'emblée, nous tombons sur une voie d'eau et commençons la journée en radeau. Dix mètres vite traversés, à peine un quart d'heure. Derrière, une dizaine de leads regelés. Nous les franchissons à chaque fois sur des œufs, tellement ça bouge ! Cinq cents mètres et rebelote, une voie d'eau, que nous traversons en pagayant.

Cette marche irrégulière, sans cesse hachée par des traversées en radeau, semble faire du bien à Rodolphe. Très peu de crises d'hypoglycémie, seulement trois passages à vide, avec jambes tremblotantes, sueur froide et coup de fringale. Pour ma part, je peste désormais devant chaque problème, tout en me reprochant violemment du même coup mon énervement. À certains moments, c'est une crucifixion. Je ne me ménage pas : « Tu as choisi d'être là et tu n'as pas le droit de t'en plaindre ! » Je souffre donc sans autorisation. Pourtant, je dois assumer ma souffrance, elle m'appartient, je l'ai choisie ! Mais, est-ce cela souffrir ?

Je repense aux malades que j'ai croisés dans l'exercice de mon métier et que la maladie a emportés. N'avaient-ils pas davantage de raisons de se plaindre ? Leurs souffrances n'étaient-elles pas autrement plus sérieuses ? Logé dans les dédales de ma mémoire, un visage d'enfant apparaît, souriant et lumineux. Il semble danser devant mes yeux sur la surface blanche de l'espace...

Je le revois couché dans des draps bien pliés qui ressemblaient plus à un mini-sarcophage qu'à un lit d'enfant. Cela se passait dans le service de néonatalogie de Montpellier. L'enfant avait un an à peine et souffrait de mucoviscidose. Les poumons complètement infectés, il s'efforçait simplement de respirer. Une histoire sans issue. Notre rôle était de l'aider à ne pas avoir trop mal, en lui dégageant toutes les deux heures les bronches par aspiration, avec un appareil. Face à ce petit corps meurtri, une fille de ma promotion s'était apitoyée et le maître de stage l'avait sèchement reprise : « Il faut être ferme. Laissez vos sentiments aux vestiaires, s'il vous plaît, sinon, vous ne vous en tirerez pas. » De marbre, comme on me l'avait appris, je regardais cet enfant dans son combat pour la vie et m'appliquais à faire les gestes nécessaires ; un vrai petit « soi-niant », dans toute sa splendeur d'âme !

L'enfant, lui, jamais il ne pleure. Quand il a trop mal, il sue à grosses gouttes en essayant de prendre l'air environnant, me regardant les yeux plissés, d'un noir de jais. Il souffre tellement ; j'en suis pétrifié et m'applique à ne pas le voir, à ne rien sentir, à ne rien dire. Aucune émotion ne doit frapper ma conscience de thérapeute en herbe, assidu jusqu'au bout des ongles. Une fois son aspiration terminée, ses traits se détendent et un sourire éclatant illumine son visage.

Perdu sur la banquise, mon comportement d'autrefois me choque, me blesse rétroactivement. Je prends aujourd'hui conscience combien, devant l'épreuve de cet enfant, je m'étais retranché derrière le mur facile de la conscience professionnelle, préférant l'aveuglement à la vision de la pure réalité. Cet enfant ne demandait que de l'amour et ne rayonnait que de l'amour. Face à ce petit maître, me voilà bien minuscule. Il ne voulait pas qu'on s'apitoie ou qu'on le plaigne, ces notions étant inexistantes pour lui. Il ne vivait sa souffrance que pour recevoir, dans les moments de calme, un amour vrai à partager ensemble, sans convenance et sans convention. Sa mort était proche, chaque instant était un don.

Ce qu'il m'enseignait là me touche à présent au plus profond de moi, faisant vibrer des cordes, jusqu'ici oubliées. Le souvenir de cet enfant met en présence celui que j'étais, celui que je crois être, et celui que je suis. Après quatre-vingt-dix jours d'expédition les pelures d'oignons de mes fausses identités tombent une à une et la vérité éclate. Je marche, les yeux remplis de larmes intarissables.

Je vois défiler une multitude de scènes, croisant des personnes souffrantes, face auxquelles je me suis agité, mais n'ai rien donné. Il me suffisait, simplement, de les aimer. Mais notre éducation ne nous prépare pas à donner, à dispenser cet amour détaché de tout, que certains nomment la compassion. Cet enfant et tous ces gens ne demandaient pas de la pitié, mais une parole, un geste, un regard, pour qu'on les tire de leur solitude de souffrants et les aide à s'élever au rang d'êtres humains. Ils avaient droit à l'amour, quels qu'aient été leur statut, leur couleur, leur origine. L'amour est inconditionnel et universel ! Je pleure en automate. Je me sens un rien du tout. Le petit bonhomme, couché sur son lit de mort, rit.

Mon corps est soulevé de sanglots et je ne vois rien sous mes lunettes. Le mot « humilité » me traverse l'esprit et je le regarde, comme un insecte inconnu. Je suis en dessous de ce concept, en dessous de tout. Pour la première fois de ma vie, je vois l'amour avec un grand A, celui des maîtres et des philosophes, que je manie pourtant sans en comprendre le sens depuis ma tendre enfance. Il m'écrase. Je ressens, dans un spasme, un élan vers tous les hommes, vers tous les êtres. Mes préjugés et mes jugements s'écroulent. De quel droit puis-je juger un tel gentil, méchant, bon ou idiot ? Je ne suis rien qu'un misérable insecte – tache noire dans la pureté des pôles.

Lycia

La progression journalière chute considérablement. Nano parle de moins en moins, sa voix trahit une fatigue importante. Je les sens au bout du rouleau et j'insiste à chaque fois pour qu'ils lèvent le pied. Peu m'importe qu'on aille les chercher à Ward-hunt ou sur la banquise à trois cents kilomètres de là, pour moi, ils auront réussi. Ils donnent tout ce qu'ils peuvent, ils ont prouvé qu'ils étaient capables. Avec une bonne logistique et des traîneaux solides, ils ne seraient pas partis épuisés et n'auraient surtout pas perdu un temps aussi considérable à tirer des épaves. À l'heure qu'il est, ils devraient frôler les côtes canadiennes. Or, ils en sont encore loin. Maintenant, les conditions météo en avance d'un mois sur les statistiques ne leur laissent plus beaucoup de temps. Ils subissent déjà le white-out estival. Bientôt le pack va se briser, et avec leurs embarcations de fortune ils n'arriveront plus à passer. Ils me disent que si, mais j'en doute.

J'ai malgré tout compris qu'il ne me sert à rien de tergiverser, de me lamenter, sinon pour me faire du mal. Cela ne changera rien. Je dois agir là où je le peux. Et, surtout, rien n'est ni bon ni mauvais, mais nécessaire à notre évolution.

L'heure de mon cours de tai-chi arrive, les élèves me rejoignent sous les cèdres. Il fait si beau, en ce mois de mai, que nous profitons pleinement dehors de la force du printemps. Partout autour de nous, les bourgeons explosent et des fleurs multicolores jaillissent de toutes parts ; c'est magnifique. Je me plante au milieu de cette beauté, invitant les autres à la vivre, à la sentir vibrer au cœur même de chacune de leur cellule. Un à un, ils se lancent dans leur mouvement, se laissant porter par le courant de vie, qui me pénètre aussi. Et peu à peu, la sensation d'être à nouveau au pôle m'envahit ; c'est la même joie. Je rayonne. Disparues les craintes, envolées les peurs, la beauté de l'instant m'offre un état inestimable.

Poussé par cette énergie, le groupe se transcende, chacun touchant à son niveau l'impalpable. Mon fameux point d'angoisse au sommet de l'estomac se détend et une chaleur douce irradie mon plexus. Mes pieds solidement ancrés dans le sol laissent monter une énergie froide, yin, pendant que descend du haut du corps, sous l'impulsion des mouvements, une autre chaude, yang. Les deux courants se réunissent dans le ventre, se fondent l'un dans l'autre autour d'un centre fixe, basé sous le nombril, au cœur même de l'abdomen. C'est de là que monte la chaleur au plexus. Une boule de feu se concentre. Je ne pense à rien, bercée par ses mouvements énergétiques. Je contrôle mes élèves avec une faculté plus subtile, tout en restant concentrée sur moi-même. Je suis double et soudain triple. La vision d'Arnaud et Rodolphe se débattant au milieu d'une banquise sens dessus dessous apparaît sur mon écran intérieur. Ils ont des barbes longues, le visage creusé, la peau tannée par le soleil, dévoilant çà et là des taches de gelures. Ils avancent dos courbé. Je suis captivée ; leurs yeux brillent de la même lueur que cette force qui coule en moi. Je libère consciemment le flux de mon plexus, irradiant cette énergie vers eux. L'image devient floue et disparaît sur leur regard. Quelle fabuleuse expérience ! J'ai été capable un instant de faire et d'être trois choses à la fois. Je reste sous le charme, émerveillée d'un tel cadeau. Merci !

10

Jusqu'à l'épuisement

> La vraie sagesse ne se rencontre que loin des hommes, dans les vastes solitudes. Elle ne peut être atteinte que par la souffrance et les privations. La souffrance est la seule chose qui révèle à un homme ce qui est caché aux autres.
>
> Propos de Igjugarjuk, chaman esquimau, recueillis par Knud Rasmussen

Jour 95

Le beau temps semble revenu, le soleil brille sans un nuage. Nous partons à dix heures et tout de suite nous trouvons de bonnes surfaces planes. Pour sûr, la veille, dans le « jour blanc », nous serions passés à côté. Je reprends aussitôt ma cadence habituelle, heureux de m'ébrouer sous la lumière. Le petit enfant d'hier s'impose. Son visage est différent, plus lumineux, presque solaire. De toutes parts, jaillissent des rayons autour de lui, comme sur les images de saints peints sur les vitraux des églises. Il sourit. À mon tour, j'esquisse une grimace sous ma barbe gelée, lui répondant à cœur ouvert : « Je t'aime, petit ange ! » Les heures passent et son image ne me lâche pas. Nous communions en silence.

Régulièrement, je me retourne. Rodolphe, tête baissée, avance avec peine. Comme chaque matin, il en bave durant les premières heures. Je fais la trace, au mieux, essayant de lui ouvrir le chemin le plus facile. Je longe un lead, jusqu'à un cul-de-sac. Je m'arrête et attends. À la vue de cette eau reprenant ses droits sur la banquise, je sens à quelle vitesse l'été arrive. J'imagine la débâcle estivale et le nouveau départ des icebergs qui ont stationné entre les îles de l'Arctique pendant l'hiver. Les vaisseaux de glace prennent le large et filent allez savoir vers quelle destinée. Seul manque le fracas de la banquise se disloquant sur les grèves. Ah, comme je sens la vie bouillonner de partout dans cet océan que l'on pourrait croire immobile ! Bientôt, la chaleur du soleil permanent libérera toute cette énergie créatrice, transformant chaque flocon, chaque cristal de neige, chaque être. Une année de vie, réduite ici à quelques mois, ne peut s'exprimer que par l'exubérance d'une explosion. Des milliers d'oiseaux migrateurs arriveront. Sur les rives les plus septentrionales des terres arctiques, les fleurs s'étaleront par tapis entiers, les pierres éclatées par le gel et brûlées par le soleil s'ouvriront, les troupeaux de caribous prendront leur quartier d'été, l'épaisse banquise fondra, le krill* envahira la mer et les baleines feront bombance. Tous se régaleront et feront l'amour dans la joie d'un soleil ne s'arrêtant plus de tourner. Seul l'ours, un peu perdu, déambulera le long des côtes, sans son terrain de prédilection : la banquise.

Rodolphe m'arrache à ma rêverie et nous assemblons les traîneaux. Nos gestes sont désormais précis et rapides. Nous traversons sans souci. Ce lead est fait d'eau libre. Puis nous mangeons un bout, avant de repartir. J'amène Rodolphe à parler de La Plagne, de son boulot, oubliant un instant avec lui notre pénible labeur.

À peine sommes-nous repartis que d'énormes nuages laiteux apparaissent, voguant sur l'horizon. Ils s'approchent de nous à toute allure, dévorent le soleil sur leur passage et s'installent dans l'immensité du ciel. Brusquement privés de visibilité, nous allons de nouveau devoir avancer en aveugles. Une sensation d'humidité glacée nous étreint. Malaise. La purée de pois devient plus dense, la banquise et le ciel se confondent, laissant devant et autour de nous de véritables vaisseaux fantômes : les redoutables hummocks.

Nous nous enfonçons entre une série de blocs. Rodolphe suit cinquante mètres derrière, ses bâtons traînant derrière lui. Il s'écroule. Je ne me sentais pas un gros moral, mais par rapport à lui, c'est Byzance ! Je me dessangle et retourne l'aider à passer une fracture :

« Allez, mon Rod, tiens bon. On se fixe dix heures de marche et pas les douze prévues ; inutile de se fusiller aujourd'hui.

— Je tiendrai. Peut-être pas rapidement, mais je tiendrai. Mon but était d'atteindre le pôle, maintenant je marche plus pour toi que pour moi. Tu m'as choisi, j'irai jusqu'au bout.

— Alors nous irons ensemble. Nous sommes unis. Je vais prendre un peu de charge dans ton traîneau. Et, si demain, c'est moi qui flanche, on inversera. D'accord ? »

Tout est dit, la volonté se renforce, nous irons jusqu'au bout... de nos forces. J'espère que Ward-hunt arrivera avant !

Je prends dix kilos dans le traîneau de Rodolphe et nous repartons. Il suit, c'est tout ce que je lui demande. Cinquante mètres devant, je cherche les passages au travers des crêtes. J'ai un nouveau but aujourd'hui, aider mon frère de galère.

Nous marchons plus d'une heure avant de tomber sur une voie d'eau, large d'une bonne centaine de mètres. Elle est recouverte d'une pellicule de glace épaisse d'environ cinq centimètres. Il y a seulement une dizaine de jours, nous aurions traversé à pied ; mais aujourd'hui, la glace est remplie d'eau et céderait facilement sous notre poids. Nous longeons la fracture afin de trouver l'endroit où les berges sont le plus rapprochées possible. Nous estimons la traversée à environ quatre-vingts mètres et positionnons notre radeau-traîneau face à l'objectif. Je monte en premier, pelle à la main, Rodolphe s'installe derrière.

Je commence à casser la glace devant l'embarcation tout en repoussant les blocs flottant sur les côtés, Rodolphe les prenant alors en charge. Il les pousse à l'arrière. Petit à petit nous avançons. Je casse approximativement trente centimètres autour du canot, puis nous déblayons et avançons de cette distance. Nous mettons deux heures à traverser, centimètre par centimètre, coup de pelle après coup de pelle. Deux heures d'effort non-stop, assis à genoux, cassant d'un geste régulier la glace. Arrivés sur la berge, se déplier tient du supplice, les articulations des jambes sont complètement endolories. Nous hissons tant bien que mal les traîneaux sur la rive et mangeons.

Nous sommes épuisés, mais heureux, et repartons avec entrain, franchissant encore de nombreux leads, tantôt en canot, tantôt en trouvant un passage. La fine glace ne nous porte plus, la banquise devient désormais estivale, les grands froids sont définitivement derrière nous.

Nous nous arrêtons au bout de onze heures de marche, après avoir franchi plus de quarante voies d'eau, dont quatre en canot, et une centaine de crêtes de compression. Le terrain se disloque, le vent du sud souffle à nouveau ce soir et la dérive, momentanément calmée, reprend sa course au nord.

Nous dévorons le repas du soir. La faim commence à sérieusement nous tenailler.

Au téléphone, Lycia m'annonce qu'elle arrivera à Resolute dans cinq jours. En France, c'est l'effervescence du départ, elle jubile. Son enthousiasme me fait du bien. Elle nous donne des nouvelles de Torry et Rune, les Norvégiens, qui ont jeté les trois quarts de leur matériel, traîneaux en tête, comme Weber et Malakhov avant eux. Ils avancent à ski, portant le reste de leur nourriture dans des sacs à dos. C'est une bonne solution puisque les traîneaux, même légers, butent et se renversent sans cesse contre les blocs. Quoi qu'il en soit, nous ne pouvons pas tout abandonner. Nous préférons ne pas réussir le défi des hommes et rester en paix avec nous-mêmes que de balancer notre matériel inutile. Ce serait pour moi une faute. Je comprends cependant qu'ils laissent le leur. Nous ne nous sommes pas engagés avec le même esprit, ni la même vision du monde.

Une des premières motivations de notre expédition était de suivre un code moral de non-agression du milieu : pas de déchets, ni de tuerie d'ours ou de phoques. Nous voulions traverser ce sanctuaire sans lui nuire. Chacun fait ses propres choix en conscience, en fonction de qui il est. Je souhaite de tout cœur aux Norvégiens d'arriver à toucher les côtes, après les sacrifices auxquels ils ont consenti. Souvent, je pense à eux en marchant, les épaulant dans leur quête, si semblable à la nôtre. Ils ont réussi à respecter l'autonomie qu'ils s'étaient fixée et en ont bavé dans la zone Lomonosov. Ce sont des grands. À l'heure présente, il ne reste plus que nous quatre sur cette banquise en débâcle. Quatre petits bonshommes... Comparé à la masse des milliards d'humains agglutinés sur les zones chaudes, c'est à peine croyable ! Et le plus incroyable, c'est que j'en fasse partie.

Abrutis de fatigue, nous nous couchons sitôt le coup de fil donné, espérant rapidement sombrer dans un sommeil réparateur. Hélas, mon corps, même éreinté, réclame pitance, et durant une heure je salive dans mon duvet, voyant défiler couscous, choucroute, raclette et autres plats consistants, tout en entendant mon acolyte ronfler bruyamment. N'en pouvant plus, je m'empare du walkman, volume à fond. Barbara Hendricks entonne l'« Ave Maria » qui résonne dans chaque cellule de mon cerveau. La salive se tarit, le corps se détend, hypnotisé par cette voix enchanteresse. Deux heures après mon ami, je m'endors enfin à mon tour.

Jour 96

Réveil à huit heures : soit à peine six petites heures de sommeil. Je suis vanné. Je me traîne. Je fais un tour dehors, retourne sous la tente, me rallonge et me rendors quasi instantanément. Rodolphe me réveille une fois pour toutes. Nous mangeons, replions le camp et décampons aussitôt – sinon je me rendors ! Les deux premières heures sont terribles. Heureusement, le soleil pointe à nouveau son nez et nous profitons de ses quelques heures d'apparition pour nous réchauffer le moral. Le terrain est inchangé : cassures, voies d'eau et blocs en tout genre.

Nous franchissons coup sur coup une dizaine de fissures d'un mètre de large, ouvertes en plein cœur d'une plaque épaisse. L'océan clapote, bleu nuit, trois mètres en dessous de nos skis. Il semble facile d'enjamber de si petites lézardes, pourtant, en appui sur un ski, suspendu entre les berges, nous jouons avec la stabilité des bords neigeux. Chaque enjambée réclame une concentration maximale. Habituellement, nous nous regardons franchir l'obstacle l'un après l'autre, afin de pouvoir assurer un secours immédiat en cas de chute. Mais aujourd'hui, sur cette banquise pulvérisée, n'avançant pas à la même vitesse que Rodolphe, il m'arrive de passer sans attendre mon collègue, essayant dans ce dédale de trouver le meilleur chemin. Nous franchissons donc ces cassures en solitaire. Je me retourne quand même régulièrement, pour voir où en est mon pote...

Et tout d'un coup, surprise : alors qu'il vient de passer au-dessus d'une fissure, je le vois subitement se jeter en avant et tomber dans la neige. Son traîneau, engagé en travers de la brèche, reste coincé entre les berges, suspendu dans le vide. Je me dessangle aussitôt et sans réfléchir revient sur mes pas, en skiant le plus vite possible. De sa position couchée, Rodolphe tire sur ses cordes essayant de faire basculer sa pulka vers lui. Arrivé à son niveau, je l'aide et nous tractons l'engin :

« Mais qu'est-ce que tu as foutu ?

— Figure-toi qu'au moment où je me suis engagé les berges se sont brusquement éloignées. Mon seul réflexe a été de sauter en avant. J'ai bien cru que j'y passais, et prendre un bain au fond de cette crevasse ne me disait rien !

— Si tu étais tombé entre ces murs de deux mètres de haut, je me demande bien comment j'aurais pu te sortir de là. D'autant que tu aurais certainement pris ton traîneau sur la gueule !

— Ne m'en parle pas... Allez, on continue. »

À la sortie de ce magma en ébullition, nous tombons sur une vieille banquise vallonnée, comme avant le pôle. Nous reprenons instinctivement la cadence. Face à nous, se dresse un iceberg avec une grande tache noire à ses pieds. Aussitôt, la question se pose : qu'est-ce que c'est ? Nous fantasmons durant deux heures, nous rapprochant peu à peu de notre découverte.

Ne dirait-on pas une tente oubliée ? À moins que ce ne soit un bateau échoué, transporté là par la dérive, voire un avion écrasé ? Les spéculations nous font bouillir la tête, nous imaginons même le dôme d'un sous-marin émergeant entre les failles du pack ! À mesure que le temps passe, nos hypothèses deviennent de plus en plus délirantes. Et très vite, nous nous rendons compte du point commun de tous nos songes : la nourriture. Ainsi imaginons-nous une cache de vivres oubliée dans un bateau fantôme, des rations d'expédition laissées sous la tente ou encore des marins américains les mains pleines de cookies.

Nous approchons. La tache noire vire au marron. Et finalement, nous découvrons l'objet de nos fantasmes : des algues marines. Sous l'effet de l'érosion, l'iceberg s'est retourné, passant cul par-dessus tête. Et les algues accrochées à ses dessous se sont retrouvées hors de l'eau. Nous en avons vu des milliers de fois, mais jamais regroupées en une tache aussi noirâtre. Nous rions et remercions la banquise pour sa bonne blague. Nous avons couru, franchissant les derniers kilomètres au pas de course, portés par nos désirs inassouvis de subsistance.

C'est vrai que, depuis quelques jours déjà, la faim ne nous lâche plus. Je salive même en marchant. En général, cela dure une heure ou deux. Aujourd'hui, chaque quart d'heure a eu son lot de salive et de gargouillis variés en provenance de mon estomac tordu de faim. Depuis l'effort extrêmement violent d'hier (la traversée du lead à la pelle), je ne pense à rien d'autre. Dès que mon esprit vagabonde une seconde, je me vois en train de faire les courses dans le petit magasin de Resolute ou, mieux, au supermarché de Dieulefit. C'est rageant et terriblement douloureux. Mon ventre se tord à chaque image.

Au lieu de combattre cet état de fait, j'ai décidé d'orienter mon esprit avide, de le canaliser. Plutôt que de penser à des aliments virtuels, ou à nos anciennes rations perdues, ou encore aux plats qui m'attendent à Resolute, je tourne mon imagination vers les mets les plus rares possibles, mangés une fois l'an seulement. Bizarrement, le stratagème réussit : les secrétions salivaires se tarissent, mon ventre se calme, la douleur de la faim s'estompe. Puis je décide d'inventer mes propres recettes, tout en avançant. Les chansons rengaines ont laissé la place au canard aux figues, au mouton en daube façon marocaine, au carpaccio de foie gras truffé et à la bouillabaisse aux rascasses. Les ingrédients défilent. Je les choisis attentivement et entame ma création culinaire du jour. J'en parle à Rodolphe qui, aussitôt, me décrit avec force détails la paella maison faite pas son père. Nous voilà chefs cuistos tous les deux !

Nano téléphone maison ! Lilou décroche, le son de sa voix trahit aussitôt l'extrême fatigue. Comme d'habitude, je lui donne sans attendre l'essentiel : position, dix-huit kilomètres parcourus à vol d'oiseau, douze heures de marche, quatre leads en canotant, fatigue et moral des troupes. Elle enchaîne sur les très nombreux leads détectés par satellite autour de Ward-hunt sur plusieurs dizaines de kilomètres (!) et nous conseille, après mûre réflexion avec Wayne, d'atteindre les côtes ailleurs. Ne pas nous focaliser à tout prix sur cette petite île.

Nous l'écoutons sans tenir vraiment compte de ce qu'elle nous raconte. Notre état physique, les conditions de glace, la dérive et le « jour blanc » ne nous ont pas encore préparés à l'accostage. Elle envisage déjà l'arrivée, alors que nous nous concentrons sur le prochain pas, sur la crête suivante, sur le prochain lead. Nous sommes si loin des côtes encore, et, avant que nous arrivions, la dérive aura peut-être eu le temps de reboucher les trous... ou de les agrandir. Nous verrons bien. Nous laissons donc l'amour de ma vie à ses calculs.

Je la questionne en revanche sur sa vie, sur Dieulefit, sur l'avion, sur nos amis. J'ai besoin d'un peu d'évasion et d'entendre parler de Nana, de Lolo, de Katell, des Dudus, de Jean-Mie, de Lydia, de Vincent, de Michou et de tous les autres ! Cela me rouvre les portes d'une vie quasiment oubliée...

Ce soir, mon amoureuse me semble si loin, si différente... Elle semble appartenir à un rêve !

Jour 97

Nous nous réveillons à nouveau sous la grisaille. Le vent du sud se lève. Le GPS indique trois kilomètres de dérive vers le nord. Nous en sommes à soixante-dix kilomètres en trente-cinq jours depuis le pôle. Nous continuons à perdre du terrain chaque fois que nous dormons. Un vrai tapis roulant inversé, qui nous vole approximativement huit jours de marche, la fameuse semaine qui nous manque dans nos calculs.

Nous décollons à l'heure dite, mais dès les premiers pas, je sens bien que cela ne va pas. Une faiblesse extrême s'abat sur moi. J'avance sans force, une faim d'ogre me tordant les entrailles, alors que nous venons juste de déjeuner. Rodolphe suit, cinq mètres derrière moi, toujours touché par ses hypoglycémies matinales. Cependant, je ne le largue pas : je suis dans le même état ! Le vent de face me fatigue, le visage me brûle, les yeux me piquent et le « jour blanc » joue avec mon équilibre. Je chute plusieurs fois sans raisons apparentes. J'ai constamment envie de dormir.

L'habituelle première pause arrive enfin et me redonne les forces nécessaires pour redémarrer et traverser le premier lead de la journée. Quatre-vingts mètres de très fine glace, facilement cassable. Nous en profitons même pour nous filmer sur notre embarcation de fortune, redonnant à l'équipage un semblant de joie. C'est éphémère. Une demi-heure plus tard, je sombre à nouveau dans la torpeur. Je m'accroche à tout ce qui défile dans ma tête, finissant par rabâcher à chaque pas : « Et une cuillère pour maman, et une enjambée pour papa, je plante mon bâton pour Lilou, j'arrache mon traîneau pour Nana... » Le délire me gagne.

Nous arrivons sur un vieux lead regelé. Profitant du capharnaüm ambiant, je fonce droit devant passant en force les blocs et les remous figés, laissant Rodolphe se débattre avec sa pulka derrière moi. Un seul désir derrière cet ultime effort : dormir. Sitôt arrivé sur la berge opposée, je m'écroule sur mon traîneau et, bercé par le vent, m'envole ! Je fuis dans un rêve, d'où Rodolphe me sort à coups de bâton. Il est inquiet de mon attitude. Nous continuons doucement jusqu'à la pause, où, rebelote, je lui redemande la faveur d'un petit somme. Il me surveille, tout en dégustant la maigre part de la ration journalière destinée à cet arrêt.

Il me propose de reprendre son poids, disposé dans mon traîneau. Je refuse, car la charge à tirer importe peu en rapport à la désorientation du « jour blanc ». Je lui demande plutôt de passer devant. Il ouvre la marche, me redonnant la troisième dimension. L'envie de vomir disparaît. Je m'accroche à ses pas, butant même fréquemment sur son traîneau. Je me laisse guider, cahincaha de blocs en cassures, supportant la neige pulvérulente dispersée par le vent de face.

Nous traversons encore quatre leads, pagayant assez facilement puisque les voies d'eau ne regèlent plus que très difficilement. Nous posons le camp, nos douze heures de labeur accomplies. Nos visages sont enflés, les yeux rouge sang. Des cloques rongent le nez de Rodolphe et le côté droit de son visage. Si bien qu'en le regardant de profil la différence est nette. À gauche c'est lui, à droite son fantôme. Il est boursouflé, la peau émaciée, criblée d'impacts. C'est impressionnant ; il me ferait presque peur ! Quant à moi, enflé sous les pommettes, les joues parsemées de taches blanchâtres dues aux gelures, je lui fais penser à un hamster.

Nous attaquons le repas, léchant comme chaque soir les emballages plastique avec minutie. La graisse déposée sur les parois est rance, mais rien ne nous empêche de la manger avec gourmandise. Le GPS nous informe de notre position. Nous avons bataillé toute la journée pour atteindre 85°33'N, soit parcourir dix-sept kilomètres. Que dire ? Rien, sinon que nous acceptons toutes les données avec résignation. On ne peut pas donner plus que ce que l'on a. Arriverons-nous à toucher la terre ? Cela devient de plus en plus improbable. Cricket et Wayne nous annoncent beaucoup d'eau autour des côtes. Nous devrons sans doute demander à l'avion de récupération de nous prendre sur la banquise, aux abords des côtes... Tans pis ! Pourvu que Lycia et Sandrine soient dedans, qu'elles puissent venir nous voir et survoler notre terrain de jeu !

Ce sera un échec pour certains... Peu importe. Comme Moïse en son temps, nous ne toucherons peut-être pas la Terre promise. Qu'est-ce que cela change, dans la leçon de vie acquise ici, dans l'expérience partagée avec Rodolphe ? J'ai découvert un frère et cela vaut tous les échecs. Il paraît que les journalistes nous appellent déjà « les conquérants de l'inutile », qu'avons-nous à prouver ? Rien. Nous finirons notre stock de nourriture, nous irons jusqu'à voir les terres, pour la gloire de l'esprit humain, seul capable d'aller aux limites de lui-même. Nous testons notre faculté d'homme, notre entêtement, notre dépassement. Au point où nous en sommes, seule la marche est notre salut. Merci la vie, merci seigneur, merci mon corps, merci Rodolphe, merci Lycia, merci Francis, merci...

Voilà bientôt cent jours que nous marchons dans le blanc et le froid. Dans mon désir de *marcher*, je suis venu dans le lieu le plus froid de la planète, le plus austère, le plus monochrome. En affrontant le froid naturel, je viens de comprendre le froid des hommes enfoui au plus profond de moi. Je cherche le blanc naturel comme pour sortir la noirceur de l'âme humaine abandonnée en moi.

En affrontant mes peurs, j'ai arrêté de les projeter sur autrui, comprenant qu'elles ne sont que l'émanation et la création de mon « petit moi » malade. Contrairement à ce que j'ai cru pendant des années, l'homme n'est pas mauvais. Il ne peut d'ailleurs pas l'être, le bien et le mal n'existant pas en eux-mêmes. Pourtant, combien d'êtres soi-disant humains tuent, volent, massacrent, torturent un peu partout sur la planète ? Jusqu'à présent, je restais bloqué dans le jugement, dans la peur. Aujourd'hui, je commence à comprendre.

Au cours des siècles, nous nous sommes peu à peu coupés de notre environnement naturel, perdant la capacité de comprendre le monde. Pourtant, nous sommes nés avec la connaissance, avec les outils nécessaires à la compréhension des choses terrestres. (Inutile donc de vouloir accumuler du savoir, à quoi va-t-il servir, sinon à nous polluer l'esprit ?) Aujourd'hui, complètement esseulé dans un monde qu'il tente de contenir, l'homme a perdu de vue son but et sa tâche terrestre. Chacun de nous naît avec une tâche. Nous ne venons pas par hasard. Mais qui s'en souvient ?

Errant dès le départ, les aléas de la vie vont nous modeler et, peu à peu, nous allons nous accrocher au monde fabriqué de toutes pièces par nos pairs au cours des siècles. Sous le joug du jugement, du bien et du mal, des lois humaines et des bonnes intentions, nous apprenons à vivre, voire survivre dans un malaise plus ou moins palpable. Dans ces conditions, l'homme moderne se sent agressé de toutes parts. Les intempéries, les caprices de la nature, les maladies, avec cet ultime ennemi au bout du couloir : la mort ! J'ai adhéré à ce scénario durant des années, cherchant plus ou moins consciemment à m'en arracher. Et aujourd'hui, loin de toute cette mascarade, je prends conscience de notre folie. Nous avons inventé un monde d'illusion. Dans tous les livres, j'ai lu cette illusion sans jamais la comprendre et aujourd'hui je la vois.

Prenons le sexe. Tout le monde cherche à faire l'amour, à prendre du plaisir avec son partenaire, mais voilà, malgré toutes les supposées « libérations sexuelles », le tabou garde son emprise sur nous : pour beaucoup de gens, faire l'amour reste marqué du sceau d'infamie – et le déferlement pornographique n'est de ce point de vue qu'un hommage du vice au vice ! C'est pécher ! La bonne morale nous défend de le faire, en incorporant l'idée du mal à celle du plaisir. Nous jouissons avec l'amertume de faire une faute.

Pour la maladie, l'illusion est encore plus marquante. Face à un corps tordu, pustuleux, abîmé, je cherche toujours le sens de ce qui se cache derrière le visible (le corps), car c'est bien dans l'invisible (l'âme) que tout se passe. Imaginons une main, avec l'index tordu, se projetant en ombre chinoise sur un écran. Nous voyons qu'un doigt n'est pas droit et deux choix s'offrent à nous : changer l'aspect du doigt-ombre, sans finalement redresser le véritable index ou, au contraire, comprendre que par-delà l'illusion de l'ombre projetée, existe un doigt tordu qui ne demande qu'à se redresser. Eh bien, il en va de même pour n'importe quelle maladie ! Si l'on s'en tient à l'aspect extérieur du corps et que l'on se bat pour ramener cet organisme à la normalité, nous ne faisons pas le chemin complet vers la santé, nous nous arrêtons aux apparences des choses (les ombres), refusant de voir l'âme, qui elle seule existe.

Nous nous sentons perpétuellement agressés, alors que nous créons nos conflits de toutes pièces. Les maladies ne sont que la meilleure solution au problème vécu par l'individu. À nous de les décoder, de les comprendre, et surtout d'arrêter de penser qu'on n'a « pas eu de chance ». Que ce soit la grippe, une otite, un cancer, une dysmorphose dentaire, un handicap physique, tout a un sens.

Même chose au niveau social. La guerre, le terrorisme, les massacres, la pollution ne sont autres que les maladies de nos sociétés ; elles ont un sens. Mais, pour le reconnaître, il nous faut quitter l'illusion créée par nos peurs et arrêter de ne voir que la surface des choses. Pourquoi les nazis ont-ils existé ? Et les Khmers rouges ? L'Inquisition et la ribambelle de massacreurs en tout genre ? Je ne pourrais pas le dire, mais je sais qu'ils donnent un sens à l'humanité. Aussi horribles que puissent être leurs exactions, ces hommes n'en restent pas moins nos égaux. Ils possèdent les mêmes qualités que tout un chacun et la même folie nous habite tous. Quelle torture que d'habiter de tels êtres ! Aussi, au lieu de les rejeter au nom des actes commis, nous devrions comprendre qu'en tant qu'humains ils nous montrent la voie à ne pas suivre. Ils sont allés au plus noir de ce dont nous sommes tous capables, ils ont fait un avec la bête spirituelle. Nous devons aujourd'hui comprendre ces hommes en tant qu'hommes et rejeter seulement leurs actes. Ils ne sont ni bons ni mauvais, mais seulement comme nous. Nous ne faisons qu'un, et une partie de tous vit en moi. Comment m'aimer réellement si je suis incapable de comprendre une part de mon inhumanité ?

Nous devons aujourd'hui appréhender l'iceberg par sa base, non plus par sa seule partie visible. Nous avons un grand besoin de nous remettre en cause, de voir à quel point nous faisons fausse route. Si nous nous occupions des hommes dans leur globalité (âme, corps et esprit), nous nous ouvririons enfin à la grandeur humaine décrite par Mandela (voir la citation au début du livre).

Autrefois, la folie du monde me faisait peur, mes compatriotes humains m'inquiétaient. En déchirant les voiles de l'illusion, en comprenant un peu mieux ma place dans cet univers, ma vision a radicalement changé. Ma peur de l'autre s'est transformée en un amour puissant. Le froid du pôle m'a réconcilié avec le froid des hommes. Je sais aujourd'hui que l'homme est fondamentalement bon, même si la grande majorité l'ignore. Aux éveilleurs de marcher en tête et d'ouvrir les portes. J'attends maintenant la rencontre.

Jour 98

Ce matin, une idée vient de jaillir. Le staff technique des Norvégiens pourrait peut-être nous droper un sac de nourriture, en allant chercher devant nous Torry et Rune (les deux explorateurs norvégiens). J'appelle Cricket, car lui seul peut les contacter. Il trouve l'idée intéressante, mais ne comprend pas pourquoi nous manquons de nourriture. Nous devons alors lui avouer la vérité. Dans notre désir d'assumer les problèmes, nous avons caché la pollution des rations par le fuel renversé dans mon traîneau, au quatre-vingt-deuxième jour. Lycia n'est pas au courant. Il comprend aussitôt notre ralentissement depuis vingt jours. Le terrain désastreux allié au manque de nourriture nous ont coupé les pattes. Il nous demande de le rappeler le soir même.

Notre maigre petit déjeuner englouti, nous déplantons la tente dans le vent. Devinez d'où vient ce vent... Du sud, évidemment ! « Jour blanc » habituel, nausées ordinaires, nous partons. Plats, blocs, voies d'eau, canotage s'enchaînent, ponctuant les heures de marche par des hissages, halages, tractions, pagayages. Rodolphe manque de peu une chute dans l'eau, en traversant un pont de neige au-dessus d'une crevasse. Il s'effondre sous son poids, mais ses skis restent en appui de part et d'autre, l'empêchant de partir avec le bloc de neige.

Deux minutes plus tard, à mon tour de m'enfoncer. Nous traversons un lead regelé. Je teste du bâton, la glace tient. Pourtant, je suis à peine engagé qu'elle se rompt sous mes skis. Par réflexe, je me couche sur le côté et, ô miracle, la glace tient ! Seules mes deux jambes se retrouvent sous l'eau. Rodolphe m'attrape par le bras droit et me tire vers lui. Nous aspergeons de neige les chaussures, comme d'habitude. Cependant, l'intérieur de mes bottes, désormais trop usées, perd de son étanchéité et mes pieds sont trempés. Je m'assois sur le bord de mon traîneau et change de chaussettes. Nous repartons aussitôt et traversons sans plus de soucis de petits leads.

Le reste de la journée, l'humidité ajoutée à la transpiration font macérer mes pieds dans un jus salé. Ma peau est plissée, craquelée, douloureuse. Comme dernière épreuve, nous montons pour la cinquième fois notre radeau et nous nous engageons sur l'eau. Cent mètres de traversée mélangeant eau libre et fine glace ; un régal !

Le camp à peine dressé, je me précipite sur l'Iridium, pour notre rendez-vous téléphonique avec Cricket. Il répond à nos attentes par la négation :

« Les Norvégiens ne pourront pas vous survoler, ils n'ont plus aucune place dans l'avion pour un bagage supplémentaire. Ils sont déjà en surpoids. Dommage ! »

Seul conseil valable laissé par notre ami :

« Foncez ! »

J'appelle Lycia dans la foulée. Elle me reçoit, étonnée :

« Mais que se passe-t-il ? Je viens d'apprendre votre histoire de fuel. Depuis deux semaines, je trouvais votre progression chaque jour un peu plus faible. Certes, le terrain est pété, la dérive maximale, votre fatigue à son comble, mais quelque chose clochait. J'ai hésité à vous en parler. Aussi, ce matin, j'en ai parlé avec Cricket. Face à mon insistance, il m'a lâché le morceau !

— Je voulais justement te le dire aujourd'hui, mon amour. Nous n'en avions pas parlé avant, il était inutile de vous affoler outre mesure. Les conditions de glace suffisent déjà bien assez à vous mettre martel en tête.

— Tu aurais dû me le dire ! On a déjà épongé tellement de soucis imprévus... Ne comprenant pas les raisons d'une progression si lente, je me suis finalement fait plus d'inquiétude que si j'avais été au courant. Merci pour ta confiance ! Maintenant, faites très attention ! Ne dépassez pas vos limites. Je me fous complètement de l'endroit où nous allons venir vous chercher. Ward-hunt ou la banquise, peu importe pour moi, et pour nous tous. Ne faites pas de folies en voulant jouer les héros ! C'est inutile maintenant.

— Pas d'inquiétude là-dessus. Nous irons au bout de nos possibilités, et pas plus loin... Je t'aime, mon amour. »

Jour 99

Nous levons le camp, entourés par des cassures qui étaient encore invisibles la veille. La banquise fond à vitesse grand V ! C'est tout bonnement incroyable. Le vent du sud joue toujours de concert avec le white-out et aujourd'hui, nous sentons que l'océan reprend ses droits. Il craquèle de toutes parts son manteau blanc ; il mue, il fait peau neuve. L'eau est partout présente. De vrais marécages, où il nous est impossible d'utiliser les traîneaux en radeau, car les étendues liquides se fondent au milieu du pack explosé, fendillé en une multitude de micro-leads.

Nous perdons très vite la notion du sud et contrôlons toutes les demi-heures notre progression, notant à chaque fois notre dérive par rapport à son axe, vers les côtes. Nous louvoyons tous les cent mètres, les sens aux aguets au milieu de cette marée mouvante. Passant de plaque en plaque, prenant appui sur des glaçons chancelants, nous progressons très difficilement.

Si la banquise se disloque à cette vitesse, il va bientôt être impossible à un avion de se poser. Nous en parlons à la pause et notre intuition commune nous pousse à envisager que l'avion de récupération ne pourra que venir nous larguer de la nourriture, avec peut-être un bateau gonflable, afin que nous puissions atteindre les côtes par nos propres moyens. Nous repartons avec de nouvelles pensées, c'est-à-dire du grain à moudre.

Nous sortons finalement en cinq heures de cette zone marécageuse, pour déboucher sur un lac de plusieurs centaines de mètres de diamètre. Au milieu, s'ébattent des phoques. Nous nous approchons pour les voir de près et une pensée nous vient : et pourquoi pas en déguster un ? Nous nous rendons compte que les tirer serait relativement facile, ils sont à peine à vingt mètres... Mais aller les chercher ensuite relèverait vraiment du défi. Les abords du lac sont complètement brisés, des blocs épais, enchâssés dans de la fine glace. Impossible de nous approcher en traîneau. Nous nous contentons de les filmer, heureux de cette rencontre.

Nous pensons aux ours. Comme eux, nous devenons des prédateurs. La faim nous renvoie à une animalité perdue, ou tout du moins endormie, méconnue. Elle nous pousse à redécouvrir nos corps de mammifères, à y entrer plutôt que de les fuir. Notre esprit, lui, veut décoller, quitter cette chair douloureuse. Pourtant, quoi de plus beau que l'exploration de sensations inconnues, la découverte de nouveaux potentiels ? Nous ne nous serions jamais imaginé que nous pourrions regarder des phoques s'ébattre et saliver en même temps. Cependant, nous sommes finalement résolus à ne pas les tuer, ni eux ni les éventuels autres pinnipèdes, susceptibles de croiser notre route. Nous ne sommes pas là pour ça. Une pensée amérindienne me revient à l'esprit : « Quand le chasseur a faim, l'animal se présente, donnant sa vie à l'homme. » Ils sont là et nous refusons leur offre. Nous les remercions du cadeau. Ils sont magnifiques et nous montrent que la vie bat toujours, là où on l'attend le moins.

Nous longeons l'étendue d'eau et recommençons à galérer sur un puzzle, passant de plaque en plaque avec difficulté. Elles se frottent les unes aux autres, craquent, bougent et se redressent même sous la pression de l'océan. Nous franchissons des crêtes en formation. Sous les skis, le terrain s'enfonce durant les quelques mètres du passage. C'est impressionnant. Nous sortons de cette zone mouvementée deux heures plus tard, sur les genoux.

Le vent du sud se lève et forcit rapidement. J'attends de plus en plus souvent mon pote, qui avance chaque heure un peu plus lentement. Il chute parfois sans raison, à même le plat. Il est claqué, mais nous ne pouvons pas décemment nous arrêter là. Il nous reste encore huit jours de vivres, nous devons tenir le coup. Je le traîne encore une heure, sans conviction et nous plantons la tente, au bout de seulement dix heures.

Le GPS nous révèle un incroyable parcours. À vol d'oiseau, nous n'avons fait que douze kilomètres depuis ce matin. Mais les relevés pris toutes les demi-heures nous montrent une tout autre route. Mis bout à bout, ils nous donnent vingt et un kilomètres, dont neuf inutiles, passés à osciller est-ouest entre les fossés infranchissables du pack en train de se disloquer. Nous n'en revenons pas. Jamais nous n'aurions pensé louvoyer autant. Dix ou vingt pour cent à la rigueur, mais pas plus de quarante pour cent ! Notre motivation en prend un sérieux coup.

L'étonnement fait place à la déception. Je parle d'une voix terne, Rodolphe se tait. Il se rétracte, se met en boule, concentrant son énergie, la gardant pour demain.

Jour 100

« Jour blanc » oblige, la température frise tout juste le zéro. Nous démarrons d'emblée dans une zone « sismique », impressionnante. Rodolphe, peu bavard, avance tête baissée, les mains ballantes. Malgré la chaleur, il a froid. Son visage est complètement bouffi, son corps cassé. En remplissant les traîneaux ce matin, j'ai volontairement pris une dizaine de kilos supplémentaire à son insu. Cependant, je doute que cela suffise. Il n'en peut vraiment plus. Je sais qu'il marche pour moi.

Je fonce droit devant, sans plus me poser de questions, tirant mon traîneau et derrière, plus loin, mon ami. Nous arrivons sur un nouveau terrain. Le puzzle se transforme en une somme de gros blocs flottant dans de la mélasse glacée. C'est très difficile d'avancer sur ces gros œufs qui s'enfoncent plus ou moins sous nos poids. Nous décidons de tirer les traîneaux à la main, sur ce magma flottant, jusqu'à un point critique, où le terrain se dérobe. Seule solution, transformer les traîneaux en radeaux.

Une fois l'embarcation prête, nous prenons conscience que la masse ainsi formée ne peut être déplacée, les blocs entravant son passage et les pelles s'avérant incapables de casser de tels monstres. Nous désolidarisons nos pulkas et je décide de passer couché sur la mienne, Rodolphe me retenant via une corde, au cas où je chavirerais. Prenant appui sur les glaçons et faisant corps avec mon traîneau, je me tracte avec les bras jusqu'à la berge stable. Mes gants sont trempés, mais je suis du bon côté. Je sors, hisse ma charge hors de la mélasse et change aussitôt mes moufles. Rodolphe, couché sur sa pulka, attend. Prêt, je le tire jusqu'à moi, utilisant la corde de secours attachée autour de ma taille. Sains et saufs, nous repartons. Deux heures pour deux cents mètres, les records tombent.

La faim nous tenaille toujours. Je redouble d'efforts, cherchant un passage. Nous enchaînons par des leads, des blocs, des leads et plouf ! « Un homme à la mer ! » Rodolphe s'enfonce jusqu'aux genoux dans de la mélasse cachée sous la neige. Il touche le fond de glace à environ soixante centimètres, car l'océan est juste monté sur la banquise, détrempant la neige. Les skis sont impossibles à sortir ; le poids de la neige mouillée les cloue au sol. Il tire comme un fou, pataugeant, les gants déjà trempés. Je me dessangle, déchausse et plonge à mon tour les mains sous la mélasse afin de tracter un à un ses skis. Je parviens à le faire déchausser et nous sortons du trou, ruisselants d'empois glacé.

Avec le vent, nous sommes gelés et nous nous mettons aussitôt en marche à la recherche d'un endroit plat et stable pour le camp. À trois minutes à peine, nous tombons sur une trace d'ours fraîche de quelques heures : un mâle. Nous sommes spontanément heureux de sa présence, mais nous nous garderons bien d'une rencontre. En l'état actuel, il ne manquerait plus qu'une attaque !

Le froid nous pousse à avancer et nous trouvons l'emplacement du camp à deux pas des traces ; nous nous sentirons moins seuls ! Nous nous installons confortablement pour le séchage obligatoire de nos vêtements. Je regarde par l'abside les empreintes de notre « grand-père » (c'est ainsi que certains Amérindiens nomment l'ours) et je ne peux m'empêcher d'associer à sa présence la pollution humaine et ses conséquences désastreuses sur son territoire.

La banquise fond, ce n'est plus un scoop, nous y pataugeons un peu plus chaque jour, mais surtout elle ne se reforme pas d'hiver en hiver. Elle perd de sa surface et l'ours de sa liberté. Parfaitement adapté à ce milieu glacé, Nanook ne vit que de la chasse aux phoques. Avec la dislocation permanente du pack, l'ours ne peut plus se nourrir, les pinnipèdes s'ébattant joyeusement en pleine mer, loin des griffes du prédateur. À cette vitesse des milliers d'ours sont condamnés à mourir de faim.

S'il n'y avait que ce problème, nous pourrions encore remédier, même artificiellement, à leur sauvegarde, mais l'épreuve est beaucoup plus difficile ; quasi insurmontable dans le contexte actuel. En effet, aujourd'hui, les plantigrades sont menacés dans leur chair même. La pollution des eaux mondiales se concentre fortement, via les courants, sous les hautes latitudes. Les micro-organismes animaux et végétaux planctoniques captent les toxiques (pesticides, goudrons, dérivés chimiques, composés radioactifs...), la chaîne alimentaire faisant le reste. Chaque maillon concentre un peu plus les poisons. L'ours, loin là-bas, en bout de chaîne, reçoit en intraveineuse des taux de toxicité élevés. Si bien que des chercheurs ont observé sur les îles du Svalbard, (outre des foies déficients, des reins pourris et des intestins troués, qui sont le lot des observations courantes) des dysfonctionnements graves dans la reproduction des plantigrades : certains individus naissent désormais hermaphrodites, à la fois mâle et femelle (c'est le cas de 1,2 % des trois mille individus présents).

Incapable de se reproduire, sur un territoire de plus en plus étriqué, l'espèce du roi ours est aujourd'hui menacée. La lente agonie de l'Arctique a commencé, son leader en tête ; car phoques, bélougas, bœufs musqués, narvals, morses, renards et autres sont logés à la même enseigne : celle des poubelles de l'humanité. Que de ménage avons-nous à faire ! Épurer les mers, nettoyer les terres, purifier le ciel de notre empreinte d'enfants gâtés.

Ce soir, bien installés, nous dégustons notre repas, cuillère après cuillère, chacun piochant à son tour dans la gamelle. Nous nous offrons une barre de chocolat supplémentaire, gardée pour les grands jours, même si nous ne franchissons pas encore ce soir le 85e parallèle, bloqués que nous sommes à dix kilomètres de cette barrière psychologique. Les côtes canadiennes sont encore à deux cents kilomètres !

À la vitesse des derniers jours, nous estimons notre arrivée pour dans dix jours. Nous marcherons désormais aux kilomètres. Tant que le GPS ne nous indique pas vingt kilomètres parcourus, nous avançons.

J'appelle Lycia. Elle est à moitié endormie. Je la trouve cependant en pleine forme. Stressée par l'expédition et son boulot, certes, mais heureuse de partir dans quelques heures pour me rejoindre. Elle a dû faire face à une quantité de problèmes (billets, passeports, photos, film, boulot) et se languit d'arriver à Resolute, loin de tout ce marasme. Je ne doute pas qu'elle se sente blessée, meurtrie, esseulée ; elle a fait sa traversée du désert, elle aussi. Une traversée au milieu des autres, invisible, sans gloire. Malgré tout, elle a vécu une expérience extraordinaire, une étape importante de sa vie, qui lui a permis de s'affirmer, de connaître ses proches sous un autre angle, de savoir un peu mieux qui elle est et ce dont elle est réellement capable. Je sais qu'elle m'en veut, mais au-delà de nos petits ego écorchés vifs, nos corps et nos âmes parleront de concert. Les retrouvailles vont être torrides...

La discussion continue. Elle me raconte une rencontre étrange qu'elle a eue avec une femme, à Dieulefit. Cette dame priait pour Rodolphe et moi, quand Lycia est passée au loin, devant elle. Elle m'a alors vu aux côtés de ma femme, rayonnant, avançant avec elle. Cette vision, racontée sur le vif à Lycia, lui a fait un bien fou, répondant positivement à ses angoisses. Nos âmes sont liées, nous ne faisons qu'un et jamais nous ne nous quitterons. Je suis heureux que cette femme le lui ait dit.

Jour 101

Nous nous levons, décidés à ne pas nous arrêter avant vingt kilomètres. Seulement voilà : nous nous sommes couchés hier au 85°08'N... pour nous réveiller ce matin au 85°12'N, soit neuf kilomètres de dérive négative : du délire ! Le vent du sud souffle à plus de quarante-cinq kilomètres-heure, la banquise n'est plus qu'une somme de plaques dérivantes et nous n'avons vraiment plus le choix ; nous devons atteindre les côtes coûte que coûte. Le moral, au lieu de s'écrouler, remonte et la hargne me gagne. Débordant momentanément d'énergie, je regonfle Rodolphe, qui enfile ses chaussures avec envie. Je me sens fort. Psychologiquement, nous venons de passer la barre des cent jours et des ailes me poussent.

Nous partons, comme à l'ordinaire l'un derrière l'autre, Rodolphe traînant la patte. Je suis perplexe : va-t-il tenir ? est-ce que je ne l'envoie pas au casse-pipe ? S'il chutait maintenant, ce serait ma faute. Je le pousse, alors que je sais qu'il choisirait l'arrêt s'il le pouvait. Il n'ose pas me le dire, en fonction de son engagement pour moi et continue, boitant, usé, brûlé.

Nous entrons, comme de coutume, dans une série de leads, canotant plus de cinq fois en trois heures, avec l'étrange impression de faire du surplace, le vent de face nous faisant sans cesse reculer. Nous nous attendions à trouver du marécage et voilà que les blocs reviennent. Les crêtes de compression s'enchaînent, les voies d'eau libres disparaissent. Rodolphe plonge. Il déteste ces cassures, préférant cent fois les passages d'eau. Tracter dans ce fatras demande une énergie violente, un travail en puissance pure, qu'il ne se sent plus capable de donner. Comme un forcené, je tracte pour deux, hisse et pousse mon traîneau à plus de trois, quatre mètres de haut et le redescends de l'autre côté. Je retourne ensuite aider mon compagnon. Je ne me pose plus de questions et pousse systématiquement sa charge, lui permettant de ne pas se dessangler de mur en mur.

Les heures passent, monotones : plats, crêtes, plats, crêtes, avec une régularité ondulatoire. Nous mangeons et buvons toutes les heures, perchés au sommet des compressions, afin de nous donner un peu de visibilité dans ce blanc absolu. À la onzième heure, le GPS nous indique 85°05'N, soit seize kilomètres. Encore deux heures de marche au bas mot.

Je repars, rouillé, cassé, fourbu. Chaque pas me coûte, la reprise est difficile. Je m'accroche à une chanson de Souchon et calque mes pas sur son rythme. « Rame, rame, rameur, ramés, on avance à rien dans ce canoë... »

Une crête arrive, verticale, jonchée de gros blocs recouverts de neige. Je m'engage skis aux pieds, grimpant en parallèle, tirant mon traîneau avec les bras. J'atteins le sommet sans trop de difficulté. Je souffle un peu, apercevant Rodolphe à une cinquantaine de mètres, dans mes traces. Je hisse mon traîneau jusqu'à moi et le positionne pour la descente. Mes cordes vont entraîner ma pulka, avant que je n'arrive en bas. Aussi, je me prépare à glisser avec mes skis, sur les blocs. L'élan me poussera, comme d'habitude sur le plat, mon traîneau dévalant la pente dans mes traces. Je me lance.

Rodolphe

Arnaud disparaît à nouveau derrière une crête. Je suis les traces sans me poser de question, concentré uniquement sur l'effort. Le corps bien en ligne, je respire amplement avant la prochaine difficulté, l'esprit dirigé sur l'objectif. Je suis crevé. J'arrive sur l'obstacle et commence à grimper dans les traces laissées par mon pote.

S'élever d'à peine quatre mètres entre les blocs me demande un effort soutenu. Je n'en peux plus. Arrivé en haut, je tracte à moi mon « traîneau-sac à main ». Je me retourne, me préparant à descendre quand un violent coup d'adrénaline me tétanise ! Arnaud est couché à même le sol, son traîneau sur le dos, le ski droit coincé dans une fracture. Il m'apparaît comme un pantin démantibulé. Je reste planté là quelques secondes, n'en croyant pas mes yeux. Je suis incapable de parler, de bouger, une pensée obsédante martèle ma conscience : Il est mort ! Il est mort ! Il est mort !

Un déclic me réveille et l'affolement me prend. Je dessangle mon traîneau et, n'y arrivant pas, quitte mes gants. Détaché, je cours vers lui, un étau me broyant le corps. D'instinct, je retire la pulka, lui retire les skis et, voulant parler, me mets à crier. C'est l'affolement. Je pense en même temps à la balise, aux secours, à ses blessures, que mon imagination débordante invente.

Couché sur le ventre, je le retourne. Du sang coule d'une plaie à la tempe droite. Il remue et ouvre les yeux. Je suis impressionné par la taille de ses pupilles, elles sont énormes et cela lui donne un regard de fou. Hébété, il cherche à parler, à bouger sans y parvenir. Je lui parle sans arrêt. Les minutes me semblent des heures, le ciel du plomb ; pourvu qu'il parle. Enfin, il murmure :

« Aide-moi à m'asseoir. J'ai froid. »

Mon cœur bat à deux cents à la minute. Quelle frousse ! J'ai cru qu'il me claquait entre les doigts. En l'asseyant, je me rends compte qu'il a très mal au bras droit et son genou droit ne peut pas se plier. Le sang coagule sur son visage, son bonnet et ses vêtements. Il est blanc comme un linge et se met à grelotter. Je plonge dans sa pulka à la recherche de sa doudoune. Je tombe sur la balise Argos et sans hésiter la déclenche ; l'instant est grave. Ses tremblements augmentent au point qu'il claque des dents ; les miens m'empêchent d'utiliser mes doigts correctement. Je ne savais même pas que cela était possible.

Une fois habillé, prostré sur son traîneau, jouant des castagnettes de tout son corps, je décide de monter le camp à toute vitesse afin de le coucher le plus rapidement possible dans son duvet. Les minutes passent, il délire, je crève de trouille. Enfin, l'igloo de toile est dressé. J'installe son lit. Je l'aide à se redresser et il me dit :

« Ne dis rien à personne, demain ça ira mieux.

— Mais oui, mais oui ! »

Il marche en boitant franchement, manquant à chaque pas de s'affaler. Cependant, en le regardant se déplacer, je ne pense pas qu'il ait quelque chose de cassé et cela me rassure. Il s'effondre dans son duvet, continuant à trembler, mais cette fois sous forme de soubresauts violents. Il pousse en même temps de petits cris. Je suis terrorisé à l'idée que son cœur lâche ! « Un peu de sang-froid, bon Dieu ! » Je ne me sens maître de rien et, bizarrement, je laisse agir mon intuition. Je commence à déballer les traîneaux, le surveillant du coin de l'œil. Mille et une questions me traversent l'esprit, m'obsèdent. Mon ventre est en bois, la gorge me serre ; il ne manquerait plus que je me mette à chialer !

Installé, je m'empare des médicaments et surtout du téléphone, composant de suite le numéro de Cricket. Entendre sa voix me calme immédiatement. Je ne suis plus seul. Il me rassure et m'indique les coordonnées d'un médecin. Je raccroche et parle à Arnaud, qui visiblement reste dans le même état comateux.

À nouveau une violente angoisse m'envahit. Derrière sa tête, j'aperçois la caméra. Je sais qu'en pareille circonstance, il se filmerait. Je m'empare de l'appareil et la fixe face à moi. La peur devient supportable. J'appelle ensuite le médecin, décidé à filmer tous mes faits et gestes. J'étale devant moi toutes les sortes de médicaments, au cas où. Je tombe sur une femme, très gentille, qui me demande de lui décrire l'état d'Arnaud. Elle est inquiète. Il a visiblement fait un traumatisme crânien. Elle me demande de le réveiller tous les quarts d'heure et de tester son aptitude mentale par des questions simples du genre : Qui es-tu ? Où sommes-nous ? Combien ai-je de doigts ? Pas de médicament pour l'instant.

Prochain contact téléphonique dans une heure. Je raccroche et l'angoisse revient moins forte. Me filmer m'aide à garder de la contenance ; je me sens moins seul. Je livre mes impressions à chaud, déballant une partie du stress. M'entendre parler de la situation me donne une vision plus claire qui me rassure.

Discipliné, je le réveille régulièrement, malgré sa mauvaise humeur. Il est toujours dans le cirage, mais répond quand même positivement à mes questions. Les minutes à attendre me semblent terriblement longues et je sors fréquemment voir si dehors tout est correctement installé. Je dois bouger. L'heure arrive, sans amélioration. La doctoresse me fait parler et je prends peu à peu pied dans cette situation imprévue. Je me retrouve seul à nouveau, mais cette fois beaucoup plus détendu.

Je me réveille, avec un mal de crâne violent. Je ne sais plus où je suis. Mon épaule droite est douloureuse, ma jambe droite pèse une tonne. J'ai froid, pourtant, je suis dans mon duvet tout habillé, tandis que Rodolphe me parle :

« Tu m'entends, Nano ? Tu m'entends ? Où sommes-nous ? »

Je comprends aussitôt : je me suis évanoui. J'ai dû chuter. Mes souvenirs s'entrechoquent, des bribes d'information se recalent peu à peu. Je questionne mon ami :

« Que m'est-il arrivé ?

— Tu t'es cassé la gueule dans les blocs. Tu te sens conscient maintenant ?

— Oui, je te reçois cinq sur cinq. Ça fait longtemps que je comate ?

— Quatre heures. J'ai déclenché la balise Argos et téléphoné en France à un toubib. Peux-tu me dire où tu as mal et ce que tu as ? je dois les rappeler dans un quart d'heure.

— J'ai très mal à la tête. Visiblement, j'ai dû me briser ou fêler des côtes. Les premières, à droite. Je ne peux pas plier mon genou droit, mais je ne pense pas qu'il y ait de la casse. Sinon, je sens bien mes orteils et mes mains. Fais le numéro de ma mère, je vais lui parler, tu finiras l'explication.

— OK. J'ai déjà averti Cricket. C'est lui qui m'a mis en contact avec les médecins. »

Rodolphe tapote sur le clavier, j'essaie tant bien que mal de me redresser pour parler. Ça sonne ; elle décroche et j'enchaîne :

« Maman, c'est Arnaud. Je suis tombé dans les blocs, mais rien de grave. Je te passe Rodolphe, il va t'expliquer. Cricket est déjà au courant, il fait le nécessaire. Lycia n'est pas encore arrivée sur Resolute. Je l'appellerai demain, sans faute. Bisous, je te passe Rod. »

Il prend le combiné et commence les explications. À sa voix, je sens ma mère tendue, inquiète. J'écoute. Peu à peu les sons se transforment en une douce litanie et je sombre à nouveau dans le sommeil. Avant qu'il n'ait raccroché, je dors.

Lycia

Roissy B. Nous embarquons enfin pour Resolute. Les derniers jours ont été spécialement pénibles. J'ai envoyé des lettres, des mails à tous les médias, dans l'attente de l'arrivée, mais je crains que ceux-ci ne soient mollement captivés. Nous sommes en juin et la neige, le froid n'intéressent plus personne.

Le pire pour moi a été d'arrêter mes cours. Jusqu'au dernier moment j'ai cherché un remplaçant, mais en vain, et laisser deux semaines de flottement ne plaisait pas à tout le monde. Cependant, ils ont tous compris l'enjeu et je n'ai donné d'espoir à personne ; je pars coûte que coûte.

En plus, Thierry, le cameraman-réalisateur, était sur la sellette, la maison de production hésitant à lui payer son billet d'avion, Pascal le photographe a bien failli ne pas embarquer, un accident de train vers Lyon l'ayant retenu. Seuls, Philippe (webmaster) et Sandrine étaient au rendez-vous, ne voulant pas manquer pour tout un empire ce voyage au bout du monde.

Finalement tout est arrangé et nous embarquons tous les cinq. À peine assise je m'écroule, comptant rattraper toutes ces heures de sommeil accumulées au cours des mois précédents. Peine perdue, je suis trop énervée. Je discute tantôt avec l'un, tantôt avec l'autre, de cette saleté d'expédition, chacun expliquant ses motivations d'être finalement resté dans l'aventure, mal partie au départ.

Au-delà des mots exprimés, je ressens une force, un amour subtil nous reliant tous. Au centre, il y a Nano, vecteur de toute cette énergie. Il est le point central de notre groupe. On lui a tous fait confiance, on l'aime, et en retour il nous donne la possibilité d'être ici, de former un groupe uni à partir d'individus aux caractères très marqués, vraiment différents.

L'étonnant a été l'entente spontanée entre tous. Nous pourrions avoir une certaine distance, même dans une très bonne ambiance, alors que là, au contraire, nous avons tous l'impression d'être en famille, de nous connaître depuis des années. Je pense que cette situation est préjudiciable à Nano. Il aime spontanément les gens, se livre, se donne, sans rien cacher et demande automatiquement à l'autre d'en faire autant. Ça marche ou non, mais si la personne accroche, un lien d'amour les lie aussitôt. Les amis de mes amis étant mes amis, le lien est palpable, durable et l'entente qui règne entre nous depuis Paris m'ouvre les yeux sur cette réalité.

Après une nuit folklorique à Ottawa, où nous avons dû aller dormir dans des chambres universitaires, nous revoilà dans l'avion, direction Resolute cette fois. Assise au côté de Thierry, nous discutons des garçons, de leur manque de nourriture, du fuel, des leads, de la dérive. L'impression qu'ils ont oublié quelque chose au pôle ne me lâche pas et je ne vois pas comment ils vont pouvoir atteindre les côtes à temps. Thierry, beaucoup plus optimiste, me rassure, m'expliquant son dernier coup de fil avec Rodolphe et Nano. Il les a sentis forts et déterminés à aller au bout ; mais c'est où, le bout ?

Ce qui me fait certainement le plus peur, ce sont les retrouvailles. Dans quel état d'esprit allons-nous être ? Et s'il était complètement changé, inaccessible ? Depuis bientôt cent jours, il vit dans une ambiance à part, en confrontation perpétuelle avec lui-même. Il touche sa grande personne du doigt, alors que moi je me débats dans la boue du paraître, du fric, de l'illusion. Je suis une mouette mazoutée, il se révèle albatros ; comment s'entendre ?

Mon humeur chute, l'oppression revient ; surtout ne pas craquer. Heureusement, nous arrivons à Iqaluit, capitale du Nunavut (territoire cédé aux Inuits par le Canada le 1er avril 1999 en vue d'une autonomie dans dix ans.) Arnaud m'a souvent parlé de cette ville à part où vivent trois mille âmes.

C'est une place libre, c'est-à-dire une des rares villes où l'on vend de l'alcool. Tous les villages du Nunavut, Resolute compris, sont des places sèches ; l'alcool y étant interdit depuis les ravages causés au sein des populations dans les années 1950, 1960 et 1970. Aussi, pour bon nombre de personnes, la capitale est le défouloir, la soupape dans laquelle on vient une fois par mois prendre une cuite et à l'occasion monter avec une femme. Iqaluit détient un triste record ; une des villes à plus fort taux de sidas du Canada.

Cependant, les Inuits ont décidé de se prendre en main et un Parlement a été créé ici même. Espérons qu'il saura donner à son peuple la fierté qu'il possédait avant l'arrivée des colons dans ces territoires du Nord. Comme partout, l'homme blanc a peu à peu imposé sa culture, reléguant les traditions ancestrales à de vulgaires mascarades. Au début du siècle le Blanc, le Kablunak, achetait les peaux de phoques et de renards polaires contre des ustensiles importants (couteaux et autres attirails), habituant peu à peu les Inuits à utiliser ces objets, les rendant doucement dépendants.

Dans les années 1950, au vu de la guerre froide, le Canada a pris position dans le Grand Nord, faisant de ses îles des territoires nationaux. Les Inuits devinrent canadiens et à ce titre l'État, dans un souci de maîtrise des populations, décida de les sédentariser. Ils offrirent des maisons, des objets en tout genre et surtout firent chuter les cours des peaux. Ne pouvant plus vendre, les Inuits devaient soit retourner vivre sur la banquise de manière traditionnelle, soit accepter la sédentarisation pour pouvoir continuer d'être alimentés en produits de nécessité courante. Sans repère, désœuvrés, les hommes et les femmes se mirent à jouer à l'homme blanc, partageant aussitôt les mêmes vices : alcool, drogues, tabac, sans oublier le matraquage religieux. Ils perdirent pied dans un monde fait d'illusions, de paillettes et de strass, comme bon nombre de peuples autochtones partout dans le monde.

À la différence de beaucoup, ils sont arrivés peu à peu à

reprendre les rênes de leur destin et aujourd'hui, même si alcool et drogue font encore des ravages dans les populations (même à Resolute, il s'en vend sous le manteau), un Parlement inuit est en place. Il communique d'ailleurs avec les mairies des villages, situés des centaines, voire des milliers de kilomètres à la ronde, par Internet. Dans ce choc des cultures, je pense notamment à Jeffrey, un ami de Grise-Fjord, né sous l'igloo, sur la banquise, et qui aujourd'hui commande et achète son magnétoscope via le Net. Quel peuple !!!

Le temps est couvert, nous nous promenons rapidement dans la ville et décollons enfin pour Resolute.

Une multitude de scènes me reviennent en mémoire. Les amis rencontrés quand j'attendais Arnaud en 1997, ceux retrouvés l'année d'après quand nous sommes repartis ensemble. Notre chien Bruno, mort d'une pneumonie, juste avant notre arrivée en 1999. Les enfants qui chaque année nous sautent dans les bras. Ils vont encore avoir grandi. Depuis quatre ans, nous restons une quinzaine de jours au village, nous avions même l'envie d'y rester un an ou deux. Resolute est vraiment devenu notre deuxième patrie et l'idée de me retrouver là-haut une bonne semaine en attendant les garçons me ravit. J'imagine déjà Diane et Gary à l'aéroport ; je suis heureuse.

11

Retour vers autrui

> D'où vient donc l'étrange attirance de ces régions polaires, si puissantes, si tenaces qu'après en être revenu, on oublie les fatigues morale et physique pour ne songer qu'à retourner vers elles ?
>
> JEAN-BAPTISTE CHARCOT

Jour 102

Je me réveille après vingt heures de sommeil, de délires, de rêves. Je me sens reposé, l'esprit frais, mais mon corps pèse une tonne. Chacune de mes articulations est rouillée, douloureuse. Je ne peux pas me servir de mon bras droit, pour prendre appui et me rétablir ; mes côtes hurlent. Je me redresse tant bien que mal. Rodolphe se repose allongé sur son duvet. Il me regarde et sourit. Je m'assois. Mon genou droit est enflé, je ne peux pas le plier. Il me raconte la chute, le sang, l'angoisse des médecins face à un éventuel traumatisme crânien et mon délire durant quatre longues heures. Je ne peux que le féliciter, face au sang-froid qu'il a su garder. Lui, crevé, abattu, brûlé, a fait preuve d'une lucidité étonnante, en agissant avec méthode, du plus pressé à l'anodin. Il me propose un bol de thé brûlant, que je bois par petites gorgées. À chaque lampée, je prends peu à peu conscience de ma soif et de ma faim. Un tonneau et un bœuf ; vite !

Rodolphe allume le réchaud et commence la popote. Lycia, Sandrine et les garçons (Thierry le cameraman, Pascal le photographe et Philippe le webmaster) ne sont pas encore arrivés à Resolute, qu'ils doivent atteindre ce soir, vers dix-neuf heures. Je décide d'appeler Diane, notre amie qui vit là, dans le village le plus septentrional du Canada, afin de la prévenir de l'accident. Elle est un peu abasourdie et demande aussitôt comment organiser les secours. Je la rassure. Tout a été prévu depuis la France par Cricket, en contact permanent avec la compagnie aérienne basée sur Resolute, seule capable de venir nous sortir de là. Aucun avion n'a encore décollé, vu le mauvais temps. Nous subissons un brouillard permanent depuis trois semaines et la chaleur estivale qui arrive ne va rien arranger. Les pilotes sont en communication constante avec les météorologues, qui leur communiquent d'heure en heure les dernières photos satellites. Un white-out épais se trouve au-dessus de nos têtes. Nous n'avons plus qu'à attendre que le voile se lève. Rassurée en partie, Diane déclare qu'elle va aller voir les pilotes en personne. Elle attend toute l'équipe pour aujourd'hui et je lui demande de les récupérer dès leur arrivée, afin que je puisse joindre Lycia et lui parler. Mieux vaut qu'elle apprenne la nouvelle directement de ma voix. Nous convenons d'un rendez-vous téléphonique dès l'atterrissage de leur avion, prévu à dix-huit heures.

Pendant que je me restaure, Rodolphe enchaîne par un coup de fil à Cricket. Ce dernier nous suggère de joindre les médecins, afin de leur donner les dernières nouvelles de mon état. Il vient de parler avec les pilotes, qui attendent une trouée. Cependant, nous devons trouver une piste d'atterrissage, la baliser et nous tenir prêts. On laisse la balise branchée, envoyant en permanence notre position. Elle fluctue évidemment par rapport à la dérive, qui continue de nous pousser vers le nord. En vingt-quatre heures d'arrêt, nous repassons au 85°10'N, franchi hier avec tant d'efforts.

Restaurés, les appels terminés, un vide angoissant s'installe. Nous prenons les feuilles de progression, comprenant que c'est fini. Notre expédition est terminée. Une boule me serre le gosier, j'ai envie de pleurer. Rodolphe s'allonge sur le dos, le regard perdu dans le vide. « C'est fini. » Cette phrase résonne dans mon crâne, sans trouver de prises où m'accrocher. Je n'ose comprendre. Un goût amer de bile remonte dans ma bouche. Tant d'efforts, tant de sacrifices, tant de joies pour stopper bêtement, là, au milieu de nulle part, à quelques jours des côtes. Cent un jours partis en fumée.

On tourne la page et on continue, ailleurs. Étrange constatation. Je suis cloué devant le GPS qui désormais ne nous indiquera plus qu'une lente dérive vers le nord. D'ici quelques heures, quelques jours, il ne nous indiquera plus rien. Nous aurons rejoint l'univers des hommes.

Rodolphe coupe court à ma mélancolie :

« Nous devons trouver une piste d'atterrissage. Or, nous nous trouvons en plein milieu des blocs, il nous faut sortir de là. Je propose de partir explorer le coin, trouver la piste et déplacer le camp. Te sens-tu capable de marcher ?

— On va le savoir rapidement. J'ai une sérieuse envie de pisser. Je sors. »

Nous nous habillons et Rodolphe m'aide à me glisser dehors sur les fesses, jambe raide, bras en écharpe. Il me relève : ça tourne ! Un instant groggy, je retrouve mes esprits et fais quelques pas, boitant sérieusement. Mon genou n'est pas douloureux en appui, mais il reste impossible à plier. Un épanchement de synovie l'a fait doubler de volume.

Mes besoins terminés, je rentre sous l'antre doré, mon ange gardien aux petits soins. Installé, je l'attrape par le bras :

« Rod, je ne sais plus si je te l'ai déjà dit, mais... merci ! Sans toi, j'y restais.

— J'aurais préféré l'inverse, tu sais. Je ne savais vraiment pas quoi faire.

— Tu as pourtant assuré en grand professionnel. Et puis, il n'y a pas de hasard. C'est normal que ce soit moi qui chute. J'ai été leader durant cent jours. Tu as accepté tous mes choix. Aujourd'hui, tu prends la relève. Nous allons suivre tes décisions. Tu dois trouver une piste, la baliser, déplacer le camp ; tu décides, je te suis. Nous sommes une équipe et nous marchons ensemble. Aujourd'hui, j'abdique, je rends mon tablier, c'est à toi de prendre les choses en main. C'est chouette. Chacun son rôle. Merci !

— Merci à toi de m'avoir donné la chance d'être ici et de me faire une telle confiance. Bon, allez, on arrête de s'envoyer des fleurs, ce qui est fait n'est plus à faire.

— J'ai quand même le droit de te dire "Je t'aime", non ? Et pour la prochaine expédition, c'est quand tu veux, où tu veux !

— Écoute, finissons celle-là, ce ne sera déjà pas si mal.

— La voix de la raison a parlé ; en piste ! »

Il se prépare, prenant le GPS, quelques rations de course et le fusil, au cas où. Nous décidons l'exploration du sud en premier, sur deux ou trois kilomètres, avec retour par l'est. S'il ne trouve rien, il partira demain vers l'ouest. Il sort, chausse les skis et trace. Je me recouche sur mon duvet, sortant mes aiguilles d'acupuncture. Le temps de la réparation est arrivé. J'en place essentiellement autour du genou, facilement accessible, et, attendant leur action, je me rendors, bercé par le chuintement du vent sur la toile.

Quatre heures plus tard, Rodolphe revient bredouille. Il n'a rien trouvé, sinon des crêtes, des voies d'eau et des traces d'ours assez fraîches. Décidément, nous ne sommes pas seuls. Aucun plat dans les dimensions voulues : quatre cents mètres de long par cent mètres de large.

L'heure d'appeler Resolute arrive. Je prépare mes phrases, pesant chaque mot. Nos femmes ne doivent ni s'affoler ni s'écrouler (nous pouvons encore tenir quelques jours sous la tente), mais organiser sur place les secours. Finalement, je me sens con. Nous suivons une procédure d'urgence, alors que je ne suis pas au seuil de la mort. C'est vrai qu'avec mes côtes cassées et mon genou infirme, je suis paralysé, incapable du moindre déplacement et, ici, ce genre d'accident prend des proportions alarmantes. En fait, j'ai presque honte ; mais de quoi ? De ne pas être davantage blessé ou de devoir sortir par la petite porte, vaincu par la banquise ?

Le malaise disparaît, en prenant conscience que je réagis encore en fonction des autres, de ce qu'ils vont penser. Je calme mon petit *je*, un brin perturbé par les événements, et fixe mon attention dehors, sur cette banquise, que j'aime tant. Je me laisse pénétrer par sa beauté, respirant amplement. Le calme revenu, je prends l'appareil et numérote. Diane décroche, parlant aussitôt d'une voix d'outre-tombe. Lycia est à côté. Elle ne lui a encore rien dit et me la passe :

« Mon cœur, c'est Arnaud. Je t'appelle juste à la sortie de l'avion, afin de te dire de vive voix les événements que nous venons de vivre durant votre vol vers Resolute. Hier, je suis tombé dans les blocs. Il y a eu plus de peur que de mal, heureusement. J'ai perdu connaissance pendant une dizaine de minutes..., etc. Voilà. On attend maintenant l'avion de récupération. Tu vas devoir t'en occuper. Je te propose d'aller directement chez eux, voir où ils en sont.

— Attends deux secondes. Je t'écoute depuis cinq minutes et les autres me regardent d'un air interrogateur ; je vais leur expliquer. »

Dans le lointain, j'entends Lycia qui parle. Sa voix s'estompe et des pleurs retentissent. Une boule d'impuissance me serre la gorge en l'entendant craquer. Les secondes s'égrènent, quand une voix d'homme résonne dans le combiné. C'est Philippe. Il m'explique la scène qui se joue de son côté et me demande de plus amples détails. Au bout de cinq minutes Lycia reprend l'appareil et termine la communication :

« OK, Nano. Jure-moi que tout va bien !

— Il n'y a pas de problème, mon amour. Le traumatisme crânien est loin maintenant. Je n'ai ni mal au crâne ni envie de vomir. Je suis seulement cloué au sol par mes blessures.

— D'accord. On se rappelle dans deux heures, nous allons voir les pilotes. S'ils ne sont pas partis, nous allons essayer de prendre place dans l'avion. J'ai hâte de te voir à mes côtés. »

Nous décidons de dormir ou tout du moins de se reposer, en attendant le prochain appel. Désormais, nous n'avons plus que ça à faire.

Jour 103

Rodolphe repart chercher la piste, fusil en bandoulière. Je reste là, allongé sur le dos, des questions plein la tête.

Pourquoi la chute ?

À quoi sert-elle ?

Évidemment, je comprends bien que mon corps a dit stop. Consciemment, je n'ai pas voulu accepter l'échec de notre situation, décidé à avancer jusqu'au bout. Je craignais d'ailleurs pour Rodolphe. Il est normal que ce soit moi qui tombe. Si Rodolphe avait chuté, je n'aurais peut-être pas déclenché la balise, comptant toujours finir par nos propres moyens. Entêté, j'aurais certainement perdu un temps précieux. Mes blessures ont été juste assez graves pour me clouer sans me détruire. Assez importantes pour que j'accepte de m'arrêter. Je n'ai pas voulu y penser, je n'ai pas su le dire, mais mon corps a su le faire, indépendamment de moi. Le cerveau biologique a trouvé, comme toujours, la meilleure solution au problème. Pourtant, j'aurais tellement aimé atteindre la terre ! Il n'y a ni bien ni mal. Notre but n'était pas la côte canadienne. En touchant Ward-hunt, nous nous serions certainement crus arrivés à bon port, alors que le chemin dure toute une vie. Nous nous sommes engagés dans cette aventure afin de nous connaître, de faire l'expérience de nous-mêmes et nous avons fait le maximum. Tous les humains essaient de faire au mieux, personne n'est parfait et je comprends aujourd'hui que, malgré notre échec, nous ne sommes pas des erreurs, des handicapés, des estropiés, mais tout simplement des hommes en route vers leur humanité. Nous revenons différents.

Nous avons compris que nous ne sommes que la proie d'une multitude de scénarios implantés dès notre enfance par nous-mêmes en fonction de nos parents, de la société, de l'école, des autres. Aujourd'hui, notre tâche est de désamorcer tous ces plans erronés, mis en place pour vivre au milieu et avec les autres. Nous revenons de ce désert, vierge de nos anciens fonctionnements. Nous savons que nous allons en apprendre de nouveaux, certainement plus simples, plus en adéquation avec qui nous sommes vraiment. Un texte aborigène, riche de toutes ces forces nouvelles, résonne en moi. Un nouveau chemin de Vie.

Toi l'unique, l'Éternel,
Qui chante pour nous en silence,
Que ta force et ta sagesse guident nos pas !
Fais que nous suivions tes leçons en marchant,
Que nous honorions la finalité de toutes choses.
Aide-nous à toucher avec respect,
À ne parler que de derrière nos yeux.
Permets-nous d'observer sans juger.
Nous ne voudrions causer de tort à personne
Et ne laisser derrière nous que musique et beauté.
Quand nous retournerons vers l'Éternel,
Puisse le cercle être bouclé
Et la spirale plus évasée[1].

Rodolphe revient, euphorique. Un grand plat nous attend à deux pas d'ici, plein ouest. Relativement facile d'accès, nous devrions l'atteindre sans problème. Si toutefois la banquise nous en laisse le temps. Nous appelons de suite Lycia pour lui donner de mes nouvelles et entendre les siennes. Survoltée, elle nous prévient du décollage imminent de l'avion.

Wayne annonce une trouée dans les nuages recouvrant notre petit coin de paradis et ils font en sorte d'arriver au-dessus de notre position en même temps que le ciel bleu. L'éclaircie ne devrait durer qu'une dizaine d'heures et tout le monde calcule quand partir, sachant qu'il faut huit heures à l'avion pour parvenir au-dessus de nous depuis l'aéroport de Resolute. Mon amoureuse est heureuse que nous ayons trouvé une piste. Elle nous conseille d'y partir sur-le-champ. Nous la rappellerons une fois installés, afin de transmettre nos coordonnées exactes.

L'effervescence nous gagne. Nous empaquetons tout dans les traîneaux. Rodolphe s'attelle et je fixe ma pulka derrière la sienne. Le bougre va devoir tirer double charge ! Je chausse

1. Marlo Morgan, *Message en provenance de l'éternité*, Albin Michel, 1999.

mes skis et le suis, clopinant. Nous avons immobilisé ma jambe droite avec un bout d'arceau de tente, empêchant le genou de se plier. Je m'appuie sur un bâton, mon bras droit est inutilisable, les côtes étant cassées sous le grand pectoral. Nous mettons deux heures pour atteindre le lieu dit, évitant au maximum les crêtes. Rodolphe doit maintes fois se détacher et passer les traîneaux un à un.

La plate-forme qu'il a dénichée est largement assez grande. Par contre, nous trouvons une quantité de bosses. Après une étude scrupuleuse du terrain, nous décidons d'orienter la piste sud-est, seule façon de passer entre les aspérités du sol. Nous montons la tente en bout de piste. Je m'installe dessous, pendant que Rodolphe va matérialiser les abords de la zone. Il travaille plus de deux heures, parcourant de long en large l'espace choisi. Râpant une bosse par-ci, égalisant le terrain par-là. Pendant ce temps, je rappelle Lycia. Statu quo, rien ne bouge sur Resolute. Le beau temps arrive et tout le monde se tient prêt. Je donne ma position, effaré par le recul : 85°16'N.

Rodolphe revient, le repas fume dans la gamelle, les ventres crient famine. Le terrain semble adéquat, nous sommes heureux. Au pire, les pilotes peuvent se poser à vue. De là-haut, ils repéreront certainement d'autres plats pas trop éloignés, où nous pourrions nous rendre, si cette piste ne leur convenait pas. Nous dégustons le repas. Bientôt, peut-être ce soir, nous mangerons à une table et dormirons dans un lit. Qui plus est : pas tout seuls ! C'est incroyable !

Le soleil perce soudain les nuages et illumine la tente. Nous sortons aussitôt. Le brouillard se déchire et nous voyons arriver en fond le trou de ciel bleu annoncé par Wayne. Nous appelons aussitôt Resolute ; c'est le moment de décoller.

Lycia

Moi qui espérais passer une semaine tranquille sur Resolute, c'est raté ! Je suis descendue de l'avion guillerette, la fleur au fusil et vlan ! Je ne m'attendais vraiment pas à une telle gifle ; j'en tremble encore. Rien d'étonnant car, depuis deux jours, je ne dors plus, toujours en alerte d'un décollage qui ne vient pas. Il faut que les conditions météo soient parfaites, à Resolute, sur Eureka, pour le ravitaillement en kérosène et *sur zone*. (J'ai rapidement appris le langage des pilotes, non ?). L'attente n'en finit pas et je ne peux m'empêcher de me ronger les sangs. Surtout que, c'est décidé, nous ne monterons pas tous dans l'avion. La compagnie aérienne prétextait au début des raisons de poids pour ne pas nous embarquer. Nous avons alors insisté pour qu'il y ait au moins Thierry (le cameraman) et ils ont fini par céder. Pascal, ne voulant pas rester en berne avec ses photos, a pris le chef pilote à part, pour qu'il lui trouve une petite place. Il vient de nous annoncer à l'instant que c'est OK et que le prétexte de poids n'était pas le seul enjeu. Les pilotes craignent que l'atterrissage sur la banquise soit des plus périlleux, vu l'état de la glace en ce début juin. Un avion de la compagnie concurrente est passé au travers il y a seulement un mois, et les pilotes sont morts. Aussi, personne n'est vraiment chaud pour nous embarquer. Ils acceptent Thierry et Pascal, qui leur ont parlé des risques du métier, mais ils ne veulent pas nous faire monter à bord, nous, les femmes. En cas de crash autant qu'il y ait le moins de personnes touchées. C'est plutôt encourageant. Il ne manquerait plus que l'avion s'écrase !

Je me sens à cran. La tension des derniers mois est revenue en force, mon plexus est bloqué et je n'arrive pas à reprendre le dessus ; l'énervement est à son comble. Cependant, je donne le change, réconfortant les uns, stimulant les autres, ce qui m'aide à ne pas craquer moi-même.

À six heures du soir, on annonce le décollage imminent, ce qui permettrait d'être au rendez-vous de la trouée visualisée par satellite, qui doit commencer à passer au-dessus des garçons. Sauf que, contretemps fâcheux, la tour de contrôle de l'aéroport n'autorise pas l'envol, la visibilité sur Resolute étant trop limitée. Les minutes s'égrènent, tout le monde a bien conscience que, si nous attendons trop, l'avion va arriver trop tard. Je conseille à Nano et à Rod de continuer à se rationner au cas où nous ne serions pas au rendez-vous. Dans quel état allons-nous les trouver ?

Bientôt sept heures, quand le top départ tombe. Nous accompagnons Thierry et Pascal, qui embarquent avec un sac de vivres, au cas où, arrivant trop tard, l'avion ne pourrait pas se poser. Ils jetteront au moins ça à Arnaud et Rodolphe, qui commencent à être sérieusement en manque de nourriture. J'espère qu'ils n'auront pas à s'en servir. J'embrasse les deux gars :

« Ramenez-les-nous ! On compte sur vous ! »

L'avion décolle, nous restons là, sans trop savoir quoi faire maintenant. Philippe propose d'aller déballer les sacs au camp de base, de construire notre nid. Sandrine est déçue. Elle espérait tant retrouver Rodolphe sur la glace. Descendre de l'avion et courir vers eux... Moi aussi, j'en ai rêvé.

Ce même jour, un peu plus tard

Trois heures d'attente, avec un appel toutes les demi-heures, et enfin le décollage. L'avion quitte Resolute. Il doit faire le plein de fuel sur Eureka, avant de venir sur nous. Le beau temps se maintient, la chaleur monte sous la tente ; c'est le pied ! Enfin, nous voyons le soleil, après des semaines de white-out. Nous n'avons plus qu'à attendre. Nous sentons cet ultime rayon, comme un dernier au revoir de la banquise. Nous allons la quitter, sous le soleil.

Les heures tournent, l'avion se rapproche. Resolute nous donne l'ordre de plier la tente : dans moins d'une heure, il est sur nous. Nous obtempérons, un sourire aux lèvres, témoin incompressible de la joie ambiante. Puis, nous nous installons, pour une dernière dégustation des quatre gâteaux secs restant dans nos besaces.

Ce maigre, mais ô combien symbolique repas terminé, des nuages bas arrivent et commencent par voiler le soleil. L'avion est à moins de dix minutes de notre position, une course s'engage entre les secours et le white-out qui déjà se referme. La pression monte d'un cran. Les minutes s'écoulent et nous assistons impuissants au retour du brouillard. Nous ne voyons plus les balises de piste situées à moins de cinquante mètres, quand nous entendons, enfin, un moteur dans le ciel. Il passe près de nous et nous parlons aux pilotes, grâce à notre petite radio HF livrée au pôle par Cricket. Ils nous expliquent que l'épaisseur de nuages n'est pas très importante, mais qu'ils ne distinguent pas la banquise. Ils nous demandent de déclencher une fusée éclairante, quand nous entendrons le bruit de l'avion proche de nous. Nous préparons l'engin et attendons. Trois fois nous tirons, ils ne repèrent rien. Soudain, le moteur semble juste au-dessus de nos têtes et nous tirons au jugé. L'avion apparaît dans la brume à une quinzaine de mètres, hauteur atteinte au même moment par la fusée qui explose à trois mètres à peine du pare-brise de l'avion. Les pilotes nous demandent aussitôt d'arrêter le tir ; ils nous ont vus.

Journal de Thierry

Un drôle de mélange de peur et d'excitation flotte dans l'air. J'ai l'impression que nous sommes deux guerriers partant au combat. Les places ont été durement gagnées en tractation auprès de la compagnie, qui envisage un voyage plutôt périlleux. Les énormes barils de fuel, embarqués pour nous ravitailler en plein ciel, encombrent tout le zingue. Presque tous les sièges ont été enlevés et c'est d'un confort spartiate ! Engoncés dans nos doudounes, nous nous retrouvons assis, côte à côte avec les barils. Si nous devions nous crasher, nous n'avons pour sûr aucune chance d'en revenir. L'excitation du départ cède peu à peu la place à l'angoisse d'une telle éventualité.

Le ciel est ouvert, lumineux et magnifique sur la banquise, on voit au loin des montagnes. C'est comme regarder les cartes marines. Nous distinguons chaque île. Pourtant ici tout est blanc, les terres, les collines, la mer. Depuis le départ, je sens une présence à mes côtés, presque en moi, comme un ange gardien ; il me rassure. En fait, c'est plutôt comme si l'amour qui nous unit tous était présent, matérialisé, dans cette carlingue. Je ne cesse de penser à eux trois que nous avons laissés à Resolute. Lycia était malheureuse, abattue, vidée, fragilisée par la nouvelle tournure des événements. Cependant, quelle femme ! Même au bout du rouleau : elle assure.

Pascal me secoue du coude. Je me suis endormi, bercé par le ronron assourdissant des moteurs. Dehors, c'est moche, le temps est gris, opaque. Penchés chacun à un hublot, on fouille du regard ce désert. La banquise vue d'ici est pulvérisée, comme une plaque de verre qui aurait explosé. Dire qu'Arnaud et Rodolphe sont là-dessus, ou plutôt là-dessous. Le white-out s'intensifie et la glace paraît sale, parsemée de-ci de-là de zones d'eau libres, noirâtres. La banquise est à la fois désolée, inquiétante et tellement belle...

Alex, le copilote, se tourne vers moi depuis la cabine de pilotage et nous crie qu'on arrive sur zone. Nous fouillons aussitôt du regard l'océan blanc, à la recherche de deux petits points noirs. Tout à coup une fusée éclairante rouge explose devant le poste de pilotage et les pilotes leur hurlent à la radio d'arrêter de déconner. Pascal me crie :

« Ils sont là ! »

Je fonce vers son hublot, surexcité. À peine le temps d'apercevoir deux fourmis noires que je les perds déjà de vue. L'avion entame une longue rotation et commence à tourner autour d'eux. Karl, le pilote, peste et secoue la tête sans arrêt. Après trente années de décollages et d'atterrissages, il commence à avoir une sérieuse habitude du terrain et apparemment les conditions atmosphériques ne sont pas bonnes du tout.

Cette fois, nous les apercevons à loisir, plantés, comme deux piquets esseulés, au bout de leur piste de fortune. Plus de cent jours qu'on ne les a pas revus. Ça paraît à peine croyable d'être là, juste au-dessus d'eux, si près, presque à les toucher. L'excitation des retrouvailles prend le dessus et occulte peu à peu le danger. Nos visages resplendissent. Nous sommes heureux d'être-là, au bon endroit, à la bonne heure, comme dirait Arnaud. C'est un si beau cadeau qu'ils nous font !

Visiblement, Karl ne trouve pas la piste à son goût, il s'éloigne pour chercher un meilleur endroit. L'avion continue sa lente rotation. Un boucan du diable dans la carlingue nous empêche d'entendre ce qui se dit à la radio entre Karl, Alex et nos amis. Par contre, tous ont l'air bien agité... Nous comprenons soudain, plus clairement, qu'on ne pourra pas se poser. Quelle poisse !

Alex se tourne vers moi et m'annonce que les conditions sont trop mauvaises, on n'y voit rien, on ne distingue pas le ciel du sol : tout est blanc. Il leur faut un minimum de relief pour pouvoir atterrir. Il crie :

« On va essayer de leur droper de la nourriture ! »

Sur le coup, je ne comprends pas le sens du « on va essayer ». Il continue :

« Nous n'arrivons pas à distinguer le sol et voler à basse altitude est dangereux. C'est pourquoi nous hésitons !

— Alex, n'oublie pas qu'ils n'ont plus rien à bouffer ! »

Conciliabule dans la cabine, ils parlementent. Alex revient derrière et nous annonce qu'on va faire le largage. On se dirige en queue de l'appareil, où trône le sac de nourriture. Nous nous rendons alors compte de notre oubli. Nous avions prévu un tonneau pour amortir l'impact au sol, mais nous l'avons visiblement laissé sur Resolute. Bravo les mecs !

Alex ouvre la porte latérale, l'air glacial envahit la carlingue. Je m'installe pour filmer la scène. Pascal s'assied à même le sol avec un pied sur le sac, posé au ras de la porte, prêt à le pousser dans le vide. Alex est debout à côté de lui, il tient la porte ouverte de sa main libre et de l'autre se cramponne à une barre. Il regarde vers Karl, qui lui fera signe au moment opportun. Pascal ne veut pas rater une photo et me tend son appareil. Je le prends de la main gauche, tenant ma caméra de l'autre main. Debout, appuyé de l'épaule contre la carlingue pour ne pas tomber, je tourne et mitraille.

Pascal et Alex regardent sans cesse vers Karl, concentrés et tendus, attendant le *go* final. Je me demande si tout ça n'est pas un rêve, tellement l'ambiance ressemble à une scène de film que j'aurais déjà vue cent fois. L'impression est d'ailleurs accentuée par le viseur de la caméra, au travers duquel je vis l'événement.

Cent, cinquante, vingt mètres, nous descendons... jusqu'où ? Karl fait signe, Pascal shoote dans le sac, tout va très vite. J'aperçois brièvement Nano et Rodolphe par le hublot. On vole très bas et très doucement. Le moteur droit a des ratés et s'arrête, faisant cabrer l'avion, qui décroche. À l'arrière de la carlingue nous partons tous valdinguer au fond, avec une seule idée en tête : éviter la porte ! Je tombe face à Pascal qui roule sur le dos. Nouvelle secousse, nouveau départ, aussitôt suivi par une pluie de billes de glace sur les hublots. L'un d'eux se fend. Le moteur droit, en ralentissant pour le drop, s'est chargé de glace, bloquant l'hélice. Karl a remis les gaz à fond, libérant l'entrave gelée. On se sent à nouveau portés par les ailes... On dégage !

Pascal et moi nous nous regardons, déçus. L'impression de les abandonner nous broie les tripes. Quelle déception ! Et qu'est-ce qu'ils doivent penser, eux, là-dessous ? Et Lycia, et Sandrine ? Heureusement qu'elles ne sont pas là. Elles auraient craqué d'être si près de leurs hommes et de ne pas pouvoir les récupérer.

Jour 104

L'avion reparti nous plantons pour la centième fois notre dôme doré et allons récupérer les aliments dropés par nos amis. Le sac a explosé en touchant le sol, éparpillant boîtes et sachets sur plus de quinze mètres à la ronde. Les paquets de riz et de soupe sont tous éventrés, colorant la neige d'une poudre pulvérulente. Nous trions, rangeant dans les traîneaux la nourriture par catégorie. Nous ne savons pas combien de temps nous allons devoir tenir avec ça : mystère ! Une seule chose est sûre, c'est que nous allons faire bombance, et tout de suite ! Peu importe quand l'avion pourra revenir, nos ventres crient famine et vont enfin pouvoir être rassasiés.

Les boîtes de conserve s'empilent sous la tente. Les sachets de soupe, les paquets de gâteaux sont triés, classés, rangés. Quel plaisir de manipuler toutes ces victuailles ! Nous débutons aussitôt par faire chauffer de l'eau et choisissons notre repas.

L'avion doit maintenant être revenu sur Eureka. Voilà trois heures que nous mangeons. Mon ventre va exploser ! Rodolphe est allongé sur le dos, ponctuant sa respiration de soupirs entendus. Nous sommes repus. L'heure de la communication avec Resolute arrive et je m'empare du téléphone espérant trouver Lycia au bout. Quand je pense que durant toute l'expédition nous avons crû qu'Iridium allait s'arrêter et que ces machines fonctionnent toujours !

Jour 105

À la vue du thermomètre ce matin, la grande débâcle ne va pas tarder : + 5 °C ! Les parois de la tente sont carrément mouillées et le tapis de sol prend l'eau ; la neige fond sous nos fesses. C'est incroyable ! Jamais je n'aurais imaginé passer en positif sur la banquise. Rodolphe sort, la neige est déjà complètement transformée, une vraie gadoue. Si certains doutent encore de l'éminence du réchauffement planétaire, qu'ils viennent se promener dans l'Arctique ! Les températures sont hors normes et systématiquement revues à la hausse d'année en année.

Nous avons l'impression qu'une force noire, hideuse, à l'image de notre idiotie d'hommes civilisés, vient de s'emparer du pack, le tenant dans ses griffes. Nous assistons en direct à la disparition lente et progressive de cette peau blanche recouvrant l'océan. À chaque fois, je ne peux m'empêcher de penser que, devenus grands-pères, nos petits-enfants ne comprendront pas comment nous avons pu faire pour traverser à pied un océan qui, pour eux, sera devenu navigable.

Cependant, à l'échelle de la vie terrestre, l'homme n'est qu'une parenthèse. Il peut griffer la biosphère, la labourer, la ravager, la vie redémarrera quand même, avec ou sans lui. Il nous est donné, aujourd'hui encore, d'inverser le processus, de comprendre et d'apprendre à vivre en harmonie, mais le pourrons-nous ?

Lycia

Je savais que depuis le pôle quelque chose ne tournait pas rond. Ils voulaient revenir riches de cette rencontre mystique et là où ils se sont trompés, c'est qu'on ne continue pas après un tel rendez-vous, en tout cas pas de la même façon. Leur quête était de passer de l'autre côté du miroir, pas de redescendre dans la fange. Je sens qu'il va vouloir remettre ça et il aura raison, c'est bien ce qui m'ennuie.

En même temps, sa chute a fait taire la peur des retrouvailles. Ce n'est pas un surhomme que je vais retrouver, mais simplement un homme qui essaie un peu plus que les autres, peut-être, d'être lui-même, et cela me réconforte.

Moi aussi, je me trouve différente. J'ai pris quelques claques et, aujourd'hui, je comprends un peu mieux comment elles m'ont fait mûrir. Pourtant, j'ai bien cru y rester. L'image du fruit que l'on tape pour le rendre plus doux, plus sucré, est une bonne image car, en même temps, si l'on ne frappe pas juste, le fruit blessé pourrit. Le mot « juste » résonne en moi et me renvoie à la question : « Qui frappe ? » Qui peut m'aimer autant, au point de me faire progresser avec justesse ? Ton ange, me dirait Nano.

Peut-être... En tout cas, il (mon ange) se rapprocherait relativement bien de ceux qui s'expriment dans les *Dialogues*[1] de Gitta Mallasz. Je n'avais jamais imaginé des anges aussi sévères, aussi durs. Rien à voir avec les angelots et leurs ailes dans le dos. Ces anges-là tranchent, coupent, taillent, afin de faire sortir l'essence même de notre être. Leur amour a un sens que je ne connaissais pas et qui pourtant, aujourd'hui, me touche en profondeur. Ils aiment vraiment, sans masque, sans gants. Ils vous disent oui, non, mais jamais peut-être. Pour eux, seul le *nouveau* compte et mérite notre attention. Quoi de plus *nouveau*, de plus aventureux qu'une récupération difficile sur une banquise disloquée ?

Couchée dans mon lit, la pression s'estompe, mon ventre se détend et je m'abandonne enfin à un sommeil sans cauchemar, bercée par la musique inaudible des anges.

Même jour, un peu plus tard

L'avion revient. Une nouvelle fenêtre météo se dessine. Comme avant-hier, nous plions soigneusement la tente dans les traîneaux, sans trop savoir si nous la remonterons ce soir. Rodolphe s'en va baliser une énième fois la piste, pendant que j'essaie de prendre contact avec l'avion en vol. Il sera sur nous dans deux heures. De gros nuages bas passent lentement en rase banquise, mais le beau temps se maintient. Le soleil, depuis si longtemps absent, nous rend euphoriques.

Rodolphe a fini et revient vers moi. La radio crépite. Nous entendons soudain une voix hachée, mais compréhensible, qui

1. *Op. cit.*

nous demande notre position exacte. Ils sont à moins de cinq minutes.

Thierry

Nous sommes partis dans la purée de pois et on est à nouveau à quelques minutes de leur position. On a reçu le *go* à la base d'Eureka à midi. Tout le monde nous a souhaité « *Good luck, bring'em back !* » « Ramenez-les, ces crazy frenchmen... » Pour ma part, il me semble que les conditions sont pires que la fois précédente. Sauf que l'attente à la base nous a soudés tous les quatre, Karl, Alex, Pascal et moi. Nous sommes tous motivés, comprenant bien que c'est notre dernière chance de les sortir de cette banqueroute.

Arrivés sur zone, une trouée de ciel bleu dévoile l'océan, qui me semble parsemé de voies d'eau. Nous apercevons soudain la piste, balisée des deux côtés. Elle me semble minuscule, d'ici. Je languis de poser le pied sur cette satanée glace.

Karl nous crie de nous attacher, il va tenter quelque chose. Je reste fixé à un hublot, essayant de filmer la scène à la fois dedans et dehors. L'avion descend doucement. On va se poser, cette fois c'est sûr !!! Je vois la piste matérialisée par des sacs, les traîneaux, les tapis de sol. Nous touchons et repartons aussitôt. Je devrais plutôt dire nous heurtons, tellement le choc a ébranlé l'appareil. Karl secoue la tête, ça n'a pas l'air bon du tout !

C'est un *touch and go*. Il teste la piste, il pose l'avion sur quelques mètres et remet les gaz :

« Restez attachés, on y retourne ! »

Nouvelle descente, nouvel impact, qui tient plus du mini-crash que d'un atterrissage ! Peu importe, nous allons bientôt pouvoir poser l'engin et c'est tout ce qui compte. Nous n'avons jamais été aussi près d'eux, qui nous regardent frôler et effleurer cette piste, que Karl sent de moins en moins.

Il se présente à nouveau dans l'axe, touche, tire comme un fou sur le manche, arrache l'avion et peste, jure, crie. Il ne peut pas nous poser ! Nous le regardons, incrédules. Nos amis sont là, à quelques mètres de nous et nous n'allons pas pouvoir les extirper de ce chaos ? Mais alors qui peut le faire ? Face à nos mines déconfites, Karl tente un dernier *touch* : le septième. Cette fois, le choc avec la glace est très violent et Alex s'écrie :

« *Shit !* on a arraché un patin ! »

Karl réussit à reprendre de l'altitude et nous crie, énervé :

« C'est foutu, aucun avion ne pourra plus se poser ici. La glace est trop merdique ! Il faut un hélico ! Prends la radio et annonce-le à tes amis. »

Je n'arrive pas à y croire, on va les laisser là ? Et où va-t-on trouver un hélicoptère ?

Alex me confiera plus tard : si Karl avait réussi à nous poser, on n'aurait jamais pu redécoller, vu le mauvais état de la banquise.

Même jour...

L'avion tourne une dernière fois autour de nous, impuissant, et repart. Nous n'en croyons pas nos yeux. Je demande confirmation par la radio et la voix de Thierry surgit dans le combiné :

« Nous rentrons. Il est impossible de se poser sur une telle banquise. Elle est trop poreuse. Nous avons fait un trou d'un mètre en début de piste, lors du dernier *touch*. J'ai cru qu'on restait scotchés ! On va maintenant essayer de trouver un hélico, mais ce n'est pas gagné.

— Il n'y a pas d'hélicoptère sur Resolute, ni sur Eureka. La seule possibilité est la base militaire plus ou moins secrète d'Alert. Mais je doute qu'ils nous envoient un gros-porteur. Bordel, c'est pas gagné ! Fais pour le mieux, et tenez-nous au courant ! »

Je ne sais pas s'il a entendu ma dernière phrase. D'un coup, nous ne recevons plus rien, sinon des grésillements stridents. Notre seule option est de remonter le camp. Je m'installe, déroulant les duvets, pendant que Rodolphe part rechercher les affaires nous ayant servi à baliser la piste. Nous ne dormirons pas encore ce soir dans les bras de nos belles !

Combien de temps devrons-nous tenir ? Encore quinze jours et je devrais pouvoir marcher. Qu'ils nous larguent un bon stock de nourriture et nous finissons à pied, début juillet. Enfin, à pied... ou en canoë fabrication maison, étant donné l'état de la banquise. Rodolphe nous imagine déjà passant de glaçons en plaques dérivantes, pagayant assis sur nos pulkas. Quel délire !

Nous appelons Lycia au camp de base de Resolute. Elle n'est pas là, c'est Philippe qui décroche. Ils sont déjà au courant, les pilotes ayant joint l'aéroport par radio. Lycia est partie chez Gary, notre hôte, qui est également le maire de Resolute. Connaissant des amis dans l'armée, il va tenter de débloquer la situation. Nous devons rappeler dans une heure.

En attendant les nouvelles que faire, sinon manger, discuter, rire et dormir ? Inutile de se faire de la bile face à une situation que nous ne maîtrisons pas. Occupons-nous plutôt de ce qui est en notre pouvoir. Je souris de cette idée si simple, si évidente et pourtant à des années-lumière de ma vie d'autrefois, celle d'avant la traversée. Que de chemin parcouru !

Je me vois encore pestant contre le temps ; va-t-il faire beau ? Le train sera-t-il en retard demain ? Ma femme reviendra-t-elle de Lyon sans avoir un accident en voiture ? Ma grand-mère sera-t-elle là à Noël ?

Aujourd'hui je sais pour l'avoir expérimenté tout au long de ces cent jours qu'il est réellement vain et inutile de vouloir tout maîtriser, de vouloir tout savoir. Accumuler le plus de savoir possible est un mal de notre société. À quoi cela servira-t-il ? Comme le dit Fugain, « Même en mille ans, je n'aurais pas le temps, pas le temps » ... de tout faire. Nous ne sommes pas sur terre pour cela.

Nous naissons avec la co-naissance, suffisante pour vivre et faire des expériences. La nature qui nous accueille est déjà pleine, riche de potentialités infinies. Un terrain de jeu à l'échelle de l'homme, un terreau fertile pour sa création. D'abord, le petit enfant joue, devenu adulte il crée. Alors laissons jouer nos enfants, au lieu de les tyranniser avec un savoir toujours plus vaste à porter, des outils toujours plus complexes à utiliser. L'homme n'est pas un ordinateur, il n'a pas besoin de se remplir. C'est vide qu'il se porte le mieux. Je pense à une histoire zen qui me plaît beaucoup :

un professeur européen vient au Japon rencontrer le maître

zen Nan-in, afin d'apprendre et de s'informer sur sa technique. Ils s'installent pour le thé et le Japonais remplit la tasse à ras bord, puis continue à verser. Le thé déborde sur la nappe puis sur le pantalon du professeur, qui s'exclame : « Arrêtez donc, ma tasse est pleine ! – Tout comme cette tasse, lui répond Nan-in, tu es rempli de tes propres opinions. Comment pourrais-je te montrer ce qu'est le Zen ? »

Soyons vides, vivons l'instant, car alors tout peut arriver. Paumé au milieu de l'océan, j'ai confiance en la vie, je crois en elle. Si la banquise se casse sous notre tente, nous nous déplacerons, nous jouerons jusqu'au bout. Et si la mort vient nous chercher, nous l'accueillerons les bras ouverts. Pourquoi s'en faire ?

« Demandez et il vous sera donné ! »

Il suffit seulement de demander les choses justes et non celles guidées par la peur, le manque, la possession. Et nous sommes toujours exaucés. Ceux qui pensent le contraire posent les mauvaises questions.

Combien de fois, à l'hôpital, ai-je entendu les gens prier : « Fasse que mon mari ne meure pas. » La mort arrive pour tous et si le mari a choisi de partir, personne ne pourra l'arrêter ! Il n'y a pas d'injustice, seulement une image fausse de la réalité. On ne peut pas comprendre qu'une personne digne de bon sens puisse choisir de mourir ; et pourtant, il suffit de se rendre dans n'importe quel hôpital du monde et de réellement entendre les requêtes de certains malades. Ils savent qu'ils sont en bout de course et lutter devient plus douloureux que laisser le processus naturel faire son œuvre. Nous avons le droit d'être peinés, tristes de ne plus voir l'autre, mais en aucun cas révoltés.

J'ai vécu la mort de Francis comme une joie, même si ma peine de ne plus le revoir sur cette terre est immense. Cependant, j'ai respecté son aboutissement. Tous les choix qu'il a pu faire dans sa vie l'ont mené là. Il les a vécus chaque fois librement, dans sa condition d'être du moment, ni plus ni moins. Où est le mal ? Où est le bien ?

Thierry

Toujours dans le white-out complet nous arrivons enfin sur Eureka. Le pare-brise de l'avion est presque entièrement recouvert de glace. Pour le coup, les essuie-glaces sont emprisonnés. Karl est penché, il scrute le ciel. Nous sommes au cœur d'un nuage et lui, les lunettes relevées sur le front, il fouille notre bref horizon à la recherche d'un indice lui indiquant la piste.

Un blizzard d'enfer souffle sur la base. Karl ne trouve pas les montagnes, repère idéal indiquant l'axe de la piste. Je regarde Pascal, l'ambiance est à la fois tendue et très calme. On va se crasher, cette fois c'est sûr...

Finalement, Karl nous a montré ses prouesses, atterrissant en crabe face au vent latéral. Nous sortons de l'appareil, « le cœur dans la bouche ». Le vent glacial nous revigore. Nous sommes encore groggy, quand un grand type en uniforme arrive droit sur nous, à peine gêné par le blizzard :

« Je suis le pilote de votre hélico, où sont-ils ? Comment va le blessé ? Les conditions sur zone ? »

Il parle avec Karl, qui lui raconte nos dernières péripéties. Apparemment, au camp de base, à Resolute, Lycia, Philippe et Sandrine ont déjà trouvé une solution.

On part se mettre au chaud dans une tente militaire, près du fort, pour un briefing complet avec tous les pilotes. Le départ est fixé demain matin à 5 heures. L'hélicoptère, un énorme Sikorski, sera à nouveau bourré de bidons de fuel. Quel plaisir !

Même jour, encore plus tard

L'heure de la communication téléphonique arrive, nous commençons à frémir ; notre avenir se joue de l'autre côté. Lycia décroche. On sent dans sa voix la fatigue, l'extrême tension des derniers jours, mais aussi un soulagement. L'hélico va venir demain matin vers dix heures. Elle s'attend cependant à tout et ne crie pas victoire. Les dernières tractations ont été musclées. Je comprends soudain que ce n'est peut-être pas nous qui avions quelque chose à apprendre de cette situation, mais eux. Aujourd'hui, Lycia est détendue, prête à s'adapter. Elle a perdu ses angoisses des derniers coups de téléphone. Les rendez-vous manqués ont eu raison de ses peurs virtuelles. Elle vit le présent.

Thierry

Fête à la base, c'est samedi soir. Des militaires nous amènent avec Karl et Alex dans leur antre festif, où il pleut des bouteilles de bière et de vodka. Nous trinquons tous les quatre à notre aventure aérienne, heureux d'être encore en vie ! Nous venons, nous aussi, de vivre de drôles de moments.

Les heures tournent et nous décidons finalement de rester debout à festoyer. Si bien qu'à 4 h 30 nous partons avec tout notre équipement vers la piste et l'hélico retrouver les pilotes.

Troisième voyage : de plus en plus surréaliste ! Nous survolons les somptueuses montagnes de l'île Ellesmere. Le temps au-dessus des terres est magnifique, mais une fois arrivés sur l'océan, ça se gâte ; le white-out reprend ses droits.

En entrant à nouveau dans cet environnement cotonneux, j'ai un pincement au cœur : « Allons-nous enfin les ramener ? » Les pilotes sont nerveux. Ils nous montrent les procédures d'urgence, si l'hélico devait se crasher... des pistolets sont disponibles à l'arrière pour les survivants (contre les ours), mais aussi duvets, couvertures de survie, tente, et tout l'attirail. Ils ont peur que la glace ne cède sous le poids du Sikorski, oubliant que si nous tombons nous allons offrir à la banquise un gigantesque feu d'artifice...

Jour 106

Nous nous réveillons à 5 heures. Cette fois, c'est sûr, nous partons. Une dernière vague de nostalgie vient battre les rives de notre esprit, déjà tourné vers Resolute, vers nos femmes, vers la vie qui piaffe. Nous arrivons à la fin du voyage et au début d'autre chose. Nous regardons derrière nous, laissant défiler pêle-mêle les souvenirs. Comme les ours nous semblent déjà loin !

Nous déjeunons tout en nous remémorant nos cent six jours. Les coups de blues, les joies, les rencontres. Quelle aventure ! Nous sommes fiers de nous maintenant, heureux de la richesse trouvée ici, comblés du nouvel éveil à la vie.

Un dernier coup de fil nous confirme le départ de l'hélico, prévu sur zone à dix heures zéro, zéro ; rigueur militaire oblige. Lents, méthodiques, nous emballons tout dans les traîneaux pour la dernière fois. L'opération terminée, je m'empare de la seule portion de nourriture restante (avant ravitaillement). Je creuse cinq trous dans la neige, distants d'environs deux mètres les uns des autres. Un au centre, un au nord, un au sud, un à l'est et un à l'ouest. Je dépose quatre morceaux de nourriture, dans le trou de chaque direction en m'inclinant, les remerciant :

Rodolphe s'agenouille sur la banquise et l'embrasse.

Un avion nous survole. L'armée n'a pas fait les choses à moitié. Elle a envoyé un twin-otter* en reconnaissance ; impressionnant. L'hélico sort subitement du white-out et fonce sur nous. Sa taille est imposante, au moins deux fois les abeilles russes ! Un calme total tombe sur nos épaules.

Les pilotes stabilisent l'appareil face à nous. Nous pouvons voir leurs faits et gestes. Ils testent la banquise en tapant les roues de l'appareil au sol et finalement posent la bête. Aussitôt une porte s'ouvre. Thierry et Pascal descendent. Caméra et appareil photo au poing ; ils mitraillent. Nous avançons vers eux bras ouverts et tombons dans les leurs, surchargés de matériel. Quelques larmes pétillent dans les yeux, les claques dans le dos pleuvent : les hommes expriment leurs émotions !

Les pilotes chargent les traîneaux et nous pressent. Rodolphe s'agenouille et embrasse à nouveau la banquise, la remerciant d'avoir guidé nos pas au bout de nous-mêmes, au bout de « je m'aime » ! Je me penche tant bien que mal, jambe raide et dépose un baiser sur la neige.

L'hélico décolle et, assis aux fenêtres, nous découvrons notre terrain de jeu. Nous sommes impressionnés par la quantité de voies d'eau ouvertes. L'océan reprend ses droits, l'été est là. À cent mètres d'altitude, nous sortons de l'épais brouillard recouvrant le pack et découvrons au-dessus un soleil radieux. De-ci de-là, nous apercevons parfois la banquise au détour d'une trouée dans le white-out. Nous sommes heureux. On ne s'entend pas dans la carlingue, les rotors faisant un bruit d'enfer. Aussi, plutôt que de crier, nous admirons le paysage défilant sous nos pieds, des sandwichs et des cookies plein les mains.

Le brouillard se dissipe soudain. Nous arrivons à un mille des côtes canadiennes et les vents catabatiques descendant des glaciers situés sur les montagnes côtières chassent la brume. Nous survolons enfin l'île de Ward-hunt, arrivée présumée de notre aventure. Nous l'admirons du ciel, avant de nous engager définitivement sur les terres d'Ellesmere.

Nous quittons le pack, perdant de vue l'étendue océanique, un sourire sur les lèvres. Aucun regret, l'aventure continue, elle nous attend devant et non derrière. Je regarde plein sud, laissant mon regard accroché sur les montagnes, pendant que mon esprit fait, en quelques secondes, le chemin du retour jusqu'à Dieulefit où les arbres doivent se parer de leur exubérant feuillage estival. Je sors de chez nous et parcours mentalement les rues qui nous ont vus naître. Une complicité s'installe avec les maisons, la fontaine, la rivière et toutes les montagnes environnantes, qui semblent me dire : « Nous t'attendons. » Privé pendant si longtemps de la présence des hommes, ceux-ci n'apparaissent pas dans ma vision. Décidément, il va vraiment falloir tout réapprendre.

Nous survolons au ras du sol les montagnes recouvertes de glace, profitant d'un décor et d'une vue imprenable. Je découvre les fjords et les pics tant de fois étudiés sur les cartes d'état-major. Quelle beauté !

Rodolphe

Je suis à nouveau né. Je ne pensais même pas cela possible et pourtant... Quelque chose a mûri. Je sais qu'il y a un ciel au-dessus de ma tête, et désormais c'est en homme libre que je désire mener ma vie, même si elle m'apparaît bien difficile dans la société dans laquelle nous vivons. Mais, je peux essayer, car tout est possible ! Pour preuve, je viens de faire deux mille kilomètres à pied, sur un océan, battant de très loin le record précédemment établi par Jésus. C'est incroyable... Et pourtant, c'est moi qui l'ai fait !

Plaisanterie mise à part, mon passage au pôle m'ouvre aujourd'hui des perspectives infinies. Je sais que tout est possible et que, cependant, je ne réaliserai pas tout, alors autant bien faire ce qui va se présenter ; une maison, des enfants, du boulot : une vie simple et riche, parsemée, certainement, de quelques escapades polaires, si Nano est partant...

Je suis aujourd'hui au premier jour de ma vie, de la vie qui s'étale devant moi et je l'embrasse d'un amour fou. Vive la vie !

Retour

Nous nous engageons dans un fjord bleu turquoise, magnifique. L'hélicoptère perd de l'altitude, nous arrivons sur Eureka. Nous survolons les baraquements militaires, illuminés par un soleil radieux. L'hélicoptère se pose enfin et pour la première fois depuis trois mois et demi nous marchons sur la terre ferme. Ivresse, douce ivresse ! Quelques photos avec les pilotes, quelques poignées de main, nous nous séparons sur cet extraordinaire survol. De nouveaux pilotes, ceux de l'avion venu précédemment nous chercher, arrivent et nous emmènent avec eux boire un café. En route, nous saluons de-ci de-là, tout étourdis par le monde que nous croisons, les questions, les accolades. Thierry et Pascal nous racontent en détail leurs épopées aériennes des jours précédents et nous comparons notre ressenti au leur.

Les pilotes nous font signe, ils sont prêts, nous partons. Cette fois nous embarquons dans le twin-otter, direction Resolute, sans escale. Nous sommes heureux. Zygomatiques fixés façon banane, nous contemplons les étendues sauvages défilant sous les ailes, tout en écoutant d'un air distrait nos deux acolytes racontant notre rocambolesque récupération. Nous n'attendons plus qu'une chose : retrouver nos femmes, et ce moment arrive... Quoi de mieux ?

Nous sommes cependant très émus, presque trop, à l'idée de les serrer dans nos bras. Nous avons rêvé ce moment tant de fois que, concrètement, nous ne sommes plus très sûrs de nos manières. Les deux autres se paient notre tête, en nous voyant aussi penauds. Les titillements vont bon train, entrecoupés de plus en plus souvent par des fous rires nerveux. Il faut dire que nous n'avons pas dormi depuis trente-six heures, les uns et les autres, et la moindre connerie nous embarque dans un fou rire général.

La tension monte d'un cran quand apparaît la piste de Resolute. Je suis étonné de voir le village et les abords aussi vierges de neige. Tout a fondu. L'été est là. L'avion touche le sol en douceur et va se ranger dans la zone de débarquement, où se dessinent quelques silhouettes. Rodolphe ne parle plus, tandis que je continue de chahuter avec les deux phénomènes qui nous servent de cameraman et de photographe. J'ai besoin de dissiper mes émotions.

Le twin se stabilise, la porte s'ouvre, la pression monte, fulgurante. Mon cœur s'emballe, Rodolphe est tout pâle. J'ai les oreilles bouillantes. Les deux garçons sortent en premier, afin d'immortaliser l'instant, nous demandant d'attendre vingt secondes. Temps nécessaire pour qu'ils se mettent en place. Nous trépignons, les poings serrés, retenant notre émotion prête à éclater.

Clopin-clopant, je descends l'escalier regardant, droit devant moi, Lycia dans les yeux. Elle attend que je sois au sol avant de s'élancer, me laissant le temps de mieux la découvrir. Comme elle a changé ! Elle a coupé ses cheveux. Son visage est lumineux, rayonnant d'une joie palpable, même si les cernes, sous les yeux, témoignent d'une extrême fatigue. À peine le pied à terre, elle s'élance, pendant que je sens Rodolphe, derrière moi, foncer droit sur Sandrine. Nous nous tombons dans les bras, nous serrant fort, l'un contre l'autre, Lycia ne pouvant s'empêcher de répéter : « C'est pas vrai, c'est pas vrai ! » Bizarrement, nous n'osons pas nous embrasser, nous risquant à peine à un baiser succinct sur les lèvres, comme si l'événement, trop longtemps attendu, empêchait l'union des corps. Une distance tacite s'installe, même si notre joie est à la hauteur de nos espérances.

Prenant conscience des autres, nous nous séparons, pour aller remercier tous nos compères présents autour de nous. C'est la grande embrassade, la grande effusion des retrouvailles. Philippe, Gary, Diane, Sandrine, Thierry, Pascal, Lycia, Rodolphe et moi, tout le monde a droit sa ration de bisous, de larmes, de joie.

Tout s'enchaîne ensuite très vite ; bagage, voiture, maison. Et là, alors que nous désirons boulimiquement discuter, ils nous poussent d'un commun accord vers la douche : on pue !

Le confort de notre chambre, la chaleur du camp de base surchauffé et l'activité de fourmilière qui règne dans le village nous ramènent à la réalité dont nous sommes encore si loin. Les questions fusent à chaque rencontre et nous répondons, heureux du plaisir partagé.

Le repas des retrouvailles continue chez Diane et Gary : un cassoulet, monté tout droit du Sud-Ouest, nous attend. Un rêve enfin assouvi. Tout le monde est sur les rotules, mais dopés par le soleil de minuit et par le champagne qui coule, nous festoyons jusqu'à plus faim... et soif... Philippe s'écroule dans le canapé et nous repartons à notre logis, le laissant là, digérant, béat.

Nous nous séparons et, pour la première fois depuis de longs mois, Rodolphe ne couchera pas à mes côtés !

Une fois seuls, ma femme et moi, la gêne des retrouvailles plane à nouveau entre nous. Nous sommes crispés. Je me glisse dans le lit, elle suit et nous nous mettons à discuter. Les heures passent, les langues se délient, les corps se réchauffent, nous nous unissons.

Lycia

Ils sont, enfin, là. Je n'y croyais plus. Je suis si heureuse de les voir et pourtant si tendue, si fatiguée, si épuisée. Nano descend, boitant, et je suis impressionnée par les traits de son visage : il a vieilli et pourtant ses yeux pétillent d'un vécu inaccessible. Rodolphe m'impressionne encore plus. Il a maigri et ses jambes le portent à peine.

Les retrouvailles sont chaleureuses, même si une boule d'angoisse m'empêche de les vivre pleinement. Je n'arrive pas à me relâcher. Je pense qu'inconsciemment j'en veux à Arnaud de nous avoir fait vivre une pareille angoisse depuis trois mois et demi. Je suis coupée en deux, entre une Lycia amoureuse et une autre sur les dents, prête à mordre. C'est dur à vivre...

Toute la soirée ce double sentiment est présent et me met mal à l'aise. J'ai l'impression de ne pas pouvoir approcher d'Arnaud, alors que je ne demande qu'à me lover contre lui. Douloureuse sensation !

Une fois couchée, la promiscuité des corps m'oblige à passer le pas. La résistance lâche et, enfin, nous nous serrons. Quatre mois qu'il est parti de France, cent vingt jours, autant dire une éternité. Je m'abandonne à l'amour retrouvé, une nouvelle vie commence. Nous parlons aussitôt d'enfants, avec au fond du cœur l'envie de continuer à sillonner le monde, mais, je l'espère, ensemble.

Un jour déjà. Ce soir nous nous éloignons du camp, tous les deux, main dans la main. La neige se raréfie sur la terre, tranchant net avec la banquise encore toute blanche. Il est déjà minuit quand nous nous asseyons face au soleil, plein nord. Une légère brise marine nous caresse, amenant les odeurs du grand large, sur lequel il n'y a pas deux ans, je vivais.

La chaleur du printemps est là et déjà les oiseaux reviennent pour le bouillonnant été arctique. Comme j'aimerais rester, moi aussi, à chanter mon amour. Le soleil me fait soudainement penser qu'à le voir tourner sans arrêt, l'imaginer à nouveau se coucher et flirter avec l'horizon ne m'enchante guère. Je n'ai aucune envie de rentrer dans notre ancien univers.

Je me concentre sur ce pays dur, éternel et attachant. J'ouvre mon cœur, mon esprit et mon âme au désert glacé qui m'entoure, le remerciant de m'avoir donné tous ces moments de peine, de souffrance, de réflexion, d'intimité, de dialogue, de joie et de bonheur au cours de ces dernières années, celle-ci comprise. Toutes ces émotions ont jalonné notre quête des pôles et sont indissociables de notre parcours vers la Terre-Mère. Je retrouve ce soir les sensations des expéditions antérieures, qui me remplissent de celles, infiniment plus riches, de la vie. Je souhaite de tout mon cœur garder l'amour que l'on trouve ici, toujours présent en moi car il est sans limite, sans jugement et sans aucun doute : divin.

Je me tourne vers Nano qui, ouvert à la beauté, communie. Concentré sur la lumière montante sous le soleil, il cherche, pour la dernière fois les fils invisibles qui le relient au pôle. Profondément émue, je rends grâce à la terre de les avoir accueillis en son sein. Je remercie toutes les forces qui ont animé ce voyage initiatique, à la rencontre de l'essence même de notre existence et de notre expérience terrestre : l'incarnation.

Merci la vie.

Épilogue

Leïna

Il n'y a pas encore de connaissance de l'homme,
Car l'HOMME n'est pas encore.
L'HOMME est tellement grand,
Que moi non plus,
Je ne le vois pas encore

Dialogues avec l'Ange

19 juin 2001

Voilà un an déjà nous débarquions à Roissy, et aujourd'hui j'aide Lycia à monter dans notre voiture. Il est 5 heures du matin, le jour se lève sur ma paternité et les contractions sont de plus en plus violentes. L'accouchement est proche.

Nous arrivons à la clinique, un bref bilan détermine l'ouverture du col à deux centimètres, Lycia est pliée en deux. On lui annonce encore sept à huit heures de travail, avant d'atteindre dix centimètres de diamètre et la phase d'expulsion, autant dire une éternité. Les heures défilent et rien ne bouge. Le col de l'utérus reste bloqué. On lui propose une péridurale, elle refuse. Elle désire comprendre et assumer seule. Pourquoi retient-elle l'enfant ? Je l'encourage, la réconforte, participe autant que faire se peut. Je me sens tellement loin de son vécu.

Cette fois, les rôles sont inversés : c'est elle qui mène l'expédition et moi qui l'aide à distance.

Après douze heures d'efforts apparemment vains, Lycia se met dans l'eau. Elle glisse dans la baignoire conçue spécialement pour accoucher et, aussitôt, se détend. Elle ne lutte plus contre l'inévitable et accepte l'accomplissement de la nature. Le col passe spectaculairement de quatre à dix centimètres en moins d'une heure. C'est parti ! La phase d'expulsion commence.

Elle force à chaque contraction, bandant l'ensemble des muscles de son corps dans un seul but : la naissance. Peu à peu, le sommet du crâne apparaît. À nouveau, un blocage. L'enfant reste coincé à moins d'un centimètre du passage. Le gynécologue, un ami, décide avec l'accord de Lycia de la sortir de l'eau, le travail ne se faisant pas, et envisage un accouchement plus classique.

Cette fois, c'est la bonne. La tête, énorme, sort d'entre les cuisses de ma femme et aussitôt le petit visage s'anime ; l'enfant respire déjà. Je suis subjugué, ébahi et pétrifié tout à la fois devant ce petit être dont l'envie de vivre dépasse mon entendement. Je sens au fond de moi une mémoire cellulaire oubliée reprendre vie. Je comprends soudain ce qui me choque. Cette enfant a envie de vivre, à l'inverse de moi, lors de ma propre naissance. Je reste abasourdi par sa volonté. Si j'avais eu la même, je n'aurais peut-être jamais eu besoin de partir en expédition. Je n'aurais pas eu besoin de revivre ce moment si intense.

Lycia hurle et me ramène dans la pièce. Je l'encourage. La prochaine contraction sera la bonne. Elle reprend son souffle et s'élance pour la délivrance. Les épaules passent à leur tour, notre ami s'empare du petit corps et le dépose encore tout chaud sur le ventre de sa mère :

« C'est une fille ! Félicitations ! »

Trois mois déjà que Leïna est parmi nous. Pour nous, une éternité, pour elle, sa vie entière. Il nous semble qu'elle a toujours été là. Chaque jour, elle change, évolue, grandit : un vrai plaisir de la voir faire. Elle apprend naturellement à *marcher*, commençant à trois mois par bouger unilatéralement bras et jambes. Bientôt assise, puis à quatre pattes, les débuts à la marche. Comme je me le suis répété tout au long de l'expédition, cette phase du *marcher* est primordiale et, aujourd'hui, notre responsabilité vis-à-vis de notre fille est de lui permettre de franchir les étapes à son rythme, sans oublier aucun détail.

On pourrait croire que cela demande des connaissances particulières, un savoir important. Que nenni ! nous sommes nés avec la connaissance, le savoir est inutile, sinon pour parfaire celle-ci. Ce n'est pas dans les livres que l'on apprend le développement juste, mais en suivant pas à pas, jour après jour, la croissance naturelle de son enfant. Je n'ai aucun désir pour elle. Je n'attends rien. Je la regarde simplement évoluer en essayant autant que possible de participer à sa croissance, en lui donnant un amour inconditionnel.

C'est parfois difficile. Je pense notamment au soir où, sans raison apparente, elle a pleuré jusqu'à quatre heures du matin. Je me sentais démuni au début, mais très vite j'ai compris qu'il n'y avait pas de hasard ; elle ne pleure pas pour rien. Au lieu d'essayer de tout changer et d'accuser les colites, l'insomnie et autres maux, je me suis avant tout remis en cause. Je n'ai aucune prise sur les suppositions plus ou moins acceptables de monsieur Tout-le-Monde, par contre j'en ai sur moi. Aussi, en me mettant au diapason, en faisant taire mes peurs et en concentrant mon amour sur ce petit bout, j'ai observé des résultats incroyables. Elle s'est arrêtée de pleurer tout net et s'est endormie. Elle a ressenti soudain ma présence pleine, entière, et non plus dispersée, en proie à un imaginaire débordant.

« Nos enfants sont là pour nous élever et, en retour, notre devoir est de les éduquer[1]. »

Notre responsabilité de parents est de rendre Leïna libre, détachée de nous. Notre tâche est de lui laisser faire ses propres expériences et d'arrêter de vouloir lui mâcher le travail, soi-disant en cherchant à l'aider. Elle se traîne, elle en bave pour faire dix centimètres ; c'est bien. Je ne l'aide pas physiquement, mais je l'encourage. À neuf mois, assise sur le tapis, elle essaiera d'avancer, de ramper et de marcher à quatre pattes. Je

1. Citation de Michel Montaud.

serai toujours là pour l'y inciter, mais en aucun cas je ne lui proposerai un quelconque instrument pour se redresser. Si elle en a envie, elle le fera d'elle-même. Cela la mettra certainement en colère de ne pas avancer et c'est tant mieux, la colère est une énergie naturelle. Elle aide l'enfant à affirmer son envie.

Puis, un jour, elle se redressera seule et se lancera, marchant enfin. Ce moment sera pour elle certainement le plus beau de sa courte existence car elle pourra désormais aller où bon lui semblera. Sa joie sera totale. Elle se sera redressée entièrement toute seule. Je n'aurai fait que la pousser à dépasser sa petitesse en l'invitant à être grande. Il ne tient qu'à elle. Je lui laisse le choix de son développement, je l'accompagne simplement, en la stimulant pour qu'elle se dépasse, pour qu'elle se libère. À l'image des anges de Gitta et de ses compères, je l'invite à se placer « au sommet de sa joie ». Ainsi, devenue plus grande, il lui semblera naturel d'y aller et de rencontrer, non plus ses parents, mais son ange, son inspiration.

Il m'a fallu traverser l'océan, enchaîner galère sur galère pour me remettre à marcher naturellement, de manière juste. Autant lui éviter ça ! Cependant, je ne considère pas ma fille comme m'appartenant. Elle est déjà un être à part entière, pleine, finie. Elle vient sur terre faire l'expérience de la vie et je l'accueille en ce sens. Elle n'est pas à moi, ma chose, pas plus d'ailleurs que je ne le suis pour elle. Nous sommes libres.

> *Vos enfants ne sont pas vos enfants.*
> *Ils sont les fils et les filles de la vie, qui a soif de vivre encore et encore.*
> *Vous pouvez accueillir leurs corps mais non leurs âmes. Car leurs âmes habitent la demeure de demain que vous ne pouvez visiter, même dans vos rêves.*
> *Vous pouvez vous évertuer à leur ressembler, mais ne tentez pas de les rendre semblables à vous. Car la vie ne va pas en arrière, ni ne s'attarde avec hier.*
>
> KHALIL GIBRAN (le Prophète)

Le dilemme derrière ces beaux discours est : puis-je repartir à nouveau en laissant désormais Leïna derrière moi ? Réendosser mon habit d'égoïste et laisser cette enfant avec le vide d'un père absent ? Et pourtant, si ma vie passe par une nouvelle expédition, comment harmoniser les deux ? Car, si je ne repars pas, prétextant l'amour de ma fille, je l'enterre aussitôt sous une chape de culpabilité. Un jour, elle comprendra que par sa faute Papa n'est pas parti. Pour quiconque saisit ce que le mot *amour inconditionnel* veut dire, cet état de fait serait faux. Je suis libre et en aucun cas enchaîné à qui que ce soit et surtout pas à mes enfants.

Par contre, je suis responsable. Et, en tant que tel, je me dois d'assurer à ma fille la présence d'un adulte qui lui donnera, en mon absence, tout l'amour nécessaire. De même, l'erreur faite l'an dernier ne doit pas être réitérée. Aucune dette, aucune contrainte ne doit, dès le départ, peser sur Lycia et Leïna. Elles doivent pouvoir vivre, matériellement, sans ennui, sans souci, sans problème.

Je sais que je ne partirai pas avant qu'elles aient toutes les deux compris que la séparation des corps ne veut pas dire celle des cœurs. Nous sommes unis au-delà des distances et notre amour est sans mesure.

Si un jour Lycia venait à s'absenter elle aussi, je resterais auprès de Leïna et je l'espère de ses futurs frères et sœurs. Longue est l'existence, merveilleux le chemin...

Je souhaite à tous les parents d'essayer de libérer leurs enfants (des peurs, de la culpabilité, des angoisses existentielles) afin de voir naître, dans les prochaines générations, un peuple d'hommes radicalement nouveau et totalement libre.

Bientôt je repartirai, vous allez partir, nous allons voyager : ensemble... La vie est un grand jeu : soyons joueurs !

Je suis né en homme, potentiellement libre. J'ai la vie devant moi pour en faire l'expérience, afin, le moment venu, de mourir en homme libre. Merci à tous.

Nous sommes un nouveau peuple
Nous sommes un ancien peuple
Nous sommes le même peuple
Plus intense qu'auparavant.

Chant de chaman

Annexes techniques

Petit lexique du pôle

banquise : couche de glace qui se forme à la surface de la mer ou de l'océan au contact de l'air glacial. L'océan se couvre l'hiver d'un manteau de glace pouvant atteindre plusieurs millions de kilomètres carrés. L'été la glace fond en partie, laissant dériver le pack.

crête de compression ou hummock : les plaques constituant la banquise de mer sont sans cesse en mouvement les unes par rapport aux autres sous l'action des vents et des courants marins. Quand deux plaques se rencontrent, elles se percutent avec une telle violence que les bords se brisent, créant sous la pression une crête appelée aussi hummock. Elles peuvent atteindre une dizaine de mètres de haut.

GPS : appareil de navigation (GPS : Global Positioning System). C'est un sextant moderne, se référant à trois satellites pour déterminer, à quelques dizaines de mètres près, la longitude et la latitude d'un lieu. Utilisant la technologie spatiale, le GPS n'est soumis à aucune interférence et fonctionne vingt-quatre heures sur vingt-quatre.

Inuit : pluriel de Inuk qui signifie « êtres humains ». À la demande des peuples du Nord, il remplace officiellement depuis 1977 le mot *eskimo*, « mangeur de viande crue ». Ce terme désigne les peuples (environ cent mille personnes) répartis entre le Groenland, le Canada, l'Alaska et la Sibérie orientale. L'usage français a donné : un Inuit, des Inuits.

jour blanc ou white-out : au printemps et en été, sous l'effet du réchauffement, un brouillard plus ou moins constant s'installe sur la banquise. Ce univers cotonneux ajouté à la blancheur du sol donne un paysage entièrement blanc, sans aucun relief : le white-out ou jour blanc.

krill : la richesse des mers polaires est due à l'extraordinaire prolifération d'êtres microscopiques, végétaux et animaux. Au printemps, des algues microscopiques se développent en se nourrissant des poussières libérées par l'eau de fonte. Ces algues sont mangées par le krill, petits crustacés accrochés sous les morceaux de glace. Le krill est le régal des baleines.

lead : même au cœur de l'hiver quand la banquise est soudée par le froid, les mouvements marins et les vents vont casser, ébrécher le manteau blanc, laissant apparaître des voies d'eau ou leads, serpentant au milieu de la banquise telles des rivières.

Nanook : nom inuit donné à l'ours blanc.

pack : l'été, la glace de mer se disloque en de larges morceaux, les floes, qui vont alimenter le pack, cette masse de glace d'origine diverse qui dérive au cœur de l'océan.

polynies : à plusieurs endroits des mers arctiques, les courant sont si forts ou si particuliers que la glace n'arrive pas à emprisonner la mer, laissant en permanence de grands champs d'eau libre, appelés aussi polynies (du mot russe signifiant « champs »).

pulka : terme désignant un traîneau tiré à bras par une personne, sans l'utilisation de chien.

twin-otter : petit avion à hélices muni de skis, capable de se poser sur la banquise en une centaine de mètres. Il peut embarquer une dizaine de personnes.

Le facteur vent (wind chill factor)

En plus des dangers directs qu'il représente, le vent augmente l'effet de froid et fait descendre le mercure. Voici un tableau qui présente de manière explicite quelques exemples de l'équivalence des températures lorsque celles-ci sont soumises au vent.

Vitesse des vents											
80 km/h	- 20	- 27	- 36	- 44	- 52	- 60	- 68	- 76	- 84	- 92	- 99
72 km/h	- 19	- 27	- 35	- 43	- 50	- 59	- 67	- 75	- 83	- 91	- 99
64 km/h	- 19	- 27	- 35	- 42	- 49	- 58	- 66	- 74	- 82	- 90	- 98
56 km/h	- 18	- 26	- 33	- 41	- 47	- 57	- 65	- 72	- **81**	- 88	- 93
48	- 17	- 24	- 32	- 40	- 46	- 55	- 63	- 71	- 78	- 86	- 91
40	- 16	- 23	- 31	- 38	- 45	- 53	- 60	- 67	- 75	- 82	- 90
32	- 13	- 21	- 28	- 35	– **42**	- 49	- 56	- 65	- 71	- 76	- 85
25	- 10	- 17	- 25	- 31	- 38	- 45	- 46	- 57	- 65	- 71	- 78
16	- 7	- 13	- 20	- 26	- 32	- 38	- 44	- 50	- 56	- 62	- 67
8	- 3	- 6	- 12	- 17	- 22	- 27	- 33	- 38	- 43	- 48	- 53
Température réelle °C		**– 5°**	**– 10°**	**– 15°**	**– 20°**	**– 25°**	**– 30°**	**– 35°**	**– 40°**	**– 45°**	**- 50°**

On peut voir sur ce tableau que si la température à l'abri est de – 20 °C et que le vent souffle à 32 km/h, le thermomètre descend à – 42 °C ; que si la température à l'abri est de – 40 °C et que le vent souffle à 56 km/h, ce qui est courant en plein blizzard polaire, la température descendra à – 81 °C.

On observe qu'avec un léger vent (25 km/h) la température chute rapidement, mais plus le vent augmente moins la température descend vite. Vent et température ne sont pas proportionnels.

Le matériel

Les sacs de couchage : Ils ont été réalisés pour l'expédition par Lestra Sport (Amboise). À l'instigation d'Arnaud Tortel, Lestra Sport a innové avec des sacs de couchage légers (4 kg) et efficaces, prompts à relever le défi des températures extrêmes rencontrées pendant l'expédition (– 45 °C). Ils sont recouverts d'une simple couche de fibre synthétique qui laisse respirer l'intérieur du duvet tout en empêchant l'humidité et l'eau de pénétrer. La partie supérieure et les côtés des sacs sont en fibre Qualofil répartie en trois couches de 200 g/m². Un large capuchon recouvre le tout et permet de protéger complètement le visage, la respiration se faisant par des orifices aménagés sur les côtés.

Une bavette intérieure empêche l'air exhalé par la bouche pendant le sommeil de se répandre dans le sac, ce qui limite naturellement la teneur en vapeur d'eau et empêche donc l'isolant de se mouiller (englacement) et de perdre ainsi petit à petit ses qualités calorifuges.

Les vêtements : Le principe de base du vêtement polaire est le « multicouche ». Les conditions météorologiques dans l'Arctique (températures très basses, humidité importante – supérieure à 90 % – et vent) sont extrêmement sévères et tous les facteurs de refroidissement corporaux sont présents. La multiplication des couches de vêtements va emprisonner de l'air chaud, sec et immobile. À condition bien entendu d'enfiler par-dessus le tout un coupe-vent.

Grâce à la maison Francital, Arnaud et Rodolphe ont pu utiliser la membrane MP+, composée d'un film de polyuréthanne contenant des molécules hydrophiles très performantes. Cette membrane a la particularité de répondre à une double exigence, couper le vent et évacuer la transpiration vers l'extérieur en empêchant l'humidité de pénétrer vers l'intérieur. Les molécules hydrophiles (qui aiment l'eau) captent les molécules d'eau émises par le corps, les incorporent dans la membrane MP+ et les rejettent vers l'extérieur, et ce quelles que soient les conditions ambiantes.

Les sous-vêtements, ou première peau, sont constitués de fibres synthétiques polyester de type Polartec 75 g/m^2 recouvert en extérieur par la membrane MP+ qui absorbe la transpiration et la rejette tout de suite loin de la peau. La deuxième couche est, elle aussi, de type Polartec mais 200 g/m^2. La chaleur corporelle agit comme un catalyseur, repoussant l'humidité loin du corps vers l'air plus froid et plus sec.

En extérieur il y a le vêtement de protection contre le vent et la neige. Il est constitué d'une couche de tissu très résistant à l'abrasion, sur lequel est collée une membrane MP+.

Les chaussures : Elles ont été fabriquées par Millet qui a mis au point la botte polaire appelée « chaussure pôle ». À la fois rigide, chaude et confortable, elle est composée d'un isolant à cellule fermée parfaitement imperméable. Elle possède une guêtre, que l'on pose par-dessus le pantalon, permettant une ventilation du pied. Ces chaussures s'adaptent parfaitement aux fixations Salomon SNS.

Les deux hommes utilisaient deux paires de chaussettes fabriquées par Lorpen : une fine paire en matière synthétique pour éloigner la transpiration du pied et une paire plus grosse, en matière synthétique à bouclettes qui emprisonne l'air chaud et sec.

Les skis : Ils sont partis avec chacun une paire de skis de randonnée fabriqués par Dynastar ; les « Super Yéti ». Les skis étaient équipés d'une fine peluche autocollante en dessous (pour la marche) vissée directement sous chaque ski, car aux basses températures rencontrées la colle est peu efficace.

Le réchaud de cuisine : Le réchaud est une des pièces maîtresses de l'équipement. La perte du réchaud laisse un temps de survie très court car le corps humain ne peut pas fonctionner très longtemps sans boire et sans manger lorsque les températures avoisinent les – 40 °C. Or, c'est grâce à lui qu'Arnaud et Rodolphe peuvent faire fondre l'eau nécessaire à leurs besoins.

Ils ont choisi le MSR Wisperlite, où chaque élément peut être démonté, nettoyé ou éventuellement remplacé. Son rendement élevé permet d'économiser du carburant (naphte). Il faut en effet autant d'énergie pour faire fondre de la glace que pour ensuite amener l'eau à ébullition. Ainsi, préparer les repas ou les boissons à partir de neige demande deux fois plus de carburant que si l'on utilise de l'eau froide.

Au cours de cette expédition ils ont utilisé du naphte, combustible très volatile qui même à – 20 °C se volatilise et s'enflamme facilement. Aux températures extrêmes, il devient liquide à la sortie du gicleur ; il faut alors le réchauffer à la flamme des indispensables allumettes.

La brosse : Aussi curieux que cela puisse paraître, la brosse est l'accessoire indispensable de l'homme qui voyage dans le Grand Nord. Durant la journée, l'effort fourni régulièrement par la traction réchauffe le corps et le fait même transpirer. Cette eau va geler dès la fatidique barrière du 0 °C. Or, à très basse température, le 0 °C se trouve entre la veste polaire et la parka, soit entre la deuxième et la troisième couche des vêtements. Le soir, au camp, lorsqu'on retire sa surveste, on constate l'intensité de la journée à la couche de glace qui s'est formée. La brosse permet de gratter chaque partie du vêtement afin d'en dégager la neige et de lui rendre toutes ses propriétés. Si le vêtement n'est pas brossé, la glace formée dans la journée va dégeler sous la tente, mouillant le corps jusqu'aux os !

Le matin, avant de partir, l'intérieur de la tente doit être lui aussi brossé soigneusement. Celle-ci est en effet tapissée de l'humidité provoquée d'une part par les respirations et d'autre part par les vapeurs d'eau dégagées par le réchaud. Si les parois ne sont pas frottées, la glace va s'accumuler de jour en jour, alourdissant considérablement la tente.

Les fourrures : Toutes les parties du corps peuvent être isolées du froid par les vêtements isolants mais, au niveau du visage, il faut évidemment être capable de respirer et faire en sorte d'avoir, malgré la cagoule, une vision suffisante pour pouvoir évoluer et bien voir autour de soi. L'air que nous exhalons, quand les températures sont basses, contient une grande quantité d'eau qui vient directement se sublimer (passage de l'état de vapeur à l'état solide) sur la barbe ou les cils et former une couche de glace qui devient vite une carapace de glace pouvant entraîner des gelures localisées (joues et paupières). Dans ces conditions extrêmes, seule la fourrure peut rendre la vie supportable. Par la multitude de ses poils, elle crée en effet un microclimat favorable qui diminue fortement l'impact désagréable dû à la vitesse des vents et qui permet à la vapeur d'eau sublimée de se déposer sur les poils. Lorsque la fourrure est remplie de stalactites, un coup de moufles suffit pour faire tomber toute la neige. Le visage reste protégé.

La tente : Conçue par Alain Hubert, la tente a été fabriquée par Lowland. Elle est légère, très résistante aux vents, facile à monter (même seul), et possède un double toit terminé par des bavettes latérales sur lesquelles les expéditeurs déposent des blocs de neige afin de la stabiliser au sol.

Les traîneaux : C'est dans ces véhicules polaires que tout le matériel nécessaire à la vie est entreposé : tente, vivres, matériel médical, appareils de communication, sac de couchage, skis, vêtements de rechange, naphte, réchaud et matériel de cuisine. Les deux traîneaux ont été entièrement réalisés et conçus pour l'expédition par Famenne Plastic (Belgique) qui s'occupe déjà des traîneaux d'Alain Hubert. Ensemble, nous avons défini les caractéristiques techniques optimales. Ils pèsent chacun 12,5 kg avec tous leurs accessoires. Quatre principes de base ont sous-tendu leur construction : légèreté, souplesse, solidité et flottabilité, grâce à l'utilisation de Kevlar (fibre de nylon très souple à haute résistance à la traction) renforcé par des fibres de carbone aux endroits nécessitant plus de rigidité. La bâche de pourtour mesure 70 cm de haut, ce qui permet de bivouaquer dans le traîneau en cas d'extrême urgence.

Ces traîneaux ont été testés par Arnaud et Alain au cours de leurs expéditions respectives, sans jamais poser le moindre problème. Cependant, dès le début de l'expédition, les traîneaux d'Arnaud et de Rodolphe sont partis en lambeaux suite à un défaut lors du séchage du Kevlar. Aussitôt remplacés par deux nouveaux traîneaux parfaitement identiques, ils n'ont plus eu aucun déboire.

Les kilos : Sur les traîneaux les charges de matériel représentaient 330 kilos (165 chacun) :

— nourriture pour 100 jours pour deux personnes : 200 kg ;

— matériel de traction (traîneaux, chaussures, skis, bâtons...) : 42 kg ;
— réchaud, naphte, ustensiles de cuisine : 36 kg ;
— vêtements : 18 kg ;
— tente et accessoires : 15 kg ;
— matériel vidéo, batteries, téléphone : 14 kg ;
— matériel de défense (fusil, barrière anti-ours...) : 5 kg.

Les impératifs d'une alimentation polaire

Les calories : Les conditions climatiques de l'Arctique amènent l'individu à vivre sous des températures qui oscillent entre – 20 °C et – 50 °C. Même en conditions d'habillement optimales, la déperdition calorifique impose un surplus d'énergie alimentaire important. Sous de telles températures, il faut compter un surplus de 1 500 kcal/j pour compenser les pertes dues au froid. La ration d'un expéditeur totalisera donc 3 000 kcal (besoin normal) + 1 500 (pour le froid) + 1 500 (pour l'effort) soit : *6 000 kcal/j.*

Les protéines servent essentiellement à réparer le tissu vivant. Exceptionnellement elles peuvent venir remplacer lipides et glucides pour la production d'énergie. Mais elles se dégradent mal et laissent des déchets, ce qui demande un travail important d'élimination.

On compte ainsi, dans la ration, 1 g de protéine par kilo de poids corporel. Les protéines amènent 4 kcal/g.

Les lipides servent au maintien de l'étanchéité cellulaire d'une part et à la production d'énergie d'autre part. Ils amènent 9 kcal/g, ce qui en fait la source énergétique par excellence.

Les glucides vont servir essentiellement à l'apport énergétique. Ils amènent 4 kcal/g. Là aussi, la qualité des sucres va être déterminante.

Les avantages des graisses : Le froid et l'effort requièrent en fait essentiellement un surplus d'énergie ; soit des glucides, soit des graisses. Or pour 1 g de poids ces dernières donnent 9 kcal au lieu des 4 pour les sucres. D'où un excellent rendement poids / calories. Les graisses amenées en grande quantité vont être stockées dans les tissus, entre les organes d'abord puis sous la peau. Ces dépôts sont d'une importance capitale car ils vont former une couche isolante contre le froid. Avec l'action permanente de celui-ci sur le corps, on observe une répartition harmonieuse de ces graisses sous tout l'épiderme.

Dans les graisses, ce sont les acides gras polyinsaturés qui assurent l'étanchéité des membranes plasmiques et évitent la déshydratation cellulaire. Cette déshydratation partielle des cellules entraîne en fait une évaporation excessive qui va poser de sérieux problèmes d'englacement systématique des vêtements et sac de couchage. Il faut donc absolument amener des polyinsaturés dans la ration en milieu polaire.

L'équilibre alimentaire en milieu polaire : Dépenses énergétiques élevées entraînant un besoin calorique important ; besoins nutritionnels adaptés aux rigueurs physiques et psychologiques ; obligation d'apporter un maximum de nutriments pour un minimum poids : la gestion de ces problèmes amène à modifier fortement l'équilibre de base qui est : protéines : 12 % ; lipides : 33 % ; glucides : 55 %.

Il devient : **protéines : 8 à 10 % ; lipides : 50 à 60 % ; glucides : 30 à 35 %.**

En pratique : l'expédition dure 100 jours. La ration calorique va s'élever progressivement au cours du périple.

— 25 jours à 5 200 kcal/j ;

— 75 jours à 5 800 kcal/j.

Les repas : Durant l'expédition, les repas se scindent en trois blocs :

— *Le petit déjeuner* correspond à 30 % de l'apport énergétique total (AET). Il donne à l'organisme l'énergie nécessaire aux premières heures de marche. Il se compose d'une barre à délayer dans de l'eau chaude : muesli, huiles poly-insaturées, pemmican, céréales broyées, oléagineux broyés.

— *Le bloc de course* comprend 50 % de l'AET. Il se scinde en 9 à 10 prises espacées d'une heure durant l'effort journalier.

La quantité d'énergie par prise est fonction du temps. Les premières prises sont maigres, puis au fur et à mesure de la journée elles augmentent.

Ces prises fréquentes permettent de garder l'organisme actif dans l'effort et une température quasi constante et n'obligent pas l'individu à s'arrêter une seule fois en cours de route, pour un gros repas comme on a l'habitude de le faire ici.

De plus, la digestion se faisant en continu on arrive à passer énormément d'énergie et sans à-coup, ce qui n'entraîne pas de fatigue des organes.

Il se compose d'une barre mangée crue (oléagineux, huiles polyinsaturées, céréales broyées) ; fromage gras ; chocolat noir.

— *Le dîner*, léger : 20 % de l'AET, est pris le plus tôt possible, afin d'être en fin de digestion au moment de l'endormissement. Cela pour deux raisons : un vrai repos digestif pendant la nuit entraînera un sommeil réparateur, d'autant plus que le système digestif doit marcher en continu la journée ; la digestion produit beaucoup de chaleur et réchauffe le corps qui reste au repos le soir sous la tente : si le repas est pris juste avant le coucher, la production de chaleur sera excessive dans le duvet amenant le corps à transpirer et donc à s'englacer en surface.

Il se compose de : potage bio-déshydraté et d'une barre du soir à délayer dans de l'eau chaude (purée, huiles polyinsaturées, pemmican, céréales broyées, oléagineux broyés).

Les aliments :

Pemmican : Le pemmican, inspiré des recettes nordiques, est une préparation culinaire complexe à base de bœuf, jambon et veau, gras de bœuf, carottes, poireaux, céleri, chou rouge, soja, bambou, son de froment, oignon rôti, cassis, sésame, grains de moutarde, huile de germe de blé, ortie, sel et condiments.

Riche en protéines animales, il amène un goût de viande indispensable. Il est également riche en vitamines et très riche en graisses. Il offre une bonne répartition des acides gras avec une quantité importante de mono-insaturés.

Muesli : Préparation à base principalement de riz, d'avoine, de quinoa, de millet et de sarrasin sous forme de flocons. Ce muesli est très riche en vitamines du groupe B et c'est une source de sucres lents par excellence avec un index glycémique de 50 %.

Céréales broyées : Elles se composent de diverses céréales (sarrasin, avoine, millet, riz) dont les grains sont broyés dans un moulin. Il n'y a donc pas de séparation entre la farine, le son et le germe. La farine se compose d'amidon (sucre énergétique), de protéines végétales, de fibres cellulosiques et du germe apportant vitamines et sels minéraux ainsi que l'indispensable auxine. C'est une hormone que l'on ne trouve que dans les graines vivantes, c'est-à-dire capable de germer d'autant plus que le temps, la chaleur et la lumière ne l'ont pas encore dégradée.

Huiles : Elles sont de première pression à froid et assurent l'apport principal en polyinsaturés de forme cis indispensables à la constitution du vivant. Arnaud a choisi un mélange d'huile de tournesol, sésame, olive, carthame et colza afin d'assurer le pool nécessaire en chaînes carbonées polyinsaturées.

Fromage : C'est également une source alimentaire intéressante du fait de l'apport de protéines à haute valeur biologique et de la teneur élevée en matières grasses. Il s'agira ici d'un fromage traditionnel à pâte dure des Alpes.

Fruits oléagineux : Il s'agit d'un mélange de sésame, tournesol, lin, courge, noix, amandes et noix de cajou. Riches en acide gras mono- et poly-insaturés, ils ont un index glycémique très bas et apportent une quantité importante d'huile poly-insaturée.

Potages d'origine bio : Ils seront essentiellement source de glucides. Le choix s'est porté sur trois types de potages lyophilisés dont la valeur calorique est de 4 700 kcal/kg de produit sec.

Chocolat : C'est le seul sucre rapide. Il a un puissant pouvoir affectif et le coup de fouet qu'il procure est autant physique par décharge de sucre dans le sang que psychologique. Son goût nous renvoie automatiquement dix mille images de l'enfance et un bien-être indispensable dans ces contrées où la solitude est de rigueur.

Il sera consommé uniquement lors de la marche car le pancréas peut alors facilement accepter cette surcharge de travail.

Purée : L'index glycémique de 80 % est un peu élevé, mais l'apport énergétique est important. La consistance augmente le volume de la ration et favorise ainsi la satiété.

Thé : Boisson polaire par excellence. Le thé est riche en théine qui, comme la caféine, a tendance à exciter les surrénales et donc à donner un coup de fouet passager.

Mais le thé à sa propre arme antithéine, les tanins. En effet, les tanins viennent bloquer dans leur maille les molécules de théine, mais pour cela il faut laisser infuser longtemps. De plus, ces complexes de tanins sont des antiradicaux libres puissants. Ils aident donc l'organisme à éliminer les toxines produites par le travail musculaire permanent et la digestion.

Aussi boire du thé est bon s'il est infusé plus de dix minutes.

Le thé sera utilisé le matin, et lors de la marche.

Remerciements

Si cette marche vers le pôle s'est faite, pour nous-même et pour les autres, pas après pas, elle a commencé bien avant le cap Arktichevsky, par des pas guidés et menés en commun avec de nombreux amis, partenaires et passionnés. Qu'ils soient ici tous remerciés pour leur contribution quelle qu'elle soit, car seule la qualité de leur intention compte. Je ne pourrais citer tout le monde, mais je peux m'y employer. Merci à :

Lycia qui m'accompagne sur les chemins de la vie et qui est venue teinter ce livre de sa propre vision ; Leïna, notre fille venue nous rejoindre pour les aventures à venir ; Rodolphe mon compagnon de route et frère adoptif ; Francis, mon ami, parti vers d'autre cieux ; mes parents, pour m'avoir fait faire mes indispensables premiers pas ; ma sœur, compagne des premiers temps.

Alain Hubert pour son expérience incontournable dans la gestion et la préparation du matériel polaire, sans qui le rêve aurait été impossible à réaliser ; Christian Demarliave, dit Cricket, pour son inconditionnelle présence, la pertinence de ses réflexions et son amitié ; Jean-Louis Étienne, cocréateur involontaire de mes rêves polaires les plus audacieux : marcher dans ses pas et les dépasser.

L'équipe des fidèles avec Philippe Estienne, cyber-artiste et tonton ; Thierry Robert, baroudeur esthétique aux images toujours impeccables ; Pascal Fayolle, photographe professionnel, aux vivants instantanés.

Michel Montaud et Rodrigue Matthieu, marcheurs insolites, guides et amis.

Patrice Van Eersel qui a su écouter et a cru en ma volonté d'écrire ; Marc de Smedt, qui m'a permis de réaliser ce livre et toute l'équipe d'Albin Michel pour leurs précieux conseils.

Monsieur Paulsen pour son aide désintéressée et son soutien constant ; Alain Mitton pour ses coups de pouce inlassables d'année en année.

Les techniciens : Patrice Dheu, passionné toujours prêt à une nouvelle innovation ; Martial Moïoli, concepteur de génie ; Laurent Andress et monsieur Sthrol, garant de nos nuits ; Jean-Louis Veyrier pour son aide incontournable dans la communication de l'événement ; Marc Dumont et ses capricieuses machines ; Marc Descombes et son laboratoire insolite ; Patrick Savoie pour son aide, son amitié et son ahurissante pat-mobile ; Vincent Ruetsch, touche-à-tout de génie ; Marc Bizet inventeur de harnais.

Bernard Buigues, Nicolas Mingasson et toute l'équipe de Cerpolex pour leur soutien permanent et leur aide de chaque instant sans qui l'expédition aurait rapidement stoppé.

Stéphane Millière, Bertrand Jenny, Sylvie Gautier, Thierry Robert, Anne Lorrière, pour leurs mains expertes qui ont largement contribué à la naissance de « la grande traversée ». François Pécheux, Jérôme Caza et toute l'équipe de 2P2L pour leur aide concrète et efficace.

Diane et Gary Guy, notre famille arctique de Quattsuittuq.

Suzanne Jouve, dite Mamette, un cœur présent au quotidien.

Et tous les autres : Marie Aubert, Jacques Jourde Autier, Bollé, Bernard Bouille, Sandrine Brun, Philippe Céas, Wayne Davidson, Chantal Deshayes, Dynastar, Claude Fougeirol, Francital, Sophie Garbin, Gédéon, Fabricia Girardeau, GNGL, Robert et Christine Goubin, Terry Jesudason, Madeïs Jouve, Sandrine Jouve, Kariboe, Christian Lair, Lestra Sport, Lorpen, Jean-Michel Mathonnière, Millet, Régis Picard, Thierry Ragobert, Salomon, Silva France, Georges Simon, Sipa Press, Starpole, Florent Tortel.

À tous ceux qui ont croisé depuis des années ma route et ensemencé mon esprit des graines qui dans ce livre tentent de lever. À tous un grand merci.

Table

DANS LA MÊME COLLECTION

La Mutation du futur
Colloque de Tokyo

Et le divin dans tout ça ?
Testament spirituel d'un grand physicien
entretien de Jean E. Charon avec Erik Pigani

Le Secret d'Abou Simbel
Le chef-d'œuvre de Ramsès II décrypté
François Xavier Héry

Le Cercle de vie
Initiation chamanique d'une psychothérapeute
Maud Séjournant

Le Rire du sacré
Jean-Claude Marol

La Source du bonheur est dans votre cerveau
Christian Boiron

Réapprivoiser la mort
Avènement des soins palliatifs en France
Patrice Van Eersel

Le Cercle des Anciens
P. Van Eersel / A. Grosrey

Sans les animaux, le monde ne serait pas humain
Karine Lou Matignon

L'Avenir de l'esprit
entretiens de Thierry Gaudin
avec François L'Yvonnet

Qui croyez-vous être ?
Dr Carlos Walter

Enquête sur la réincarnation
Collectif

Le Chemin des neuf mondes
Éric Jullien

La composition de cet ouvrage
a été réalisée par Nord Compo
à Villeneuve-d'Ascq
l'impression et le brochage ont été effectués
sur presse Cameron dans les ateliers
de **Bussière Camedan Imprimeries**
à Saint-Amand-Montrond (Cher),
pour le compte des Éditions Albin Michel.

Achevé d'imprimer en septembre 2002.
N° d'édition : 20919. N° d'impression : 024129/4.
Dépôt légal : octobre 2002.
Imprimé en France